KB186490

Counterpoint

필립 케니콧 Philip Kennicott
『워싱턴포스트』 예술 및 건축 평론가. 2013년 퓰리처상 비평 부문을 수상했다. 『뮤지컬 아메리카』와 『체임버 뮤직 매거진』 등 다수의 클래식 음악잡지의 편집자로 일했고, 『오페라 뉴스』와 『그라모폰』에 정기적으로 글을 기고하고 있다. 2015년 에세이 「밀수업자Smuggler」는 '내셔널 매거진 어워드' 최종 후보에 올랐으며, 그해 '최고의 미국 에세이' 선집에 수록되었다.

Counterpoint
:A Memoir of Bach and Mourning
by Philip Kennicott

Counterpoint
A Memoir of Bach and Mourning

Philip Kennicott

피아노로 돌아가다
바흐, 골드베르크 변주곡 그리고 어머니에 관하여

필립 케니콧

J

정영목 옮김

읻고

매리어스에게

아름다움이란
공포의 시작에 불과하지만,
그래도 우리는 그것을 간신히 감당할 수 있을 뿐이며,
우리의 말살을 떳떳지 않은 일로 여겨 고요히 거부하기에
우리는 경외감에 사로잡힌다.

𝒥

라이너 마리아 릴케,
『두이노 비가』 중 「제*1* 비가」

1

first

여름이 되자 화학요법이 암보다 먼저 어머니를 죽이리라는 것이 분명해졌다. 어머니는 응급실을 자주 들락거렸고, 쇠약해진 몸으로 병과 맞설 최후이자 최선의 희망인 약물 시험을 아직도 몇 달은 더 견뎌야 했다. 어머니는 분노하고 기진맥진한 채로 거의 절망에 이르렀고, 마침내 약물을 중단하고 죽음에 대비해야 한다는 의사와 가족의 의견에 동의했다. 하지만 그 전에 먼저 삶을 다시 허락받았다. 몇 주가 지나지 않아 화학물질이 몸에서 씻겨 나가면서 다시 삶으로 돌아온 것이다. 몇 달씩이나 침대에만 누워 있다가 보행 보조기를 이용하기 시작했고 호스피스 간호사들을 집에서 내보낼 만큼 상태도 좋아졌다. 아침이면 일어나 산이 내다보이는 큰 창 옆에 앉아 어머니가 챙기는 모이통에 새가 찾아오기를 기다리곤 했다. 초가을에 어머니와 아버지는 애리조나로 마지막 여행을 떠났다. 두 사람이 은퇴 후 몇 해의 겨울을 따뜻한 햇살 아래 친구들과 어울리며 보낸 곳이었다.

연락은 추수감사절 일주일 전에 왔다. 암이 전열을 재정비했고, 이제 어머니는 집으로 돌아와 죽는 일을 마무리할 때가 되었다. 어머니는 나에게 올 필요 없다고, 마지막으로 보러 오겠다고 명절 휴가를 낭비할 필요 없다고 힘주어 말했다. "네가 이런 꼴을 보는 걸 바라지 않아." 어머니는 극기를 의무처럼 여기는 사람이기는 했으나 그 요청은 진심이라기보다는 연극적이었기에 나는 3년 전 어머니가 병이 든 이후의 다른 모든 요청처럼 그 요청도 무시해 버렸다. 나는 인터넷에서 표를 찾았고 돌아오는 날짜를 변경할 수 있도록 추가 요금을 지불했다. 여행사 사이트 양쪽 가장자리로 카리브해 휴가와 유람선 패키지 여행 광고, 청록색 물과 수영복 차림의 근심 없고 아름다운 사람들의 이미지가 세로로 길게 이어졌다.

나는 짐을 싸면서 이 셔츠들을 도로 옷장에 넣을 때면 어머니는 죽었을 것임을 깨달았고, 그런 묘한 깨달음이 찾아오자 내가 하는 모든 사소한 일이 비극적 최후의 느낌을 띠었다. 이 스웨터를 넣어야 하나? 어머니가 좋아한다고 말한 적 있는데. 어머니가 마지막으로 보는 게 될 텐데. 얼마나 길어질지, 며칠이 될지 몇 주가 될지 모르지만 집에 돌아오면 변경 불가능한 새로운 사실이 내 삶에 확실히 자리를 잡게 될 거다. 내가 존재한 만큼 오래 존재했던 연결이 끊어져 있을 거다. 무슨 옷을 가져갈지는 더 깊이 생각하지 않았지만 두 가지는 꼭 가져가야 한다는 것을 알았다. 하이킹 부츠 한 벌, 그리고 어머니가 죽어가는 크고 텅 빈 집에서 내게 벗이 되어주고 나를 온전한 정신으로 있게 해줄 약간의 음악.

깊이 생각하지 않고 바흐의 『무반주 바이올린 소나타와 파르티타*Sonatas and Partitas for Solo Violin*』 음반을 하나 넣었다. 특별히 이 음악을 고를 이유는 없었지만, 경력 초기에 이런 부담스럽고 밀도 높고 복잡한 작품을 녹음할 만큼 용감한 젊은 바이올리니스트에게 약간 관심이 있기는 했다. 아마 음반 커버에 끌렸을 것이다. 영혼이 느껴지는 얼굴의 남자가 자신의 바이올린의 친숙하고 여성적인 곡선 위에 기도하듯이 깍지 낀 두 손을 올려놓고 있는 흑백 이미지였다. 이 작품을 꼼꼼하게 들어본 지 꽤 되었기도 하여, 애정 어린 마음은 여전하지만 기억에는 희미하게만 남은, 아직도 익숙하지는 않은 위대한 작품을 가져가게 되어 행복했을 것이다. 오랫동안 함께 살아온 음악은 기억과 연상으로 어지러워진다. 이 여행에서 나는 짐을 가볍게 싸고 싶었다.

바흐는 훌륭한 여행 음악이기도 하다. 바흐의 *CD* 한두 장이 다른 음악 몇 시간을 듣는 것보다 훨씬 더 충족감을 주며, 그 어떤 음악보다 감정적으로 효율적이어서 빈 곳을 채우거나 덧붙일 필요가 없다. 설명할 수 없는 어떤 이유로 바흐는 내가 어디에 있든, 어떤 삶의 방식을 택하고 있든, 일하든 놀든, 잘나가든 간신히 버티든 무기력하게 뒹굴든 모든 분위기에 맞는다. 그의 음악은 해변에서 나를 즐겁게 해주는 만큼이나 *11*월 말의 잿빛 사막 풍경 속에서도 나를 지탱해준다. 그곳에 있는 동안 베토벤, 브람스, 바그너를 틀지 않을 이유는 백 가지도 생각할 수 있었지만 바흐를 물리칠 이유는 한 가지도 떠올릴 수 없었다.

도착했을 때 부모의 집은 조용했으며 모두 뒤꿈치를 들고 걸어 다니고 소곤거리며 말했다. 유일한 소음은 늘

켜두는 어머니 방의 텔레비전에서 나왔는데 그 깜빡거리는 빛이 의식을 잃었다 찾았다 하는 밤 내내 어머니에게 어떤 위안이 되는 게 분명했다. 어머니가 깨어 있을 때는 내가 옆에 앉아 있곤 했지만 많은 시간 어머니는 모르핀 때문에 의식이 없었다. 어머니와 있는 동안에는 음악을 듣지 않았다. 통증의 어떤 표지, 또는 죽음을 향해 가는 길의 어떤 표지판을 놓칠까 염려되었기 때문이다. 나는 웅웅거리는 텔레비전 소리를 듣지 않고 어머니의 숨—"코골이 호흡", 호스피스 간호사 한 사람이 숲을 산책하다 만난 진귀한 꽃을 가리키듯이 명랑하게 말했다—에 귀를 기울이려고 노력했다. 심야 뉴스의 어리석음, 날씨 예보 아나운서의 활기참, 살인과 교통과 퍼레이드를 분석하는 예쁜 앵커우먼의 광적인 농담이 어머니의 머리 위 벽에 반사되어 어지러운 파란 형체와 관념들로 증류되었다. 불과 몇 미터 떨어져 있는 널찍한 평면 스크린을 정면으로 보다 보면, 무한히 멀고 의미 없어 보이는 세계로 들어가는 그 관문을 보면, 현실과 묶인 끈이 풀리는 느낌이 들었다.

어머니가 겁에 질린 명료한 정신에서 혼란을 지나 마침내 침묵으로 미끄러져 들어가던 마지막 며칠 동안, 바흐는 내가 들을 수 있던 유일한 음악이었다. 하찮아 보이거나 무미해 보이거나 삶과 무관해 보이지 않는 유일한 음악. 그 음악은 기묘한 공간적 작업으로 잡담과 소음의 세계로부터 분리된 내적 세계를 규정하고, 내가 어머니에 관한 강렬한 감정들로부터 나를 분리하고 우리가 이상하게도 '현실' 세계라고 부르는 것의 방해 없이 어머니의 죽음이 펼쳐지는 것을 지켜볼 수 있는 하나의 공간을 만들어냈다. 바흐의 음악은 진부한 것들을 몰아내면서 심오한 것들을, 내가 충분히 느낄 수 있을 만큼 가까우면서도 그 무시무시한 어둠에 삼켜지지는 않을 만큼 떨어진 곳으로 가져왔다.

어머니와 함께 있거나 이런저런 일을 도울 때가 아니면 「파르티타 *D*단조*Partita in D Minor*」에 귀를 기울였다. 다섯 부분으로 이루어진 이 작품의 마지막 악장인 위대한 「샤콘」은 나머지 넷을 합친 시간만큼 오래 지속되었고 그러는 사이 「샤콘」은 하나의 미로가 되어 그 *15*분의 시간 동안 나는 나 자신을 완전히 잃어버렸다. 나는 그 곡에 사로잡혀 계속 다시 들었으며, 가끔 그냥 반복 단추를 눌러놓고 네다섯 번 들은 뒤에야 간신히 끝을 낼 수 있었다. 부모 집 근처 산속을 걸으면서 헤드폰으로 듣고 침대에 누워 잠을 청하면서도 들었다. 처방을 받아오거나 소다—어머니가 마시기 편하도록 사발에 부어 김이 빠질 때까지 거품기로 저었다—를 몇 캔 더 사러 시내로 차를 몰고 갈 때에도 들었다. 차에서 「샤콘」을 들으면 어쩐 일인지 그 다성음악이 더 이해하기 쉬워졌다. 도로에 집중하는 눈이 뇌의 다른 부분을 바삐 움직이게 하면서 의식은 자유롭게 풀어주는 것인지 나는 음악을 더 깊이 들으면서 두툼한 전체 직물에서 개별적인 가닥들을 분리해낼 수 있었다. 그러면 음악은 물리적 세계를 거르는 필터가 되어, 마치 누군가가 주유소, 부리토 가게, 선물 가게를 포토샵으로 지워버리고 *11*월의 슬레이트 빛 회색 하늘을 배경으로 잎이 다 떨어진 미루나무가 유령처럼 늘어선 회갈색의 건조한 풍경만 남겨놓은 것 같았다.

한번은 앨버커키로 들어가는 간선도로에서 차량이 엉키는 바람에 화들짝 놀라며 음악에서 깨어났다. 급히 브레이크를 밟으면서 바흐를 끄려고 차의 사운드 시스템 단추들을 찔러댔는데 라디오 단추가 눌러지는 바람에 느닷없이 마리아치* 음악이 울려 퍼졌다. 아드레날린이 가라앉자 웃음이 터졌다. 앨버커키는 *1706*년에 생겼다. 바흐가 「*D*단조 파르티타」를 썼을 시기보다 겨우 *10*년 정도 전이다. 이 둘 사이에는 먼 관련이 있다. 「샤콘」은 '차코나*chacona*'라고 부르는 옛날 춤 형식에 기초를 두고 있는데[1] 이 춤은 라틴아메리카에서 왔을 가능성이 있다. 어떤 사람들은 차코나라는 이름이 이 춤에 반주를 넣는 캐스터네츠에서 온 것이라고 하고 어떤 사람들은 이 춤이 처음 발견된 장소에서 온 것이라고도 추측한다. *3*백 년 뒤 차코나는 탱고와 마찬가지로 하층계급의 천박함과 음탕함과 속박받지 않는 육체성과 연결되었다.

바흐가 「샤콘」을 쓸 무렵 이 춤 양식은 완전히 정착

* 멕시코 전통 음악.

해, 이 이름은 리듬의 패턴이나 춤 스타일만이 아니라 하나의 음악적 형식을 의미했다. 바흐의 시대에 샤콘은 반복되는 저음부 선율 위에 작곡가가 변주를 풀어놓는 것을 뜻했으며, 낮은 음역의 묵직한 고정 악상과 높은 음역의 기교적 정교함의 융합이었다. 그러나 바흐의 거대하고 복잡하고 추상적인 「샤콘」에서도 서두의 몇 마디에서는 여전히 옛 차코나—길고 짧은 음들이 독특하게 치고 빠지는 3박의 리듬 패턴—의 메아리가 들릴지 모른다. 바흐는 그것을 곡 전체에 걸쳐 노골적으로 유지하지는 않지만 전체 구조의 바탕이 되는 저음부 선율의 패턴을 알리는 동시에 그 리듬 패턴을 분명하고 단호하게 밝혀둔다. 모든 바이올리니스트가 이 음악의 흔적만 남은 춤의 성격을 강조하는 것은 아니다. 특히 오페라적인 당당함을 드러내며 연주하던 20세기 초반부터 중반의 바이올리니스트들은 그렇다. 그러나 최고의 연주들은 아무리 장대하다 해도, 이 곡에 깊이 박혀 있어 무의식적이라고까지 할 수 있는, 그럼에도 심장 박동처럼 또렷이 느껴지는 춤 리듬의 기억으로 생기를 얻는다.

바흐는 지나치게 의미 부여하기도 쉽고 너무 간과해버리기도 쉽다. 우리는 늘 우리의 잣대를 잘못 갖다 대 바흐의 18세기 청중은 거의 관심을 두지 않았을 것들을 시대착오적으로 물신화하기도 하고, 바흐는 핵심적이라고 생각했을 만한 것을 가볍게 여기기도 하는 듯하다. 나는 대부분의 비평가와 마찬가지로 예술가의 정서적 삶과 예술의 관계에 관해 지적으로 회의적인 태도를 보이도록 훈련받았다. 특히 바흐 같은 작곡가를 조심해야 하는데, 그는 그 놀랍도록 생산적인 삶에서 매일 매주 개인적인 기쁨이나 고통과 관계없이, 우리가 지금 자기표현이라고 부르는 것이 들어설 여지가 거의 없는 종교적 이상을 섬기며 끝도 없이 다양한 감정이 담긴 음악을 썼다. 그럼에도 바흐의 「샤콘」은 나의 정서적 삶을 장악하면서 저항할 수 없는 은유적 힘을 늘려갔다.

이 음악은 삶의 두 가지 측면을 암시했다. 본질적이고 변하지 않고 늘 반복되는 것, 그리고 근저에 깔린 그 진실 위에 서 있는 것, 즉 다양성이나 정교함이나 빠른 연결이나 변화에 대한 요구. 이 음악은 삶에 관한 것이지만 죽음이라는 근본적인 사실에 기초를 두고 있는 것 같았으며, 이 때문에 나에게는 갑자기 종이에 적힌 바흐의 음표들의 디테일, 또는 내가 녹음으로 만나기 몇 달 또는 몇 년 전에 어느 스튜디오에서 이루어진 그 바이올리니스트의 연주를 훌쩍 넘어서는 매우 심오한 것으로 느껴졌다. 이것은 적어도 수백 년 동안 인간이 공통적으로 느껴온 경험을 담아내면서, 동시에 우리 감정의 근본적 이중성을 표현한다. 절망과 기쁨, 가라앉았다가 올라오는 것, 죽음과 직면했다가 다시 삶 속을 들여다보며 기쁨과 전환과 목적을 찾는 것.

I

어린 시절 처음 음악을 발견했을 때 나는 종종 듣게 되는 위대한 작곡가들에 관한 신화와 동화를 사랑하게 되었다. 모차르트가 세상에 자신의 죽음에 대한 비통함을 표현하려고 「레퀴엠*Requiem*」을 작곡했다는 이야기, 로시니는 아주 게으르면서도 신동이었기 때문에 침대에서 몸을 굴려 바닥에 떨어진 악보를 집어 드는 게 귀찮아 아예 새로운 서곡을 쓰는 쪽을 택했다는 이야기, 하이든은 청중 가운데 지루해서 조는 속물을 깨우기 위해 「놀람 교향곡*Surprise Symphony*」에서 악기들이 느닷없이 요란하게 포르티시모로 연주하게 했다는 이야기. 이런 이야기들은 음악을 더 극적으로 들리게 했으며, 음악에 대한 경험을 역사라는 더 넓은 감각과 연결해주었다. 소년 시절 피아노를 배울 때 이런 이야기들은 연습의 지루함을 보상해주었다. 나로서는 알 도리가 없는 이유로 몹시 불행해하던 어머니의 불같은 화를 피해 숨어 있던 십대 시절 이런 우화들로 인해 음악은 훨씬 심오해 보였다. 나는 친구들이 구식이고 따분하다고 여기는 소리에 대한 나의 열정을 공유하고 싶어 친구들에게 숨 가쁘게 이런 이야기들을 전해주곤 했지만 대부분 헛수고였다. 그러나 어른이 되면서 나 자신이 그런 이야기에 알레르기가 생겼다. 다수가 완전히 날조된 것이기 때문이기도 하지만 사실이라고 해도 음악에 더 잘 다가가게 해주기보다는 내가 이미 느끼고 있던 감정을 확인하게만 할 뿐이었기 때문이다. 그것은 동어반복처럼 느껴졌다. 바흐의 음악이 슬픈 것은 바흐가 슬펐기 때문이라는 것.

하지만 우리가 사랑하는 음악과 신중한, 또 지적으로 까다롭게 구는 관계를 유지하는 것은 거의 불가능하다. 특히 우리가 그 음악에 감정적으로 취약할 때는. 우리는 음악이 이야기를 해주기를, 단순히 청각적인 영역을 넘어서서 삶에 말을 걸어주기를 바란다. 우리를 기쁘게만 하는 음악은 거리를 두고 검토할 수 있을지 몰라도 음악이 어떤 깊고 압도적인 방식으로 우리를 사로잡을 때는 학자적 양심에만 복종하기가 어렵다. 그 음악은 우주적 중요성을 가진 것이 틀림없으며 소리의 신비하고 추상적인 부호 이상의 것이 된다. 내가 뉴멕시코를 통과해 차를 몰고 갈 때 바흐 음악의 핵심은 절대적으로 죽음과 삶 사이의 대화, 처음부터 끝까지 우리 삶을 지배하는 두 기본적 충동의 얽힘이었다. 설사 바흐가 그런 맥락에서 자신의 「샤콘」을 생각한 적이 없다 해도 그는 우리에게 그런 해석의 가능성을 안겨주는 전통 안에서 작업하고 있었다. 그리고 나는 그렇게 듣겠다고 선택했고, 그 음악에 절대적으로, 사춘기 이후로는 해본 적이 없는 방식으로 굴복했다. 나에게 신조가 간절하게 필요하던 시점에 「샤콘」은 그것을 정리해서 표현하는 데 도움을 주었다.

당시 내가 생각하던 것의 많은 부분이 지금은 진부해 보인다. 죽음을 받아들이는 것은 삶에 들어서면서 치르는 대가라는 생각에서 약간 위안을 얻은 기억이 난다. 죽지 않고 사는 사람은 아무도 없으며 이 계약에는 파우스트적인 추가 조항*이 없다. 이 티켓은 오직 한 명만 입장을 허락하고 양도 불가능하며 환불이나 교환도 없다. 뉴멕시코의 넓고 건조한 평원을 굽어보는 바위에 서서 나는 그 티켓을 가지지 않는 것, 태어나지 않는 것, 존재하지 않는 것은 무슨 의미일지 잠시 생각해보려 했다. 생각할 수가 없었다. 티켓은 맨 끝의 죽음을 전제로 하고 있으며 우리는 그 티켓을 받아들이고, 사용하고, 그 한계에 굴복할 뿐 다른 도리가 없다.

이런 생각이 위로가 되었다, 한동안은. 이것은 우리가 죽음을 경험한다는 공통성을 보여주었다. 마치 삶의 의미란 우리 모두가 죽음이라는 오직 한 가지 사실로 단결을 이루는 우애 클럽에 소속되어 있음을 깨닫는 것이고, 이 깨달음으로 우리가 서로에게 더 친절해질 수 있는 것 같았다. 물론 앞선 몇 달 동안 나는 내 안에서 죽음, 특히 부모의 죽음을 경험하고 있는 다른 사람들에 대한 공감과 호기심이 생겨나는 것을 느끼고 있었다. 파티에서, 일상적인 대화에서, 또는 비행기에서 옆자리의 낯선 사람과 이야기를 나눠야 했을 때 상대가 부모의 죽음을 언급하면 깊

* 파우스트는 악마와 죽음을 놓고 거래했다.

은 관심이 생겼다. 여러 가지를 물어보다가 내가 별로 좋아하지도 않던 지인과도 진짜로 의미 있는 대화를 나누고 있는 걸 깨달았다. 부모를 잃는 경험을 공유하면서 우리는 모두 유년의 해소되지 않은 찌꺼기 속으로 들어가 어떤 근본적인 방식으로 다시 아이가 된다. 인생의 거의 모든 것을 경험했다고 생각한 시기에 갑자기 이 한 가지 엄청나고 충격적인 일이 나타나는데 이것은 놀랄 만큼 새롭다. 이 일을 경험한 사람이라면 거의 모두가 그에 대해 이야기하고 싶어 한다는 것, 또 애도에 관한 이 대화의 근본적 주제가 "미처 몰랐다"인 것은 놀랄 일이 아니다.

「샤콘」의 중간쯤 가서 바흐는 단조에서 장조로 이동하고 좀 더 부드럽게 악장의 서두를 반복한다. 청자는 이 장조 에피소드*episode** 첫 여덟 마디의 단순성에 크게 감사하게 된다. 고도의 기교 과시, 빠른 장식음, 으르렁거리는 듯한 저음에서 날카롭게 찌르는 듯한 고음에 이르기까지 바이올린이 낼 수 있는 음역을 완전히 망라하는 넓은 간격의 화음들로 이루어진 악절이 길게 이어진 끝에 찾아오는 차분한 에피소드이기 때문이다. 하지만 작곡가가 우리에게 쉼을 허락하자마자, 부드러움과 단순함이라는 관념을 생각하는 것을 허락하자마자 다시 음악적 변주들의 생

* '삽입구', '삽입어', '간주' 등으로 부르며 두 개의 주부 사이의 자유로운 삽입 부분을 지칭한다. 푸가에서는 주제의 제시 및 응답이 끝난 후 나타나는, 주제를 포함하지 않는 부분을 의미한다. 론도에서는 주요 주제가 되풀이되는 사이에 나타나는 자유로운 부분을 의미한다.

기 있는 담론이 시작된다. 자비롭게도 바흐는 천천히 출발하여 순차적인 움직임으로 진행하는데 처음에는 걷는 듯한 속도로 신중하게 오르내리는 것이, 마치 선율이 스스로를 찬찬히 살피는 듯한, 핵심적인 것들이 모두 제자리에 있는지 확인하는 듯한 느낌이 든다. 듣고 있으면 강력한 의무감을 느끼는 사람들, 이미 익숙한 것들, 가령 가정의 안전과 가족의 보호 등을 다시 확인하는 사람들, 모든 게 질서정연하고 안전한지 확실하게 해두는 사람들이 떠오른다. 단순한 선율이 청자를 안심시키면서 음악적 핵심들을 반복하다가 다시 속도를 내고 복잡해지면서 더 높은 수준의 복잡성과 정교함으로 움직여 간다.

당시 내가 그랬던 것처럼 이 악구가 본질적으로 모성적이라고, 친절과 돌봄으로 채워져 있다고 믿는다면, 다음에 오는 악구는 가슴을 찢는다. 다음 변주에서 바흐는 이 곡이 쓰인 조(調)의 핵심 두 음이자 「샤콘」의 첫 화음에서 마치 북엔드처럼 아래와 위의 맨 끝에 놓인 '라'와 '레'를 되풀이하기 시작한다. 처음에는 이 반복이 마치 우연처럼 들린다. 그저 바흐의 음악적 패턴 가운데 하나에 난 구멍을 그냥 메우고 있는 것 같다. 하지만 반복으로 인해 힘이 모이고, 마침내 이것이 강력한 위력으로 모든 우연의 느낌을 흩어버린다. 바흐의 「샤콘」 기본을 이루는 아치 형태—단조에서 장조로 갔다가 다시 단조로 돌아온다—를 완성하는 전체 과정에서 '라' 음은 딸림음으로 가장 큰 긴장을 일으키는 화성적 영역을 차지하면서 이 곡이 시작하고 끝나는 '레'로 늘 돌아간다고 알려져 있다. '라'가 반복되면서 긴장, 고집, 에너지가 쌓이면 귀는 '레'를 통한 해결*을 갈망하게 된다. 그것은 일종의 갈증처럼, 으뜸조의 해결을 향하여 계속 쌓여가는 갈망처럼 느껴진다.

이 악구 전체에 걸쳐 바흐는 곡의 대부분에서 저음 선율의 반복되는 패턴 안에 포함되어 있는 화성적 드라마를 바이올린의 위쪽 음역으로 옮겨 간다. 이 음악이 복수의 성부를 갖고 있다는 착각을 준다면, 이제 근본적인 화성적 요소를 힘주어 고집하는 것은 맨 위의 성부, 일차적으로 변주, 다양성, 멜로디의 정교화로 채워져 있는 성부다. 필멸성에 대한 고집 속에서 음악을 땅으로 끌어내리는 시도와 저 위의 삶을 정교화하려는 시도 사이의 구분—나 자신의 매우 주관적인 구분임을 인정한다—은 무너진다. 이것은 장조에서, 처음에는 매우 모성적이고 위로를 주는 듯했던 악절에서 무너진다.

나는 바흐가 돌봄과 친절이라는 일반적인 모성의 속성을 복잡하게 만들고 있다고 생각하고 싶은 유혹을 느꼈다. 어머니의 성부는 이제 죽음에 관해 말하고 있었으며, 종점을 향한 삶의 무자비한 행군에 대한 이 음악의 근본적인 주장—저음 선율을 통해 전달된다—을 되풀이하고 있었다. 여성적 성부는 죽음이라는 사실을 움켜쥐어 새로

* 음표나 화음이 불협화음에서 협화음으로 이동하는 것.

운 빛 속에 들어 올림으로써, 저음 선율에서 쉼 없이 반복되는 동안 축적된 불안의 일부를 벗겨냈다. 앞서 아주 밝게 재잘거리는 것처럼 들리던 목소리는 이제 지상으로 내려와 더 낮고 당혹스러운 지혜로 말하고 있다. 아이들에게 죽음의 발견은 충격적인 일이며, 아마도 학교 친구가 사고를 당하거나 명절에 조부모가 보이지 않거나 하는 형태로 일어날 것이다. 그러다가 다름 아닌 부모의 죽음에서 우리는 죽음을 불가피하고 보편적인 것으로 재발견한다. 이상적으로 보자면 부모의 죽음은 우리가 죽는 것을 배우도록 돕는다. 가끔은 명시적으로 통찰을 주고 *자신들의* 죽음 때문에 슬퍼할 *우리*를 위로하여, 결국 우리는 우리 자신의 죽음이 올 때 견디기 쉬워질 것이다.

하지만 어머니의 경우는 그렇지 않았다. 죽음은 그녀에게 아무런 지혜를 주지 않았고, 삶은 그녀에게 거의 기쁨을 주지 않았으며, 죽는 과정에는 괴로움이 가득했고, 어떤 해결도 평화의 느낌도 없었다. 그녀의 죽음은 한때 '좋은 죽음'이라고 불렸을 만한 것이 틀림없었다. 자녀와 손자로 가득한 긴 삶 뒤에 가족에게 둘러싸여 맞이하는 죽음이었으니까. 그녀는 의학이 제공할 수 있는 최고의 치료를 받았으며, 의학적으로 더 할 일이 없게 되었을 때는 어떻게 하면 통증을 덜어주고 쇠약해져가는 몸을 돌볼 수 있는지 잘 아는 간호사의 가장 친절하고 전문적인 돌봄을 받았다. 그녀는 집에서 죽었고, 자식들은 모두 자기 인생을 시작하여 안정되고 어쩌면 성공적인 생활을 하고 있었다. 자식이나 손자 가운데 앞세운 사람도 없고 누구도 일반적인 중간계급 삶의 궤도에서 벗어나지 않았다. 망가진 가정이나 버려진 자식도 없었고, 만성적 도박꾼이나 헤로인 중독자도 없었다. 우리는 절대 완벽한 가족이 아니었지만, 보통 사람이 어머니의 삶이 얼마나 충만했는지 평가하려 했다면 일반적으로 행복을 주는 것은 많고 슬픔을 주는 것은 별로 없는 대차대조표를 작성했을 것이다.

하지만 어머니는 불행했고, 불행한 채로 죽었다. 성취감을 느끼지 못했고 자신의 삶이 낭비되었다는 생각에 분노했다. 그녀는 바이올리니스트가 되고 싶었으며, 내가 어릴 때는 내가 피아노를 칠 때 함께 바이올린을 연주하곤 했다. 그러나 시간이 지나면서 바이올린을 그만두었는데, 이것은 어머니가 버린 많은 것들 가운데 하나에 불과했고, 말년에는 이 악기를 언급하기만 해도 혐오감에 얼굴을 찌푸렸다. 어머니는 또 댄서가 될 꿈을 꾸었지만, 그녀 말로는 *1940*년대에는 여자가 다리를 드러내는 건 품위 없는 짓이었다. 그래서 여기에서도 아무런 성과가 없었다. 나중에 그녀는 의사가 될 희망을 품었고 그녀의 말로는 서해안의 좋은 대학에서 장학금까지 약속받았지만, 그녀의 아버지가 그곳으로 갈 버스 요금을 주지 않았다. 어머니가 죽고 나서 몇 년 뒤 한때 과묵했던 아버지가 우리는 지레 말하면 안 된다고 생각하던 과거에 관해 편하고 솔직하게 털어놓아서 자식들을 모두 놀라게 했을 때, 나는 아버지에게 이 장학금 이야기를 물었다. 늘 의심을 품고 있었기 때문이다. 아버지는 맞다, 그건 사실이다, 너의 외할아버지가 실제로 딸의 꿈을 짓밟았다고 말했다. 나는 외할아버지를 한번도 만난 적이 없고, 나에게 그는 주로 어머니가 구축한 신화적 인물이었지만, 마치 그가 초대도 받지 않고 불쑥 방에 들어온 것처럼 갑자기 그에게 불같은 증오를 느꼈다. 그 뒤로 어머니의 삶은 결혼과 가족 돌보기에 바쳐졌는데, *1950*년대와 *1960*년대에 사는 여자로서는 어쩔 수 없었다. 사십대가 되어 원하는 대로 할 자유가 있었을 무렵에도 어머니는 원한과 분노를 품은 채 더럽지도 않은 집을 청소하는 데 많은 시간을 보냈다. 어머니는 자식들을 사랑했지만 안달복달하는 바람에 그 사랑에서 기쁨을 누리지 못하는 것처럼 보였다. 어머니는 일흔넷에 죽었지만 그때도 여전히 세상이 저절로 정리되기를, 자신의 행복을 가로막는 장애물들을 치워주기를 기다리고 있었다.

죽기 전 마지막 며칠 동안 이런 기다림의 무익함이 그녀를 무시무시하게 강타했다. 그녀는 늘 무신론자였고 가끔 공격적으로 그것을 드러냈다. 그런데 이제 둘만 있게 되자 나에게 신을 믿느냐고, 죽음 뒤에 뭔가가 온다고 생각하느냐고 물었다. 나는 경악했다. 한편으로는 그 질문이 나의 가장 해결되지 않은 생각들을 건드렸기 때문이었고, 또 한편으로는 거짓으로라도 위로가 되는 말을 해야 할지 아니면 눈앞에 죽음이 어른거리지 않는 건강한 사람마저도 기가 죽을 만한 진실을 말해야 할지 몰랐기 때문이다. 그래서 나는 모르겠다고, 아무도 모르며, 아무도 안 적이 없다고, 종교의 그 모든 확신과 무신론에도 불구하고 그렇다고 말했다. 나는 내가 믿는 유일한 것은 죽음이 고통을 끝내고 후회, 걱정, 공포를 포함하여 모든 것을 중단시킨다는 것뿐이라고 말했다. 어머니는 그런 대화를 나눈 다음 날 죽었다.

𝒥

나는 음악이 위로를 준다거나 음악에 치유의 힘이 있다는 식의 발상에 발끈한다. 그것은 음악 한담에 등장하는 클리셰이자 교향곡에 돈을 대거나 오페라하우스 벽에 이름을 새겨놓는 사람들이나 하는 말이다. 그것은 베토벤과 모차르트에 관한 형편없는 다큐멘터리에서 내레이션을 하는, 누구의 것인지 모를 목소리의 쓸데없는 말이다. 나는 음악이 위로를 준다고 생각하지 않는다. 내가 음악을 사랑하는지조차 확신이 없다. 가끔 사실은 내가 음악을 싫어하는 것은 아닐까, 생각한다. 사람들이 마약을 싫어하거나 자신의 약점을 원망하는 것처럼. 음악은 만족을 주기보다는 혼란을 일으키며 충족시켜줄 것 같은 바로 그 욕구를 늘려놓는다. 음악은 기껏해야 삶에서 더 고통스러운 것들로부터 눈을 돌리게 할 뿐이다. 우리가 음악의 힘을 위로와 혼동한다면 그것은 엉성한 사고 때문이다. 위로는 세상 또는 삶에 관하여 마음 놓이게 해주는 진술, 음악이 어떤 방식으로도 할 수 없는 철학적 진술을 요구한다. 위로는 삶이 덜 고통스러워지도록 생각을 정리하는 데 도움을 준다. 아주 많은 경우 위로란 어머니가 죽어가는 동안 내가 나 자신에게 반복했던 것과 같은 일종의 클리셰다. 어떤 사람들에게 그것은 달력이나 포스터에서 발견하는 진부한 문구다. 다른 많은 사람들에게 그것은 종교의 기반을 이루는 소망적 사고다. 우리가 음악이 위로를 준다고 생각하는 것은 아마 음악이 너무 자주 종교의 하녀가 되어 종교적 관념에 대한 우리의 감정적 반응을 증폭시키기 때문일 것이다. 그러나 음악 자체는 어느 편인가 하면 우리의 생살을 드러내 우리를 고통, 향수, 기억에 더 예민하게 만든다.

아주 오래전 암으로 죽어가는 나이 든 친구를 찾아가곤 했는데 어느 날 저녁 그가 스테레오로 음악을 틀어달라고, 뭐든 내가 좋아하는 것으로 틀어달라고 부탁했다. 그의 레코드 컬렉션은 방대했고 내가 기꺼이 고를 만한 음반—잘 알려지지 않은 바로크 오페라, 인간의 목소리를 광적으로 사랑하는 사람들만이 알고 있는 가수들의 진귀한 리사이틀—이 수십 장이었다. 하지만 나는 그가 마음이 무너지기 쉽고 정신이 흐리다고 생각해 걱정이 됐고, 그래서 단순하고 감상적이고 이해하기 쉬운 것을 찾았다. 바흐는 안 되고 바그너는 너무 무겁고 베토벤은 너무 극적이어서 나는 위대한 바이올리니스트 프리츠 크라이슬러의 살롱 소품 「사랑의 슬픔*Liebesleid*」을 골랐다. 이 곡은 음악적 키치인 오스트리아 랜틀러*ländler**인데, 왈츠처럼 흘러가면서 선율이 희망과 기대로 튀어 오르다가 단계적으로 아래로 떨어진다. 일반적인 멜로디 패턴이기는 하나 이 곡은 '사랑의 슬픔'이라는 제목에 내포된 욕망과 실망을 따라가는 것처럼 느껴진다. 나의 어머니가 사랑하던 종류의 음악이었고, 나는 이 음악이 아주 총명하고 세속적이고 예리한 위트가 넘치던 교수가 죽음의 공포나 후회와 씨름하는 동안 잠시나마 그에게 '위로'를 줄 만큼 무해하다고 생각했다. 나는 턴테이블에 *LP*를 올리고 조심스럽게 그 곡이 있는 트랙에 톤암을 내렸다. 식사 자리로 돌아갔을 때 그는 휠체어에 앉아 얼마 손도 대지 않은 저녁이 차갑게 식어가도록 놓아둔 채 눈물을 흘리고 있었다. 할리우드의 섬세한 글리세린 눈물이 아니었다. 입술이 떨리고 눈이 붓고 콧물을 흘리는 벌게진 얼굴이 가면 같은 느낌을 주었다. "그대로 틀어둬." 그가 목멘 소리로 말했고 나는 그

* 오스트리아의 농촌에서 추는 삼박자 춤으로 왈츠의 전신이며, 그 곡을 가리키기도 한다.

렇게 했다. 그날 저녁은 그것으로 끝났다.

바흐는 「샤콘」에서 어떤 위로도 목표로 삼지 않는다. 형식은 아치 형태로 완성되어야 하며 음악은 *D*단조로 돌아가고 화성은 더 엉기고 텍스처*texture*[**]는 더 복잡해진다. 후퇴는 없고 음악적 목적은 더 강화될 뿐이다. 음악은 어떤 화성적 꾸밈도 없이 단음 레로 끝난다. 아무것도 필요 없다. 이 음악의 많은 선율은 암묵적이든 노골적이든 최종의 통일, 즉 하나의 음에 자리를 내주고, 이 음은 나무 위에 팽팽하게 당겨진 *33*센티미터의 양 창자 또는 금속선 위에서 진동한다.

모든 게 끝났을 때 우리는 안도했다. 어머니의 호흡은 조용해지더니 느끼기 힘들어졌고 마침내 멈추었다. 그날 간호사는 아버지에게 어머니에게 몇 시간이 남았을 수도 있고 며칠이 남았을 수도 있다고 미리 말해두었고, 나는 후자의 가능성 때문에 아버지 얼굴에 불안과 피로의 느낌이 스쳐 가는 것을 볼 수 있었다. 아버지는 친절과 과학자다운 정확성으로 어머니를 충실하게 돌봐왔다. 이제 끝이 났기 때문에 아버지는 다른 방으로 물러나 문을 등지고 앉아 시에서 어머니의 시신을 챙겨 갈 사람들이 오기를 기다리는 동안 도로와 차와 컴퓨터에 관한 소소한 이야기로 나를 끌어들였다. 초인종이 울리고 사람들이 어머니

** ‘질감’, ‘구조’, ‘짜임새’라는 뜻으로 원래 직물에서 사용되는 용어인데, 음악에서는 ‘악곡의 모양새’, ‘음악의 구성’ 등을 뜻한다.

의 시신을 검은 비닐에 넣어 집에서 내가는 동안 아버지는 점점 더 활기를 띠면서, "그 낡은 혼다는 어떻게 잘 버티고 있냐?" 묻기도 했다. 다음 날 아침 호스피스가 병상 침대를 빼냈고 우리는 박스째 개봉하지 않은 소다 캔과 영양제와 사용하지 않은 기저귀 상자를 차고로 옮겼다. 블라인드를 올리고 방을 환기했고 간호사 가운데 한 사람이 마지막 친절을 보여 바닥 깔개를 진공청소기로 청소했다. 우리는 추도식을 몇 달 미루기로 했다. 추도식을 어떻게 진행해야 할지, 무슨 말을 할 수 있을지 알 수 없었기 때문이다. 아무도 진부한 애도의 말을 할 준비가 되어 있지 않았다. 나는 한동안 어머니가 죽은 방을 두고 미신적인 생각을 했지만 그 또한 희미해졌다.

어머니가 죽은 다음 날 아침 나는 앨버커키 위의 언덕으로 산책을 나가 사시나무 숲에 한동안 서 있었다. 날카로운 초겨울 바람에 가지들이 살아 움직였다. 오래전에 배운 시가, 지금은 진부하게 느껴지는 그 시가 계속 내 마음에 흘렀다. "마거릿, 슬퍼하고 있니 / 골든그러브가 잎을 벗는 것에?" 영국 시인 제라드 맨리 홉킨스는 1880년 '봄과 가을*Spring and Fall*'이라는 제목의 시에서 어린 아이를 상대로 그렇게 말한다.

> 마거릿, 너는 슬퍼하고 있니
> 골든그러브가 잎을 벗는 것에?

너는 마치 사람의 일처럼 잎을
네 어린 생각들로 걱정하고 있구나.
아! 마음이 늙어갈수록
그런 광경에는 더 차가워지기 마련이란다.
창백한 숲의 세계가 한 잎 한 잎 떨어져 내려도
한숨 한번 짓지 않게 되지.
그러나 너는 울면서 그 이유를 알려 할 거야.
아이야, 이름이 어떻든
슬픔의 원천은 똑같단다.
어떤 입도, 어떤 정신도 표현하지는 않았지
마음이 들은 것, 영혼이 짐작한 것을.
그러나 인간은 시들기 위해 태어났으며
네가 애달파하는 것은 마거릿 너 때문이란다.

나무들이 잎을 벗고 있던 가을 내내 어머니는 자신의 마지막 삶을 벗고 있었다. 하지만 이 시가 나를 괴롭힌 것은 다른 사람들의 죽음을 포함한 상실이 우리에게 일으키는 깊고 자기 본위적인 공포감을 강조하고 있다는 점 때문이었다. "그러나 인간은 시들기 위해 태어났으며 / 네가 애달파하는 것은 마거릿 너 때문이란다."

마거릿, 네가 애달파하는 것은 마거릿 네 자신이다.

어머니의 죽음을 겪으며 나는 나 자신의 필멸성 때문에 겁에 질렸다. 처음에는 사소한 것이었다. 내가 어떻게 죽을지, 혼자일지 아니면 사랑하는 사람들과 함께일지, 궁핍한 상태일지 아니면 안락에 감싸여 있을지, 절망 상태일지 아니면 추억과 의미가 가득할지 궁금했다. 하지만 더 큰 공포감, 늘 우리와 함께하지만 대개는 입 밖에 내지 않는 공포의 느낌으로 악화되기도 했다. 삶을 낭비하고 말았다는, 삶이 그냥 다 소모되어버리고 의식이 있는 마지막 몇 시간, 몇 분, 몇 순간에 이르렀을 때 결국은 이렇게 무자비하게 맹목적으로 무(無)를 향해 움직여온 것에 불과했다는 것을 깨닫고 속았다는 느낌에 사로잡힐지도 모른다는, 아니면 겁에 질릴지도 모른다는 생각. 공황과도 같은 이런 공포에 이어 뭔가 해야겠다는, 뭔가 이루어야겠다는, 최소한 바흐의 「샤콘」 같은 것을 그때까지 내가 도달하지 못한 높은 수준에서 이해해야겠다는 결심이 뒤따랐다.

𝒥

음악 한 곡을 안다는 것이 사실 무슨 의미인가? 새로운 작품을 처음 들을 때는 그 표면을 간신히 훑는다. 몇 번 더 듣고 나면 기본적인 로드 맵, 일군의 예상과 바람, 특히 마음이 끌리는 악구를 듣고 싶은 갈망, 점점 친숙해지는 선율과 화성의 진행 속에서 여기저기 몇 소절에 폭 둘러싸이는 만족감이 생긴다. 자꾸 들으면 쾌감이 바닥날 수도 있는데, 어떤 곡들은 더 쉽게 바닥이 난다. 대중음악은 소비되도록 기획되며, 진부화가 내장되어 있어 즉시 모든 곳에 도달했다가 빠르게 사라져버리곤 한다. 더 깊은 음악은 한동안 우리를 바닥나게 할 순 있어도 자신은 바닥이 나지 않는다. 우리는 남은 인생 동안 날마다 바흐의 「샤콘」을 듣기를 바라지 않을 수는 있지만 몇 년 또는 몇십 년 뒤 그 음악으로 돌아가도 그 힘은 그때 그대로다. 이 기본적인 질문, 음악 한 곡을 안다는 것이 무슨 의미인가 하는 질문은 내가 보기에는 인생에서 진짜로 중요한 모든 질문과 매우 닮아 있다. 그에 답하려고 하면—실은 답하는 것이 가능하다면—가장 근본적인 질문과 유사한, 아니 어쩌면 동일한 생각의 길을 따라가게 된다. 살아 있다는 것은 무슨 의미인가?

그냥 구경꾼이 되는 것, 음악의 수동적 청취자가 되는 것은 전적으로 만족스러운 이해 방식은 아니다. 오랜 세월 나는 나의 능력을 넘어서는 위대한 피아노 작품들에서 이런 느낌을 받았으며 그 가운데 바흐의 『골드베르크 변주곡*Goldberg Variations*』이 있었다. 바흐의 『무반주 바이올린 소나타와 파르티타』, 『무반주 첼로 모음곡』과 마찬가지로 『골드베르크 변주곡』은 단일한 악기라는 한계 내에서 바흐가 말하고자 하는 모든 것을 아우른다. 이것은 포괄적이고 까다로우며 따라서 보람도 무한하지만 나는 한번도 다가갈 용기를 내본 적이 없었다. 무반주 바이올린 「샤콘」과 마찬가지로 이 곡도 일군의 변주들이지만 「샤콘」과는 달리 주로 장조로 이루어져 있으며 더 행복한 감정이 폭넓게 펼쳐지면서 생기를 얻는다. 「샤콘」과 마찬가지로 3박자 춤곡 형식, 귀를 사로잡는 아름다운 사라방드에 기초를 두고 있지만 「샤콘」과는 달리 춤과의 관계가 멀기보다는 직접적이고, 흔적으로 남아 있다기보다는 노골적이다.

음악을 연주하지 않는 사람들, 악기를 연주하거나 노래를 하지 않는 사람들은 종종 음악 속에 자신에게 잘 잡히지는 않지만 더 깊은 이해가 존재한다고 느낀다. 마치 곡을 연주하는 능력이 작곡가의 진짜 생각으로 들어가는 문을 열어줄 것만 같다. 그러나 슬픈 진실은 설사 모차르트 소나타를 끝까지 연주하거나 슈베르트의 노래를 부를 능력이 있다 해도 악보의 음표 밑에 더 깊은 이해가 숨어 있다는, 뭔가 포착되지 않았다는 느낌은 똑같이 남는다는 것이다. 음악가는 자문한다. 내가 이것을 연주할 수 있으면 이해를 한 것일까? 흠 없이 연주할 수 있거나 외운다면? 또는 구조를 분석할 수 있으면? 음악과 더 깊이 만날수록 매 수준마다 물자체(物自體), 음악적인 미지의 것은 여전히 남아 아직 깨달음에 이르지 못했다며 우리를 조롱하는 느낌이다. 손을 뻗지만 잡지 못한다는 느낌이 늘 사라지지 않는다. 나는 오랫동안 『골드베르크 변주곡』에서 이런 느낌을 받았다. 다른 피아니스트들의 녹음을 듣고 그 음악을 사랑했지만 왠지 짝사랑 같다는 느낌이 또렷했다. 세상과 삶을 더 깊이 이해하는 것이 절실해 보였던 순간에, 『골드베르크 변주곡』이 음악에 대한 진정한 지식을 얻을 가능성을 타진하는 시험대가 아닐까 하는 생각이 들었다. 어쩌면 그 음악을 연주하는 법을 배워야 하는 것이 아닐까 생각했다.

위대한 음악가들은 어떤 음악을 단지 그 곡이 비할 데 없이 풍부하기 때문만이 아니라 일종의 휘장 또는 음악적 능력의 증거로서 연주하며, 이 때문에 그런 작품은 능력 있는 아마추어에게도 엄청난 위압감을 주게 된다. 베토벤의 「함머클라비어*Hammerklavier*」 소나타와 라벨의 피아노 모음곡 『밤의 가스파르*Gaspard de la Nuit*』는 눈부신 음악이지만, 동시에 연주를 시도하는 어느 연주자에게나 전문가로서의 도전과 성취의 기념비이기도 하다. 『골드베르크 변주곡』은 여러 피아니스트와 하프시코디스트에 의해 수백 번은 아니라 해도 수십 번은 녹음되었으며, 빠른 패시지 워크*와 다중 성부가 가능한 모든 악기로—또 그렇지 않은 몇 악기로도—편곡되어 녹음되었다. 만일 자신의 연주 능력에 조금이라도 의심을 가진 사람이라면 이런 음악을 배우려 하는 것은 무모한 일이다. 그리고 나는 의심이 많았다.

나는 어렸을 때부터 피아노를 연주해왔다. 내가 바이올린이 아니라 피아노로 시작한 것은 다행스러운 우연이

* 작품의 주제와 관계없이 화려하고 장식적인 부차적 부분.

었다. 어머니는 4분의 1, 2분의 1 바이올린을 비참하게 긁어대는 딸들을 쫓아다니며 괴롭혔지만, 마침내 딸들은 용감하게도 어머니의 진노에 맞서 한 명씩 차례차례 바이올린을 치워버리고 다시는 연주하지 않았다. 피아노는 절대 어머니의 악기가 아니었다. 그 덕에 나는 숨 쉴 여지가 좀 생겨 피아노를 배우고 사랑하게 되었다. 십대가 되었을 때 내 피아노 솜씨는 어머니의 바이올린 솜씨보다 나아졌고 음악은 그녀의 삶보다 내 삶을 훨씬 많이 차지하게 되었다. 어머니는 내가 음악을 하도록 격려했지만, 어느 지점을 넘어서면서 나와 함께 연주하는 것을 중단했고, 그것이 나는 늘 슬펐다. 결국 어머니 또한 바이올린을 치워버렸다. 연주를 요청하면 어머니는 조용한 분노의 눈으로 자신의 왼손을 보았다. 마치 손이 그것만의 어떤 의지로 알 수 없는 고통을 일으키는 바람에 자신이 음악 연주와 멀어지게 되기라도 한 것처럼.

나는 피아노 없이는 절대 살 수 없었지만 어머니가 죽을 무렵에는 자주 연습하지 않았다. 오랫동안 가까운 친구와 가족이 아니면 누구 앞에서도 연주하기를 사양했다. 무엇보다도 반쯤 익혔거나 그나마도 거의 잊어버린 슈베르트, 쇼팽, 리스트의 좋아하는 몇 곡을 손가락으로 간신히 더듬어나갈 뿐인 수준이었기 때문이다. 또 나는 성인이 된 후 많은 시간을 음악에 관해 쓰는 것으로, 가끔은 다른 이들의 연주를 비평하는 음악평론가로 생계를 유지했다. 그것은 조심하지 않으면 추한 직업이 될 수 있는데, 지나치게 비판적이 되어 음악을 가혹하고 정밀하게 파헤치고, 그러다 결국 음악의 즐거움을 빼앗겨버릴 수 있기 때문이다. 물론 나는 나 자신의 형편없는 연주에도 그런 잣대를 들이댔고, 그래서 더 연주를 하지 않게 되었다.

「샤콘」에 사로잡혀 있었음에도 나는 절대 그것을 연주할 수 없으리라는 것, 기껏해야 피아노 편곡판을 혹시라도 연주해보거나(브람스가 왼손을 위한 편곡판을 썼다) 음악적 형식을 공부해볼 희망을 품을 수 있을 뿐이라는 것을 잘 알고 있었다. 「샤콘」은 어머니의 임종 몇 주 동안 몹시 도움이 되었지만 음악가인 나에게는 늘 이질적인 것이 될 터였다. 음악의 신비로 뚫고 들어가고자 하는 거의 광적인 이 욕구를 그 곡을 통해서는 채워나갈 수 없었다. 하지만 어머니의 죽음과 더불어 마침내 때가 되었다는 느낌, 이제 음악 한 곡을 정말로 배워야 할 때, 나의 음악적 기술의 한계가 허용하는 데까지 그 이해를 추구해야 할 때가 왔다는 강한 느낌이 찾아왔다.

뉴멕시코에서 돌아온 뒤 나는 물건들을 치웠다. 하이킹 신발은 장에 넣고 셔츠는 세탁을 맡기고 「샤콘」 음반은 외딴 책꽂이 안쪽 깊숙한 곳에 넣었다. 혹시 다시 필요할 때 쉽게 찾을 수 있지만 우연히 마주치는 일은 없도록. 의도는 좋지만 사정 모르는 친구가 아무 생각 없이 그것을 디스크 플레이어에 넣는다든가 하는 식으로 허를 찌르면 싫을 것 같았다. 하지만 집은 답답할 정도로 적막하여 뭔가 귀를 기울일 것이 필요했다. 그래서 글렌 굴드가 1955년에 연주한 『골드베르크 변주곡』을 올려놓았다. 지금까지 나온 녹음 가운데 가장 감탄할 만하면서도 가시가 돋힌 것이었다. 이 녹음은 디지털 사운드 이전 가냘픈 소리 특유의 그윽함으로 한 피아니스트가 기적적인 일을 해내는 과정을 포착하고 있으며, 반복되는 저음 패턴 위에 바흐의 서른 개 변주곡의 서로 엮이는 선율을 다채로운 빛으로 명료하게 밝혀준다. 이 녹음이 가끔 건조하다거나 거의 공격적으로 음악의 껍질을 벗겨 그 힘줄을 드러내는 과정이 지나치게 과격하다고 생각하는 비평가들조차 여전히 경외감에 사로잡힌다. 만일 이것이 소리를 비틀고 왜곡하는 데 이용하는 오늘날의 그 수많은 도구를 갖춘 상태에서 만들어졌다면 사람들은 피아니스트, 그리고 엔지니어들이 스튜디오에서 사기를 쳤다고 의심할 것이다. 나는 굴드의 연주에 귀를 기울이면서 어머니의 임종의 날들 동안 「샤콘」에서 느꼈던 무궁무진한 감정과 의미를 『골드베르크 변주곡』에서 똑같이 느꼈다. 굴드의 완벽한 연주, 정신적 강인함에 전율했다.

명료함, 정확성, 섬세함, 이런 것들이 나의 결점이었다. 문제는 그런 것들이 없으면 바흐에게 다가갈 수가 없고, 그의 음악으로 다른 사람들에게 기쁨을 줄 수 없다는 것이었다. 피아노 교육을 잘 받은 사람이라면 바흐를 일찍 배우며 바흐의 음악은 그 뒤에 오는 모든 것의 기초가 된다. 나를 가르친 사람의 잘못은 아니지만 나는 바흐의 어떤 것도 진정으로 습득하지 못한 채로 이 기본 훈련의 장을 통과했다. 조기 졸업 뒤에는 이후의 레퍼토리로 넘어갔지만, 만일 바흐로 다시 돌아간다면 나의 음악 훈련에 놓인 기본적 결함이 눈이 아플 정도로 선명하게 드러나리라는 걸 잘 알고 있었다. 그래서 바흐를 거의 전적으로 피했지만 수치와 슬픔의 느낌은 점점 커졌다. 이 음악에는 아름다움의 우주가 있었고 나는 거기에서 외부인이라는 느낌이 들었다.

바흐는 늘 나에게 특별히 곤혹스러운 문제를 제기하여 나의 재능의 아킬레스건을 곧바로 공격했다. 청년 시절 나는 큰 음악, *19*세기 음악, 시끄럽고 빠르고 드라마가 많은 음악을 연주했다. 베토벤, 슈만, 브람스, 그리고 건반 테크닉을 올림포스산만큼 확장한 리스트 같은 작곡가의 음악, 육상 경기나 다름없는 도전을 하게 만들고선 종종 어렵게 들리는 것이 그렇게 까다롭지는 않고, 쉽게 들리는 것은 달인의 손에서만 그럴 뿐이라는 사실을 아마도 모를 청자를 현혹시키는 음악. 이런 음악을 가짜로 흉내 내는 것, 크게 울려 퍼지는 기초적인 미사여구와 로맨틱한 호소력이 있는 드라마를 보여주는 것은 쉬웠다. 여기저기서 음을 빼먹고 손가락이 완전히 정복하지 못한 부분은 뭉개거나 생략해버리면서. 그러나 바흐의 음악은 어떤 허세도 허락하지 않았고 무자비하게 부족함을 드러냈다. 중년에 바흐를 공부하는 것은 평생에 걸친 나쁜 습관들과 직면하는 일이었다. 이 음악을 배우고자 한다면 불가피하게 나의 녹슨 기술이 그보다도 훨씬 약한 기초 위에 서 있다는 추한 진실과 대면할 수밖에 없었다.

우리는 꿈과 야망에 관해 헛소리를 잔뜩 해대는 사회, 자기실현의 수사(修辭)가 넘쳐나는 사회에 살고 있다. 텔레비전에서는 아흔한 살 먹은 역도 선수가 자기 무게의 두 배가 나가는 벤치프레싱을 하고, 눈먼 등반가가 에베레스트 정상에 오르고, 부상한 참전용사가 보스턴 마라톤을 완주한다. 물론 가치 있고 영감을 주는 모험들이지만, 나이가 드는 것에 관해 합리적이고 성숙한 태도를 갖추면 우리는 꿈을 버리게 된다. 나는 서른이 되었을 때 내가 절대 훌륭한 발레 댄서가 될 수 없음을 확실하게 알았다. 내가 한번도 애써 댄스 레슨을 받은 적이 없기 때문이지만 더 어쩔 수 없었던 것은 나의 몸이 발레 댄서가 반드시 해야 할 일을 할 시점을 지나버렸기 때문이었다. 마흔이 되었을 때는 절대 저녁에 난롯가에서 고대 그리스어를 읽으며 시간을 보내는 훌륭한 고전주의자가 될 수 없다는 합리적인 확신을 갖게 되었다. 크게는 내가 애써 고대 그리스어를 배운 적이 없기 때문이고 동시에 앞으로 인생에서 합리적으로 성취할 수 있는 것들을 예상하고 계산해볼 때 낮에 복잡하고 죽은 언어를 습득하기에 충분한 시간은 절대

낼 수 없다는 것이 분명했기 때문이다. 이제 나는 아카데미 상을 받거나 집에 올림픽 금메달을 가져다놓거나 허스키 개들을 한 팀 몰고 이디타로드 개썰매 경주를 완주하는 일은 절대 할 수 없을 것이라고 비교적 확신하고 있다.

우리가 버리는 꿈 하나하나는 그때마다 또 한 번 필멸성에 대한 작은 암시로 우리를 찌르지만, 그렇다고 그런 꿈을 계속 유지하는 것은 실망과 불필요한 자책으로 쇠약해진 채 살아간다는 것을 뜻한다. 불가능한 꿈을 꾸는 어리석은 정신으로는 영원한 후회 속에 살아가기 십상이며, 합리적인 꿈을 향해 감당할 만한 도전을 하는 데 필요한 에너지와 의지를 동원할 수조차 없게 된다.

그러나 『골드베르크 변주곡』을 배우는 것은 할 수 있는 대단히 합리적인 일, 꿈이 아니라 하나의 기획으로 보였다. 나의 연주에 스스로 만족할 만큼 통달할 수 있을 거라는 착각은 하지 않았다. 나의 기획은 훌륭한 피아니스트가 되겠다는 오래전에 버린 환상을 되살리는 일이 아니었다. 오히려 삶을 다시 시험하고 삶에 압력을 가하여 아직도 활력이 남아 있는지 확인하는 하나의 방법 같았다. 나는 내 안에 잠자고 있는 어떤 것을 다시 모을 수 있을지, 오랫동안 사용하지 않았지만 그래도 정신의 오랜 습관을 재구축할 수 있을지, 음표를 배우고 선율을 외울 만큼 집중력을 발휘할 수 있을지 알아내고 싶었다. 바흐를 더 잘 이해하고 싶었고, 나의 정신이 그의 음악을 소리의 벽이 아니라 소리들의 긴밀한 네트워크로 들을 수 있을 만큼 유연한지 알고 싶었다. 중년이 되면 "내가 아직도 이것을 할 수 있을까?" 하는 질문이 젊은 시절 모든 것이 가능하다는 확신만큼이나 자아감에 강력한 힘을 발휘하게 된다. 우리는 이 질문을 어떻게 받아들일지 생각해봐야만 한다. 어머니가 종종 그랬던 것처럼 이제 실행에 옮기기에는 자신이 너무 약해졌을 거라는 두려움 때문에 한때 즐거움이나 의미를 주던 것으로부터 물러날 것인지. 아니면 계속 배우려고, 음악 한 곡을 진정으로 아는 것이 무슨 의미가 있는가 하는 근본적인 질문의 답을 얻으려고 계속 노력할 것인지.

질 수밖에 없는 죽음과의 싸움에서는 우아하게 물러나는 법을 배워야 한다. 하지만 음악은 우리 나이가 어떻든 터무니없어 보이는 끈기를 통해서만 배울 수 있으며, 인생에서 끈기는 열쇠이기도 하다. 어머니는 그런 끈기가 거의 없었고, 내가 그런 결함을 물려받은 것이 걱정되었다. 한동안 나를 흔들어놓았던 애도가 낮은 배경소음처럼 희미해지기 시작하면서 바흐의 「샤콘」에서 나에게 그토록 신비하고 권위 있어 보이던 것의 기계적 작동을 『골드베르크 변주곡』 안에서 탐색해볼 만한 능력은 내게 있다는 느낌이 들었다. 그 음악의 레버와 기어를 배우고 그게 나를 어디로 이끌지 한번 보리라, 나의 한계에 대한 더 고통스러운 자각에 이를 가능성이 크지만 그 과정에서 다른 교훈도 배우게 되리라는 희망을 안고.

2

second

피아노로 돌아가게 된 것에 흥분한 채로 집에 돌아와 일상으로 복귀했지만 곧 내가 세상에 빚을 지고 있음을 알게 되었다. 한 달 집을 비운 사이에 일을 소홀히 했고 직업적인 약속을 지키지 못했으며 친구나 동료에게 진 빚이 늘어갔다. 틀 잡힌 일상이 뒤따랐다. 평범한 세상은 백 가지 합당한 요구로 나를 평소의 자리에 다시 새겨놓았고 나는 그 요구를 충실히 이행했다. 이런 기대에 부응하는 행동이 애도 과정을 빨리 끝내게 해줄 것 같았기 때문이다. 슬픔은 내면화하여 겉으로는 표시가 전혀 나지 않았다. 나는 행복하고 번창하는 나 자신의 이미지를 제시한다는 일반적인 또 본질적으로 미국적인 결의로 삶을 이어갔고 그 이미지가 진짜가 되어 슬픔이라는 당혹스러운 감정을 대체해주기를 바랐다. 내가 세상에 다시 합류한 것은 애도가 끝나서가 아니라 세상이 바쁜 사람들의 동지애로 나 대신 그 일을 해줄 거라고 생각했기 때문이다.

연말연시를 지나면서 정신을 팔 일도 더 생겼다. 봄이 되자 개를 안락사시킬 때가 되었고, 나는 생명을 연장하는 문제에서 우리가 사람보다 반려동물을 훨씬 잘 돕는 것에 놀랐다. 개는 지난 몇 달 동안 계속 약해졌고 나는 수의사에게 우리 개가 지나가는 고통 이상의 것을 느끼기 시작하는 순간 안락사시킬 것이라고 말했다. 어느 날 그 순간이 왔다고 느꼈다. 그날 오후가 되어 수의사는 순전히 우리의 결정에 달린 일이라고 말했으며 다음 날 그녀가 우리 집으로 와 일은 끝이 났다. 사랑과 과학이 상황을 잘 처리하여 한 작은 생물이 두려움이나 주저함이나 후회 없이 세상에서 빠져나갔다. 어머니는 마지막 며칠 어느 시점에 나에게 그렇게 해달라고 간청했지만 나는 그 요청이 진지한 것인지 확신할 수 없었다. 어머니는 마지막 며칠 동안에도 연극조로 선언하는 버릇을 버리지 않았다. "그냥 나를 죽여줘." 그녀는 말했다. 그래서 몇 시간 생각해본 끝에 수면제가 든 그녀의 약병을 침대 옆 탁자에 놓으면서 말했다. "아시겠지만 이걸 드시면 자게 돼요." 하지만 그 몇 시간 동안 어머니는 생각의 실마리를 놓쳤고 삶에서 빠져나가게 도와달라던 요청은 이미 잊고 있었다.

어머니가 죽고 나서 반년 뒤 추모예배가 열려 나는 다시 한 번 부모의 집으로 돌아갔다. 비행기에서 내리면서 어머니가 죽기 전 그녀가 가고 나면 삶이 어떻게 달라질지 생각해보곤 하다가 집에 갈 때 공항에서 어머니를 더는 볼 수 없는 것을 몹시 아쉬워하게 될 거라고 생각한 것이 기억났다. 오랜만에 만날 때면 어머니가 내 삶에 관해 질문들을 퍼붓는 처음 몇 시간이 늘 가장 행복했으며 심지어 나는 속으로, 이게 어머니가 있다는 느낌이구나, 하는 말까지 하곤 했다. 그러면서 나는 어머니가 세상에 없어 보안 검사대 바깥에서 나를 맞아줄 사람이 아무도 없는 미래를 생각해보았다. 하지만 이제 공항에서 누가 나를 맞아줄 거라는 기대 같은 건 하지 않게 된 지 이미 오래였는데 문득 어머니가 죽은 뒤 내가 그리워하게 될 것이 바로 그 의식이라고, 실제로 어머니가 죽기 오래 전에 결론을 내린 것에는 뭔가 뒤틀린 게 있다는 느낌이 들었다. 아마 프루스트도 동의하겠지만, 우리는 다가오는 트라우마를 예상할 때 그것을 아주 상세하게 상상함으로써 실제 닥칠 놀람과 고통을 이겨낼 수 있을 거라고 생각하곤 하는데, 실제로 닥치는 상황은 절대 우리가 예측한 대로가 아니다.

친척까지 포함해 우리 집안 가운데 남은 사람들이 추모예배에 모였고 수십 년 만에 처음으로 아주머니, 아저씨, 사촌 들을 보는 즐거움에 이 행사는 우울하기보다는 축제 분위기였다. 아버지는 연설을 자주 한 적이 없었음에도 어머니의 삶을 담은 슬라이드쇼에서 내레이션을 맡았고 나는 내가 못 본 사진이 그렇게 많은 것에, 부모님이 함께한 삶의 기본적인 경로에 관해 아는 것이 거의 없다는 사실에 놀랐다. 그날 오후 아버지는 몇 살은 젊어진 것 같았으며 나는 어머니가 병든 후 누이들과 함께 느끼던 걱정에서 자유로워진 것에 행복했다. 수십 년 동안 어머니의 그늘에서 조용히 살면서 행복한 집을 위한 모든 조건을 마련했음에도 정작 그런 행복을 만들지는 못했던 아버지가 이 생에서 점점 자신의 자리를 줄이다 곧 아내를 따라 죽을 것이라는 걱정. 하지만 이 자리에서 아버지는 우리에게는 새로운 방식으로 과거를 서술하면서 어머니 목소리의 메아리가 아니라 자신의 목소리로 말하고 있었다. 아버지는 어머니가 행복했던 때, 또는 행복해 보이려고 했던 때의 이미지들을 골랐고 이것이 어머니에 대한 우리 공통의 기억을 봉인하는 느낌이었다. 첫사랑인 아이다호 출신의 젊은 해군 장교와 결혼한 빨간 머리의 예쁜 젊은 여자, 그녀는 그와 함께 네 자녀를 낳고 자유와 번영의 삶을 함께했다. 아무도 그녀의 삶의 나머지에 관해, 슬픔과 분노와 설명할 수 없는 격분에 관해, 기록한 적은 없지만 만약 녹취록이 있어 다시 읽게 된다면 늘 그녀의 짜증과 피로와 노여움에서 시작된 것임을 알 수 있을 싸움과 말다툼에 관해서는 말하지 않았고, 그게 좋았다. 죽음은 우리와 그녀의 관련을 끊었고 그와 더불어 그녀의 분노를 이해할 어떤 희망도 사라졌다. 우리가 그것을 절대 이해하지 못한다면 우리는 틀림없이 그녀의 나머지 삶도 이해하지 못할 것인데, 따라서 영원히 우리를 당혹스럽게 할 수밖에 없는 기억을 더 행복하고 더 이해 가능한 기억으로 대체하는 것이 뭐가 어떤가?

이렇게 나는 어머니의 죽음 이후 두 번째로 앨버커키에서 돌아왔고 이번에는 슬픔과 함께 약간의 허무함을 느꼈다. 그녀는 가버렸을 뿐 아니라 나는 그녀를 이해하려는 기획을 추진할 에너지를 잃었다. 나는 어머니를 인생에서 불가피하게 받아들일 수밖에 없는 것들의 범주 안에 버려두고 있었다. 거기에는 우리가 결코 느끼지 못할 감정들, 결코 소유하지 못할 물건들, 결코 살아보지 못할 장소들이 포함된다. 다시, 나는 다른 것들, 삶의 건조한 것들로 옮겨가고 있었다. 『골드베르크 변주곡』을 배우겠다는 내 목표는 살면서 해야 할 일들의 더 긴 목록으로 이루어진 합창단에 합류해 '지붕 고치기'와 '5킬로그램 감량하기' 같은 일들 옆에서 웅얼대며 배경으로 가라앉아 매일 점점 더 멀어지고 있었다. 그러다가 거의 1년이 지난 뒤 완전한 우연으로 어머니의 임종 기간에 느꼈던 음악과 나의 관계의 그 강렬함과 다시 마주치게 되었다. 나는 강연을 하러 시카고에 갔다가 주말 아침에 자유로운 몇 시간을 얻었다. 천천히 윈도쇼핑을 하고 사람 구경을 하면서 도시를 배회하다가 전에는 이런 것들이 나를 행복하게 하던 일들이라는 생각이 스쳤다. 하지만 이제 물건에도 사람에도 욕망이 생기지 않았다. 판매하는 어떤 물건에도 매력을 느끼지 못했다. 인간의 몸, 심지어 매력적인 몸도 낯설게 느껴졌다. 물건, 때로 사람에 대한 욕망은 연쇄적으로 이어지면서 대체물 기능을 하고 그 결과 우리는 새로운 타이나 구두를 원하게 되는데, 그것은 이 물건들이 관계와 힘, 심지어 불멸에 대한 더 깊고 근본적인 욕망을 대신하기 때문이다. 하지만 이 연쇄가 끊어진 상황에서 내가 하릴없이 거리를 돌아다니도록 추동하는 힘, 세상에서 원하는 것을 단 한 가지도 떠올릴 수 없는데 구태여 미시건 애비뉴의 한 모퉁이에 서 있는 나라는 이 이상한 껍데기에 활력을 불어넣은 힘이 무엇인지 궁금했다.

그러다가 아직도 고전음악을 전문으로 하는 몇 개 남지 않은 서점 하나를 우연히 마주쳤고 낡은 악보가 든 먼지 뒤덮인 통을 뒤지는 것을 내가 얼마나 좋아했었는지 기억났다. 가게는 젊은 사람들로 북적거렸고 그들 가운데 다수는 악기 케이스를 들고 있었다. 내 주위 사방에서 사람들이 뭔가를 찾고 있었다. 모차르트의 바이올린 협주곡, 보케리니의 현악 사중주, 대중적인 앤솔로지에 살아남은 사랑스러운 소품 몇 곡을 제외하면 오래전에 잊힌 옛 이탈리아인들의 아리아. 그 모든 탐색은 나에게서는 잠들어버린 것이 다른 사람들에게서는 번창하고 있다는 증거였으며, 나는 배우고 성장하려는 충동으로부터 그렇게 멀어진 것에 부끄러움을 느꼈다. 서점에 들어갔을 때 처음에는 어리둥절했다. 사무실을 맞게 찾았는데 무슨 약속이었는지 잊어버렸거나 사야 할 물품 목록도 없이 식료품점에 도착한 느낌이었다. 진짜 갈망을 품은 수많은 음악가들 사이에 있자니 처음에는 나 아닌 다른 사람 행세를 하는 느낌이었다. 그러다가 발을 멈추고, 사실 나도 이 가게에서 뭔가 필요한 게 있다고 생각했다. 북적거리고 웅성거리는 크고 밝은 공간의 입구에 서서 나의 마음을 꼼꼼하게 탐색하기 시작했다. 하마터면 생각하고 있는 것을 입 밖에 낼 뻔했다. 뭘 찾고 있는 거야? 이 질문을 고집스럽고 어리석게 반복하자 마음이 달구어지며 해묵은 저항과 무감각이 녹아버리는 것 같았다. 좋아하는 시의 어떤 구절이 떠올랐다.

조지 허버트의 *1633*년 작 「꽃*The Flower*」에 나오는 노인의 오그라든 심장에 관한 시구였다. 슬픔과 나이에 닳아버린 그의 심장은 "가버렸다 / 완전히 지하로, 마치 바람에 날린 꽃들이 / 자신의 어머니인 뿌리를 보러 가듯이."

어머니가 죽은 그해에 나는 음악을 연주하는 것은 거의 포기했다. 음악을 들었고 콘서트에 갔고 새 녹음이 나오면 찾아 들었지만 몇 달 동안 피아노는 치지 않았다. 단지 바쁘다 아니다의 문제가 아니었다. 사실 '인생' 탓이라고 할 수는 없었다. 인생을 탓하는 것은 마치 인생이 우리에게 이질적이고 적대적인 것인 양, 핀볼이 범퍼를 어쩌지 못하는 것처럼 우리가 어쩌지 못하는 어떤 기계적인 것인 양 구는 일이었다. 나는 그 어느 때보다 피아노가 필요했으나 수많은 결심이 그렇듯이 실패에 대한 두려움이 피아노 주위로 빠르게 모여들어 피아노를 억누르고 움직이지 못하게 했다. 악보를 더 사는 것은 우스꽝스러운 일처럼 보였다. 그것은 집 안의 먼지와 혼돈만 더 늘리면서 인생이 얼마나 쉽게 미결 상태로 남을 수 있는지 일깨워줄 게 뻔했다. 피아노와 거리를 두고 있는 한 『골드베르크 변주곡』을 배우고 싶은 욕망은, 지연되기는 했지만 언제든 실행 가능한 결심의 문제가 되는 반면, 일단 다시 치게 되면 그것은 실행해야 하는 야망, 진짜 프로젝트의 문제가 될 터였다. 나는 그것이 결국 페인트칠을 반쯤 하다 만 현관이나 책상에 읽지 않고 쌓아둔 책들처럼 나의 헛된 프로젝트 안으로 들어가버리지나 않을까 두려웠다.

그 저항감은 왕래가 뜸했던 옛 친구에게 연락할 때의 느낌과 비슷했다. 전화나 편지야 간단한 일이다. 다시 연결되면 기쁘리란 것도 안다. 하지만 한번도 싸운 적이 없는 친구들, 오래전에 중단된 바로 그 지점에서 대화의 자락을 쉽게 이어갈 수 있는 친구들 사이에도 침묵은 그 나름의 생명을 얻는다. 그것은 거의 손에 잡힐 듯 실체를 가진다. 너무 예의가 바르거나 어떤 미신적인 이유로 현재의 평형을 깨고 싶지 않은 사람들이 공유하는 과묵으로 몸집을 불려간다. 나는 그전 한 해 동안 어느 날 어느 시간이라도 피아노에 앉을 수 있었다. 나는 그 차가운 관 같은 악기를 수백 번 지나쳤다. 먼지를 털어주고 심지어 조율도 하고 옷장을 살피는 것보다 더 세심히 방의 온도와 습도를 챙겼다(피아노는 식물만큼이나 습기에 민감하다). 하지만 앉아서 건반을 건드리는 것은 나의 너무 많은 부분을 빨아들이는 대화의 시작이 될 것 같았다. 피아노와 나는 서로 경계하는 자립적 상태에 이르러 있었다.

이것은 일반적인 미루기가 아니었다. 감당할 수 없을 만큼 압박이 커지고 위기가 닥칠 때까지 해야 할 일을 하지 않고 버티는 그런 종류의 미루기 말이다. 이것은 더 근본적인 종류의 저항, 인류가 한 가지 일 말고 다른 일을 선택할 여유를 누릴 수 있는 한 죽 존재해온 저항이었다. 나는 매일 하고 싶은 것, 해야 한다고 생각하는 것을 하지 않는 쪽을 택했다. 계획과 의도의 상태에 남아 있는 것은 늘 자신을 미래로 투영하면서 시간의 흐름을 이기는 영리한 방법인 것 같아도 사실은 그 순간 속에 있는 우리를 고갈시킨다. "네가 얼마나 오랫동안 이런 일들을 미루었는지, 신들로부터 얼마나 자주 기회를 얻고도 이용하지 않았는지 기억하라." 죽음이 가까워진 로마의 늙은 군인 마르쿠스 아우렐리우스는 자신이 평생 모은 진실을 단지 아는 것에서 실제로 실천하는 것으로 나아가는 길을 이렇게 표현하고자 했다.

그날 아침 시카고에서 내가 마침내 사야 한다는 것을 알게 된 악보는 지난 1년 동안 나를 쫓아다니던 곡, 약간 주눅 들게 하는 표제지를 달고 출간된 작품이었다. "요한 제바스티안 바흐가 음악 애호가의 즐거움을 위해 작곡한 아리아와 서른 개의 변주곡으로 이루어진 이단 건반 하프시코드용 연습곡."

그 가게에는 클래식 셔머*Shirmer* 에디션이 있었는데, 내가 태어나기 전부터 사용해오던 구식의 칙칙한 노란 표지 디자인을 그대로 유지하고 있었다. 네 살 때 친절한 웨일스 숙녀에게 처음 피아노 레슨을 받은 뒤 오랜 세월이 지났음에도 악보에 인쇄된 '*Shirmer*'라는 단조로운 모양의 글자를 보니 기대와 흥분이 일었다. 교외에 사는 중간층 집안 아이들이 악기는 하나 배워야 했던 예전 그 시절에 학생들은 밝은 색깔의 음악 입문서로 시작을 했는데 여기에는 '인디언 댄스*Indian Dance*'와 '아일랜드 지그*Irish Gigue*' 같은 제목의 단순한 노래들이 많았고 손가락을 어디에 놓아야 하는지 보여주는 그림과 도해들이 군데군데 들어가 있었다. 그러나 끈질기게 공부를 하다 보면 이런 그림책은 뒤로하고 클레멘티, 쿨라우, 모차르트 같은 작곡가의 '진지한' 음악으로 넘어가는데 그들이 어린 연주자들을 위해 쓴 작은 소나타나 소나티나는 아이들이 쉽게 다다갈 수 있으면서도 충실하고 흥미를 끄는 음악, 셔머 같은 회사에서 구식 책으로 출간하는 음악이었다. 『골드베르크 변주곡』이 내가 어렸을 때 배우던 여느 책과 마찬가지로 냉정하고 진지해 보이니 안심이 되었다.

바흐는 이것을 '골드베르크 변주곡'이라고 부른 적이 없었고 따라서 표지에는 '골드베르크'라는 이름이 인용부호 안에 들어가 있는데, 이것은 이 위대한 곡에 따개비처럼 자라난 전기적 수수께끼와 혼란을 인정한다는 표시다. 요한 고틀리프 골드베르크는 바흐의 제자였지만 가장 유명하거나 영향력 있는 조수라고 할 수는 없었다. 그런데 그의 이름이 이 곡에 붙은 것은 바흐가 죽고 나서 50년도 넘어 나온 첫 번째 전기에 실린 한 일화 때문이었다. 저자인 요한 니콜라우스 포르켈은 다음과 같은 이야기를 전한다.

[이 작품을 볼 때] 우리는 작센 선제후 궁정에 와 있던 전 러시아 대사 카이절링 백작의 부추김에 감사해야

한다.[2] 그는 종종 라이프치히에 들렀는데 앞서 말한 골드베르크를 그곳에 데려오곤 했다. 그가 바흐로부터 음악 지도를 받게 해주려는 것이었다. 백작은 자주 몸이 아파 밤에 잠을 이루지 못했는데 그럴 때면 그의 집에 살던 골드베르크는 백작이 잠을 이루지 못하는 동안 연주를 해주기 위해 곁방에서 밤을 보내야 했다. 한번은 백작이 바흐가 있는 데서 골드베르크가 연주할 만한 클라비어 곡이 있으면 좋겠다는 이야기를 했다. 그 곡은 부드러우면서도 약간 활기가 있어 자신이 잠 못 이루는 밤에 듣고 기분이 좀 밝아지면 좋겠다고도 덧붙였다. 바흐는 속으로 변주곡이라면 그런 바람을 가장 잘 이루어줄 수 있겠다고 생각했다. 그전에는 비슷한 화성적 기초가 되풀이되는 그런 곡을 쓰는 것이 보람 없는 과제라고 여겼으나 이 무렵 그의 모든 작업은 이미 예술의 모범이었기 때문에 이 변주곡도 그의 손에서 나오면서 하나의 모범이 되었다. 그럼에도 그는 이런 종류의 작업은 하나밖에 생산하지 않았다. 그 이후로 백작은 늘 그것을 자신의 변주곡이라고 불렀다. 백작은 이 변주곡에 싫증을 낸 적이 없으며 매우 오랫동안 잠 못 이루는 밤이 오면 "골드베르크 씨, 내 변주곡에서 하나를 쳐주시오."[3]라고 말했다.

이 곡에 대한 보답으로 바흐는 "백 루이도르로 가득

찬 금잔"을 받았다고 하는데, 당시에는 있을 법하지 않은 거금으로, 왕실 청중을 위해 칸타타를 썼을 때 받는 돈의 열 배가량이었다. 이것은 음악사에 흩어져 있는 출처를 알 수 없는 수많은 전설 가운데 하나로 학자들은 여러 모순 때문에 대체로 이것을 받아들이지 않았다. 바흐는 *1741*년 『클라비어 연습*Clavier-Übung*』—건반의 가능성과 연습에 관한 빈틈없는 백과사전이다—이라고 알려진 여러 권으로 이루어진 무게 있는 건반 작품집 연작의 일부로 이 변주곡을 출간했다. 『클라비어 연습』은 *18*세기 중반 인문 지식을 편찬하고 성문화하려는 몇 가지 헤라클레스적인 노력 가운데 하나로, 드니 디드로의 *1751*년 『백과사전*Encyclopédie*』이나 새뮤얼 존슨의 *1755*년 『영어 사전*A Dictionary of the English Language*』도 이런 노력이었다. 바흐는 이 작업에 큰 공을 들였는데 이런 의미 있는 출간물에는 보통 이 일을 위임한 사람에 대한 자세한 아부성 헌사가 수록되어 있기 마련이었다. 그러나 『클라비어 연습』 가운데 변주곡집이 들어 있는 책에는 카이절링 백작에 대한 언급도 없고 카이절링-골드베르크 이야기에 대한 다른 어떤 암시도 없다.

다른 세부 사항들도 이상해 보인다. 이런 변주곡이 정말로 수면에 도움이 될까? 이 가운데 많은 곡은 부드럽게 연주할 수 있지만, 어떤 것들은 너무 '활기차서' 불면증 환자의 불안을 달래줄 것이라고 상상하기 어렵다. 또 바흐가 단조라는 틀에 넣는 것을 넘어, 단순한 우울이나 슬픔에서 훨씬 더 나아간 곳으로까지 밀고 가는 어두운 변주곡들도 잠들게 하는 데 적합해 보이지 않는다. 단조 변주곡은 셋밖에 없지만—열다섯 번째, 스물한 번째, 스물다섯 번째—이 곡들은 드라마 전체에 셋이라는 수보다 훨씬 큰 영향을 미치며 바흐의 가장 강력한 종교음악이 품고 있는 격렬한 열정과 긴밀하게 연결되는 고뇌와 절망의 영역에 있다. 십자가 처형 동안 자는 사람은 없다.

또 이 변주곡들은 침실 곁방에서 흘러나오는 약간의 최면성 음악을 원할 뿐인 고객에 대한 그럴듯한 대응으로 보이지도 않는다. 『골드베르크 변주곡』은 많은 면에서 급진적 음악이다. 그전에 시도되었던 변주 이상으로 형식을 확대하여 변화의 새로운 극단과 구조적 드라마를 탐사하고 있다. 솔직히 말해 약간 깔보는 느낌이 드는 이 위촉—귀족을 잠들게 할 음악을 쓰라—을 바흐가 정말로 이행한 것이라면 『골드베르크 변주곡』은 세련된 농담으로 보인다. 지금도 바흐 학자들을 곤혹스럽게 만드는 포르켈의 흥미로운 일화는 *1802*년, 바흐의 자녀 대부분과 음악이라는 가족 사업에서 이름을 날린 아들들 모두가 죽은 뒤에 나왔다. 그럼에도 학자들은 여전히 증거를 구할 때 이 일화에 의존한다. 포르켈이 바흐의 가족과 직접 접촉하고 서신도 교환했다는 것이 한 가지 이유인데, 이 가족 가운데는 *19*세기 초에는 아버지의 명성을 앞지르던 카를 필리프 에마누엘 바흐와 빌헬름 프리데만 바흐도 포함되어 있다.

바흐를 공부하는 것은 셰익스피어를 공부하는 것과 약간 비슷하다. 예술적 유산의 깊이와 폭에 비할 때 믿을 만한 전기적 증거는 빈약하기 짝이 없기 때문이다. 셰익스피어의 유언장에 있는, 아내에게 "두 번째로 좋은 침대"를 물려준다는 묘한 디테일과 상당히 비슷하게 바흐 삶의 구체적 디테일은 수백 년 동안 세세하게 탐구되고 분석되었다. 바흐라는 인물과 그 삶에 대한 우리의 이해는 우려먹을 대로 우려먹은 빈약한 레퍼토리에 기초를 두고 있는데, 그 가운데 다수는 진실성이 의심스러움에도 전기 문헌에 되풀이해 나타나고 있다. 그가 한번은 화가 나서 다른 오르가니스트를 질책하며 가발을 던졌다는 둥, 고아가 된 뒤 함께 산 형에게서 악보를 훔쳤다는 둥, 버려진 생선 대가리 몇 개에서 숨겨진 돈을 발견하여 굶주림을 피하고 여행할 자유도 얻었다는 둥, 한 프랑스 오르가니스트에게 음악적 결투를 신청하자 이 불행한 연주자는 바흐의 우월한 기술에 수모를 당하느니 차라리 도망가는 쪽을 택했다는 둥.

하지만 셰익스피어 인생의 디테일 또한 빈약하지만 그의 희곡은 적어도 상상의 영혼 수백 명에게 생기를 불어넣는다. 그 각각의 인물은 믿을 만한 디테일로 구축되고, 우리가 찾는 셰익스피어의 어떤 부분을 잠재적으로 담고 있다. 다른 것은 몰라도 우리는 세계를 셰익스피어가 보듯 볼 수 있는데, 다만 그 그림에서 셰익스피어만 빠져 있다고 느낀다. 바흐의 경우 우리가 그라는 인물에 관해 알고 있는 얼마 되지 않는 것—독실하고 근면하고 세심했으며 자신의 시대나 다른 어떤 시대의 어떤 음악가보다 재능이 있었다는 것—은 음악이 확인해준다. 그러나 바흐의 나머지 부분, 즉 건강한 자기 존중, 이따금 나타나는 발끈하는 면, 기질, 속물적 유머, 가족과 가정에 대한 사랑은 가늠하기 힘들다. 자료는 있지만 결론을 내리거나 만족할 만한 초상을 그릴 수 있을 만큼 충분하지는 않다. 하지만 만일 그 모든 것을 탁자에 쌓아놓고 냉정하게 자세히 살핀 다음 셰익스피어와 저녁을 먹는 것과 바흐와 저녁을 먹는 것 가운데 선택을 하라고 한다면 당신은 별 고민 없이 전자를 택하겠다고 결정할 것이 틀림없다.

바흐에 대한 수많은 자료가 다 그렇듯이 포르켈의 얄팍한 전기는 부스러기를 모아놓은 것이나 다름없으며, 각각이 귀중하기는 하지만 동시에 많은 것이 잠재적으로 의심스럽다. 포르켈은 단지 역사학자나 전기작가가 아니라 1802년 무렵에는 건조하고 답답하고 지나치게 지적이고 미학적으로 복잡한 작곡가로 여겨졌던 바흐의 전도사이기도 했다. 포르켈은 바흐의 자식들을 알았지만 그들에게서 모은 정보가 사심 없는 친구나 동료의 증언보다 신뢰할 만하다고 할 수도 없다. 강한 부모는 자식의 기억을 형성하고 심지어 왜곡하는데, 바흐의 편지들을 보면 적어도 아들 가운데 하나는 기대와 압박 때문에 너무 숨이 막혀 완전히 달아나버렸다는 증거가 있다. 의무와 자식된 도리, 존경과 분함, 사랑과 슬픔은 심지어 단 한 세대 너머로 사실을 전달할 때도 불안정한 동요를 일으킨다. 물론 나도 나의 어머니의 삶이나 나 자신의 삶에 대한 전적으로 신뢰할 만한 증인은 아니다.

하지만 포르켈의 일화는 놀랄 만큼 정교하고 구체적이고 매혹적이다. 어떤 학자들은 저자가 이름과 세부 사항 몇 가지를 잘못 알았으며, 아마 바흐는 변주곡집을 출간한 직후 카이절링을 우연히 만나 이 유명한 후원자에게 자신의 서명본을 건네기만 했을 거라고 주장한다. 아마 카이절링은 이런 호의에 기분이 좋아 이 음악을 '나의 변주곡집'이라고 생각하기 시작했을 거다. 하지만 이상하게도 정확한 집 안 세부 사항은 어떻게 받아들여야 하나. 젊은 골드베르크가 카이절링의 집에서 일했다는 것, 그의 주인이 허약하고 불면증이 있었다는 것, 십대 음악가가 백작의 침실 곁방에 놓인 하프시코드를 연주했다는 것. 이 일화가 이 모든 디테일을 엉터리로 전했고, 어쩌면 실제로 일어나지도 않은 일을 꾸며냈을 수도 있지만, 18세기 중반에 음악을 연주하던 방식에 관해 매혹적인 질문을 제기하기는 한다. 변주곡집은 오늘날의 연주처럼 하나의 아치를 이루는 서사로 처음부터 끝까지 연주되었을까? 아니면 연주자의 재량이나 청자의 기분에 따라 골라서 선택하는 방식으로 연주했을까? 카이절링은 자신의 음악가에게 변주곡집을 연주하라고 하기보다 "내 변주곡집에서 하나"를 연주하라고 말한다. 어떤 종류의 음악이 잠드는 데 도움이 될 것인가에 대한 생각조차 지난 수백 년 동안 변했을 수 있다. 우리가 음악적으로 힘들다고—복잡한 대위법적 악보를 꼼꼼하게 따라가느라—생각할 수 있는 곡이 *18*세기에는 부담으로 느껴지지 않았을 가능성도 얼마든지 있다.

그다음에는 골드베르크의 문제가 있다. 그는 지금은 그단스크라고 알려진 곳에서 유명한 악기 제작자의 아들로 태어나 문화적 다양성이 있는 도시의 풍요로운 음악적 환경에서 성장했다. 이 어린 음악가는 신동에 가까웠으며 불과 열 살이 되었을 때 카이절링의 주목을 받았다. 어린 골드베르크는 러시아 백작의 후원 아래 바흐의 장남이자 뛰어난 건반 연주자 그리고 어쩌면 바흐가 『골드베르크 변주곡』을 쓴 이유일 수도 있는 음악가인 빌헬름 프리데만, 그리고 바흐 자신 밑에서 공부를 했다. 이 소년은 건반의 명인, 전문적인 초견 연주자, 능숙한 기교가로 명성을 얻었고, 스물아홉의 나이에 결핵으로 사망할 때까지 작곡가로도 활동했다. 그러나 이런 음악적 기량의 증거에도 불구하고 포르켈의 일화를 의심하는 학자들은 골드베르크의 어린 나이를 이 이야기가 진실일 수 없는 더 강한 증거로 여긴다. 세계적으로 유명한 바흐 학자 가운데 한 사람인 크리스토프 볼프는 이렇게 말한다. "*1737*년에 카이절링에 이끌려 라이프치히의 바흐에게 가르침을 받으러 갔다가 이후 카이절링의 전속 하프시코드 연주자로 일하게 된 요한 고틀리프 골드베르크(1727-1756)는 재능은 의심할 여지가 없지만 나이가 어렸기 때문에 바흐가 이 작품의 계획을 세우면서 갓 열세 살이 된 그를 염두에 두었을 가능성은 매우 낮아 보인다."[4] 수백 년에 걸쳐 신동이 넘쳐난 역사에 비추어보면 이 말은 이상하다. 이는 포르켈의 정확성에 반대하는 모든 논거 가운데 가장 약하지만 가장 많은 것을 드러내고 있기도 하다. 마치 그렇게 미미하고 어리고 쉽게 잊힌 가엾은 요한 고틀리프 골드베르크 같은 사람을 위해 바흐가 이 작품을 썼을지도 모른다고 믿는 것보다는 그의 가장 위대한 작품 가운데 하나의 기원이 모호한 채로 남아 있는 게 낫다고 여기는 듯하다.

포르켈은 마치 바흐가 반복적인 면 때문에 변주 형식을 싫어하여 이 위촉받은 일을 하는 내내 투덜거린 것처럼 말한다("화성적 기초가 되풀이되"기 때문에 "보람 없는 과제"였다). 그러고선 바흐가 이런 종류의 작품의 "모범"은 이것 딱 하나만 남겼다고 덧붙여 혼란을 일으킨다. 이는 쉽게 저지를 수 있는 잘못이다. 사실 바흐는 우리에게 전해져 내려오는 작품들로 판단하건대 이 변주곡집 이전에 제목에 '변주곡'이라는 말이 들어간 작품은 오직 하나만 썼다. 비교적 단순한 곡조의 작은 '이탈리아식' 변주곡 모음으로 오늘날은 거의 연주되지 않는다. 그러나 이것이 『골드베르크 변주곡』 이전에 바흐가 변주곡 형식을 시도해본 유일한 사례라고 할 수는 없다.

변주는 바흐의 작품들의 상당한 부분에서 중요한 자리에 있었다. 위대한 「바이올린을 위한 샤콘」과 「오르간을 위한 파사칼리아 *C*단조」는 변주곡 형식의 기념비적 활용일 뿐 아니라 "유사하게 반복되는 화성적 기초"에 바탕을 두고 있다. 바흐가 누구도 넘볼 수 없는 대가의 솜씨를 발휘했던 다성 푸가*fugue* 또한 고도로 구조화된 모티프*motif** 변주의 활용으로, 개별 성부는 화성적 또는 극적 효과를 위해 필요에 따라 원래의 선율을 바꾸고, 박자를 압축하거나 늘이고, 핵심 악상을 조각냈다가 다시 합친다. 기악 모음곡 가운데 다수가 일반적으로 반복적인 화성적 구도를 따라가며, 그 결과 각 악장은 결과적으로 『골드베르크 변주곡』의 각 변주곡처럼 기존의 틀에 기초를 둔 하나의 변주곡이라고 할 수 있다. 『골드베르크 변주곡』에서 전개되는 기법이 바흐의 더 넓은 범위의 예술에서 핵심적이라는 점을 고려한다면, 이 작곡가가 이 일을 "보람 없는" 것으로 여겼다는 포르켈의 주장에는 의문이 생긴다.

물론 문제는 무엇이, 그리고 어떻게 변하느냐이다. 모차르트와 베토벤처럼 주선율—모차르트의 경우 우리가 오늘날 「반짝반짝 작은 별」이라고 알고 있는 곡을 포함하여 가끔은 대중적인 노래나 유행하는 아리아—에 기초한 변주곡을 쓰는 경향이 있는 훗날의 작곡가들과는 달리

* 음악 형식을 구성하는 가장 작은 단위로 둘 이상의 음이 모여서 이루어진다. 선율의 기본이 되며 일정한 의미를 가진 소절(小節)을 이룬다.

바흐 시대 작곡가들은 저음부 선율을 기초로 변주를 하는 경향이 많았는데, 이 저음부 선율은 때로는 정교하게 만들어나갈 '제재' 역할을 하기도 하고 때로는 그 위에 놓일 변주의 닻 역할을 하기도 했다. 『골드베르크 변주곡』과 「바이올린을 위한 샤콘」 같은 작품—둘 다 반복되는 저음부 선율 위에 구축되어 있다—의 차이는 바흐가 출발점으로 삼는 재료의 길이와 형태다.

「샤콘」의 저음부 선율은 길이가 겨우 네 마디지만 화성적 기반으로서 계속 되풀이되며 바흐는 그 위에 새로운 악상들을 전개하면서 매끄럽게 통합하여 하나의 흐름을 만들어나간다. 「샤콘」의 이 짧고 반복되는 모티프 심리적 효과는 바흐가 『골드베르크 변주곡』에서 사용하는 변주 형식의 모티프와는 현저히 다르다. 「샤콘」은 종종 응축되고 강박적이고 집요하다는 느낌을 준다. 반면 『골드베르크 변주곡』의 저음부 선율은 바흐의 여러 성가곡보다 두 배나 긴 서른두 마디인데, 이 확장된 선율은 그의 성가곡과 마찬가지로 결말로 나아가기 전에 여러 번 쉬는 자리를 거쳐 간다.

『골드베르크 변주곡』은 그 시대 청자에게는 클리셰일 정도로 익숙한 하강 선율로 시작하지만—오늘날의 삼화음 대중가요와 비슷하다—음악은 계속 움직이면서 더 정교해지고 산만해지고 예측 불가능해진다. 아리아는 위엄 있고 당당하게 걷는 듯한 박자로 시작하지만 나중에는 유동적이 되어 짧아진 음들이 자유롭게 흐르며 처음의 엄격함은 해소된다. 음악은 불안정한 상태로 부드럽고 조용하게 떠다니는 듯하여, 우리가 '바로크' 음악이라고 생각하는 형식성, 규칙성, 심지어 예측 가능성과 매우 어긋나 있는 것처럼 보인다. 형식적인 것이 유동적인 것이 되는 이 순간에는 역사적 공명이 있으니, 바흐가 변주곡을 작곡할 당시 진행 중이던 음악 스타일의 엄청난 변화를 암시한다. 즉, 바흐를 유명하게 만든 음악보다 더 단순하고 접근이 쉽고 선율적이고 우아하다고 여겨진 새로운 갤런트*galant** 미학의 출현이다. 많은 청자에게 아리아는 전체 곡에서 가장 감동적인 악구 가운데 하나이며 마지막에 되풀이될 때 특히 그러하다. 그리고 이 선율의 유동성은 시간의 경과 자체에 대한 청각적 상징이 된다.

내 경우 어머니가 며칠에 걸쳐 죽어가는 과정을 지켜볼 때 「샤콘」의 짧게 되풀이되는 반복은 슬픔, 뭔가 원초적이고 위엄 있고 집요한 것의 손아귀에 잡혀 있는 느낌을 흉내 내고 있었다. 이제 『골드베르크 변주곡』은 상실 후에 찾아오는 어떤 것, 길을 잃고 헤매면서도 동시에 자신이 어디 있는지 아는 데서 오는 혼란이라는 고무줄 같은 감각을 희미하게 알려주었다. 죽음으로 인한 첫 충격이 지나면 우리는 상실이 어떻게 작동하는지, 감추어져 있던 것들을 어떻게 드러내는지, 죽은 사람에 대한 대개는 제한적

* 18세기 중엽 유럽에서 성행했던 로코코 양식.

인 우리의 감각을 어떻게 완성하고 그 사람을 우리 기억에 어떻게 고정하기 시작하는지 탐사하며 세상을 배회한다. 그러다 슬픔의 손아귀가 느슨해질 때 알고 있던 세계로 돌아가지만 그 세계는 이제는 사라지고 없는 것 때문에 바뀌어버렸음을 알게 될 뿐이다. 『골드베르크 변주곡』의 서두를 열었던 아리아를 바흐가 끝에 반복할 때, 그것은 완전히 바뀌어 있다. 그것은 절대 두 번 발을 담글 수 없는 강물과 마찬가지다. 바흐는 말하는 것 같다. "당신이 매우 잘 안다고 생각하는 이 음악을 당신은 한번도 들어본 적이 없다."

그날 아침 시카고에서 변주곡집의 새 악보를 살 필요는 없었다. 인터넷에서는 바흐가 쓴 곡의 거의 모든 악보를 무료로 이용할 수 있다. 나는 그냥 이 곡의 예전 버전을 프린트할 수도 있었다. 바흐라면 이런 발전에 깜짝 놀랐을 것이다. 단지 후손에게 자신이 융숭한 대접을 받는다는 것을 알게 되어서만이 아니다. 그가 작곡한 음악 대부분은 당시 유통되지도 않았고 교회, 후원자의 응접실, 소규모의 학생이나 동료 이상의 청중을 염두에 둔 것도 아니었기 때문이다. 바흐의 음악은 출간된 극소수의 곡만 알려져 있었고(『골드베르크 변주곡』은 여기에 속한다), 그는 죽으면서 자신의 이름이 아들들이나 손자들의 삶 이후까지 살아남으리라는 확신은 갖지 못했을 것이다. 실제로 바흐가 죽고 나서 한 세기가 지났을 무렵 그의 유산이 너무 소홀히 여겨지는 상황이었기에 펠릭스 멘델스존은 라이프치히에 그를 추모하는 기념비를 세우기 위해 기금을 모았다. 헌정식에는 바흐의 마지막 남은 팔십대의 손자가 병약한 모습으로 나타났는데, 그의 손자가 생존해 있다는 사실 자체에 모두가 놀랐다.

어떤 이유에서인지 그날 아침 시카고에서 나는 『골드베르크 변주곡』 새 악보를 사는 데 돈을 쓸 가치가 있다고 느꼈고, 어찌 된 일인지 그렇게 하는 것이 다시 음악을 연주하는 것에 대한 저항감을 밀어내는 데 도움이 되었다. 이것은 구체적인 것이었고 오랜 기간의 타성 뒤에 오는 작고 물리적인 동요였다. 시카고에서 집까지 오는 짧은 비행 동안 나는 악보를 꺼내 아리아의 첫 페이지를 펼쳤다. 새 책의 첫 페이지들을 넘길 때 따라오는 일종의 미신이 있다. 그 안에 담긴 미지의 것이 나를 바꿀 거라는 믿음. 그것은 시간이 지나고 나이가 들면서, 정체성이 고정되고 새로운 것에 대한 회의가 강해지면서 희미해지는 환상이다. 하지만 바흐의 가장 위대한 건반 작품의 속표지를 펼치면서 나는 순간적으로 그 달콤하고 오래된 가능성이 떠올랐고 이 신비 속으로 미끄러져 들어가 새로이 단련되고 정화되고 속죄하여 반대편으로 나올 수 있을 것이라는 익숙한 희망을 느꼈다.

음악이 비행기 엔진 소리를 누르고 귀로 들어왔다. 반쯤은 머릿속에서 기억을 했고 반쯤은 악보를 보며 소리 없이 노래로 불러보았다. 세 음표를 올라가다가 여섯 음표 내려가는 부드러운 선율. 한 번의 가벼운 호흡 뒤의 긴 한숨. 내가 기억하는 것보다 단순해 보였다. 순수하고 어려 보였다. 어린 시절 가족실에 있던 작은 업라이트 피아노로 연습을 할 때는 어머니가 듣고 있다는 사실을 강하게 의식했다. 어머니는 기분이 나쁠 때는 실수를 찾아내며 내가 엉성하게 하거나 선생님이 가르쳐준 것을 무시한다는 증거를 모았다. 분노에 찬 상태에서는 나와 피아노가 있는 곳으로 달려와 내가 일부러 그런다고 화를 냈다. 나는 어머니를 달래거나 변명을 하려 했다. 물론 그것은 내가 화가 나지 않았을 때이고, 나 또한 화가 났을 때는 싸웠다. 이런 싸움의 결과는 그녀에게 달려 있었고 늘 둘 중의 하나로 흘러갔다. 어머니는 내 목과 팔을 때리고 머리카락을 잡아당기다 나를 내 방으로 보냈다. 아니면 애써 벌어 충당하는 레슨비를 내가 낭비하고 있다는 데 화가 나고 나의 배은망덕에 절망해 울기 시작했다. 한번은 그녀가 머리카락을 너무 세게 잡아당기는 바람에 피아노 의자에서 뒤로 떨어져 바닥에 누운 채 분노로 일그러진 그녀의 얼굴을 올려다본 적이 있었다. 어머니는 자기 방으로 달아났고 나는 피아노를 떠나 책의 정적을 찾아갔다.

하지만 내 음악을 듣는 어머니에 대한 기억은 분노보다 더 오래 이어지고 더 중요해졌으며, 텅 빈 집에서 피아노에 홀로 앉아 음악을 연주하는 오늘까지도 나에게 남아 있다. 그녀는 나의 다른 귀, 빠르거나 복잡하거나 불협화음인 음악에는 알레르기를 일으키며 뭔가 단순하고 달콤한 것을 찾는 귀이며, 나는 지금도 연주할 때마다 내 어깨 위에서 그녀가 엿듣는 것을 의식한다. 어머니는 나를 야단치고 격려한다. 어머니 앞에서 연주하던 때로부터 수십 년이 지났지만 나는 여전히 그녀가 다른 방에서 조는지 미소를 짓는지 확인하면서 내 연주를 평가한다. 그녀는 쇼팽과 모차르트의 느린 악장들을 사랑하고 익숙한 크리스마스 캐럴이나 추수감사절 아침의 「주 은혜를 받으려*We Gather Together*」를 들으며 행복해한다. 또 다락방의 상자 안에 깊이 감추어져 있기는 하지만 내가 어린 시절 만들어 종이에 적어놓은 노래 가운데 몇 곡, 라디오에서 들은 것을 모방해 작곡한 반복적이고 명랑한 짧은 노래들을 들으면 기뻐할 것임을 안다.

내가 피아노에 능숙해지면서 연주하게 된 음악은 어머니에게는 점점 매력이 떨어졌다. 그녀는 프렐류드나 서정적인 성격이 강한 몇 곡을 빼면 리스트나 라흐마니노프를 전혀 즐기지 않았다. 브람스를 들으면 "아이구야, 너무 무거워" 소리가 나왔다. 대학에서 나는 변덕스러운 러시아 낭만주의자이자 신비주의자 알렉산더 스크랴빈, 그리고 나중에는 폴란드 작곡가 카롤 시마노프스키의 음악을 사랑하게 되었지만 어머니는 그 음악이 내는 소리에 짜증을 냈다. 내가 다른 어떤 음악보다 사랑하게 된 오페라는 파

바로티를 유명하게 만든 아리아 몇 곡 말고는 어머니의 관심을 끌지 못했다. 내가 전축으로 베르디를 들으면 어머니는 위층에서 소리를 지르곤 했다. "그 끔찍하고 새된 소리는 뭐냐?" 그러면 나는 전축을 끄면서 도대체 새됐다는 게 어디에서 온 말인지 궁금해하곤 했다.

세월이 흐르면서 음악에 대한 그녀의 감수성은 가장 기본적인 것, 매력과 부드러움이 넘치는 익숙한 고전음악과 간단한 곡들로 축소되었다. 내가 기술적으로 어려운 악구를 습득하거나 예술적 기교를 과시하는 부분을 근육의 힘으로 통과해 나가려고 노력하면 그녀는 불안해했다. 하지만 서정적으로 나아가면, 베토벤 소나타의 폭풍우가 목가적 에피소드로 가라앉거나 모차르트의 급변하는 장식 패턴이 좀 더 길고, 열정적인 선율로 바뀌면 그녀가 음악의 실마리를 포착하고 나의 노력에 만족하리라는 것을 알게 되었다. 어린 시절 가끔 그녀는 다른 방에서 나를 별명으로 부르며 말하곤 했다. "그거 좋구나, 플립*Flip**."

이제는 그 목소리의 느낌이 완전히 기억나지는 않지만 나의 정신은 충실한 개처럼 잘 훈련되어 있어, 어머니가 특별히 좋아했던 방향으로 음악이 아름다워지면 나는 지금도 더 부드럽게 치면서 보상을 기대한다. "그거 좋구나, 플립."

어머니의 삶이 끝날 무렵 그녀가 정말로 즐겼던 곡은

* '건방진 아이'라는 뜻이 있다. 저자의 이름은 '*Philip*'.

딱 하나밖에 생각나지 않는다. 랄프 본 윌리엄스의 바이올린 환상곡 「종달새는 날아오르고*The Lark Ascending*」였다. 소녀 시절과 젊은 시절까지 삶의 큰 부분을 차지했던 음악은 결국 이 곡 하나로 쪼그라들어, 땅과 땅에 묶인 것들을 뒤로하고 공중으로 솟아올라 마침내 "적막에 더 가깝게 솟구치는"—이 영국 작곡가에게 영감을 준 시를 쓴 조지 메러디스의 표현—새 한 마리의 음악적 표현만 남았다. 선율적 영감이 가득한 단순한 바이올린 환상곡과 대위법적 복잡성이 특징인 『골드베르크 변주곡』이라는 두 음악은 하나의 우주를 사이에 둔 것처럼 거리가 멀지만 나는 바흐의 이 걸작 맨 마지막에 아리아가 최종적으로 반복되는 것을 들을 때면 그 안의 어떤 것이 "적막에 더 가깝게 솟구치는" 느낌을 받지 않을 수가 없다.

어린 시절과 시카고발 비행기의 가운데 좌석에 끼어 앉아 허벅지에 『골드베르크 변주곡』을 올려놓은 채 옹색하게 앉아 있던 순간 사이에 나는 온전히 나 나름의 음악 세계를 창조하여 어머니를 위해서는 한번도 연주하지 않은 곡들을 배우고 그녀에게는 절대적으로 이질적이고 이해도 불가능한 곡들을 사랑하게 되었다. 따라서 머릿속에서 계속 울리고 있는 『골드베르크 변주곡』 아리아에 귀를 기울이면서 어머니를 위해 이 음악을 연주할 기회는 절대 없을 것이라는 깨달음이 덮쳐왔을 때 나는 놀라고 말았다. 물론 지난 수십 년 동안 배운 수많은 작품에 관해서도 똑같이 말할 수 있었을지 모른다. 그러나 내가 그녀를 위해 그런 곡들을 **연주할 수 있을지도 모른다**는, 그녀가 다른 방에서 “그거 좋구나, 플립” 하고 소리칠 수 있을지도 모른다는 가능성은 늘 있었다. 지금까지 그 목소리는 늘 어떤 식으로든 다른 살아 있는 존재와 가늘기는 하지만 그럴듯하게 연결되어 있었다. 그러나 이제 그것은 내 기억 속에만 살아 있었다. 그것은 혼자 된 어른의 부적으로 오직 나에 의해서만 유지되는 것이었으며, 어떤 사람도 명명하거나 눈치챌 수 없고 내가 기억하도록 도와줄 수도 없는 것이었다. 내가 돌보기를 중단하면 지워져버리는 것이며, 지우는 것 자체도 지극히 간단하고 또 그것으로 완전히 끝나버리는 것이었다. 그런데 가장 슬픈 점은 이 아리아야말로 그녀가 사모했을 바로 그런 음악이라는 사실이었다.

나는 바흐와 젊은 골드베르크에 관한 포르켈의 이야기가 사실이기를, 바흐가 잠 못 이루는 백작을 위해 연주할 수 있도록, 백작의 방 너머 어두운 방으로부터 백작에게 마법을 걸어 꿈으로 안내하도록 젊은 하프시코드 연주자에게 이 음악을 써주었기를 바란다. 그것은 작곡가와 연주자와 감상자를 완벽한 원 안에 함께 엮는, 노련한 예술가의 뛰어난 능력을 젊은 음악가의 활력, 그리고 이상적인 청자의 교양과 결합하는 매혹적인 일화다. 작곡가는 연주자를 갈망하고, 연주자는 청자를 갈망하고, 청자는 음악이 바로 자신을 위해 연주되고 있다고 믿고 싶다. 나는 백작이 이 음악에 지불했다고 전해지는 있을 법하지 않을 만큼 과다한 대가인 백 루이도르, 붉은 피가 흐르는 천재에게 바치는 푸른 피가 흐르는* 공물, 후원자와 예술가 양쪽이 모두 지금 교환되고 있는 것의 가치를 알고 있었다는 이 표시를 사랑한다. 나는 카이절링의 아량이 속표지에 그에 관한 어떤 언급도 없는 점을 설명해준다고, 어딘가에 바흐가 백작에게 아첨하는 찬사를 넣겠다고 제안하는 편지가 있고 "아니, 음악으로 충분하오" 하는 백작의 답장이 있다고 생각하고 싶다.

또 젊은 골드베르크가 이 모든 것을 보고 약간 경외감에 사로잡혔다고, 자신이 자신보다 나이가 훨씬 많은 이 중요한 인물들 사이의 중개자이자 전달자였음을 알았으며 그래서 연주를 시작하려고 앉았을 때 엄청난 책임감을 느꼈다고 생각하고 싶다. 아마 낮 동안은 백작의 일과 사무, 외교관으로서 그가 하는 일과 귀족이라는 지위의 그림자에 가려진 채 세상에서 자신의 자리에 관해 의문을

* '푸른 피가 흐른다'는 말은 왕족 출신이라는 뜻.

품었을 것이다. 그러나 밤이 되어 세상으로부터 물러나면 훨씬 큰 것이 자리를 잡았다. 그러면 젊은 골드베르크는 건반 앞에 앉아 종이에 적힌 음악과 다른 방의 신경이 예민한 남자 사이에서 마음이 나뉜 채 최대한 부드럽고 조심스럽게 연주를 했다. 혹여라도 실수를 해서 후원자의 잠을 깨울까 겁이 나면서도 그때까지 연주해온 어떤 음악과도 다른 이 음악에 사로잡힌 채 골드베르크는 천천히, 단순하게 그리고 그의 손가락이 끌어낼 수 있는 가장 우아한 선율로 아리아를 읊조리곤 했다. 아마도 그것만으로 백작이 잠들기에 충분했을 것이나 그렇지 않았다면 청년은 언제까지고 계속 연주했을 것이다. 아마도 첫 번째 변주곡의 활기 넘치는 폴로네즈는 건너뛰고 더 좋아하는 다음 변주곡으로, 한적한 숲을 천천히 거니는 곡으로 넘어갔을 것이다. 백작이 마침내 잠으로 떠나가 침실에서 코를 고는 소리가 꾸준히 들려오면 그는 갈등했을 것이다. 자신의 기쁨에 빠져 연주를 계속함으로써 새롭게 전환한 음악이 지금까지의 노력을 무위로 돌릴 위험, 드라마와 사건이 가득한 활기찬 변주곡이 옆방 고용주를 깨울 위험을 감수할 것인가? 아니면 자신의 기쁨은 포기하고 중간에 끝을 낼 것인가, 의무에 따라 음악의 흐름을 끊고 정적을 택할 것인가? 그는 멈추어야 했고, 바흐의 악보들을 챙겨 촛불을 끄고 방을 나가야 했다. 그리고 입을 다문 하프시코드가 조용히 앉아 있는 방보다 초라하고 추울 것이 분명한 어딘가로 잠을 청하러 갔을 것이다.

3

third

마이판위는 내가 태어나서 첫 6년을 보낸 뉴욕주 스키넥터디 교외의 우리 집에서 몇 집밖에 떨어지지 않은 곳에 살았다. 그녀의 집은 그 구획에 있는 모든 복층 주택보다 먼저 지어진 것이 분명했다. 방 배치는 우리 집과 거의 똑같았지만 집 안이 주는 느낌이 우리 집과 사뭇 달랐다. 안에 들어가면 조용했고 창에는 두꺼운 커튼이 있었으며 얇은 천을 통해 들어오는 빛은 부드러웠고 색에 물들어 있었다. 그녀의 집은 '구세계' 물건으로 가득했다. 선반의 작은 도기 인형, 말린 꽃이 꽂힌 컷글라스 꽃병, 그리고 벽에는 동네 도서관에서 빌려온 옛 거장의 그림 복제판. 그녀는 적어도 칠십대에는 들어섰을 웨일스 여자였으며 동네 아이들에게 피아노를 가르치는 사랑받는 동네 명사(名士)였다.

길을 조금 내려오면 있는 우리 집은 난리 통이었다. 따뜻한 철에 유리창이 열려 있으면 누나들이 바이올린을 연습하는 소리가 새어 나왔다. 학생용으로 만든 그 싸구려 악기로 멈칫멈칫 음계를 긁어대고 있으면 가끔 어머니가 다른 방에서 비발디로 데스캔트*descant**를 들려줬다. 그러나 그곳에는 또 고함과 다툼과 문을 쾅 닫는 소리도 있었고, 거리에서는 들리지 않았을지 모르지만 가끔 꼭대기 다락을 부분 개조한 부모님 방에서 울음소리도 들렸다. 작은 집이었고, 고집스러운 사람들이 가득했으며, 자신은

* 주선율보다 보통 더 높게 연주하는 선율.

전혀 어머니가 되고 싶지 않았다고 입버릇처럼 말하는 강하지만 변덕스러운 여자가 그곳을 다스렸다. 당시 나는 너무 어려서 문제가 무엇인지도, 원대한 꿈을 꾸었던 열아홉 살의 어린 여자가 결국 평범한 수준에 머물게 되었다는 사실도 몰랐지만 집에서 피아노 선생님 집까지 짧은 거리를 걸어갈 때마다 뭔가 잘못되었다고 느꼈다.

나는 마이판위와 함께 3년을 공부했다. 내가 화려하게 조각된 업라이트 피아노에 놓인 색색의 교재에 수록된 소곡을 연주하면 옆에서 선생님은 웨일스식으로 'r'을 굴리는 경쾌한 흥얼거림으로 노래를 따라 불렀다. 그녀는 통통하고 상냥하고 자주 웃음을 터뜨렸다. 아이들을 사랑하면서도 아이들이 자기가 아이라는 느낌을 갖지는 않게 해주었다. 집에 들어설 때면 그녀는 네댓 살짜리 남자아이가 관심을 가질 만한 자잘한 것들에 관해 묻곤 했다. 그런 다음 욕실에 보내 손을 씻게 하고 나서 마치 밀가루 포대를 들어 올리듯 과장된 신음을 토하고 구르는 듯한 낮은 소리로 웃음을 터뜨리며 나를 바닥에서 들어 둥근 피아노 스툴에 올려놓았다. 표면이 반질반질한 일본산 나무 상자인 우리 피아노는 플라스틱 건반에서 팅 하는 밝은 금속성 소리가 나는 반면 그녀의 피아노는 상아 건반이었고 어둡고 그윽한 소리가 났다. 피아노는 발이 페달에 닿지 않는 나와 내 옆의 고급 안락의자에 앉은 마이판위 위로 우뚝 솟아 사방을 꽉 채우고 있었다.

나는 글을 읽기 전에 피아노를 칠 수 있었으니까 네 살이나 다섯 살 무렵이었을 것이다. 음악은 언어처럼 무의식적으로 고통 없이 내 삶에 들어왔다. 틀림없이 누나들이 집에서 몇 가지를 가르쳤겠지만 기본적인 것은 마이판워에게서 배웠다. 그럼에도 뭘 배웠다거나 가르침을 받았다는 기억은 나지 않는다. 그냥 일주일에 한 번 마이판워의 집으로 갔고, 노래하고 건반을 두드리고 웃음을 터뜨리며 즐겁게 *30*분을 보낸 기억뿐이다. 글은 몇 년 뒤에 배웠는데 불안으로 가득 찬 힘든 과정이었다. 내가 안간힘을 써서 *1*학년 입문서의 음절들을 소리 내자 선생님이 "이제 필립이 읽는다"고 반 아이들에게 선언하던 순간이 아직도 기억난다. 하지만 피아노 앞에서 내 손가락이 갑자기 시키는 대로 움직이고 누군가 "이제 필립이 피아노를 친다"고 말하던 순간 같은 건 기억에 없다.

그 어린 시절 동안 어머니는 자신이 모성의 의무라고 알고 있는 모든 것을 다했으며 거기에는 자식들에게 음악을 가르치는 것도 포함되었다. 큰 딸들에게는 바이올린을 주고 직접 가르쳤는데, 그것은 실수였다. 그녀는 딸들과 함께 연주하면서 좌절감과 분노에 사로잡혀 부주의하고 서툴다고 야단을 쳤다. 어머니가 세상을 뜬 뒤 나는 이모에게 어머니가 어릴 때 바이올린을 부지런히 배웠느냐고 물었다. "아 그럼, 우리 모두 가운데 최고였지." 그녀가 말한 '우리 모두'란 *1940*년대에 함께 성장한 세 자매였다. 외할아버지는 과자점에서 수지를 맞추느라 안간힘을 쓰면서도 딸들에게 용케 악기를 사주었는데 거기에는 이웃이 쓰던 괜찮은 4분의 1 크기 바이올린도 있었다. 좋은 바이올린은 어머니에게 갔다. "나는 늘 쓰던 것만 물려받았지." 이모는 말했다. 어머니와 이모는 집시 드레스를 입고 파티에서 듀엣으로 연주했는데 돈 때문이 아니라 친구나 가족을 향한 봉사나 선물의 의미였다. 어머니는 나에게 한번도 이런 이야기를 한 적이 없었지만 이모는 그 연주를 진지하게 수행한 일로 기억하고 있고, 거기에는 씁쓸함이 섞여 있었다. "한번은 연주를 해달라는 전화를 받았는데 내가 할 수 없다고 했어." 그러자 외할머니가 수화기를 낚아채 으르렁거리는 소리로 말했다. "애들이 연주하러 갈 거예요."

아마 어머니는 딸들을 자신이 여동생과 같이 한 듀엣 비슷한 걸로 만드는 상상을 했을 것이다. 아마 그녀는 딸들이 풍족한 이웃에게서 중고로 구입한 것이 아닌 새로 산 바이올린을 하나씩 갖고 연주하는 행운을 고마워할 줄 모른다고 느꼈을 것이다. 아마 어머니는 그저 인내심이 없었고 집에 아이가 넷이다 보니 신경이 날카로워졌을 것이며 딸들과 음악을 연주하다 보니 음악이 과거 자신에게 결코 독립과 자유에 이르는 길이 아니었음을 기억했을 것이다. 어쨌든 누나들은 바이올린과 힘겹게 씨름하면서 어머니와 격렬한 갈등을 일으켰고 어머니는 그들을 위협하고 경멸하고 화를 냈으며, 마침내 문을 쾅쾅 닫는 소리로

온 집이 흔들렸고 모두가 다른 사람의 분노와 눈물을 피해 최대한 멀리 달아났다. 어떤 이유에서인지 어머니는 나나 바로 위 누나에게는 똑같은 고문을 하지 않았다. 우리는 친절한 여성에게 피아노 레슨을 받을 수 있었다. 그녀에게 음악은 기분 좋게 즐거운 마음으로 시간을 보내는 한 가지 방법이었고 훈련은 놀이로 위장되어 있었다.

마이판위는 어린 시절 나의 세 선생님 가운데 첫 번째였는데 나는 그 셋과 모두 불행하게 헤어졌다. 유치원에 들어간 직후 우리 가족은 첫 집을 떠나 몇 킬로미터 떨어진 곳에 새로 지은 큰 집을 샀다. 전기로 작동하는 차고 문 개폐기나 방끼리 통신할 수 있는 인터콤 시스템 같은 현대적 편의시설을 갖춘 곳이었다. 그러나 인터콤은 쓴 적이 없었다. 서로 별로 소통하고 싶지 않았고, 꼭 필요한 경우에는 그냥 소리를 지르는 게 더 편했기 때문이다. 그 집은 새로 심은 잔디 외에는 아무것도 없는, 나무나 덤불이나 어떤 꽃도 없는 황량하고 넓은 곳에 덩그러니 자리 잡고 있었다. 나에게는 엄청나게 거대해 보였다. 아이 넷에게 방이 하나씩 있었고, 다락방에서 자는 것에 짜증을 내던 부모님에게도 마침내 제대로 된 방이 생겼다. 어머니는 새 집에 무척이나 만족하여 커튼을 만들고, 재단과 바느질을 하고, 베개나 피아노를 포함하여 모든 것의 덮개를 만드는 일에 착수했다. 피아노에는 당시 우리에게는 매우 현대적으로 보이던 기하학적 흑백 다이아몬드 무늬의 덮개가 드리워졌다. 그러나 새로운 집에는 대가가 따랐다. 어린 축에 속했던 나와 바로 위 누나는 다니던 학교에서 쫓겨나듯 떠나야 했고 이제 마이판워의 집은 우리가 걸어서 갈 수 없는 거리에 있었다.

누나 리사와 나는 새로운 선생을 찾아야 했다. 리사는 이제 나이를 먹었고 나도 악기를 다루는 솜씨가 늘었기 때문에 우리는 음악적인 보모 이상의 선생, 전문적으로 가르치고 우리가 다음 수준으로 올라가는 데 도움을 줄 수 있는 선생을 찾았다. 샬롯은 잘사는 축에 속하는 교외에 살면서 부엌 옆 방에 북적거리는 피아노 스튜디오를 운영하는 독일 여자였다. 막 빵 반죽이나 수프를 젓다가 온 사람처럼 레슨에 나타나던 마이판워와는 달리 샬롯은 활기차게 효율적으로 스튜디오를 운영했다. 우리가 부엌 식탁에 앉아 초조하게 기다리는 동안 문으로 피아노 소리가 들리고 그 위로 박자를 세는 샬롯의 목소리가 계속해서 들렸다. 이윽고 문이 열리면 샬롯은 활짝 미소를 지으며 물 흐르는 듯한 동작으로 오른손으로 한 아이를 내보내고 왼손으로 다음 아이에게 손짓을 했다. 마치 시간을 절약해주는 가전제품을 재가동하는 것 같았다. 첫 레슨이 끝나고 샬롯은 우리에게 악보 출판사의 우편 주문 카탈로그를 들려 보냈다. 적어도 스무 권은 훌쩍 넘는 책들에 우리가 앞으로 교육받는 데 즉시 필요한 교재라고 표시가 되어 있었다. 어머니는 그 비용을 다 더해 보더니 한마디

내뱉었다. “맙소사.”

우리가 새로 구한 악보 가운데는 『안나 막달레나 바흐를 위한 음악노트*Notebook for Anna Magdalena Bach*』도 있었는데, 이것은 *1720*년대에 바흐 가족이 편찬한 악보 모음집이다. 안나 막달레나는 바흐의 두 번째 부인이었으며 결혼하기 전 유능한 프로 성악가였다. 그녀의 이름이 들어간 이 악보집은 가장 쉽게 접근할 수 있는 바흐 건반 작품 가운데 다양한 춤 모음곡과 다른 작곡가들의 짧은 곡을 두루 모아놓은 것이다. 인쇄된 악보를 쉽게 구할 수 없던 시대에 이런 음악노트는 가족 스크랩북이나 조리법 모음집 같은 것이 되어, 다양한 목적으로 만든 음악이 잡다하게 모여 있었다. 집에서 춤을 가르칠 때 사용할 수 있는 음악, 가족 모임에서 애창되는 아리아, 아이들에게 화성의 기초를 가르치는 데 도움이 되는 합창곡이 있었고, 심지어 어린아이가 직접 작곡한 작품이나 첫 에세이(아버지가 첨삭한)가 아기의 머리카락이나 오래된 폴라로이드 사진처럼 소중하게 간직되어 있었다.

『골드베르크 변주곡』의 기초가 된 아리아는 내가 악기를 배우고 있을 때 인기 있던 교육용 곡이었던 두 미뉴에트와 함께 *1725*년 『안나 막달레나 바흐를 위한 음악노트』에 처음 등장했다(나중에 들어간 것으로 보이긴 한다). 샬롯은 “오 주님, 우리에게 일용할 바흐를 주시옵고” 하고 말하곤 했으며 이 두 미뉴에트를 통해 나를 바흐로 이끌려고 했다. 두 부분으로 이루어진 단순하고 우아하고 곡조가 아름다운 작품들이지만 별로 바흐처럼 들리지 않는다고 판단하는 데는 정교한 귀가 필요 없다. 실제로 이 두 작품은 작곡가이자 오르가니스트이며 바흐와 달리 유럽 전역을 여행했던 크리스티안 페촐트가 쓴 것이라고 1970년대에 결론이 났다. 하지만 바흐 가족의 음악노트는 우리에게 그 가족의 생활을 들여다볼 수 있는—아마도 그들의 취향과 호기심을 약간 느껴볼 수 있을—흥미롭지만 불확실한 창문을 제공한다. 페촐트의 미뉴에트는 프랑스의 하프시코드 대가이자 바흐가 존경하던 작곡가인 프랑수아 쿠프랭의 세련된 작은 론도, 그리고 모호하게 '뵘 씨'가 썼다고 나와 있는 미뉴에트와 함께 등장한다. 이 사람은 아마 바흐가 청소년 때 함께 공부했던 유명한 오르가니스트 게오르크 뵘일 것이다. 이런 곡들과 더불어 오페라(바흐가 한번도 시도한 적이 없는 음악 형식)를 포함한 다양한 출처에서 나온 아리아들도 포함된 여러 곡에서 실용적이고 허세 없는 가정, 더 큰 세계에 대한 호기심이 있으면서, 가장이 전문적 능력을 발휘하여 작곡한 것과 비교하면 듣기에 편하고 좀 하찮아 보이는 음악도 소중히 여기는 것을 부끄러워하지 않는 가정을 느낄 수 있다.

『골드베르크 변주곡』의 아리아에 관하여 일부 학자는 이 또한 과연 바흐가 쓴 것인지 의심해왔다. 이 곡은 음악노트에서 두 페이지에 걸쳐 나오는데, 이 두 페이지는 묘하게도 다른 아리아를 둘로 나누고 있다. 아마도 원래 고트프리트 하인리히 슈퇼첼의 오페라 〈디오메데스 *Diomedes*〉에 나온 「내 곁에 있어주오 *Bist du bei mir*」라는 노래를 누군가 필사하던 중 실수로 중간에 두 페이지를 공백으로 남겨놓았고, 나중에 이곳에 아리아가 삽입된 것으로 보인다. 아마도 두 페이지는 달라붙어 있었을 텐데, 『골드베르크 변주곡』의 아리아를 적은 사람이 누구든 그는 이 빈 두 페이지를 낭비하고 싶지 않았을 것이다. 그런데 「내 곁에 있어주오」의 정서는 묘하게도 『골드베르크 변주곡』 아리아의 귀에 감기는 선율적 매력을 환기한다. 마치 『골드베르크 변주곡』 아리아의 곡조가 슈퇼첼 아리아의 어두운 속에 채워 넣은 달콤한 소인 것처럼.

내 곁에 있어주오, 그러면 나는 기쁨으로 가겠소
나의 죽음과 안식으로.
아, 사랑하는 그대의 두 손이
나의 충실한 눈을 감겨준다면
나의 죽음은 얼마나 기쁠지.

바흐에 대한 최초의 진지하고 포괄적인 전기로 여겨지는 책을 쓴 필립 슈피타(그는 여전히 이 주제에 관한 가장 매력적인 저자 가운데 한 명이다)는 심지어 『골드베르크 변주곡』의 아리아가 사랑 노래로 쓴 것이라고 암시하기까지 했다. "원래는 안나 막달레나를 위해 쓴 것이 틀림없다."[5] 그는 말한다. 바흐는 여기에서 영감을 얻어 변주곡들을 쓰면서 "아마 어떤 개인적인 특별한 동기에 의해 영향을 받았을 것이다". 그러나 1980년대에 바흐 탄생 3백 주년에 딱 맞추어 한 학자가 이 곡이 "절대 바흐의 작품이 아니며 지금까지는 알려지지 않은 프랑스인이 쓴 것"[6]이라고 주장하면서 이 곡의 저자에 대한 논쟁이 벌어졌다. 다른 학자들이 강력하게 이의를 제기했지만 지금은 이 아리아가 바흐의 가장 전형적인 작품은 아니고 갤런트의 우아함에 영향을 받은 것이기는 하지만 진짜 바흐의 작품이기는 하다는 잠정적 합의가 이루어져 있다.

나는 『골드베르크 변주곡』 아리아와 「내 곁에 있어 주오」를 어린 시절 수도 없이 지나 내가 더 쉽게 다가갈 수 있는 다른 것, 페촐트의 미뉴에트를 포함해 더 단순한 춤곡들을 찾아다녔다. 이 두 미뉴에트는 누가 썼든 사랑스러운 소곡들인데, 나는 샬롯의 지도하에 그것들을 잘 배워 바흐의 쉬운 프렐류드까지 나아갔고, 그 뒤에 몇 년에 걸쳐 바흐의 웅장한 개론서 『평균율 클라비어*The Well-Tempered Clavier*』 첫 프렐류드와 푸가까지 나아갔다. 샬롯은 피아노 테크닉에 관한 확고하고 단호한 생각을 갖고 있었으며, 정확한 손의 위치를 고집했다. 손목과 손바닥은 평평하고 손가락은 둥글어야 했으며, 각 손가락은 들어 올렸다가 낡은 타자기를 살짝 두드리고 손을 떼듯 건반을 쳐야 했다. "피아노 건반을 누를 때 힘을 얼마나 줘야 하는지 아니?" 내가 피아노를 너무 크게 치자 그녀가 나에게 물은 적이 있었다. 나는 모른다고 자백했다. "허시 바 두 개야." 즉 약 90그램이라는 뜻이다. 한번은 운 좋게 캔디 바 두 개를 얻었을 때, 그것들을 건반 위에 올려놓으면 정말로 건반이 가라앉으면서 조용히 현이 울리는지 보려고 했다. 하지만 캔디 바 두 개의 균형을 제대로 잡을 수가 없었다. 결국 지금까지도 샬롯의 말이 옳은지 확인할 수는 없지만 지나치게 적극적으로 연주를 하려고 할 때면 지금도 "허시 바 두 개"라고 꾸짖는 그녀의 목소리가 귓가에 울린다.

마이판워는 나에게 재능이 있다고 말한 적이 있었고 샬롯은 나를 무척 아꼈다. 누나 리사에게는 달랐다. 재능이 있었는데도 샬롯은 그녀를 의붓자식 취급했다. 리사는 처음에는 샬롯에게 배우는 것을 즐거워했지만 곧 수업을 두려워하게 되었다. 닫힌 문 너머에서 리사와 어머니가 상의를 했고 낮은 목소리의 대화가 이어졌다. 어느 1월 긴장은 임계점에 달했다. 누나의 기억은 이렇다. 크리스마스 직전 그녀는 선생님한테 복잡한 베토벤 소나타를 배우고 싶다고 말했는데, 샬롯은 그게 그녀에게는 너무 어렵다고 말했다. 리사는 고집을 부렸고 연말의 휴일 동안 1악장을 연습했지만 새해가 찾아온 뒤 첫 레슨에서 연주했을 때 샬롯은 그냥 이렇게만 말했다. "틀린 조로 쳤어."

이것을 어떻게 받아들여야 할지 알기는 어렵다. 나는

그 이야기를 전해들었을 뿐 부엌문 건너편에서 대면을 한 당사자는 아니었다. 아이가 베토벤 소나타를 "틀린 조로" 배운다는 것은 있을 법하지 않아 보이는데 그게 맞는 조로 배우는 것보다 훨씬 어렵기 때문이다. 아마 누나는 템포를 틀렸거나 그냥 여기저기서 샤프 또는 플랫을 몇 개 빠뜨렸을 것이다. 어쩌면 샬롯의 말을 잘못 듣거나 잘못 이해했을 수도 있고, 어쩌면 샬롯이 그냥 잔인하게 군 것일 수도 있다. 진상이 무엇이든 어머니와 선생님은 말다툼을 했고 우리 셋은 모두 그녀와 헤어졌다.

나는 깊은 상실감에 빠졌고 리사는 이 사건에 너무 상처를 받아 피아노를 완전히 그만두었다. 마이판위가 음악을 재미있게 만들어주었다면 샬롯은 중요하게 느껴지게 했고 '소나티나', '인벤션', '미뉴에트' 같은 무게감 있는 라벨이 붙은 진지한 음악을 소개해주었다. 그녀는 내가 어른들의 전통의 일부, 뭔가 존경할 만하고 신성한 것의 일부가 되었다고 느끼게 해주었으며, 나는 그녀와 공부를 하는 동안 처음으로 음악을 아이가 어른을 위해 공연하는 묘기나 숙달해야 할 잡일이 아니라 음악 그 자체로 즐길 수 있었다. 성공은 음악 안에 있었다. 마이판위가 잘했다는 상으로 나의 음악 입문서 페이지에 붙여주는 별 이상의 어떤 것이었다. 나는 샬롯과 함께 처음으로 나 자신 바깥으로 나가, 피아노를 치려는 안간힘으로부터 떨어져서 음악을 들을 수 있었고 처음으로 나 자신에게 이제 필럽이 피아노를 친다고 말할 수 있었다. 샬롯이 누나한테는 못되게 굴었을지 모르나 그것은 당시 나에게는 별로 중요하지 않았다. 그녀는 내게 친절했다.

𝒥

미국에서 피아노 레슨은 문화적 현상으로서 1980년대 들어서까지도 오랫동안 번성했다.[7] 20세기 첫 10년 동안 미국 제조사들은 피아노를 약 37만 대 생산했는데 대공황과 제2차 세계대전을 거치면서 감소했다가 1980년에 이르러 다시 거의 25만 대로 올라갔다. 내가 한창 자랄 때는 교외의 규격형 주택 지역에서 피아노 없는 집을 만나기 힘들었다. 그러나 사회적 열망과 중간계급의 자기 계발에 대한 강박으로 가득한 레슨이라는 이상한 의례의 기원은 피아노가 부르주아 가정에서 지배적인 악기로 자리를 잡던 시기 이전으로 거슬러 올라간다. 피아노 전에 하프시코드가 있었으며, 이 악기는 직업적인 오페라 가수와 실내악 앙상블과 오케스트라를 지원하는 주력 악기인 동시에 독주 악기였다. 구체제 프랑스에는 이 악기를 주로 귀족, 특히 상층계급 여자들에게 가르치는 작은 산업이 있었다. 하프시코드 교사들 가운데 가장 유명한 사람은 건반 음악의 위대한 천재로 꼽히기도 하는 프랑수아 쿠프랭이었다. 그는 수수께끼 같은 제목이 붙은 짧은 곡을 몇 권이나 써냈는데 그 곡들은 비꼼과 동경, 재기와 냉소가 공존하면서 그 각각이 분위기, 사람, 생각 등 무언가를 섬세하고 세련되고 차분하게 포착한 짧은 스케치였다. 음악적 스타일과 본능은 대척점에 있었지만 바흐는 쿠프랭을 존경했다. 바흐의 음악이 쿠프랭의 음악과 혼동될 일은 전혀 없지만 그의 건반 작품에 귀 기울여 보면 이 프랑스 거장을 향한 메아리 또는 헌사를 듣고 있다는 확신을 갖게 되는 순간이 많이 있다.

*1716*년, 쿠프랭은 교사로서의 명성이 높아져 젊은 연주자를 위한 레슨 교본 『하프시코드 연주법*L'art de toucher le clavecin*』을 출간했다. 그는 가족의 요리법이나 중요한 영업 비밀을 나누는 듯한 느낌으로 이 책을 세상에 내놓았다. "아마 몇몇 사람은 내가 이것을 공개하는 것이 나의 이익에 어긋난다고 말할 것이다." 그는 서문에 그렇게 썼다. 그러나 (나중에 나온 판에서) 자신의 음악이 "파리, 지방, 외국"에서 호평을 받았다고 말한 것은 자신의 평판이 가진 힘에 대한 분명한 암시였다. 당시 바흐는 튀링겐 바깥에서는 미미한 존재였던 반면 쿠프랭은 파리 외부에서도 유명했으며 그의 작은 책은 지금까지도 우리가 하프시코드 테크닉에 관해 알고 있는 많은 것의 핵심적 열쇠다. 이 책은 몸, 손, 손목, 팔의 위치를 비롯해 운지법, 장식음과 프레이징을 처리하는 법을 자세히 다루고 악기를 우아하게 연주하는 법에 관하

여 유용한 조언을 해준다. "얼굴을 찌푸리는 문제는 스피넷 *Spinet**이나 하프시코드 악보대에 거울을 올려놓아 고칠 수 있다." 음악을 연주한다는 것은 단지 올바른 음에 올바른 손가락을 갖다 놓는 것만이 아니라 몸 전체를 잘 다스려 얼굴에서 발과 손끝에 이르기까지 편안하고 우아한 모습을 보여주는 것이기도 했다. 음악은 당시 새로 등장하던 자의식에서 빼놓을 수 없는 일부가 되어가고 있었다.

*1717*년 판 서문에서 그는 이런 조언도 하고 있다.

> 아이들에게 레슨을 할 때 처음 몇 번은 가르치는 사람 없이 혼자 연습하게 두지 않는 것이 좋다. 어린이는 너무 부주의하여 정해진 위치에 손을 놓으려 하지 않는다. 내 경우 아이들을 가르치는 초기에는 이것을 예방하려고 아이들을 가르치는 악기의 열쇠를 가지고 다닌다. 45분 동안 그렇게 세심하게 가르친 것을 내가 없는 동안 순식간에 망쳐버리지 않게 하려는 것이다.[8]

쿠프랭의 학생들은 적어도 *19*세기에 산업을 이루게 된 피아노 레슨과 비교하면 개인적 관심을 특별히 많이 받은 게 분명하다. *19*세기 중반에 이르면 유럽과 미국의 경쟁사들이 피아노를 대량 생산하였으며, 값이 싸지면서 그 전 세대의 제인 오스틴의 소설에 나오는 어린 숙녀가 아니

* 오각형의 작은 하프시코드.

라도 연주법을 배울 수 있었다. 기술적으로 까다로운 독주 레퍼토리가 많이 개발되었고, 중간계급 출신의 젊은이도 이 악기를 배우게 되었다. 피아노의 규율은 피아노를 공부하는 사람들 속으로, 심지어 그 가정 속으로 더 깊숙이 확장되기 시작했다. 피아노는 음악의 중심일 뿐 아니라 계몽주의의 세계 합리화의 확장이 되었다.

더 많은 사람이 피아노 같은 악기를 배울 여가를 얻게 되면서 강도 높은 연습에 대한 숭배가 자리 잡았고 학생들은 악기 앞에서 오래 외로운 시간을 보내면서 레슨에서 배운 것을 하나하나 쌓고 다져나갔다. 이 초창기 대중 건반 교육법의 가장 유명한 스승 가운데 하나가 베토벤의 제자인 카를 체르니였다. 체르니는 19세기 가장 위대한 명연주자 프란츠 리스트의 스승이 되었으며, 리스트 또한 이후 여러 세대의 음악가들을 가르쳤다. 체르니는 학생들이 숙달해야 하는 것을 매우 기계적인 관점으로 표준화하는 데 일조했으며 그가 실용적인 건반 조언서에서 사용한 비유는 잔혹할 정도였다. "손가락은 말을 안 듣는 작은 생물 같아 고삐를 잘 쥐고 있지 않으면 약간 유연해지자마자 길들이지 않은 망아지처럼 달아나는 경향이 있다."[9]

쿠프랭은 제자들이 자신이 가르치는 방법에서 빗나가는 것을 막기 위해 하프시코드 건반을 잠갔다고 하지만 19세기 중반에 이르면 피아노를 배우는 학생들은 악기 앞에서 혼자 힘겹게 노력해야 했다. 그리고 그들은 감시와 극기라는 규율을 스스로에게 세심하게 강제해야 했다. 이것이 가정에 가져온 감정적이고 실존적인 변화는 마티스의 1916년 그림에서 볼 수 있다. 〈피아노 레슨*The Piano Lesson*〉에서 화가의 아들 피에르는 플레옐*Pleyel** 피아노 건반 앞에 앉아 있고 아이와 관객 사이에는 커다란 메트로놈이 눈에 띄게 자리 잡고 있다. 피에르는 한쪽 눈으로만 보고 있고 다른 눈은 살색 물감으로 그린 묘한 삼각형 상처로 흐려져 있는데 이 상처는 크기와 모양이 피라미드 모양의 메트로놈을 닮았다. 이와 관련된 그보다 뒤에 그린 그림 〈음악 레슨*The Music Lesson*〉에서 마티스는 아이가 교사와 함께 피아노 앞에 앉아 있는 모습을 묘사하고 있지만, 〈피아노 레슨〉에서는 배경에 어떤 여자의 이미지가 그려져 있을 뿐 피에르는 완전히 혼자이다. 아이는 이런 고독 속에서 메트로놈의 쉼 없이 똑딱거리는 소리에 쫓기고 분열된다. 메트로놈은 바로 아이의 머리에 자국을 남겨놓았다. 자국은 아이 뇌의 오른쪽, 음악을 처리하는 중심적인 부분에 나 있는데, 메트로놈처럼 생긴 이 흐릿한 자국이 아이의 정체성을 지우고 있다.

체르니 같은 교육학자들은 19세기의 광범위한 교육 논쟁을 되풀이했다. 지식과 숙달에 이르게 하는 것은 엄격한 집중과 규율인가? 아니면 정서적 몰입과 호기심이 필요한가? 엄격한 규율을 옹호하는 사람이 반드시 교육에 대

* 유서 깊은 피아노 브랜드.

한 기계론적 관점을 옹호하는 것은 아니었지만 자유와 방종에 대한 그들의 불안은 뚜렷하게 드러나며, 그런 불안은 계몽주의 이래 음악사를 관통하는 일관된 흐름이다. 이러한 불안은 심지어 로베르트 슈만 같은 인물에게서도 엿보인다. 규율과 자유를 똑같이 건강하게 존중하는 태도에 기초한 좀 더 총체적인 교육관을 지지했던 그는 『젊은 음악가들을 위한 규칙과 격언*Rules and Maxims for Young Musicians*』에서 건반뿐만 아니라 음악에 대한 폭넓은 호기심과 관심을 장려했다. 그는 오페라와 종교음악을 포함한 넓고 다양한 음악의 청취, 화성과 음악의 기초에 대한 철저한 지식, 정기적인 실내악 연주를 권했다. 그러나 또 즐거움과 몰입, 가끔은 즉흥성의 역할도 있다고 보았다.

하늘이 당신에게 활발한 상상력을 선물했다면 당신은
외로운 시간에 자주 마법에 걸린 것처럼 피아노 앞에
앉아 마음속에 깃든 조화를 표현하려 할 것이다.
화성의 영역이 아직 불분명할수록 당신은 마치 마법의
원 안으로 들어가듯 더 신비롭게 끌리는 느낌을
받을 것이다. 이것이 젊음의 가장 행복한 시간이다.
하지만 그림자뿐인 그림을 그리느라 힘과 시간을
허비하게 만드는 재능에 너무 자주 몸을 맡기지 않도록
주의하라.[10)]

슈만은 음악학교가 부상하던 시대에 글을 쓰고 있었기 때문에 아무리 그의 권위로 승인되는 면이 있다 해도 "활발한 상상력"과 "마법의 원" 같은 표현을 쓴 것은 당시의 지배적 경향과 맞서는 일이었다. 음악학교는 19세기 첫 몇십 년 동안 유럽 전역에 생겨나면서 피아노 명연주자들의 핵심 그룹을 배출했으며 이들이 아마추어 사이에 이 악기에 대한 열광을 퍼뜨리는 데 일조했고, 이것이 다시 더 많은 사람, 특히 젊은 여자들을 음악학교로 향하게 했다. 그러나 음악학교 체제는 공장과 같았고 영혼을 짓밟는 면이 있었다. 십대 때 라이프치히 음악학교에 입학한 에드바르 그리그는 선생들의 보수적 태도에 주춤했고, 그때의 경험에 치를 떨며 거기 있는 동안 아무것도 배운 게 없다고 주장했다. 학교마다 이 악기를 배우는 정해진 체계를 장려하는 경향이 있었지만, 이런 방법들이 당대 건반 테크닉의 급속하게 진화하는 요구들을 늘 따라잡을 수 있는 것은 아니었다. 슈투트가르트에서는 학생들이 팔과 손목을 절대 움직이지 말고 손가락만 피스톤처럼 올린 다음 건반을 힘차게 치라고 배웠는데, 이 방법은 많은 학생에게 엄청난 피해를 주었다. 체르니에게 훈련을 받은 유명한 교육자 테오도르 쿨라크는 너무 부담스러운 연주법을 가르쳐서 학생들은 연습 뒤에 뻣뻣함을 풀기 위해 팔을 흔들라는 말을 들었다. 1860년대와 70년대에 독일에서 공부한 미국인 에이미 페이는 집으로 보내는 편지에서 손가락이 마비될 것 같은 요한 밥티스트 크라머의 연습곡을 가능한 한 빨리, 크게, 자주 쳐야 한다고 말했다. 그녀가 존경하던 선생은 또 매우 무서웠다. "너무 힘들어서 손가락이 당장이라도 부러질 것 같아요. 그래서 더는 못 치겠다고 하면 선생님은 '계속 쳐야 해'라고 해요."[11]

미국에서 피아노 교육은 개인 레슨이 중심이었다. 사업 수완이 있는 교사들은 스튜디오를 운영하며 때로는 개인 레슨을 때로는 그룹 레슨을 했다. 경쟁이 시작되었고 교사들은 종종 열정적인 추종자 무리를 거느리기도 했다. 20세기에 이르러 이런 시스템은 널리 퍼졌고, 마이판위 같은 여자들도 가세했다. 그들은 약간의 가욋돈을 벌기 위해서 또는 여자가 가정 밖에서 전문적인 성취를 이룰 기회를 거의 갖지 못한 당시 상황에서 자칫 시들어버릴 수도 있었을 창조적 에너지를 발산하기 위해 가르치는 일을 택했을 수도 있다. 교사의 공급이 확대되면서 학생의 공급 또한 확대되어 음악 이해력을 갖춘 문화가 널리 발전하게 되었으며, 이것은 지역 피아노 경연, 일요일 오후의 음악 클럽, 악보를 보급하는 대중 잡지로 나타났다. 20세기 중반에 이르러 매스미디어가 출현하고 음반이 확산하면서 사람들이 음악을 듣고 이해하는 방식의 사회적 역학이 바뀌게 되었지만 이런 변화도 아직 가정에서 음악을 감상하는 데 필수적이었던 피아노를 쫓아내지는 못했다. 이제는 거의 사라진 이 번창하던 음악 세계 안에서 피아노 교사들의 하위문화는 이상주의와 약간의 협잡이 가득한 미국 사회의 별나고 사랑스러운 축소판이었다. 경쟁은 치열해질 수 있었고, 브랜딩은 필수였으며, 의례적 행위가 급증했고, 이상하고 비의적인 체계들이 종교집단 같은 추종을 낳았으며, 충성이 일었다가 사그라들었다. 그리고 어찌 된 일인지 여기에서 음악적 호기심을 가진 집단과 더불어, 전문적 수준의 교향악단과 오페라 연주자를 길러낼 만큼 분별 있고 건전하고 음악적으로 유능한 사람들이 나타났다.

동년배의 아이들이 정확히 같은 방식으로 표준적인 일련의 과정과 학년을 거치고 교사들이 (대부분의 경우) 자신이 맡은 학생들과 전문적 거리를 유지하며 지도하는 공립학교 체계와는 달리, 음악 공부는 학생이 교사와 훨씬 더 개인적이고 심리적으로 밀접한 관계를 맺게 했다. 음악은 신비하고 종종 난해한 예술이었으며, 새로운 교사를 만나면 그 전 교사가 손의 위치에서부터 연습 방법에 이르기까지 모든 것을 엉터리로 가르쳤다는 말을 듣는 것이 드문 일이 아니었다. 교사를 바꾸는 것은 종종 종교를 바꾸는 일과 약간 비슷하게 느껴졌다. 늘 일요일이었던 안식일이 이제 토요일이 되고, 전에는 성찬식 동안 서 있지 않으면 지옥 불을 각오해야 했는데 이제는 반드시 앉아야 한다. 의례와 관행에서 일어나는 이런 피상적 변화가 실제로 새로운 관계의 첫 몇 주 혹은 몇 달 동안 놀라운 결과를 만들어내기도 했다. 뿌리 깊은 습관에서 근본적 변화가 일어나면 정신과 몸이 흔들려 틀에 박힌 상태에서 빠져나올 수도 있는 것이다. 그러나 시간이 지나면서 이런 체계와 교조의 급증은 자의적인 것으로 보이게 되었으며, 이제 이에 관해 말할 수 있는 최선은 그것들이 믿음에 대한 자신의 감각을 형성할 수 있는 다양한 선택지를 제공했다는 것 정도다.

나의 세 번째 선생님은 금욕적 종교집단을 관장하며 음악에 대한 내 관심을 거의 죽여버렸다. 샬롯은 다정하고 격려를 아끼지 않았던 반면 조이스의 경우 나는 별로 운이 좋지 않았다. 나의 기술에 대한 그녀의 평가는 정확했다—나는 규율이 잡혀 있지 않았고 고집스러웠고 새 곡 선택에서 너무 야심만 앞세워 제대로 습득하지도 못했다. 하지만 그녀의 방법은 지루하고 끔찍하게 계산적이어서 내가 이 악기에 대해 갖고 있던 즐거움을 남김없이 파괴했다. 조이스는 내 고삐를 죄는 유일한 방법은 음악을 소화할 수 있을 만큼 조금씩 토막토막 먹이는 것이라고, 한 번에 여덟 마디만 먹이는 것이라고 판단했다. 그녀는 새로운 곡을 칠 때마다 악보를 복사해서 매주 배울 새로운 부분 한 줄만 리본처럼 잘게 잘라 주는 식으로 그 방법을 실행에 옮겼다. 내가 그 여덟 마디를 충분히 익히고 돌려주면 그 보답으로 그것을 두꺼운 종이에 붙였으며, 한 주 한 주 지나면서 그런 식으로 천천히 곡 전체가 모습을 드러내기 시작했다. 하지만 이전 토막을 습득하지 못하면 레슨이 끝나고 나서 지난주 악보를 완전히 소화해 다음 주에 다시

오라는 엄숙한 지침만 받은 채 빈손으로 집에 가야 했다. 그것은 우리 집 저녁 식탁의 야간 의례와 너무나도 비슷했다. 식탁에서 어머니는 접시에 놓인 것을 모두 먹어야 한다고 강조했다. 가끔 음식을 먹을 수 없을 때는 잘 시간이 올 때까지 쌀쌀한 분위기가 이어지고 먹던 것은 셀로판지에 싸여 냉장고에 들어갔다가 다음 날 저녁 다시 나왔다.

새 선생님과 첫 레슨을 마친 뒤 나는 귀중한 여덟 마디를 집으로 가져가 그 둥글게 말린 종이떠를 펴서 악보대에 놓고 낙심한 채 물끄러미 바라보았다. 나는 초견에 아주 능숙했다. 그 말은 어떤 곡을 한 번 또는 두 번 눈으로 보는 것만으로 기본적인 것은 대부분 파악하며 더듬더듬 따라갈 수 있었다는 뜻이다. 나는 음을 빠뜨리고 리듬을 어림잡고 세부적인 것은 생략하면서 로베르트 슈만 곡의 첫 발췌분을 읽어나가다 어느새 끝에 이르고 말았는데 마치 영화가 중간에 끊어지거나 턴테이블의 바늘을 중간에 들어 올린 것과 비슷한 느낌이었다. 악상이 허공에 머물러 있었다. 멜로디에 파열이 일어났다. 정적. 나의 호기심은 견딜 수 없을 만큼 심각해졌다. 나는 끝까지 음악에 실려 가기를, 음악이 어떻게 전개되는지 끝까지 듣기를, 즐거워하는 청중 앞에서 내가 그 곡을 연주한다고 상상하기를 바랐다. 잠긴 하프시코드를 물끄러미 바라보며 그 악기의 말을 더 듣기를 바랐을 쿠프랭의 어린 제자가 된 것 같았다.

나는 음악을 연주하는 즐거움을 밀어두고 그것을 배

우는 고역을 받아들여야만 했다. 내 음악적 약점에 대한 조이스의 생각은 옳았지만 그녀가 고안해낸 방법은 내가 건반 앞에 앉는 매 순간 혐오하게 만들었다. 모든 곡의 여덟 마디 조각들은 몇 달이 지나야만 합쳐졌으며, 한 곡이 완성될 때가 되면 나는 그 음들을 모두 싫어하게 되었다. 나는 슈만이 『젊은 음악가들을 위한 규칙과 격언』에서 묘사한 위험하고 자위적인 자유에 탐닉하여 연습 시간을 보내면서 화음들이 어디로 가는지 보려고 두드려보고 그림자 그림들의 마법의 원에서 꿈을 꾸었으며 그 결과 음악을 이해하는 쪽으로는 거의 진전을 보지 못했지만 적어도 음악의 생명 없는 시체를 들여다보는 고역에서는 자유로웠다.

어머니는 조이스가 전하는 나쁜 보고에 점점 좌절감이 커졌다. 집으로 돌아오는 길에는 설교와 더불어 더 잘하지 않으면 특권을 줄이겠다는 위협이 따랐다. 나는 가능한 한 피아노를 피했고 어쩔 수 없이 연습해야 할 때는 음계를 기계적으로 치다가 어머니가 한눈을 팔 때에야 나 자신의 곡을 만드는 일로 빠져들 수 있었다. 마티스의 〈피아노 레슨〉에는 괴로워하는 소년의 일그러진 이미지와 더불어 캔버스를 지배하는 녹색 부분이 있는데, 이 삼각형 모양은 메트로놈과 가엾은 피에르의 얼굴을 가로질러 지우는 이상한 상처에서 반복된다. 이 녹색 영역의 아래쪽 변은 피아노가 끝나는 곳에서 시작되는데, 분명히 집이라는 공간 너머의 세계, 피아노가 주는 즐거움이 줄어들수록 내가 더 갈망하던 세계를 표현하고 있다. 나는 피아노를 피하기 위해 집에 오는 것을 미루고, 연습의 의무에서 해방될 때마다 밖으로 달아나곤 했다.

어느 날 영감이 떠올랐다. 조이스는 멘델스존의 어떤 곡 여덟 마디를 내게 들려 보냈다. 그 시절 도서관 방문은 우리 가족에게 주간 의례였다. 왜 미처 생각 못 했을까? 우리 도서관에는 악보도 있었다. 다음에 도서관에 갔을 때 나는 멘델스존의 악보집 몇 권을 찾아냈다. 나는 악보를 한 장 한 장 넘기다 곧 내가 치는 곡의 시작 부분을 발견했다. 멘델스존이 당대의 인기 있는 노래들을 모방하여 쓴 「무언가*Lieder ohne Worte*」 가운데 쉬운 편에 속하는 한 곡이었다. 나는 그 악보를 집으로 가져와 조이스가 나에게 준 여덟 마디를 제외한 전부를 연습하기 시작했다.

선생님을 골탕먹이는 일은 실제로 해보니 기대했던 것만큼 재미가 없었다. 나는 나에게 허락된 부분을 서툴게 띄엄띄엄 친 다음 금지된 영역으로 자신 있게 질주해 들어가 그녀를 향해 의기양양하게 미소를 지으며 내 자유를 다시 찾을 것이다. 그녀의 방법이 실패했으며 내가 그녀로부터 음악을 배운다면 그 방법은 내가 정한다는 것을 보여줄 것이다. 아무도 나의 제멋대로인 손가락을 막기 위해 하프시코드를 잠그지 못한다. 아마 나는 그녀가 나의 이 모습에 압도되어 잠시 물러나 자신의 잘못을 깨닫고 나를 작은 천재라고 불러줄 거라고 예상했는지 모른다. 아니면 그녀가 마녀처럼—몇 달간 불행한 레슨을 받으며 나는 그녀를 마녀로 만들어놓았다—분노를 터뜨릴 것이라고 예상했는지도. 하지만 결국 전혀 재미가 없었다. 그녀는 나의 연주를 중단시키고 부드럽게 말했다. "악보를 찾아냈구나. 다른 걸 해보자." 그러더니 파일에서 복사한 다른 악보 한 페이지를 꺼내 가위로 잘라 한 조각을 건네주었다. 우리는 나머지 레슨 시간 동안 그 부분을 공부했다. 내가 그렇게 화가 나지 않았고 그렇게 창피하지 않았다면 나는 그녀가 나에게 연습하는 방법을 가르치려 한다는 것을 알아챘을지도 모른다.

레슨이 끝났을 때 조이스는 어머니와 이야기를 해야겠다고 말했고 나는 차 안에 가 있어야 했다. 겨울이었고 추웠으며, 다섯 시가 되자 벌써 어두워졌다. 비가 오고 있었다. 나는 사춘기의 정점에 있었고, 천지를 뒤흔들 음악을 만들고 싶었으나 대신 자수를 놓는 걸 배우고 있는 느낌이었다. 조이스는 우리 레슨이 실패라고 선언하면서 다른 선생을 찾아보라고 제안했다. 그녀는 나를 더 꽉 잡을 사람, 이왕이면 남자 선생을 찾을 것을 권했고 이름을 두어 개 알려주었다.

지금 생각하면 어머니도 조이스를 별로 좋아하지 않았다. 아마 조이스가 노래하는 듯한 목소리로 의사가 환자를 대할 때 흔히 그러듯 겸손한 척하면서도 어린아이 다루듯이 어머니를 상대했기 때문일 것이다. 어머니들은 늘 조이스를 만나고 집에 갈 때면 압축해서 말해주는 전달 사항을 들었다. 레슨의 요약, 또는 감독할 숙제였다. 조이스는 내가 그 주에 핑거링 연습을 하게 되면 "연필과 지우개"를, 기본적인 것을 복습할 필요가 있으면 "음계와 아르페지오"를 노래하듯 외치곤 했다. 상담 뒤에 어머니는 차에 와서 엄격한 태도를 보이려고 했다.

"아주 엉망으로 만들어놨구나." 어머니가 말했다. 조이스가 나의 기만행위를 드러내지는 않은 것 같았다. 어머니가 "이번에는 도대체 무슨 짓을 한 거야?" 하고 물어보는 것을 보면 알 수 있었다. 나는 이야기를 했고 어머니가 혼자 웃음을 짓는 것을 볼 수 있었다, 아주 살짝. "이 버르장머리 없는 녀석" 하고 말할 때는 약간 낄낄거렸던 것 같다. 결과는 옛 선생에게서 해방되어 새 선생을 찾는 것이었고, 따라서 나는 다시는 조이스에게 레슨을 받으러 갈 필요가 없었다. 몇 분 동안 기쁨 비슷한 것을 느꼈다.

𝒥

바흐가 어린 시절 받은 음악 교육에 관해 우리는 아는 바가 거의 없다. 그는 튀링겐에서 매우 존경받던 전설적인 음악가들이 많이 나온 집안에서 태어났으며 이 집안은 음악계의 내부 게임에서 아주 큰 성공을 거두어 18세기 초 종교생활에 필수적이었던 수많은 음악 관련 자리를 거의 독점한다는 이유로 가끔 원성을 샀다. 바흐는 처음 몇 년을 아이제나흐에서 보내면서 마르틴 루터가 약 2백 년 전 다녔던 학교에서 공부했다. 루터는 음악에 큰 중요성을 부여했다. 단지 종교 의식뿐 아니라 기독교 공동체의 형성에도 음악이 중요하다고 보았는데, 이 공동체는 공통의 찬송가 정전으로 결속되어 있었으며, 많은 찬송가가 종교적 표현의 강도에서 거의 표현주의적이었다. 음악은 일상생활에 필수적인 부분이었고, 교육에서도 근본적인 자리를 차지했다. 학교는 기본적 교리문답을 암송하는 것으로 시작했고, 일상 교육에는 집단 제창과 음악을 읽고 연주하는 방법에 대한 기본 지식이 포함되었으며, 다른 과목을 배울 때도 암기를 도와주는 수단으로써 음악이 핵심적인 역할을 했다.

열 살에 고아가 된 바흐는 형인 오르가니스트 요한 크리스토프 바흐가 거두었는데, 그는 근처 도시에 일자리를 두고 있었다. 우리는 부모의 죽음이 바흐에게 미친 영향에 관해서는 아는 것이 없어 여느 아이가 느꼈을 법한 것을 가정할 수밖에 없다. 바흐의 정서적 삶은 대부분 추측의 영역으로 남아 있지만 그가 쓴 음악이 강력하지만 모호한 증거를 제공하고 있다. 그의 작품은 슬픔과 고뇌가 가득하여 타는 듯한 강렬한 감정이 느껴지는 경우가 많지만 바흐의 개인적 감정을 그가 속한 종교 문화에서 규범으로 여기던 고조된 감정 표출과 떼어내는 것은 어렵다. 형과 함께 공부할 무렵 바흐는 매우 집중했고 야심도 있었다는 것을 느낄 수 있다. 유명한 일화—포르켈의 전기에 나온다—에 따르면 음악이 허기나 강박 비슷한 것이 된 소년의 모습이 그려진다. 인터넷이나 대규모 출판 이전 시대였기 때문에 바흐는 음악적 양식(糧食)을 형에게 의존했는데, 이 이야기에 따르면 바흐는 공부하라고 주는 음악을 금방 다 해치우고 그의 시대의 위대한 작곡가들의 더 까다로운 작품을 구했다.

> 그는 형에게 위에 언급한 저자의 곡 몇 개가 들어 있는 책이 있다는 것을 알고 그걸 자기한테 달라고 간절하게 청했다. 하지만 형은 계속 거부했다. 거절할수록 그 책을 갖고 싶다는 욕심도 커져 마침내 그는 몰래 가질 방법을 찾았다. 그 책은 격자문만 달려 있는 장에 보관되어 있었는데 그의 손이 아직은 그 격자 안으로 들어갈 만큼 작았고 종이를 실로 꿰맨 것에 불과한 그 책을 돌돌 말 수 있었다. 그는 오래 망설이지 않고 이 유리한 상황을 이용했다. 그러나 초가 없어 달빛이 있는 밤에만 필사할 수 있었다. 이 고된 일을 다 마치는 데 꼬박 여섯 달이 걸렸다. 마침내 이 보물을 완전히 소유하고 이제 몰래

이것을 이용할 생각이었는데 형이 알아채고 그가 그렇게 수고를 해서 만든 필사본을 무자비하게 빼앗아 갔다.

바흐는 얼마 지나지 않아 형이 죽고서야 필사본을 되찾을 수 있었다.

『골드베르크 변주곡』 작곡에 관한 유명한 이야기와 마찬가지로 이 일화는 놀랄 만큼 자세하고—격자 문, 작은 손, 달이 빛나는 밤—묘한 오류와 모순 몇 가지가 있다. 바흐의 형은 "얼마 지나지 않아" 죽지 않았고 20년 이상 뒤인 1721년 동생 바흐가 삼십대 중반일 때 죽었다. 그리고 바흐가 어떻게 야간 필사 작업을 반년이란 긴 세월 동안 숨길 수 있었을까?

세부사항들은 의심을 불러일으키지만 이야기가 전적으로 믿기 힘든 것은 아니다. 바흐가 새로운 음악을 배우고 싶은 마음이 간절했을 것은 거의 확실하다. 그의 재능은 형을 훨씬 뛰어넘었기 때문에 둘 사이에 불화가 있었을 수도 있다. 이 이야기의 배경이 되는 시점에 바흐는 적어도 건반 공부만큼 깊이 작곡에 몰두했을 것이고, 주로 악보 필사와 공부를 통해 작곡법을 익혔을 것이다. 악보는 매우 귀중해 현역 음악가들은 때로 남에게 빌려주지도 않으려 했을 것이다. 물론 바흐의 빈곤한 현실은 마음을 움직인다. 그는 부모를 잃었고 이제 그에게 초 하나조차 아낌없이 내줄 수 없는 집에서 살고 있었기 때문이다. 또 그의 연약함, 작은 손, 자신의 기예를 향상시키려는 노력도 느낄 수 있다. 바흐는 『골드베르크 변주곡』의 마지막에 쿼들리벳*quodlibet*을 넣는데, 이것은 당대의 인기 있는 노래들을 다른 용도로 재구성하여 엮은 음악 형식이다. 규모가 큰 바흐 일가는 가족 행사로 모이면 함께 쿼들리벳을 불렀을 것이고, 맥주나 와인을 즐겼을 것이며, 야하거나 지저분한 유머도 주고받았을 것이다. 서른 번째 변주곡의 쿼들리벳은 건방진 곡이며, 그 앞의 여러 페이지보다 귀에 감기는 곡조를 갖고 있다. 이 작품에서 참조하는 멜로디 가운데 하나는 대중적인 권주가다. "어머니가 고기를 좀 해주면 물을 것도 없이 여기 있을 텐데." 따라서 바흐의 전작(全作) 가운데 가장 기념비적인 곡으로 꼽히는 이 변주곡집은 가족에 대한 익살스러운 언급과 굶주림에 대한 장난스러운 암시로 마무리된다.

1700년 바흐는 불과 열다섯 살의 나이로 형의 집을 떠나 북쪽으로 약 3백 킬로미터 떨어진 뤼네부르크로 가 합창단원이 되었다. 혼잡스러운 대도시 함부르크에서 가까운 곳이었다. 바흐는 학교 합창단에서 소프라노를 불러야 했는데 이 시기의 그에 관한 흥미로운 일화가 있다. 그는 수중에 돈이 거의 없었는데도 위대한 오르가니스트 요한 아담 라인켄의 연주를 들으러 함부르크에 가려고 그나마 얼마 안 되는 돈을 다 쏟아부었다.

그는 이 거장의 연주를 여러 번 들으러 갔다. 그러다 주머니 사정이 허락하는 것보다 함부르크에 더 오래 머무는 바람에 결국 뤼네부르크로 돌아갈 때는 호주머니에 단 2실링만 남게 되었다. 집에 반도 못 왔는데 몹시 배가 고팠다. 그래서 여인숙으로 들어갔는데 그곳 주방에서 나는 맛있는 냄새 때문에 자신의 상태가 열 배는 더 고통스럽게 느껴졌다. 이런 처지를 생각하며 슬픔에 잠겨 있을 때 창문이 시끄러운 소리를 내며 열리더니 청어 대가리 두 개가 쓰레기 더미에 던져지는 것이 보였다. 그는 튀링겐 출신이라 청어 대가리를 보자 입에 침이 고이기 시작했고 얼른 그것들을 주웠다. 그랬더니 보라, 머리를 뜯자마자 머리마다 덴마크 금화가 감추어져 있는 것을 알게 되었다.

뤼네부르크로 간 직후 변성기가 찾아오는 바람에 바흐는 어쩔 수 없이 건반을 능숙하게 다루는 솜씨와 필사하는 능력, 또 아마도 작곡하는 능력 등 다른 음악 기술에 의지할 수밖에 없었다. 그는 전문 음악가로서 힘차게 세상에 발을 내디뎠다. 형이 그가 몰래 필사한 악보를 빼앗았다면, 형의 집에서 불행했다면, 이 이야기의 기본적인 사항들이 사실이라면, 그가 잠긴 장에서 악보를 베끼느라 보낸 그 달이 빛나는 밤들이 그를 그의 성격의 기초를 이루는 고독 속으로 깊이 이끌었을 거라고 쉽게 상상할 수 있다. 우리에게 있는 모든 그림에서 바흐는 약간 뚱뚱한 남자다. 지금 전해지는 그의 가정과 가족 이야기 대부분에는 활기, 음악, 대화, 주흥이 넘치며 시끌벅적하다. 그러나 우리는 그의 젊은 시절의 두 일화로부터 그가 적어도 가끔은 굶주렸고, 음악이 간절했으며, 아마도 이 두 가지가 어떤 식으로인가 그의 마음에서 결합되었을 것이라고 짐작할 수 있다. 그는 버려진 청어에서 감추어진 돈을 발견하고 괜찮은 식사를 했으며 나머지를 갖고 다시 함부르크로 돌아가 라인켄의 연주를 한 번 더 들었다.

4

fourth

새로운 곡, 특히 듣기는 했지만 연주해본 적은 없는 곡을 처음 시도해볼 때는 로맨틱한 사랑이 울컥 쏟아져 나오는 것과 비슷한 느낌이 있다. 핵심적인 음들만으로 멜로디와 저음부 선율을 대충 만들어보는 정도일 수 있지만, 자신의 손으로 불러낸 그 목소리에는 매혹이 넘쳐난다. 어떤 사람을 사진으로만 보다가 직접 만나는 것과 비슷하다. 완전히 새로운 음악이라 해도, 형편없이 치고 있다 해도, 이 새로운 것과 자신이 맺는 관계의 직접성이 시간 속에 펼쳐지면서 매력적인 낯선 이와 대화를 나눌 때처럼 발견과 무비판적 기쁨이 밀려드는 느낌을 받는다. 음악은 흘러나오고, 앞으로 다가올 복잡성과 고통은 전혀 예감할 수 없다.

그랜드피아노 악보대에 『골드베르크 변주곡』의 아리아가 있다. 바흐는 건반 모음곡에서 이와 비슷한 악장들에 그랬던 것과는 달리 이 부드러운 춤곡에는 '사라방드'라는 이름을 붙이지 않고, 템포나 표현 방식을 전혀 지시하지 않는다. 18세기 음악가에게는 멜로디의 윤곽과 리듬의 틀을 보는 것만으로 모든 것이 분명하게 다가왔을 것이다. 오늘날 피아니스트들은 바흐의 과묵함을 한껏 이용하여 그때그때의 기분이나 어떤 직감으로 이 아리아의 모양을 잡고 그것을 괴로울 정도로 유아론적인 명상으로 확장하거나 아니면 허세 넘치는 엄숙함으로 연주한다. 하지만 이것은 이 곡의 역사적 진화를 그 기원에서 더 멀리 떨어뜨려놓을 뿐이다. 사라방드는 샤콘과 마찬가지로 신세계의 것으로 여겨졌으며, 16세기에는 품위 없고 음탕한 것으로 간주되었다. 정말로 신세계에서 유래한 것이라 해도 사라방드는 프랑스와 베르사유의 문화적 기계를 빠르게 통과해 유럽을 휩쓸고 있던 정치적 절대주의라는 더 큰 정신 속에서 단련되었다. 사라방드는 압착되고 정련되어 어딘가 완벽하면서도 연약해 문명화되어야 한다는 주장을 고집스럽게 밀고 나가면서도 그에 불안해했던 엘리트 사회에 적합한 음악이 되었다. 따라서 이 춤에 대한 초기의 묘사—열광적인 움직임과 노골적인 감정으로 가득하다—를 보면 프랑스에서 최종적으로 정착한 형식과는 거의 닮은 데가 없다. 17세기 말에 이르면 웅장하고 느리게 진행되는 사라방드는 바로크 모음곡의 표준적인 한 부분이 되면서 우울한 탄식의 느낌을 띠게 되었다. 이 춤의 이전 느낌을 되살리려 하는 현대 안무가들은 꼿꼿한 몸의 정적인 우아함과 손, 팔, 종아리의 고립된 움직임 사이에 긴장을 만들어낸다. 마치 몸통은 꼭두각시처럼 눈에 보이지 않는 줄에 매달려 있고 손발은 무게나 방해물 없이 자유롭게 움직이는 것 같다. 음악에서 이 춤의 초기 형태의 흔적이라고 할 만한 것이 남았다면, 세 번째 박이 첫 번째 박으로 살짝 기우는 느낌이 있다는 것인데, 이는 약간 당김음 같은 패턴으로, 대체로 복잡한 장식음들을 수반하면서 이루어진다. 팔다리의 열광적인 움직임을 손가락의 탄도학적 정밀성이 은유적으로 대체하고 있는 셈이다.

바흐가 프랑스 모음곡과 영국 모음곡에 들어가는 악장을 비롯해 여러 사라방드를 쓴 시기에 이르면 이 춤곡의 멜로디 윤곽은 상당히 정형화되어, 두 번째 박에 약한 강세가 들어가는 단순하고 애처로운 선율과 그 아래 깔린 기본 화음 패턴으로 아늑하게 해결되는 경향을 갖게 된다. 이어 이런 소박한 뼈대가 발전해가는데 『골드베르크 변주곡』 아리아의 경우에는 상당한 장식을 갖추게 된다. 이 시기 음악에서 장식에는 재량, 취향, 즉흥성이 개입되지만 우리가 건축에서 흔히 장식을 생각하는 방식처럼 선택적이거나 외적인 것이 아니었다. 평범하거나 특징 없는 것을 예쁘게 만들기 위해 붙이는 단순한 줄 세공이 아니었다는 뜻이다. 장식은 음악 언어의 일부였으며 장식 없는 바흐의 사라방드는 유연성과 부드러움을 많은 부분 잃어버린다.

바흐가 이 아리아를 썼느냐를 둘러싼 논란은 핵심적인 부분을 놓치고 있다. 그가 썼든 쓰지 않았든, 적어도 바흐는 아리아를 이 작품의 출발점으로 선택했고 그 선택 자체가 매혹적이라는 점이다. 이 아리아는 과거와 미래를 동시에 가리키며 흥미로운 시간 게임을 하는 듯하다. 정교한 장식은 이전에 이 곡의 더 단순한 버전들이 있었을지도 모른다고 암시한다. 마치 아리아 자체가 우리가 들어보지 못한 상상 속 곡의 첫 변주인 듯하다. 바흐 학자 피터 윌리엄스는 그 원형의 매혹적인 한 버전, 매력은 있지만 바흐와 같은 시대 사람이라면 누구라도 작곡했을 수 있는

다소 일반적인 사라방드를 만들어보았다. 또 적어도 1970년에 이 작품의 녹음을 발표한 한 피아니스트 빌헬름 켐프는 장식을 많이 벗겨내고 단순화된 멜로디 윤곽을 더 두드러지게 함으로써 그런 앞선 곡을 암시하는 듯하다. 그것은 내포된 것을 명시적으로 드러내는 흥미로운 실험이었지만 털이 정교하게 다듬어진 전시용 애완견이 여름을 맞아 털을 깎아버린 모습을 보는 것처럼 이상하고 어색한 느낌을 준다. 이 아리아는 이전 버전을 암시하지만, 다른 한편으로는 전개되는 동안에도 진화해간다. 분명한 사라방드 리듬과 개시부의 풍부한 장식은 후반부에서 갤런트 스타일의 더 유창한 멜로디 윤곽에 자리를 내주는데, 아마도 이것은 주변 세계의 더 큰 음악적 변화에 대한 바흐 자신의 감각을 반영하고 있을 것이다. 바흐는 보수적인 음악가로서 명성을 얻었을지 모르지만 새로운 음악적 흐름을 잘 알았고 거기에 깊은 관심을 가졌다. 『골드베르크 변주곡』의 아리아는 그가 썼든 아니든 새로운 발상들에 대한 개인적 탐구의 한 부분일 수 있다.

그런 긴 곡을 그렇게 많고 다양한 스타일의 제스처와 악상을 포괄하게 될 변주곡들의 토대로 사용한 것 또한 과감한 선택이었다. 첫 여덟 마디는 바흐 시절의 작곡가들이 기본 재료로 쓴 저음부 음형을 이용하고 있는데, 이런 작곡가들로는 똑같은 하강 선율의 건반 샤콘을 작곡한 헨델도 있다. 그러나 이 여덟 마디 악구는 크게 확장되어 서른두 마디로 늘어난다. 그런 다음 이 서른두 마디는 둘씩 나뉘어 일련의 악절 또는 에피소드를 만들어낸다. 아리아 전체는 둘로 나뉘어 각각이 열여섯 마디 동안 이어진다. 그 각각은 두 개의 여덟 마디 악절로 나뉘는데 이것은 결말에 이르러 수사적으로 안정적인 지점에 이른다. 이 여덟 마디는 또 네 마디의 작은 악절로 나뉘고, 이 각각은 완전히 안정적이지는 않지만 만족스러운 결말에 이른다. 그리고 그 네 마디 작은 악절은 각각 두 마디로 이루어진 하부 단위로 나뉜다. 이런 계획적인 구조는 정형시 구조와 비슷한 데가 있어, 음악을 깔끔하게 연(聯), 2행 연구(連句), 규칙적인 음보로 나눈다. 그러나 동시에 이것은 작곡가에게는 엄청나게 까다로운 과제가 된다. 작곡가는 이 틀 안에 소품과 춤곡뿐 아니라 카논과 푸가까지(또 두 번째 푸가 악절을 포함하는 서곡도) 집어넣어야 하는데, 이 카논과 푸가는 자기 나름의 전개 방식과 임의적인 구조적 속박에 저항하는 내재적 역동성을 갖고 있다. 한 시인이 전개, 인물의 변화, 철학적 숙고, 길고 지루한 신들의 개입, 거기에 또 아마도 사랑의 막간극과 전투 장면까지 포함해야 하는 서사시를 쓰기 시작한다면 그는 2행 연구처럼 유연하고 규모가 작은 형식을 선택하는 것이 지혜로울지 모른다. 그러나 바흐는 출발점에서부터 적어도 소네트만큼이나 제약이 강한 음악적 구조에 몸을 맡긴다.

처음 칠 때는 그런 세세한 점들은 놓쳤고, 몇 달을 연습하고 나서도 너무 시시콜콜하게 친다는 느낌을 주지 않으면서 동시에 장식적인 음형을 모두 우겨 넣는 것은 엄청난 집중력을 요구하는 일이었다. 그러나 첫 몇 주 동안은 굳이 세부적인 것에 크게 구애받지 않았다. 며칠에 하나씩 새로운 악장을 행복하게 삼켰고 성부들이 분명하게 들릴 수 있도록 조심스러운 전개와 정확한 운지를 요구하는 카논은 건너뛰었으며, 높은 수준의 기교를 요구하는 변주곡, 특히 바흐가 건반이 둘인 하프시코드를 위해 쓴 곡들은 피해 갔다. 피아노로 연주할 때 이런 '아라베스크' 변주곡들은 두 팔을 교차시키고 양 손의 손가락을 서로 얽고, 손가락이 엉키지 않도록 성부의 할당 방식을 자주 바꿔야 했다. 그러나 첫 번째, 두 번째, 네 번째, 일곱 번째 변주곡은 상대적으로 쉬웠다. 적어도 무슨 음악인지 알아들을 수 있을 만큼은 친다는 의미에서.

다듬거나 마무리하는 과정은 없었다. 그저 더 쉽게 풀어 치고 있을 뿐이었고, 그래서 악보를 넘길수록 끈질기게 따라붙는 익숙한 죄책감을 느끼고 있었다. 기본적인 선율을 넘어서는 힘든 작업은 손을 대지 않고 있었는데, 이런 종류의 게으름은 사람을 지치게 할 수 있다. 어떤 곡에 처음 접근할 때는 피상적일 수밖에 없지만, 피상적인 관계를 계속하는 것은 음악이 조악하고 미완인 형태로 마음에 배게 하는 것이다. 유능한 음악가가 연습을 하려고 앉을 때 그의 머릿속에는 할 일의 목록이 담겨 있다. 대충 넘어갈 지점, 복잡한 악구, 특별한 주의가 필요한 이행 지점. 하지만 나는 그저 즐기기 위해 치고 있었다.

다른 사람, 특히 가까운 사람에게 저지를 수 있는 거의 모든 죄를 우리는 음악에도 저지를 수 있다. 이를테면 귀를 기울이지 않는 죄, 또는 듣고 싶은 것만 듣는 죄가 있다. 『골드베르크 변주곡』처럼 놀랄 만큼 아름다운 곡에 처음 다가갈 때 우리가 빠져드는 일종의 나르시시즘이 있다. 자신이 만들어내는 지저분한 소리, 건반을 두드려 내는 음은 자신이 진짜와 비슷한 소리를 만들어내는 것을 듣는 환희 속에서 잊히고 만다. 한동안, 음악이 당신의 귀를 새로움으로 현혹시키는 동안은 자기 최면에 빠져 자신에게 귀를 기울이고, 아마도 스스로에게 감탄하고, 자신이 바흐가 수백 년 전에 쓴 음악의 통로가 되는 것에 전율한다.

이런 황홀경은 이 곡을 다른 사람을 위해 연주하려고 하는 순간 사라진다. 음악을 완전히 장악하여 명료하고 자신 있게 표현해야 하는 순간, 당신을 정직한 상태로 유지해줄 청중이 생기는 순간, 그런 첫 기쁨은 모조리 사라진다. 이 곡을 처음 연주하기 시작하고 나서 몇 달 뒤 저녁을 먹자고 이웃들을 불렀다. 와인을 마셨고 나중에 디제스티프*까지 마신 후, 우리 모두 거실 소파에 늘어졌다. 나는 연주를 하겠다고 자원했는데, 어리석은 짓이었다. 머리는 맑지 않았고 그간 단순한 반복을 통해 혹시 스며들

* 식후에 마시는 술.

어 있었을지도 모를 곡에 대한 기본 지식은 이미 완전히 녹아 없어졌으며, 손가락은 건반 위에서 느리고 둔했고, 그 결과로 나타난 것은 『골드베르크 변주곡』의 패러디였다. 손님들은 무슨 음악인지 알아들었고, 내 연주의 흠에는 관심이 없는 것 같았으며, 박수를 쳤다. 그러나 나는 사기꾼이 된 기분이었다.

익숙한 느낌이었다. 나는 사춘기가 되기 전에는 어떤 종류의 긴장도 없이 사람들 앞에서 연주할 수 있었다. 음악은 쉽게, 거의 무의식적으로 찾아왔고, 의욕과 반사적인 자신감이라는 주문에 걸려 있는 한 마치 자동 장치에서 나오듯 거침없이 흘러나왔다. 그러나 호르몬과 자의식이 그 모든 걸 망쳤다. 언제 처음으로 건반 앞에서 두려움을 느꼈는지는 기억나지 않지만, 완전히 익히지 못하고 정신적으로 장악하지 못한 음악에서는 무엇이든 망쳐버릴 수 있다는 공포의 압도적인 힘을 처음으로 이해한 때는 기억한다.

열한 살인가 열두 살쯤이던 어느 여름 우리 가족은 서부로 여행을 했다. 그곳에는 과학자이던 아버지가 뉴욕 북부의 산업도시에서 기업 연구원으로 일하게 되면서 떨어져 살게 된 부모의 친척이 많았다. 그 친척 가운데 외고모할머니 클라라가 있었는데, 그녀는 화가이자 기인으로, 샌프란시스코에서 변호사로 재산을 얼마간 모은 수줍고 위엄 있는 남편을 두었다. 클라라는 자신만큼이나 예술적이고 기이한 집에서 살았으며, 이 집에는 그랜드피아노가 있었다. 그녀가 젊은 시절 진지하게 피아노 공부를 한 것을 나중에 그녀의 많은 악보를 물려받았을 때 알았다. 그녀는 바흐와 베토벤, 또 쇼팽과 드뷔시를 시도했으며, 악보에는 그녀가 아는 것이 많고 미세한 데 주의를 기울이는 사람임을 보여주는 메모가 가득했다. 그런 메모에는 발터 기제킹과 루돌프 제르킨의 녹음에서 모은 템포 지시도 포함되어 있었다. 둘 다 단지 건반의 거인일 뿐 아니라 섬세함과 성실함으로 깊이 숭배받는 음악가들이었다. 클라라는 젊은 시절 상당한 교양과 미모를 갖춘 여자였고, 놀랄 만큼 독립적이고 고집스러웠다. 그녀는 빠른 속도로 반짝반짝 빛을 내며 말했다. 아이러니와 위트가 담긴 억양 없는 말투였다. 우리는 그 가운데 많은 부분을 놓쳤지만 그래도 나는 이런 생각을 했던 기억이 난다. 나도 크면 저렇게 말하고 싶다.

어머니와 외고모할머니의 관계는 위태로웠다. 어머니는 그녀를 사모하는 동시에 불신했다. 샌프란시스코 북쪽 언덕에 사는 클라라는 귀여워하던 조카딸들이 솔트레이크시티에서 성장하던 시절 그들의 삶에 광채를 가져왔다. 불황과 전쟁으로 어머니의 가족이 먹고살기 위해 애쓰던 유타로 클라라가 찾아오면 영화 같은 광경이 펼쳐졌다. 그녀는 짐과 모자 상자와 함께 고압적인 자신감과 코스모폴리탄의 거만함을 드러내며 열차에서 내렸다. 어머니를 비롯한 자매들은 열에 들떠 그녀의 도착을 고대했지만 그녀의 방문은 종종 눈물과 씁쓸함으로 끝났던 듯하다. 나로서는 믿기 힘든 이야기를 들은 적이 있는데, 어쨌든 외가에 흐르고 있는 깊은 상처와 원한을 생각하면 말이 되는 이야기다. 어머니에 따르면 클라라는 조카딸들을 모아놓고 긴 여행을 갈 짐을 싸라고, 긴 기간 도시를 걸어 다니고 레스토랑에서 식사를 하고 침대 열차와 배를 타는 동안 필요할 만한 모든 것을 빼놓지 말고 세심히 싸라고 말했다. 그들은 유럽에 갈 예정이었다. 소녀들은 흥분으로 미칠 지경이었다. 그들은 당시 몹시 가난해서 대륙 여행 준비를 제대로 할 돈이 없었다. 하지만 최선을 다해 꿰매고 수선하고 친구나 이웃에게서 이런저런 것을 빌렸다. 출발일이 다가와 그들은 짐과 함께 보도에 서서 클라라가 도착하기를 기다렸지만 그녀는 나타나지 않았다. 그들은 몇 시간 동안이나 기다리며 날짜를 잘못 알았는지도 모른다고 생각했다. 그러나 클라라는 이미 그곳을 떠난 뒤였고 소녀들은 자신들의 따분한 생활로 돌아갔다. 어머니가 나에게 들려주던 많은 이야기처럼 이 이야기도 그 잔인성에서, 또 어떤 인물의 정수를 보여준다는 점에서 지나치게 완벽하게 들린다. 이 이야기가 사실이건 아니건 아마 사실인 무언가를 어떤 식으로인가 대체하고 있을 것이다. 과장과 꾸밈은 어머니가 단순한 사실만으로는 표현할 수 없는 깊은 고통을 전달하려고 애쓸 때 사용하는 방식이었다.

아마도 이것이 내가 클라라 앞에서 피아노를 연주하

는 것을 어머니가 왜 그렇게 간절하게 바랐는지 설명해줄 것이다. 어머니는 고모에게 자신을 증명하고 싶었다. 자신이 잘 살고 있다는 것을 보여주고 싶었다. 어머니는 자신의 삶의 정당성을 보여주려고 노력하고 있었으며, 아마도 자식이 없었던 클라라가 자신을 조금이라도 부러워해주기를 바랐을 것이다. 어머니는 음악가, 또는 예술가, 또는 부자는 아니었을지 모르지만 식구가 많은 가족과 안락한 집이 있었고, 자식들은 삶의 세련된 면을 익히고 있었다. 우리가 도착하고 나서 얼마 지나지 않아 클라라의 크고 해가 잘 드는 거실에 앉아 있을 때 나는 건반 앞에 앉으라는 부추김을 받았다. 나는 가볍게 생각하고 악기로 갔다. 내가 연주했던 어떤 피아노보다도 훨씬 좋았다. 손가락을 건반에 올려놓기만 해도 음악이 흘러나오고 외고모할머니가 나를 보고 환하게 웃을 것만 같았다. 그해에 나는 베토벤 소나타 작품번호 *49* 가운데 쉬운 두 곡을 공부했다. 학생들이 베토벤의 더 길고 힘든 작품, 더 큰 곡, 특히 후기 소나타와 협주곡으로 나아가기 전에 입문용으로 배우는 곡들이었다. 그런데 어떤 이유에서인지 피아노 앞에서 무아경은 찾아오지 않았고 음악은 흐르지 않았다. 나는 여기저기 건너뛰고 악절들을 만들어내면서 내가 기억할 수 있는 소나타 몇 부분을 누더기처럼 연결했다. 나는 외고모할머니가 나를 지켜보고 있는 것을 느꼈고, 내가 잘못 치고 있는 것을 그녀가 안다는 것을 알았으며 계속 실수만 할 것처럼 느껴졌다. 나는 *1*악장의 제시부를 난도질했다. 클라라는 내가 끝을 낼 때까지 기다리지 않고 그냥 일어서더니 말했다. "그만 됐다." 어머니는 굴욕감을 느꼈다. 나는 수치로 얼굴이 붉게 물들었고, 좋은 식사나 외고모할머니가 정열과 재능을 쏟아 그림을 그리고 조각을 하는 스튜디오 방문 등이 포함된 나머지 시간에 어떤 즐거움도 느낄 수 없었다. 오후 늦게 떠날 때 클라라는 누나와 나와 함께 사진을 찍는 데 동의하고는 우리를 바싹 끌어안으며 우리가 자신의 육중한 몸을 감추어주면 그렇게 뚱뚱하게 나오지 않을 거라고 농담을 했다. 그녀는 다시 경쾌하고 시니컬해졌지만 나는 나의 실패에만 빠져 있었고, 그 느낌은 며칠 동안 계속되었다. 차에서 어머니는 나에게 날카롭게 말했다. "도대체 왜 그 모양이니?"

이것은 수십 년에 걸친, 전후 미국을 규정하던 교외 지대의 갈망과 허세 속에서 피아노와 바이올린 레슨으로 내몰리던 수많은 아이들의 무리에 속했던 우리가 예민하게 느끼던 사라지지 않는 두려움이었다. 완전 박살에 대한 두려움. 나는 그런 장면을 몇 번 보았다. 어린 피아니스트가 건반 앞에 앉아 자신 있게 음악을 시작하고 그 음악은 몇 분 동안 그 복잡성으로 우리의 감탄을 자아낸다. 그렇게 연주에 귀를 기울이고 있노라면 어찌 된 일인지 뭔가가 막혀 있다는 걸 알아채게 된다. 한 섹션에서 다른 섹션으로 이어지는 전조(轉調)가 계속 같은 곳으로 다시 돌아간다.

두 번, 세 번, 어쩌면 네 번. 마침내 연주자는 중단하고 처음부터 다시 시작한다. 그리고 음악은 소용돌이에 사로잡혀 큰 흐름으로부터 영원히 차단된 것처럼 뱅글뱅글 맴을 돌다 무력하게 비틀거린다. 결국 연주자는 미칠 듯한 표정으로 고개를 들고 방 안의 모든 사람은 두려움과 매혹에 또 가끔은 잔인한 쾌감에 사로잡힌다. 그러면 선생 또는 부모가 부산하게 악보를 들고 가 피아노에 놓아주고, 불행한 음악가는 앞서 자신이 탈선했던 바로 그 문제에서 다시 시작한다. 피아니스트는 악보를 목발 삼아 다시 시작하고 어서 난파를 헤쳐나가 실패의 수치로부터 빠져나가고 싶은 간절한 마음에 미친 듯한 단호함으로, 또 가끔은 분노로 연주하는데 그것이 모든 아름다움이나 기쁨을 지워버린다. 그것으로 그 연주자를 피아노에서 더 이상 보지 못하게 되는 일도 드물지 않다. 이렇게 수모는 완성되고, 그들은 음악을 끝낸다. 적어도 스스로 음악을 연주하려고 하지는 않는다.

이런 순간에 음악은 불가해한 힘을 지닐 뿐 즐거움도 여흥도 아니었다. 음악은 악마적인 우연의 게임에 불과했으며 우리는 내던져진 상태였다. 우리를 괴롭히는 이 알 수 없는 변덕스러운 것과 마주할 때 연습은 약이라기보다는 기도에 가까웠다. 우리는 사람들이 한때 부적을 갖고 다니거나 미신적인 주문을 외던 것과 똑같은 이유로 연습을 했다. 다음 레슨이나 리사이틀 때 우리를 벌할 분노의 여신들을 달래기 위한 연습이었다. 한때 우리 조상이 아침에 반드시 해가 뜨도록, 계절이 순서대로 이어지도록 어떤 제의를 거행하던 것과 마찬가지로 연습을 했다. 그러나 기도의 효과는 변덕스러웠다. 우리는 피아노에게로 나아가 스승에게 절을 하고 동료 학생들의 악의에 찬 감시를 받으며 흑단과 상아의 신성한 기하학 위에 손가락을 얹고 그 순간에 자신이 의무적으로 바쳐지는 제물이 되지 않기만을 바랐다.

𝒯

나는 대학에 들어가기 전까지 제대로 연습하는 법을 배우지 못했다. 선생님들은 복잡하고 정신적으로 지치는 기술을 나에게 가르치려고 최선을 다했지만 내 머릿속에 딸깍하고 맞아들지 않았다. 나는 건반 앞에 얼마든지 오랫동안 앉아 그들이 시킨 훈련을 수행할 준비가 되어 있었다. 나는 연습곡, 스케일, 아르페지오를 끝도 없이 쳤다. 또 저 무시무시한 『피아노의 명인*Virtuoso Pianist*』도. 프랑스의 피아니스트이자 교육자 샤를 루이 아농은 이 악보집에서 기적을 약속한다. "이 책 전체를 한 시간이면 다 칠 수 있다. 만일 이것을 철저하게 습득한 뒤 매일 일정 시간 동안 반복하면 어려움은 마법처럼 사라지고 저명한 예술가들의 비결인 그 아름답고 맑고 깨끗하고 진주 같은 연주를 익히게 될 것이다." 아농*은 당시 피아노를 배우는 학생들의 골칫거리였으며, 학생들은 멜로디도 화성도 어떤 음악적 매력도 없는 의미 없는 음들의 무자비한 흐름 앞에서 멈칫거렸다. 나는 다른 학생들만큼 그게 괴롭다고 생각하지는 않았다. 머리를 쓸 필요가 없는 정형화된 연습이었으며, 처음에는 양손을 평행 동작으로, 나중에는 두 손을 각기 다른 방향으로 반대로 움직이는 방식으로 연주하는 빠른 음형의 끝없는 흐름이었지만, 나에게는 저명한 예술가의 맑고 깨끗하고 진주 같은 연주에 대한 약속이 음악적으로 멍청한 훈련을 반복하는 고된 일보다 훨씬 중요했다.

하지만 이것은 효과가 없었다. 심지어 모든 곡을 습득하고, 그런 다음 열두 장조로 다 친 뒤에도. 내가 시도한 다른 기계적인 연습도 모두 마찬가지였다. 골치 아픈 악절의 의무적 반복, 그것들을 다른 조나 박자로 바꾸는 것, 또는 스타카토 핑거의 날카롭게 쪼는 소리 같은 과장된 아티큘레이션*articulation***도. 이런 연습 숙제를 내주는 선생

* 아농은 샤를 루이 아농(*Charles Louis Hanon*)을 가리킬 뿐만 아니라 그의 악보집 자체를 지시하기도 한다. 프랑스어에서 '*h*'는 묵음이라 '아농'이 맞는 표기법이지만 보통 '하농'으로 통용된다.

** 악상에 따라 각 음표를 음악적으로 표현하고 연결하기 위한 연주 기법을 말한다. 프레이징과 함께 사용되기도 하지만, 프레이징이 선율을 일정한 크기의 프레이즈로 구분한다 아티큘레이션은 프레이징보다 더 작은 단위로 구분한다. 표현 주법으로 레가토, 논레가토, 스타카토, 포르타토 등이 있다.

들이 이것이 정신적 노력을 대체한다고 주장한 적은 한번도 없었다. 반대였다. 오직 멈추어서 집중하고 문제를 진단함으로써만 앞으로 나아갈 수 있었다. 앞에 나왔던 것을 해결하지 않고 빠르게 나아가면 해결되지 않은 문제들이 쌓여만 갈 뿐이며, 그와 더불어 연주 도중 참사가 일어날 위험도 커질 뿐이다.

그럼에도 악기에 관해 진지해질수록 나는 이런 연습에 몇 시간씩 쏟아붓고, 너무 지치거나 집중이 안 돼 더 복잡하고 도전적인 작업을 할 수가 없을 때는 그런 연습으로 돌아갔다. 학교에 가기 전 몇 시간 동안 집이 잠잠하고 고요할 때 나는 반만 잠이 깬 상태에서 피아노에 앉아 아농을 또 연주하며 명인의 기적이 내려앉기를 기다렸다. 그러는 동안, 다가올 리사이틀을 대비해 익혀야 할 곡들 연습을 게을리하면서도 손가락 유연 체조 덕분에 어떤 식으로든 지체된 학습이 더 쉽고 능률적으로 이루어질 것이라는 헛된 희망을 좇았다. 심지어 엄격한 신체적 규율에 복속되면서 고결해지는 느낌마저 받았다. 하지만 이 또한 음악에 대한 죄였다. 이는 우리가 사랑하는 것들에게 종종 저지르는 죄와 다르지 않았다. 우리는 우리가 쉽게 할 수 있는 희생이 실제로 필요한 희생의 적당한 대체물인 척한다. 또 상황이 저절로 나아질 것이라거나 충실하게 피아노 의자에 앉으면 개근에 대한 보상으로 어떤 통찰이 주어질 것이라는 거짓된 희망을 품는 죄도 있었다. 많은 관계 또한 그런 식으로, 오랜 세월 의무적 관심만 유지한 채 감정적 방기를 하다 끝이 났다.

안타깝게도 몇 시간에 걸친 손가락 훈련은 비효율적이거나 쓸모없을 뿐 아니라 실제로 청중 앞에서 연주할 때 나를 무방비 상태로 만들었다. 가끔 리사이틀이나 피아노 경연 날짜가 코앞에 다가오면 나는 나의 실제 진전 상황을 평가하기 위해 나 자신을 시험해보곤 했다. 나는 멈추고 말하곤 했다. *지금 청중 앞인 것처럼 연주하고, 어떻게 되는지 봐라.* 그 결과는 거의 언제나 우울했다. 앞에 웅크리고 있는 리사이틀에 대한 공포가 내가 이미 습득했다고 생각한 것들을 점차 갉아먹었다. 모든 게 난장판이 되고, 나는 레슨에 가서 마치 기름칠을 하거나 수리를 할 필요가 있는 기계 장치라도 되는 것처럼 두 손을 내밀고 도움을 간청했다.

몇 년 후, 대학에서 바이올리니스트와 친구가 되어 그녀가 레슨을 받을 때 반주를 하곤 했다. 그녀는 나보다 훨씬 기량이 뛰어났고, 상당한 경력을 쌓으며 지금도 감식가들에게 찬탄을 자아내는 음반을 몇 개 낸 유명한 스승과 공부를 했다. 어찌 된 일인지 반주자라는 보조적인 역할이 초조함을 덜어주어 비외탕과 비에니아프스키의 바이올린 협주곡 오케스트라를 피아노로 편곡한 부분을 맹렬하게 헤쳐나갈 수 있었다. 하지만 내가 그녀에게 공연에 대한 엄청난 두려움을 이야기하고 끝도 없이 긴 시간 노력을 기울여도 미미한 성과밖에 거두지 못한다고 털어놓자 그녀는 믿기지 않는다는 표정으로 물었다. 연습하는 방법을 알기는 해? 그녀는 건반에서 손을 떼고 마음의 눈으로 어려운 악절을 보라고 말했다. 오른손이 음표를 연주한다고 상상해보라. 모든 근육을 상상해보라, 한 건반에서 다음 건반으로 손가락을 뻗을 때 어떤 느낌인지. 아주 천천히 해서 모든 음이 그 전 음과 완전히 분리되어야 하며 오직 악보에 대한 완전히 의식적인 기억의 허락을 받아야만 앞으로 나아갈 수 있다. 다음에 오는 음을 마음속으로 연주하기 전에 머릿속에서 먼저 들어라. 두 손을 허벅지에 모으고 소리 없이 해야 한다. 이것은 오로지 한 악절에서 한 손이 연주하는 부분을 완전히 습득하기 위한 것이다. 그다음에 왼손을 똑같이 힘겨운 내적 방식으로 상상하고, 그런 다음 오른손의 음악을 연주하는 동안 왼손이 오른손을 소리 없이 반주한다고 상상하고 그런 다음 두 손을 바꾸어 이 과정을 반복해야 한다.

어떤 이유에서인지 나는 그녀의 조언을 받아들였다. 아마도 다른 모든 게 효과가 없었기 때문일 것이다. 피아노를 15년 이상 치고 나서야 처음으로 지하 연습실에서 낡고 닳은 스타인웨이에 앉아 두 손이 건반 여기저기를 반대 방향으로 뛰어다니는 복잡한 에튀드를 쳐보았다. 누가 문밖에서 귀를 기울이고 있었다면 방에서 거의 소리를 듣지 못했을 것이고, 음악처럼 들리는 소리는 더욱 듣지 못했을 것이다. 음들은 띄엄띄엄 있었고 선율은 몇 개 없었다. 많은 시간 나는 두 손을 허벅지에 얹고 앉아 거의 아무런 소리도 내지 않았기 때문이다. 그러다가 실제로 치기 시작하자 그 즉시 나의 선생님들이 오랜 세월 나한테 말해주려 했던 것을 보았다. 움직이는 두 손의 시각적·청각적 이미지의 힘.

한 손을 아주 천천히 움직이면서 내가 상황을 장악하고 있다는 것을 느꼈다. 완전한 장악은 아니지만 각 단계를, 다음에 뭐가 올지를 알았다. 이 짧은 악절은 아침에 커피 한 잔을 만드는 의식을 치를 때의 자신감으로 연주할 수 있을 것 같았다. 그렇게 약 20분 동안 앉아 있었다. 그 이상은 절대 아니었다. 그 시간이 지나자 다시 주위의 세계가 몰려들기 시작했다. 연습실의 두터운 벽에도 불구하고 밖에 있는 사람들의 존재를 느낄 수 있었다. 고통스러운 자의식이 나를 삼켰다. 15분 동안 아마도 악보 한 줄의 반을 익혔을 것이다. 곡은 길지 않아 몇 페이지에 불과했지만 그렇다 해도 아침의 작은 성취는 아직 습득해야 할 것과 비교하면 하찮아 보였다. 그러다가 마치 중독자처럼 두 손을 건반으로 가져가 내가 익힌 것이 제대로 속도를 내서 쳤을 때도 안정적일지 보려고 곡을 치기 시작했다. 그러나 내가 몇 분 전에 그렇게 부지런히 익혔던 악구를 다시 한 번 시도하자 역시 약하고 엉성했다. 나는 해야 할 것이 엄청나게 남았다는 사실에 마음이 흔들리면서 처음으로 진지한 음악적 작업에 기울인 진짜 노력에 진이 빠져 피아노를 떠났다.

그럼에도 나는 바이올리니스트 친구가 세례를 준 덕분에 내가 음악가로서 거듭나기라도 한 듯이 그녀와 함께 축하했고, 그렇게 돌파구를 열고 나서 30년 동안 그런 종류의 작업을 계속 복제하려고 노력해왔다. 그것은 내 삶의 모든 것에, 특히 내 어지러운 정신에 질서가 잡힌다면 내가 할 수 있는 일의 시금석으로 남아 있다. 30년 전 그 몇 분의 드라마—갑작스러운 직관, 성장과 이해의 느낌, 그렇게 얻은 그 작은 승리 대부분의 무모한 낭비—가 지금은 내 삶의 생긴 모양으로, 나의 존재에 대한 비유로 보인다. 나는 피아노로 돌아가려고, 음악에서 앞으로 나아가는 데 필요한 집중과 마음의 평화를 찾으려고 애쓰면서 수십 년을 보냈지만 내 인생의 매 장마다 흩어져 있는 그 수많은 시도에도 불구하고 실제로 음악을 통제하고 있는 시간을 몇십 분 이상 찾아낸 적이 없다.

이제 음악은 내가 늘 처음부터 다시 하는 것, 늘 다시 시작하는 것이 되었다. 오랜 부재 뒤에 나와 이 악기의 변덕스러운 관계가 어떤 상태일지는 알 수가 없고, 따라서 매번 피아노로 돌아갈 때 불안이 가득하다. 가끔 몇 달 게으름을 피우다 다시 운동을 시작하게 되면 우리 몸이 말을 잘 듣지 않고, 모든 게 축 늘어지고 약해진 것을 알게 된다. 하지만 피아노는 늘 그렇지는 않다. 이상하게도 나아진 것 같을 때가 있다. 마치 몇 달 전에 중단했던 작업이 자리를 잡고 단단해져, 새로운 것을 세울 수 있는 기초가 된 듯하다. 매듭이 풀린다. 늘 당혹스럽던 악구, 습관과 단단히 얽혀 있어 도저히 정확하게 칠 수가 없었던 악구들이 헐렁하고 유연하게 느껴진다. 주의를 기울이면 엉킨 걸 풀고 정돈할 수 있을 것 같다.

하지만 그보다 자주 처음부터 다시 시작해야 한다는, 중단했던 곳에 다시 이르려면 두 배는 더 열심히 노력해야 한다는 기운 빠지는 느낌만 있고, 잃어버린 것을 회복하게 되면 거기에서 조금이라도 더 밀고 나갈 시간이 약간이라도 있었으면 좋겠다고 바라게 될 뿐이다. 어떤 사람들은 이런 식으로 평생을 잡아먹는 기획을 갖고 있다. 예를 들어 뒷마당에 쓸쓸히 놓인 골동품 차. 매년 그 차로 다시 돌아가 두들기고 때운다. 아마도 조금씩 나아지겠지만 절대 도로를 달릴 만큼은 되지 않을 것이다. 또는 1년에 한두 번 수리하는 집. 늘 개량할 필요가 있고, 늘 지난번보다 조금 더 낡은 상태이다. 늘 돌아가서 낙심하는 첫 순간이 있다. 차에서 덮개를 벗겨내고, 또는 삐걱거리는 앞문을 밀어 열고 이 어수선한 삶에서 우리와 동행하는 이 묘한 순례자들과 마지막으로 만났던 때 이후 더 황폐해진 모습을 보는 순간. 어떤 사람들은 그게 즐거움을 주지 못하면 그냥 던져버릴 수도 있다. 차는 폐차장으로 치워버리고 곧 그 차가 뒷마당에 남겼던 바큇자국 위로 풀이 자란다. 낡은 오두막은 팔아버리고 늘 찜찜하던 새는 지붕이나 물을 빼야 하는 파이프 생각은 흐릿해진다. 안도감이 찾아온다.

그러나 음악은 우리에게 더 집요하게 요구한다. 음악은 대상이나 물건, 우리가 소유하거나 내줄 수 있는 어떤 것이 아니다. 그것은 관계이며, 그것을 우리 삶에서 잘라내는 것은 우리 자신의 어떤 부분을 잘라버리는 것이다. 우리가 음악으로 돌아가는 것은 근본적으로 음악이 희망과, 또 우리가 삶에서 앞으로 나아가려 하는 끈질김과 결부되어 있기 때문이다. 어머니가 인생 초반부에 많은 시간 연주했던 바이올린은 끝까지 어머니 곁에 머물렀다. 비록 오래전에 선반으로 은퇴하기는 했지만. 어머니는 바이올린을 생각하면 자신이 부족하다고 느꼈고 가끔 화도 났지만, 그래도 그것은 어머니 세계의 영원한 붙박이였다. 나에게는 피아노가 그랬다. 내가 지금 몇 년째 씨름하고 있는 『골드베르크 변주곡』은 그 관계의 중심 장소, 음악과 내가 매달, 매년 옛사랑에 새로 불을 지피기 위해 다시 만나는 장소가 되었다.

이제 그것은 거의 하나의 제의다. 그 재탄생의 순간, 인생을 처음부터 다시 시작할 기회, 본격적으로 덤벼들어 정말로 집중할 수 있을 것 같은 순간이 임박했다고 느끼면 나는 책상을 치우고, 청구서들을 정리하고, 낡은 잡지들을 재활용 쓰레기장으로 가져가고, 피아노에서 모든 것을 치우고 이제 여기저기 귀퉁이가 접힌 『골드베르크 변주곡』만을 남겨둔다. 아마 긴 주말이 될 것이다. 또는 일주일 동안 집이 텅 빌 것이다. 종종 그것은 그저 내가 다시 피아노 앞에 앉을 준비가 되었다는 설명할 수 없는 직관적인 느낌일 뿐이다. 마음을 비우기 위해 휴대전화 알람을 한 시간 뒤로 맞춰놓고 방해받지 않고 집중할 수 있도록 벨소리를 무음으로 돌려놓는다. 이제 나도 약점들이 어디 있는지 안다. 아마도 영원한 약점이 될지도 모를 그곳으로 바로 향한다. 다섯 번째와 스물세 번째처럼 속도와 명료함이 일차적 난제인 변주곡도 있고, 일곱 번째처럼 장식부가 주된 어려움인 변주곡도 있으며, 또 여섯 번째와 아홉 번째를 비롯해 상대적으로 느리지만 모든 손가락을 전략적으로 움직일 것을 요구하는 변주곡도 있다. 다섯 번째 변주곡에서 처음에는 오른손으로 들리다가 곧 왼손으로 들리는 빠른 선율은 단순하지만 매혹적인 대화를 통하여 이어지는데, 이것은 두 관악기, 이를테면 바순과 플루트가 똑같은 악상을 좇으며 서로 꼬꼬댁 까악까악 하는 것처럼 들린다. 이 변주곡의 전반부 마지막 즈음에 이르면 어느 순간 왼손의 선율이 높은 곳으로 치고 올라가는 부분이 경쾌한 작은 꾸밈음—빠르게 치고 빠지는 장식부—에 싸여 있는데, 늘 내가 일관성 있게 제대로 치지 못하는 지점이다. 나는 이 악절을 천천히 치면서 내가 조금만 속도를 늦추고 이 골치 아픈 세 음 음형에 아주 약간만 여유를 주면 지나치게 애쓰는 것처럼 보이지 않으면서도 쏜살같이 쳐나갈 수 있을지도 모른다는 것을 깨닫는다. 이건 트릭이지만 한번 해본다. 처음에는 머릿속에서, 그다음에는 한 손으로만 천천히. 된다.

이제 카논이다. 변주곡들의 핵심이자 소화해내기 가장 어려운 곡들에 속한다. 첫 카논은 세 번째 변주곡으로 등장하는데, 카논 가운데 가장 이상한 것으로 바쁘고 장식이 많고 수다스러운 저음부 선율이 위 성부의 카논 음형을 지탱하고 있다. 나는 서로 얽힌 두 성부를 붙들고 몇 시간 씨름했는데, 이 두 성부는 똑같은 출발점에서 서로를 따르며 동일하게 길고 애처로운 멜로디를 풀어내고 있다. 이 둘은 서로 메아리친다기보다는 첫 발언을 할 때도 자신을 반복하고 있다는 묘한 느낌을 만들어낸다. 심리적으로는 귀에 첫 멜로디가 들리고, 귀가 그 형태와 목적을 기억하자마자 그것이 다시 들리면서 일종의 인식 지연을 만들어낸다. 성부들이 서로 말을 나누는 듯한 다른 카논이나 푸가와는 달리 몽환적인 피드백 루프에 사로잡힌 하나의 성부에 더 가까운 느낌이다.

위쪽의 두 선율이 똑같은 음들을 연주하고 있고, 그 모든 음을 대부분 오로지 오른손으로만 치기 때문에, 두 선율이 끊임없이 서로 방해하고 있으며 이것이 바로 문제를 일으키는 듯하다. 그러나 종종 처음에 매우 어려워 보이는 부분에 끌려가다 보면 더 쉽게 처리할 수도 있는 부분, 하지만 돌보지 않고 내버려두면 약한 고리가 되는 부분을 자주 무시하게 된다. 첫 번째 카논의 저음부 선율은 불안하고 복잡하며 주의를 요한다. 그래서 오늘 아침 나는 다른 두 성부는 머릿속에서 상상하고 저음부 선율에만 집중하여 외우면서 치기로 한다. 위의 성부들이 없으니 황량하고 메마른 느낌을 준다. 어쩌면 그래서 그동안 내가 이 부분을 소홀히 했을 것이다. 그러나 30분 뒤 저음부 선율의 반을 외웠고 기쁘게도 성부들이 재결합하자 곡에 새로운 안정성이 생겼다.

이 신선한 출발이 계속 이어질 것이라고, 또 하나의 교착상태가 아니라 마침내 곡의 나머지를 열고 정복하는 길로 이어지는 시작점이 될 것이라고 생각하며 잠시 자축한다. 하지만 이 카논의 저음부 나머지를 암기하는 작업에 들어가면서 집중력이 흐릿해지며 내 마음은 다음 같은 길을 따라간다. 오랜 친구가 어젯밤에 연락을 했다. 나는 그녀 부부와 오랜 세월 가까웠고 둘 다 나에게 큰 의미가 있었다. 남편은 최근에 죽었고 그녀는 용감하게 그다음 단계로 나아가지만 수십 년 결혼생활 뒤에 그게 쉬울 리 없다는 것을 나는 안다. 그녀가 걱정이 된다. 그녀가 다시 인생을 수습하려 하자마자 그녀의 가까운 친구 하나가 역시 아프고 죽음을 앞두었다는 것을 알게 되었기 때문이다. 어머니는 무시무시하게 괴로웠을까? 그녀의 두려움은 어떤 것이었을까? 그 마지막 몇 달 동안, 아침에 잠을 깼을 때 세상에서 가져올 기쁨이 있기나 했을까? 그녀가 희망을 포기했을 때 단번에 그렇게 되었을까, 아니면 죽을 때까지 되풀이해 물리쳐야만 할 정도로 끈질겼을까? 나의 왼손은 여전히 카논의 저음부 선율을 치고 있었지만 기계적일 뿐이었고, 이제 방 안에는 죽음이 있다.

나는 악보를 다시 옆으로 밀어놓고 이 빈약한 진전의 시간에서 과연 무엇이 남을까 생각한다.

5

fifth

눈은 동 트기 한참 전부터 내리기 시작해 여섯 시 반에 알람이 울렸을 때는 땅에 몇 센티미터가 덮여 있었다. 학교는 휴교였고 나는 행복감에 젖어 침대에서 나오지 않았다. 따뜻하고 졸렸고, 매일 아침 수업이 시작되기 전 나를 채우던 공포로부터 오늘은 자유로웠다. 나는 열네 살이었고, 중학생이었고, 못된 애들의 변덕과 괴롭힘에 시달리고 있었다. 하지만 이날은 나의 것이었다.

어머니는 방에 틀어박혀 나오지 않았다. 그래서 훨씬 좋았다. 아침에 나는 아래층으로 내려가 어머니가 대학 시절 보던 낡은 책을 보관하는 곳에서 한번도 읽어본 적 없는 단테의 책을 한 권 뽑았다. 생각보다 쉽게 읽혀 무척 놀라면서 나는 곧 『지옥*Inferno*』에 빠져들었다. 침울한 자, 화내는 자, 신성모독자, 천사들이 너무 변덕스럽고 겁이 많아 신의 싸움에서 어느 편도 들지 못하고 결국 천국과 지옥 사이에서 영원히 오도 가도 못하는 것을 보고 공포와 전율에 휩싸였다. 몇몇은 들어본 이름이었다. 디도, 트리스탄, 아킬레우스. 반면 세미라미스, 티레시아스, 니므롯 등은 새로웠다. 나는 고통으로 묶여 있는 이 신화와 역사, 전설 속의 슬프고 매혹적인 인물들을 모두 알고 싶었다. 그 뒤에 피아노를 연습했다. 조율도 되지 않은 피아노로 슈베르트의 즉흥곡을 쳤다. 정오가 다가오는 시간이었지만 어머니를 깨울까 걱정이 되어 조용한 부분에 집중했다. 점심시간이 다가오고 또 지나가도 어머니가 움직이는 기색이 없어 나는 방문으로 다가가 가볍게 문을 두드리고 샌드위치를 만들어 먹어도 되느냐고 허락을 구했다. 나는 늘 배가 고팠다.

우리 집은 규칙으로 가득했다. 음식에 관한 규칙, 옷과 세탁에 관한 규칙, 문에 관한 규칙(늘 열어두어야 했다), 수건에 관한 규칙, 불에 관한 규칙, 라디오, 전화기, 텔레비전, 우편물에 관한 규칙(편지는 부모님이 먼저 개봉해서 살펴본 다음에 우리에게 주었다). 집집마다 규칙이 있는데 우리 집에도 그런 일반적인 규칙이 모두 있었다. 탁자에 발을 올리지 않는다, 식사 전에 손을 씻는다, 싱크대에 설거짓감을 절대 놓아두지 않는다. 그러나 우리 집에는 그 외에도 수십 개 규칙이 있었다. 읽기, 자기, 씻기에 관한 규칙, 돈에 관한, 놀이에 관한, 친구에 관한 규칙. 음식을 관장하는 규칙이 가장 엄격하여 우리는 분명한 허락이 없으면 어떤 것도 먹거나 마시지 못했다. 어머니가 나 혼자 샌드위치를 만들어 먹어도 좋다고 했을 때 나는 행복감에 젖었다. 식사는 양이 적고 검박하고 식욕을 돋우지 않아야 한다는 암묵적이지만 완강한 규칙을 깰 수 있을지도 모른다고 생각했기 때문이다.

그날 오후에는 잘 먹었고, 허기도 가라앉았으며, 여전히 눈이 내리고 있었다. 나는 밖에 나가 눈 속에 있고 싶었고, 눈 속에서 흥겹게 놀고 싶었다. 내가 기억할 수 있는 가장 좋은 날을 준 것에 감사하고 싶었다. 그래서 어머니를 놀라게 해주겠다고 결심하고 진입로와 보도에 쌓인 눈을 삽으로 치웠다. 눈은 축축하고 무거웠으며 바닥에 30센티미터 이상 쌓여 있었다. 힘들지만 환희에 찬 일이었다. 나는 삽질을 하며 혼자 노래를 불렀다. 슈베르트 곡들의 몇몇 소절을 비롯하여 그 무렵에 배운 것들이었다. 내가 힘들고 재미없는 일을 자발적으로 하고 그것도 꼼꼼하게 해치운 것을 어머니가 발견하면 얼마나 놀라고 기뻐할지 상상했다. 늦은 잿빛 오후 속에서 나는 기운이 넘쳤고 동시에 훌륭한 사람이 된 것 같았다. 일을 마치고 장화를 벗어 현관 옆에 두고 내 방으로 가 침대의 이불 밑으로 미끄러져 들어가 다시 『지옥』에 빠져들었다.

다시 단테에 몰입해 있을 때 어머니가 내 이름을 불렀다. 내가 혼자 방에서 책을 읽고 있으면 어머니는 불안해하곤 했다. 어머니는 문학을 공부했고 내가 읽는 책들은 대부분 어머니의 책들로 작고 단정하고 우아한 볼펜 글씨로 메모가 가득 적혀 있었다. 하지만 어느 시점에서 내가 절대 이해하지 못하는 이유로 어머니는 읽기, 특히 다른 사람들의 읽기에 점점 의심을 품었다. 대중소설, 특히 스릴러와 스파이물에 채울 수 없는 욕구를 가진 아버지는 집 곳곳에 책을 숨기고 몰래 읽게 되었다. 나는 소파와 벽 사이의 좁은 공간에 들어갈 수 있을 만큼 작았을 때는 거기에 숨어서 몇 시간씩, 또는 어머니가 내가 사라진 것을 알고 내 이름을 부르기 시작할 때까지 책을 읽곤 했다. 나는 나의 책 읽기는 언제든 중단될 수 있다고 예상하게 되었다. 특히 그걸 학교 숙제로 둘러댈 수 없을 때는. 나는 이런 상황에 너무 익숙해져서 책을 읽을 때 언제나 머릿속 한쪽에서 어머니의 존재를 의식하고 있었고, 늘 어머니의 방해를 예상했다. 어머니는 내가 책을 읽고 있다는 것을 알면 즉시 해야 할 일, 급하게 해야 한다지만 사실은 시키기 위해 만든 일을 꺼내 들었다. 차고에 비질을 한다든가 책꽂이가 깔끔해 보이도록 잡지를 크기와 색깔별로 배열한다든가. 가끔 내 이름을 불러 백일몽을 흩어버릴 때 막상 가 보면 어머니는 내게 시킬 일을 만들어내지 못해 당황하기도 했다. 어머니가 자신의 머릿속을 뒤져 뭔가를 찾아내면—이층 창틀을 닦는다든가 거실 굽도리널의 홈을 젖은 페이퍼 타월로 훔친다든가—나는 말하곤 했다. "하지만 그건 어제 했는데요." 그러면 어머니는 포기하고 내가 책으로 돌아가는 것을 허락했다.

이번에 어머니가 나를 불렀을 때 나는 어머니의 기쁨과 즐거움, 심지어 보상마저 기대했다. 그러나 어머니 목소리에는 분노가 서려 있었다. 현관에서 어머니를 보았을 때 그녀는 격분 상태였다. 어머니는 말했다. 장화는 반드시 뒷문에 두어야 한다. "우리는 짐승이 아니야." 어머니는 흐느꼈다. "우리는 헛간에 사는 게 아니라고." 내가 미처 알지 못한 규칙이었다. 아마 어머니는 그걸 그날 오후에 만들어냈을 것이다. 나는 더듬거리며 눈을 치웠다고 말했지만 어머니의 분노는 더 강해졌다. 어머니는 두 손으로 나를 때렸다. 가슴과 머리를 때리며 복도로 내몰았다. 나는 장화를 들고 뒷문으로 쫓겨 갔다. 어머니는 몸집이 작아 맞아도 아프지는 않았다. 손에 빗자루나 빗 같은 걸 들고 있지 않으면. 맞는 것은 모욕적이었지만 실제로는 고함을 지르고 팔을 휘두르고 손바닥으로 몇 대 찰싹 갈기는 것에 지나지 않았다.

그러나 이번에는 평소보다 더 화가 났거나, 아마 자신의 힘을 잘못 판단했는지 모른다. 집의 반대편에 이르러 파티오와 뒤뜰로 통하는 미닫이 유리문 앞 매트에 어머니 장화가 단정하게 놓인 것을 보았다. 나는 내 장화를 그 옆에 놓으려고 허리를 굽혔다. 어머니가 내 목덜미를 세게 쳤고 나는 앞으로 비틀거리다 바닥에 엎어졌다. 나는 그곳에 엎드려 두 팔로 머리를 꼭 감싸고 얼굴을 감추었다. 나는 이제 울고 있었고, 우는 게 부끄러웠다. 어머니 때문에 다쳤다고 소리를 지르려 했지만 변성기라 어린아이가 깩깩거리는 소리로 말이 나왔다.

"빌어먹을 드라마 찍고 있네." 어머니는 이렇게 말하며 자리를 박차고 떠나버렸다. 어머니는, 내 생각으로는, 폭력에서 평소의 선을 넘어버린 자신에게 화가 났고, 또 나는 눈물을 터뜨린 나 자신에게 화가 났다. 나는 최대한 존엄을 그러모았다. 학교에서 남자애들이 나를 괴롭히고 때릴 때 내가 늘 내세우던 존엄이었다. 나는 울음을 그치고 목구멍 안의 꿈틀거리는 아픔을 삼키려고 했지만 결국 흐느끼게 되었다. 진이 빠졌다. 눈을 치우느라 힘들었기도 했지만 완벽한 하루가 망쳐진 것 때문이기도 했다. 어머니는 자기 방으로 달아나버렸고 다시 한번 나는 집을 독차지했다. 나는 바닥에서 몸을 굴려 하늘을 올려다보았다. 굵고 묵직한 눈송이가 계속 떨어졌다.

영원히 계속될 것 같은 느낌이었다. 소용돌이치는 잿빛 혼돈으로부터 나타나 무한한 하늘을 가득 채울 것 같았다. 내가 인지하는 바로 그 순간 눈송이 하나하나가 태어나고 있는 듯했다. 나는 내리는 눈송이에 홀린 채 오후의 마지막 빛 속에서 다른 곳에 있는 나 자신을 상상하려 애쓰며 거기 누워 있었다. 있지도 않은 친구에게 단테에 관해 말하고 싶었다. 책에 관해 더 많이 아는 사람에게 왜 단테의 지옥이 그렇게 용서가 없는지 묻고 싶었다. 왜 세례받지 않은 사람은 착하고 친절하고 모범적인 삶을 살아도 고통을 겪어야 하는지, 왜 저주받은 사람들 가운데 그렇게 많은 이들이 서로 또 심지어 하느님을 상대로 계속 분노하고 비난하는지, 지옥이 실재하고 신성한 분노의 힘이 하느님의 존재에 대한 모든 의심을 지워버렸는데도. 나는 생각했다. 그들은 하느님에게 화가 나고, 하느님의 변덕스러운 규칙에 화가 나고, 하느님의 잔인성에 화가 났을 것이다. 그들은 자존심이 있었고 마음속에서 한 가지 확신을 고수하고 있었다. 자신이 이런 대접을 받을 사람은 아니라는 것.

발터 벤야민은 『베를린 연대기*Berlin Chronicle*』에서 우리가 장소를 기억하는 방식의 이상한 면과 씨름한다. "우리가 스물네 시간을 보낸 방은 기억 속에서 대체로 분명하게 유지하고 몇 달을 보낸 다른 방은 잊어버리는 것은 무엇으로도 막을 수 없다. 따라서 기억이라는 판에 아무런 이미지가 나타나지 않는다면 그것은 노출 시간이 충분하지 않았기 때문이 아니다."[12] 습관은 사실 인상을 흐리고 기억을 누르는 반면 충격은 갑자기 어떤 공간을 아주 환하게 밝혀 사진 같은 '기억 판'에 이미지가 유지되게 한다. 나는 내가 자란 집의 방에서 매일 몇 시간을 보냈지만 그 방은 거의 기억하지 못한다. 반면 부엌의 리놀륨 바닥에 누워서 미닫이문을 통해 하늘을 올려다본 것은 딱 한 번뿐으로 생각되는데, 그것이 그 집에서 산 10여 년에서 얻은 가장 강력한 기억이다. "우리 기억이 가장 지울 수 없는 이미지를 얻는 것은 이렇게 충격 속에서 우리의 가장 깊은 자아를 제물로 바쳤을 때다." 벤야민은 그렇게 쓰고 있다.

나는 내 개인적 신화에서 이 순간을 기념비에 새겨놓았다. 내가 유년을 떠나기로 마음먹은 것이 실제로 그 눈 오던 날 바닥에 누워 있던 바로 그때였는지는 중요하지 않다. 그게 내가 그 일을 기억하기로 선택한 방식이다. 그때가 아니었다면 내 인생의 그 무렵, 아마도 그렇게 또 어머니에게 맞았던 다른 날, 어쩌면 사람들 앞에서 그렇게 맞게 되었던 날—훨씬 더 분했다—이었을 것이다. 어쨌든 나는 이런 대접을 받을 사람은 아니라고, 바닥에 누워 울고 분노하는 지저분한 꼴을 보일 사람은 아니라고 마음먹었다. 그날 그 일이 있기 전 단테를 읽고 스스로 눈을 치울 의무를 떠안으면서 나는 독립적인 어른이라는 느낌을 받았다. 그러다 갑자기 어머니의 힘에 눌려 어린애가 되었다. 그래서 나는 나의 남은 어린 시절을 없애고 오로지 중요한 것에만 전념하겠다고 결심했다. 그런 것들이 예컨대 단테와 슈베르트 외에 무엇인지 나는 잘 알지 못했다. 하지만 그 특정 순간으로, 갑자기 우스꽝스러워진 그 순간으로 나를 이끈 그 시시하고 너절한 삶보다 더 실질적인 삶이 책과 음악과 예술 속에 있다고 어렴풋이 느꼈다.

나는 그날 오후 나 자신의 규칙을 정했다. 어머니와 대립각을 세우고, 이따금 보이는 그녀의 친절에 절대 유혹당하지 않고, 중요한 것에 관해서는 절대 어머니와 이야기를 하지 않고, 어머니를 믿지 않기로 했다. 만일 내 삶에서 어머니를 뿌리 뽑지 않으면 어머니가 나를 갈가리 찢어버릴 것임을 분명하게 보았다. 나는 올바르게 살 것이고, 예의를 지킬 것이고, 무엇보다도 존엄을 지킬 것이다. 하지만 나는 거리를 유지해야 한다는 것을 알았다. 또 나가서 다시는 돌아오지 말아야 한다는 것을 알았다. 이런 결심을 실행에 옮기는 것은 쉽지 않았다. 나는 그 뒤에도 오랫동안 가족과 집에 묶여 있었고, 내가 할 수 있는 최선은 스스로 강요한 망명, 침묵과 불가해한 상태로 물러나는 것이었다. 그러나 오직 진지하고 의미 있는 일에 전념하는 문제라면 나에게는 그렇게 할 기회와 수단이 있었고, 나는 그 결심을 세심하게 지켜나가기 시작했다.

나는 무엇이 위대하고 무엇이 하찮은지 알 능력, 음악이나 문학이나 예술에 관해 어떤 식으로든 진정한 판단을 내릴 능력이 없었지만 세상을 내다보며 다른 사람들의 가장 보편적 취향을 택할 수는 있었다. 대학에 간 누나들을 찾아갈 때면 책꽂이를 잘 살핀 다음 거기 있는 것들을 구해서 집에 왔다. 다른 사람들 집에 가면 레코드와 책을 뒤져 내가 희미하게 들은 적이 있는 것, 내가 아는 지적 세계의 먼 지평선에 기록된 것을 찾았다. 지적이라고 생각되는 사람들이 말하는 것을 들으면서 사상가와 예술가들의 이국적 이름에 귀를 곤두세웠고 의무적으로 머릿속에 적어놓았다. 대체로 나는 한 가지 직관을 신뢰했다. 어려운 것이면 틀림없이 중요하다는 것.

돌이켜보면 그런 식으로 빌려온 박약한 기초에 정서적 삶을 구축한다는 것은 좀 어리석어 보인다. 하지만 나에게는 다른 기초가 없었으며 처음에는 빌려온 것이라도 오랜 세월이 지나면 소유하게 될 수 있고, 어쩌면 우리 삶의 다른 어떤 것보다 진정으로 소유할 수도 있다. 최고의 모범을 찾아 세상을 돌아다녔건 그저 주위에 있는 것을 무의식적으로 무비판적으로 흡수했건 모든 취향은 어차피 채택한 것이다. 처음에는 생존의 기술이던 것, 너무 비의적이라 어머니가 절대 따라올 수 없는 것들을 찾아간 도피였던 것이 진정한 자기의식과 분리할 수 없는 삶의 습관이 되었다. 나는 솔직히 나쁜 책, 심지어 그냥 오락적인 책도 즐기지 않는다. 또 옛 연애들과 지울 수 없이 연결된 것을 제외하면 대중음악에 대한 취향을 키운 적도 없다. 또 기껏해야 미신에 불과하다는 것을 아주 잘 알지만 여전히 모든 좋은 책이나 위대한 음악에는 구원의 가능성이 담겨 있다고 믿는다.

ℐ

우리의 미적 삶에 위대한 것과 그렇지 않은 것이 있다는 생각은 이제 낡았다고 느껴지지만 지난 세기 내내 계속 유행이었고 반쯤은 존중받는 것이었다. 나는 *1970*년대와 *1980*년대에 『뉴욕 타임스』에 실린 해럴드 숀버그의 음악 비평, 또 그의 책 『위대한 작곡가들의 삶*The Lives of the Great Composers*』, 『위대한 피아니스트*The Great Pianists*』, 『위대한 지휘자*The Great Conductors*』와 함께 성장했다. 우리 책꽂이에는 판지 상자 몇 개에 나뉘어 들어가 있는 '위대한 책들*Great Books*' 세트가 있었다. 이것은 대중 독자를 위해 위대한 사상을 압축해주겠다는 모티머 아들러의 예스러운 노력의 결과물로, 우리가 *1970*년대 몇 년 동안 유니테리언 교회에 다닐 때 주일학교에 가서 읽을거리 역할을 했다. '위대하다'는 말은 *1990*년대에 들어서도 오랫동안 아무런 거부감 없이 공공 라디오와 텔레비전의 예술 담론에 스며들어 있었다. 이십대 후반에 뉴멕시코 북부에 있는 작은 오두막에서 여름을 보낸 일이 기억난다. 다이얼을 돌려서 고전음악을 들을 수 있는 라디오 방송은 하나뿐이었다. 매일 아침 이 방송에서는 유대계 독일인 이민자 카를 하스가 진행하는 〈좋은 음악으로 가는 모험*Adventures in Good Music*〉을 방송했는데, 하스는 구세계 악센트가 강한 말투로 베토벤의 위대함, 바흐의 숭고함, 브람스의 심오함을 이야기했다.

그러나 고전음악 청중이 줄고 또 나이가 들고, 새로운 세대 음악가와 음악 프로모터가 위대함이라는 말에서 속물의 냄새가 난다고 느끼기 시작하자 '위대하다'는 말은 냉대를 받게 되었다. 위대함은 고급문화에 적용될 때 점점 가부장제나 계급이라는 관념과 결부되어, 이 말을 피하는 것이 수백 년에 걸친 위계와 인종차별적 배제에 대한 필수적인 속죄의 일부가 되었다. 그러면서 이 말은 쉽게 대중문화로 이주했는데, 『롤링 스톤즈』 같은 잡지에서 아무런 부끄러움 없이 위대한 아티스트 *100*인을 선정했으며, 위대함이라는 낡은 개념이 "반드시 읽어야 할" 책이라거나 "오프라의 최애" 같은 위장된 형태로 돌아왔다. 그것은 오늘날에도 여전히 대부분의 사람에게 근본적 범주로 남아 있으며, 무엇이 위대한 것이냐에 관한 합의가 거의 또는 전혀 없고 위대함의 기준이 순간순간 바뀌고 사람, 문화, 스타일에 따라 근본적으로 다르다 해도, 아직도 음악에 관한 공적 대화의 체계를 잡아준다.

이 관념 없이 살기는 어렵다. 이 관념이 우리가 생각하는 방식에 깊이 뿌리를 내리고 있기 때문만이 아니라 어떻게 듣고 무엇을 들을지 결정할 때 그것에 의존하기 때문이기도 하다. 인생은 짧고 우리는 모두 보통보다는 위대한 것을 원한다. 나도 나의 많은 동료나 친구처럼 위대한 음악이라는 맥락에서 생각하지 않고 오직 어떤 종류의 음악이 개인적 기준에서 더 또는 덜 매력적이라거나 특정 기능(즐겁게 해준다거나, 기분전환을 시켜준다거나, 활기를 준다거나, 긴장을 풀어준다거나, 자극을 준다거나)에 더 또는 덜 도움이 된다고 인정하는 척할 수는 있다. 그러나 내가 실제로 음악과 더불어 행동하는 방식을 검토해보면 위대함은 어린 시절 집의 바닥에 누워 세상의 편협하고 비참한 것보다 어떤 크고 신성한 것을 찾기를 바라던 때와 마찬가지로 지금도 나에게 중요하다는 것이 분명하다. 나는 모든 종류의 음악을 즐길 수 있지만 나에게 음악이 필요할 때 내가 요구하는 것은 늘 위대한 음악이다.

만일 바흐의 『골드베르크 변주곡』이 위대하지 않다면 어떤 것도 위대하지 않다. 인간은 음악을 연주할 뿐만 아니라 음악에 관해 이야기하는 묘한 습관을 갖고 있으며, 수백 년 동안 서양 문화는 음악을 분석하고 평가하는 다양한 이론을 제시했는데, 이것은 필연적으로 무엇이 어떤 음악을 다른 음악보다 낫게 만드는가 하는 질문과 답을 낳았다. 어떤 사람들은 형식적 완전함이 핵심이라고 하는데, 이는 복잡성, 질서, 균형 같은 것에 특권을 준다. 어떤 사람들은 감정적 영향을 옹호하는데 이는 수사적·정서적 힘을 강조한다. 또 음악이 신성한 것 또는 우주적인 것을 반영한다거나, 태양계의 유사체나 음향적 구현체가 될 수 있다거나, 또는 수학이나 기하학 관념을 반영한다거나, 신의 마음을 그린 그림이라거나, 우주의 영적 구조를 은유한다는 주장도 있다. 『골드베르크 변주곡』은 음악 미학의 이런 세 가지 근본 경향의 역사에서 중요한 순간에 쓰였으며 바흐의 음악은 이 셋 모두에 기초한 해석들에 영감을 주었다. 학자들은 바흐의 음악적 장치와 표현적 제스처를 설명하기 위해 형식 수사학에 관한 논문에 주목하고, 음악적 모티프의 구성에서부터 여러 부분으로 이루어진 큰 작품들의 음 조직에 이르기까지 모든 것을 이해하기 위해 수비학(數秘學)에 의존한다. 고대 그리스, 르네상스, 계몽주의에서 아이디어를 빌려 설명하기도 했고, 그의 라틴어와 과학 지식에 주목했으며 심지어 바흐가 음악 과학에서 뉴턴이나 케플러 같은 존재라고 주장하기도 했다. 그러나 20세기 내내 바흐 비평은 특히 그의 음악의 형식적 완전성에 관심을 보였다.

따라서 비록 우리가 음악의 위대성을 판단하는 어떤 단일 기준에 저항하는 시대에 산다고는 하지만 또한 이렇게 말할 수도 있다. 뭐든 당신 마음에 드는 기준을 골라봐라, 그래도 바흐의 음악은 틀림없이 그 기준에서도 위대할 것이다. 나는 이런 관념에 저항하는 사람들에게 내가 왜 바흐의 음악이 위대하다고 생각하는지 설명하려고 애쓸 때 아주 기꺼이 기준을 바꾸어가며 논거를 제시한다. 그의 음악이 매력적이고 흥미롭고 멜로디가 풍부한가? 쉽게 카리스마를 느낄 수 있는 증거로 일곱 번째 변주곡의 지그, 열아홉 번째 변주곡의 실 잣는 노래*Spinning Song*, 스물네 번째 변주곡의 경쾌한 춤곡을 들어보라. 복잡하고, 엄격하고, 섬세하게 만들어졌는가? 그 증거는 모든 페이지의 모든 줄에 있다. 다른 종류의 음악을 넘어서는 웅장한 영적 의미가 있는가? 그건 좀 어려운 질문이지만 이렇게 말할 수는 있다. 『골드베르크 변주곡』은 분명히 나 자신의 개인적 우주론을 반영하고 있다.

구조에서 시작해보자. 이 작품의 아치를 그리는 형식은 인간이 상상한 가장 세련되고 섬세한 것으로 꼽힌다. 서른 개 변주곡 양옆에는 아리아가 있다. 처음에 한 번 마지막에 한 번, 두 번 들을 수 있다. 이것으로 총 서른두 섹션이 만들어지며, 이것은 중간 열여섯 번째 변주곡에서 나뉘는데, 이 변주곡은 음악적 두폭화*diptych*의 커다란 두 날개를 연결하는 경첩 역할을 한다. 각 변주곡도 두 섹션으로 나뉘는데, 이 섹션 각각은 반복된다. 이 프랙털 같은 패턴은 아홉 카논의 등장으로 매우 복잡해지는데, 카논에서는 두 성부가 똑같은 선율을 연주하는 것으로 들리며, 돌림노래인 오래된 자장가 「저어라, 저어라, 저어라 네 조각배를*Row, Row, Row Your Boat*」처럼 한 성부가 다른 성부보다 약간 뒤처진다. 이 아홉 카논 각각은 서로 얽힌 두 성부의 간격을 바로 앞 카논보다 한 음계도수* 높게 설정하는데, 첫 카논은 같은 음으로 시작하고, 두 번째 카논은 한 음 높고(음악적 용어로 하자면 음정이 2도 차이 나고), 세 번째는 3도 떨어져 있고, 이런 식으로 마지막 카논에 이르면 두 성부가 9도 차이가 난다. 첫 세 변주곡 뒤부터는 전체적인 패턴이 자리를 잡는다. 각 카논 앞에는 변주곡 둘이 나오는데 하나는 매우 빨라 연주자의 신체적 기술을 시험하는 아라베스크이고, 또 하나는 대개 어떤 형식의 춤곡, 또는 바흐가 살았을 때 유행했던 다른 종류의 음악에 대한 참조다.

따라서 이 작품의 형식은 대칭적이며 끝이 열려 있고, 2의 배수, 3의 배수로 나뉜다. 중간 지점의 큰 분리, 처음과 끝에서의 아리아 반복은 균형과 마감이라는 느낌을 강하게 주지만 두 변주곡 뒤에 카논이 붙는다는 패턴은 무한히 반복될 수도 있다(간격이 멀리 떨어진 성부들을 포괄할

* 음계 안에서 특정 음의 위치를 가리키는 수. 온음계에는 7개가 있다.

만큼 건반 폭이 넓고 팔이 길다면). 따라서 이 작품의 설계도는 건축적인 외관의 정적인 균형과 더불어 *1, 3, 7, 15, 31*··· 같은 수학적 패턴의 역동적 개방성을 겸비하고 있다. 어떤 형식적 분석에서든 변주곡들이 아치처럼 배치되어 있다는 것, 또 종종 저자가 완벽하게 대칭을 이루는 둘 또는 세 변주곡씩 짝을 지으려고 애쓴 끝에 아치가 균형을 이루고 있을 뿐 아니라 양쪽에 쌓인 벽돌마저 조화를 이루고 있다는 것을 알게 된다. 그러나 우리는 또 이 구조를 원으로 생각할 수도 있다. 곡의 마지막에서 아리아의 귀환에 전율을 느끼는 사람이라면 누구나 시작과 끝의 융합과 순환하는 존재라는 우리의 역설적 본질에 관한 *T. S.* 엘리엇의 시 「네 개의 사중주*Four Quartets*」에서 마지막의 이 익숙한 행들을 기억할 수도 있을 것이다.

우리는 탐사를 중단하지 않을 것이며
우리의 모든 탐사의 끝은
우리가 출발한 곳에 이르러
그곳을 처음으로 아는 것이 되리라.

그러나 이 작품의 구조를 묘사하는 이 모든 형식적 은유—대칭적 아치, 끝이 열린 수학적 수열, 닫혀 있는 원형적 루프—는 이 작품을 전체로서, 멀리 떨어진 곳이나 높은 곳에서 처음부터 끝까지 한눈에 파악하도록 만들어진 의도적으로 구조화된 단일한 곡으로 이해하는 것을 전제하고 있다. 바흐가 이 곡이 그런 식으로, 통일된 걸작으로 이해되기를 바랐는지는 분명치 않지만, 바흐의 시기에는 음악가들이 이 곡을 그런 식으로 이용하지 않았을 가능성이 아주 크다. 나는 『골드베르크 변주곡』이 그것이 만들어진 시기에, 또는 바흐 생전에 실제로 연주되었다는 기록에 관해서는 알지 못한다. 하지만 『골드베르크 변주곡』이 *1741*년에 출간된 이후 몇 년 또는 몇십 년 동안은 연주가 되었다 해도 아마 일부만 연주되었을 것이다. 즉 음악가가 작품 전체를 연주하기보다는 그 가운데 몇 곡을 골라서 연주했을 것이다. 이 작품은 *18*세기 말과 *19*세기 초에는 인쇄된 형태로 유통되었던 것이 분명하며, 베토벤은 약 *80*년 뒤 권위 있는 『디아벨리 변주곡*Diabelli Variations*』을 쓸 때 이 작품을 알고 있었을 뿐 아니라 깊이 감탄하고 있었다고 우리는 가정하고 있다. 그러나 이 변주곡이 우리가 오늘날 알고 있는 대로 표준적인 콘서트 연주곡이 되어 하나의 통일된 곡으로서 처음부터 끝까지 연주된 것은 *20*세기 후반에 이르러서다.

그러나 오늘날 그런 식으로 연주될 때도 이 변주곡들을 한데 묶고 있는 크고 거시적인 구조는 청자가 미리 공부를 하지 않으면 인지하지 못한다. 일반적인 청자라면 중간 지점, 즉 열여섯 번째 변주곡이 두폭화의 후반부 시작을 알리는 순간 뭔가 의미심장한 일이 벌어지고 있음을 알아차릴지 모른다. 프랑스 서곡을 모방하여 쓴 이 변주곡이 자의식 과잉으로 느껴질 만큼 웅장하고 심지어 위풍당당하다는 이유만으로도 그럴 수 있다. 또 대부분의 청자는 마무리하는 아리아에서 깊이 감동하고 대칭과 귀환이라는 더 큰 구조에서 그것이 갖는 중요성을 인식한다. 비록 이런 식으로 정리해서 생각하지는 못한다 해도 말이다. 그러나 그것 외에는 이 곡은 아치로 보인다거나 두 변주곡과 카논이라는 세 곡 패턴을 반복하며 전진하는 것으로 보이기보다는 관계를 가진 에피소드들의 모음, 관념들의 연속체로 보인다. 복잡하고 길기 때문에 엄청나다는 느낌이 들 수는 있지만 청자들은 이것을 고정된 구조보다는 위대한 악상들의 목록으로 경험하곤 한다.

만약 기본 구조, 특히 끝이 열린 채 셋 단위로 나뉘는 구조를 듣는 것이 목표라 해도 물론 바흐는 청자에게 아무런 도움을 주지 않는다. 아홉 카논이 세심하게 진행되는 것을 일반 청자들이 놓치는 것은 카논이 복잡한 형식이기 때문이 아니라 바흐가 종종 카논과 다른 변주곡 사이의 차이를 드러내지 않고 카논 몇 곡은 특별히 '카논처럼' 들리지 않게 쓰기 때문이다. 스물네 번째 변주곡인 8도 카논에서 위의 성부는 두 번째 성부가 결합하기 전에 주제를 분명히 보여주는데 두 성부 사이의 분명하게 경계가 표시된 모방 때문에 매우 카논처럼 들린다. 그러나 여섯 번째 변주곡인 2도 카논에서 성부들은 긴밀하게 얽히며 서로 아주 밀접하게 뒤따라 그 효과는 단일한 악상이 천천히 회전하는 것을 듣는 느낌에 가깝다. 별도의 두 성부가 대화를 나눈다기보다는 하나의 생각의 두 면 또는 두 양상을 느끼게 된다. 스물한 번째 변주곡인 7도 카논에서는 두 번째 성부가 첫 번째의 생각을 마무리하면서 첫 번째가 떠난 곳에서 뒤를 이어받는 것처럼 보일 때가 많다. 아주 오래 대화를 나눈 두 사람이 서로의 문장을 마무리해주는 것과 비슷하다. 그러나 다른 카논들은 저음역대의 선율에 의해 전복되는데, 세 번째 변주곡인 같은 음 카논에서는 저음역대 음형에서 거의 일정한 16분음표 움직임이 배경에서 달콤한 웅얼거림 또는 우르릉거림과 같은 다양한 음악적 사운드를 만들어내 위의 얽힌 성부들을 파악하기 어렵게 만든다. 아홉 번째 변주곡인 3도 카논에서는 저음역대의 선율이 카논 성부들의 핵심 디테일을 모방하여 귀는 세 부분이 모두 어떤 3성부 푸가에 참여하고 있는 것인가 하는 의문을 품게 된다. 열여덟 번째 변주곡인 6도 카논에서는 구식의 성부 작곡법에 관한 교육을 받고 있는 느낌인데, 바흐는 만일 그가 현학적인 교사에게서 공식 작곡법을 배웠다면 따분하다고 생각했을지 모르는 그런 종류의 음악에 생기와 힘을 불어넣는다. 더 복잡해지는 것은 바흐가 적어도 카논만큼이나 대위법적이고 형식적으로 구조화되었다고 느껴지는 대응부 악절을 몇 개 집어넣은 것인데, 열 번째 변주곡에 집어넣은 푸게타*Fughetta*, 열여섯 번째 변주곡 서곡의 푸가 결말부, 구식 모테트*motet*를 모방하는 스물두 번째 변주곡의 알라 브레베*alla breve**가 그런 예다. 이 곡을 처음 들으면서 아홉 카논을 찾아내겠다고 결심하고 다가가는 사람은 이것들이 카논이라고 생각할 수도 있는데 그것은 잘못된 생각이다.

왜 바흐는 변주곡들의 형식적 구조를 파악하려는 우리의 노력을 꺾으려고 그렇게 노력하는 것일까? 아마 그런 종류의 정신적 노력이 음악을 즐기는 데 필수적이지 않다고 생각하기 때문일 것이다. 사실 음악의 실제 경험에는 복잡한 건축적 형식을 포함하여 오래전부터 음악의 위대함을 결정하는 요소라고 이야기되어 온 많은 것에 대한 인식이 포함되는 것 같지는 않다. 우리는 그 순간 음악에 귀를 기울이고, 막 일어난 일을 의식하고, 막 일어나려고 하는 일에 긴장한다. 우리의 음악적 인식의 범위는 놀랍게도 즉각적인 순간에 초점을 맞추고 있다. 우리의 마음이 실제로 음악에 반응하는 방식에 정직하다면 우리는 그것이 커다란 박물관에서 더듬더듬 길을 찾아나가는 일과 비슷하다고 생각할 것이다. 지나가면서 벽에 걸린 이런저런 것에 주목하고 방금 떠나온 방의 기쁨을 희미하게 기억하고, 이전의 방문으로 기억에 남아 있는, 다음 전시실에서 우리를 기다리고 있을 것을 고대하지만, 그 공간과 내용의 전체성을 어떤 의미 있는 방식으로 경험하는 것은 완전히 불가능할

* 2분의 2박자.

수 있다. 우리는 바흐가 음악 속에 구축하는 더 큰 패턴이 어떤 무의식적인 방식으로 우리에게 유용하다고 믿으면서 또는 그러기를 바라면서, 듣는 동안 더 유용하게 만들려고 공부를 할 수는 있다. 그러나 귀는 쾌감과 표면을 향하는 경향이 있으나, 정신은 멀리에서부터 감탄할 뿐이다.

J

예술 감상에 대한 우리의 비유가 따뜻함이나 차가움 같은 관념을 정신 상태나 경험과 연결하는 방식은 묘해서, 얼음이라는 수정같이 맑은 관념은 지적 노력과 연결되고 기쁨이라는 따뜻한 유동성과 대비된다. 또 다양한 예술 감상 방식은 자부심이나 수치와 결부되기도 한다. *1914*년 『예술 *Art*』이라는 책에서 블룸스베리 그룹 비평가 클라이브 벨은 예술에 대한 위계적이고 도덕주의적인 관점을 제시하면서 순수한 형식적 감상을 최고이자 사실 유일하게 가치 있는 경험으로 치고 나머지 모든 즐거움은 타락한 것이나 하찮은 것으로 간주했다. 예술은 감정에 영향을 줄 수 있지만 직접적이고 감각적인 내용을 통해서가 아니다. 오히려 우리는 그 형식적 복잡성을 감상할 때 감동한다. 그는 일차적으로 시각 예술에 관심을 가졌지만 똑같은 의미의 지적 순수주의를 자신의 음악 경험에 적용하려 했다. 그는 연주회에서 자신의 정신 상태를 "피곤하거나 당황하여" "화성들 속으로 그냥 짜여 들어가는 바람에 삶의 관념들을 파악하지 못하는" 경향이 있다고 분석한다. 이것은, 그의 믿음으로는, 천박한 습관이다.

> 나는 미적 고양이라는 최고의 정상에서 굴러떨어져 따뜻한 인간성이라는 아늑하고 작은 언덕에 이르렀다. 그곳은 즐거운 땅이다. 거기에서 즐기는 것을 아무도 부끄러워할 필요 없다. 그러나 높은 곳에 가본 적 있는 사람은 아늑한 골짜기에서 조금은 의기소침해질 수밖에 없다. 따라서 따뜻한 경작지와 로맨스가 있는 예스럽고 우묵한 곳에서 즐거웠다고 해서 예술이라는 차갑고 하얀 정상을 오른 사람들의 꾸밈없는 전율의 환희를 짐작이라도 할 수 있다고 상상하지는 말자.[13)]

백 년 뒤에도 이런 관념은 여전히 우리를 쫓아다닌다. 사람들이 음악에 귀를 기울이는 방식에 대한 대부분의 묘사가 직접적 경험이라는 따뜻한 경작지와 예스럽고 우묵한 곳에 단단히 뿌리를 내리고 있는데도. 음악 분석이 단지 건축과 구조의 관념만이 아니라 우리가 실제로 귀를 기울이는 방식에 대한 심리학적 인식까지 통합하는 쪽으로 나아갔는데도, 학자들은 지금도 음악에 대한 '구문적' 또는 '유사 구문적' 이해에 관해 말한다. 음악은 구체적 의미를 전달하는 언어로서 이해되는 것이 아니라, 언어처럼 작동하는 미적 대상으로 파악되며 우리는 이것을 문단이나 장(章)이 아니라 근본적으로 문장 수준에서 경험한다. 그러나 적어도 바흐 시대 이후로 철학은 심층 구조—바흐의 웅장한 아치나 모차르트와 베토벤의 변증법적 형식—가 청자에게 인식 가능한지, 우리가 실제로 음악을 경험하는 유일한 장소인 음악의 '표면'에서 그것을 어떻게든 탐지할 수 있는지 토론해왔다. 한 음악 분석 학파는 표면과 구조를 연결하려고 열심히 노력한다. 어떤 교향곡이 가장 근본적인 수준에서 *A*에서 *B*로 진행했다가 다시 *A*로 돌아온다면, 그 웅장한 드라마는 크고 작은 방식으로 되풀이해 표현되어, 각각의 악장, 즉 장이나 문단 또한 그런 *A-B-A* 서사를 표현하며, 훨씬 작은 하부 단위도 마찬가지여서 그 결과 모든 구성 부분이 어떤 식으로든 전체를 관장하는 *A-B-A* 패턴을 똑같이 반복한다는 것이다.

1985년 한 저널에 실린 글에서 연구자들은 『골드베르크 변주곡』을 이용하여 일반 청자들이 해석과 구조의 핵심 측면을 인식하는 방식을 탐사한 과정을 묘사했다. 그들은 캘리포니아 샌디에이고 대학의 학부생 112명에게 다양한 악기로 연주된 이 작품의 다양한 해석을 들려준 뒤 실험 대상자들이 보고하는 즐거움에 차이가 거의 없다는 것을 발견했다. 더 놀라운 것은 일부 변주곡의 순서를 뒤집어 카논에서 절정에 이르는, 세 부분으로 이루어진 구성 단위들을 섞어놓았을 때도 즐거움은 실질적으로 똑같다는 것을 알아냈다는 점이다. 그들은 "곡의 수정이 실험 대상자들이 그것을 즐기는 데 아주 작은 영향만 주었다"고 결론을 내렸다. "따라서 그 즐거움은 음악 권위자들이 주장하는 것과는 다른 데서 비롯되는 듯하다."[14]

그러나 나는 구조가 관련이 없다고는, 음악의 구조를 설명하고 그것을 청취와 연결하려는 시도가 쓸모없거나 공허하다고는 믿지 않는다. 클라이브 벨이 파르나소스*의 산정(山頂)에서 느끼는 얼음 같은 냉기에도 불구하고 한 작품의 웅장한 구조를 인식하는 것에는 여전히 강력한 뭔가가 있다. 그것은 바흐가 대규모의 음악 작품에 의식적으로 질서를 부여하는 방식에 대한 통찰을 제공하며, 즉각적인 인식에서 얻는 즐거움의 기억보다 확실하고 지속적일 수도 있는 방식으로 그 곡을 기억하는 것을 돕기도 한다. 게다가 즉시 감각적 매력을 발산하는 표면의 아름다운 디테일로 인식되는 음악의 어떤 측면이 변주곡집의 더 큰 형식적 패턴과 연결되지 않는 경우는 드물다.

『골드베르크 변주곡』을 위대하게 만드는 것이 무엇인가에 대한 단일한 이해는 필요하지 않거나 충분하지 않지만 그런 이해 가운데 다수는 어떤 특정한 방식으로, 즉 이 작품이 어떤 특정한 맥락에서 이해될 때 적용된다. 건축이

* 그리스 중부에 있는 산, 아폴론과 뮤즈들의 영지(靈地).

라는 관념을 완전히 젖혀두고 이 변주곡집을 매력적인 음악적 소품의 모음으로 생각한다 해도 이 작품은 다른 수많은 기준에 의해 여전히 위대하다. 가장 매혹적인 변주곡 다수는 약간 소박한 춤곡 형식이며, 그 가장 소박한 것들 가운데 감각적으로 가장 매혹적인 곡이 몇 개 있다. 일곱 번째 변주곡의 지그는 활달한 3박자 춤곡의 성격이 강하게 드러나, 몸을 격렬하게 끌어당긴다. 그러나 이런 약간 지나치게 열정적인 작은 춤곡에서도 『골드베르크 변주곡』 아리아의 화성적 선율이 놀라울 만큼 능숙하게 두 성부 사이에서 건네지다가 어느 시점에서 높은 음역의 한 지점에 자리를 잡으며 멜로디로 변형된다. 바흐는 의도적으로 격정적인 춤곡에서 형식적 재료를 포착했으며, 따라서 아래는 바닥이고 위는 깡충거림이라고 생각하면 설명이 되지 않으며, 이제 어떤 새롭고 유기적인 것을 생각해야만 한다. 하나의 변주곡은 처음 몇 분 동안에는 단순하고 하찮아 보이다가 그것이 지속되는 몇 분 동안 어느새 『골드베르크 변주곡』에서 중요한 모든 것을 구현한 완결된 전체의 느낌을 주게 된다.

이 작품 연습을 시작하고 오랜 시간이 지난 뒤 나는 악보를 들고 피아노에서 떨어져 내가 좋아하는 곡 하나를 더 공부했다. 열세 번째 변주곡. 이 곡은 변주곡들 가운데 가장 투명하고 심지어 감상적인 곡으로 보이지만 나는 이 곡이 원래의 아리아를 가장 꼼꼼하게 따라가는 변주곡 가운데 하나임을 발견하고 기뻤다. 약 20분 전 아리아를 먼저 듣고서 저음부 선율에 익숙한 상태를 죽 유지하려 노력하고 있었다면, 여기에서 그 선율이 이상하게도 그대로 유지되고 있고 또 가끔 원래의 표현과 아주 가깝다는 것도 알게 될 것이다. 심지어 아리아의 도입부에서 들렸던 작은 모르덴트*mordent**들을 기억나게 하는 우아한 전환음형으로 시작하는 고음부 선율도 아리아 멜로디의 오르내리는 윤곽을 따라가는 듯하다. 그러나 악보에서는 이런 유사성이 보이지만 이것과 원래의 아리아 사이의 밀접함을 강조하는 방식으로 연주하는 것은 어렵고, 정도를 벗어난 것일 수도 있다. 많은 변주곡에서 바흐가 "나는 모든 것을 바꾸었지만 여전히 똑같다"고 말한다면, 이 변주곡에서는 "나는 거의 바꾸지 않았지만 완전히 다르다"라고 말하는 것처럼 보이기 때문이다.

우리는 예술이 공동의 경험이라고 믿는, 음악의 기쁨은 나눌 때만 존재한다고 믿는 시대에 살고 있다. 그러나 『골드베르크 변주곡』 같은 작품은 또 심오하게 개인적인 발견의 느낌, 공유하기 어려운 또는 불가능한 기쁨을 동반한다. 아니 기쁨이 전혀 아닐 수도 있다. 그저 우리에게만 의미 있는 직관이나 자각의 순간일 수도 있다. 그 목적 가운데 하나는 우리를 다시 우리의 가장 내적이고 개인적이

* 주요 음에서 2도 아래를 거쳐 주요 음으로 되돌아가는 장식음.

고 고독한 자아로 돌아가게 하는 것이고, 그 방식은 죽음이 우리를 세상으로부터 분리하는 것을 흉내 내는 것일 수도 있다. 오직 절대적 고독 속에서만 인식할 수 있는 소통 불가능한 아름다움을 경험할 때 우리가 갖는 느낌은 우리 삶에서 절대적으로 개인적인 또 하나의 경험을 예상하는 데 도움을 준다. 우리는 예술을 많은 방식으로 경험하지만 아마도 가장 심오하다고 할 수 있는 한 가지 방식은 우리가 다른 존재에게 절대로 넘겨주거나 전달할 수 없는 아름다움의 암시를 흘끗 보는 것이라고 할 수 있다.

나는 예술 탐사에 대한 클라이브 벨의 은유, 눈 덮인 고립된 산정에 혼자 있는 시간이라는 은유를 그다지 좋아하지 않지만 그가 무엇을 설명하려고 했는지는 이해하며, 고백하거니와 거기에 이르는 데는 영웅적인 노력이 필요하고 자기 부정과 규율이라는 힘든 과정이 수반되어야 한다는 생각에는 공감한다. 오랜 세월 내 인생에는 그 장소, 그게 어디인지는 몰라도, 그 장소까지 가는 것보다 중요한 것은 없는 것처럼 보였다. 아직 집에 살 때 나는 어머니의 낡은 책 가운데 또 한 권, 버지니아 울프의 『등대로*To the Lighthouse*』를 읽었으며, 저자가 완벽한 이해라는 고지에 이르기 위해 보낸 삶의 위험과 대가를 늘어놓는 장면에서 깊은 불안을 느꼈다. 울프는 날카롭고 간결한 아이러니로 그녀의 중심인물 가운데 하나인 램지 씨의 "훌륭한 정신"을 묘사한다. "만일 생각이 피아노의 건반처럼 그 개수의 음으로 나뉘어 있다면, 또는 알파벳처럼 스물여섯 개가 모두 순서에 따라 배열되어 있다면, 그렇다면 그의 훌륭한 정신은 그 글자를 하나하나 확고하고 정확하게 훑어가는 데는 아무런 어려움이 없었다. 마침내 예를 들어 글자 'Q'에 이를 때까지는." 하지만 'Q' 다음에는 뭐가 올까? 그리고 'R' 다음에는 뭐가? 그는 자문했다. "수억의 사람들 가운데 몇 명이나 결국 'Z'에 이를까?"[15)]

거의 40년 전 바닥에 누워 잿빛 하늘에서 끝없이 떨지는 눈을 쳐다보며 나는 'Z'에 이르려는 램지 씨의 탐구 같은 것에 생존이 달려 있다고 생각했다. 그 순간 그는 여름날 저녁에 헤브리디스 제도 그의 집 테라스에 서서 창문 너머 자신의 가족을 보고 있었다. 그는 철학자였다. 나는 형체도 없는 존재였고 수치와 분노가 가득했으며, 내가 마음대로 할 수 있는 얼마 되지 않는 작은 세계에 질서를 부여하겠다고 결심하고 있었다. 나에게는 아직 램지 씨의 경우처럼 정신이 번쩍 들게 하는 예가 없어 희망이 유지되고 있었다. 클라이브 벨을 형부로 두었던 울프는 미적 경험이라는 위대한 고지에 대한 벨의 묘사와 비슷한 맥락에서 램지 씨의 실패를 묘사하고 있다. 그녀의 철학자는 어떤 위대한 고산 정상에 도달하려는 원정대의 지도자처럼 'Z'에 도달하는 영웅적 임무를 수행했지만, 이 기획은 실패할 수밖에 없는 운명이었다. "이제 눈이 내리기 시작했고 산 정상은 안개에 덮여 있기 때문에 아침이 오기 전에 누워서 죽을 수밖에 없다는 것을 아는 지도자에게 찾아왔다 해도 불명예스럽다고는 할 수 없었을 느낌이 슬며시 그를 찾아왔다. 그의 눈은 빛깔이 옅어지고, 테라스에 나온 지 2분도 되지 않았음에도 시든 노년의 핏기 없는 얼굴로 바뀌었다. 하지만 그는 누워서 죽지는 않을 것이다."

나도 마찬가지다. 부엌 바닥에서 일어났을 때 새로운 목적의식을 느꼈다. 나는 몇 년 뒤 학교를 그만두고 대학에 일찍 들어가 내가 싫어하던 집을 탈출했다. 나의 내적 삶은 어머니의 빈틈없는 눈길에서 벗어나 독립적으로 발전해갔고, 나는 사랑이나 아름다움, 또 삶에서 내가 바라는 것을 어머니에게 절대 이야기하지 않았다. 세상에는 위대한 것들이 있다는 나의 직관을 절대 공유하지 않았고, 또 그런 것들을 발견했을 때 그녀가 기뻐하거나 지지해주기를 바라지 않았다. 우리는 여전히 가끔 음악을 함께 연주했지만 나는 어머니가 낯선 사람인 것처럼 예의를 갖추어 감정을 개입시키지 않고 부지런히 반주했다. 내가 자란 집을 떠난 뒤에는 집에 몇 번밖에 가지 않았다. 부모는 그 집을 팔고 뉴멕시코에서 다른 집을 샀으며 나는 두 집에 대해 내가 아무런 감정이 없다는 것을 깨닫고 기뻤다. 나는 마흔 줄에 들어서야 내가 태어난 소도시에 가보았다. 따뜻했다. 날씨는 부드럽고 온화했다. 하지만 나는 생각했다. 눈이 그리울 뿐이야.

6

sixth

바흐가 『골드베르크 변주곡』을 썼을 때 독일에는 세 종류의 건반악기가 보통 사용되고 있었다. 첫 번째는 바흐가 난공불락의 명성을 얻는 기초가 되었던 오르간으로, 이 악기는 압축공기를 이용해 특정 주파수에서 금속과 나무 파이프를 공명하게 했다. 바흐는 오르가니스트로 경력을 시작했으며 이 악기를 작곡과 연주를 위한 매개체만이 아니라 하나의 메커니즘으로, 산업혁명 전야의 유럽에서 가장 복잡한 기계의 하나로 이해했다. 두 번째는 그가 『골드베르크 변주곡』을 쓸 때 염두에 둔 하프시코드이다. 이것은 나무 잭*과 더불어 바흐의 시기에는 현을 뜯기 위해 플렉트럼*plectrum*이라고 알려진 작은 까마귀 깃대 조각들을 사용했다. 바흐는 또 클라비코드*clavichord*도 사용했는데, 이것은 더 작고 친밀한 악기로, 금속 탄젠트**로 현을 치거나 붙들어 소리를 내는데 마치 기타 줄이 금속 프렛에 날카롭게 눌려 긁힐 때 내는 희미한 소리와 비슷하다. 클라비코드는 오르간이나 하프시코드와는 달리 소리의 크기에 변화를 줄 수 있었으며, 인간 목소리의 작은 떨림이나 비브라토 같은 표현을 모방할 수 있었다. 그러나 클라비코드 소리는 오르간이나 하프시코드와 비교하여 여리고 약했고, 그래서 연주 악기보다는 가정용 악기로 여겨졌다.

바흐의 시기에 또 한 가지 건반악기가 유행하기 시작

* 건반과 플렉트럼을 연결하는 길쭉한 나무막대.

** 건반마다 달린, 현을 때리는 작은 조각.

했다. 바로 18세기 초 이탈리아에서 나타나 몇십 년 뒤 독일에도 들어온 피아노였다. 바흐는 저명한 장인 고트프리트 질버만이 만든 피아노를 쳐보았는데 이 행사에 대한 기록은 바흐가 생전에 얼마나 존경을 받았는지 보여준다.

> 그는 그 음색에 찬사를 보냈다, 아니 감탄했다. 그러나 고음역에서 너무 약하고 치기 어렵다고 불만을 이야기했다. 질버만 씨는 이것을 매우 불쾌하게 받아들였다. 자신의 작품에서 어떤 흠이 발견되는 것을 견딜 수 없었기 때문이다. 그래서 그는 오랫동안 바흐 씨에게 화를 풀지 않았다. 그러나 그의 양심은 바흐 씨가 틀리지 않았다고 말하고 있었다. 그래서 이 악기를 더 공급하지 않고—이것은 크게 칭찬할 일이다—대신 J. S. 바흐 씨가 언급한 결함을 제거할 방법을 더 생각해보기로 했다. 그는 이 점을 오랫동안 궁리했다.

질버만과 그의 피아노 이야기는 계속 이어지다 결국 행복하게 끝난다. 이 유명한 악기 제작자는 메커니즘을 개선했고 바흐는 새 모델을 쳐보았으며 질버만은 아마도 "그에게서 완전한 지지를 얻어낸" 것 같다. 하지만 이는 바흐 말년의 일이며 작곡가로서 그가 충성을 바친 것은 늘 오르간과 하프시코드였다.

오늘날 『골드베르크 변주곡』 연주에는 피아노와 하

프시코드 둘 다 사용된다. 각 악기로 연주된 녹음이 모두 풍부하여 청자는 선택을 할 수 있다. 원래 이 작품을 쓸 때 염두에 두었던 하프시코드가 만들어내는 더 밝고 찬란한 소리와 프리즘 놀이 같은 배음을 원하는가, 아니면 현대 피아노의 더 넓은 범위의 다이내믹스*dynamics**와 아티큘레이션, 그러나 더 둔탁하고 느릿느릿한 소리를 원하는가? 하프시코드에서 이 음악은 튀고 반짝이는 것 같으며, 피아노에서는 거의 교향악적 풍성함을 보여주지만 디테일의 정확성은 떨어진다. 하프시코드 전통의 부활이 결실을 맺은 *1980*년대 이전에는 선택이 간단했다. *20*세기에 『골드베르크 변주곡』을 무명으로부터 소생시킨 것은 주로 *1955*년 글렌 굴드가 피아노로 연주한 녹음 덕분이었다. 이것이 이 곡의 첫 녹음은 아니었지만—폴란드계 프랑스인 하프시코디스트 반다 란도프스카는 *1933*년에 이 악기로는 처음으로 이 곡을 녹음했다—『골드베르크 변주곡』을 현대 피아노 레퍼토리의 근본적인 한 부분으로 확립한 것은 굴드의 녹음이었다.

하지만 이 작품은 피아노를 위해 쓴 것이 아니라서 근대 피아노로 연주할 때는 가끔 주눅이 들 만한 난제를 던진다. 바흐는 대부분의 변주곡 첫머리에 다음 세 권고 가운데 하나를 적어 놓았다. *"a 1 Clav."*, *"a 2 Clav."*, *"a*

* 음량의 대조를 통해서 다양한 정서를 표현하는 방법으로, 소리의 강약과 강조, 점차적으로 세기에 변화를 주는 방식을 말한다.

1 ovvero 2 Clav." 이것들은 바흐 시기 큰 하프시코드에 흔했던 두 건반을 염두에 둔 것인데, 어떤 변주곡은 단일 건반으로, 어떤 곡은 두 건반으로, 어떤 곡은 연주자 재량에 따라 단일 또는 두 건반으로 치라는 뜻이다. 두 건반 악기는 연주자에게 적어도 두 가지 면에서 중요한 이점이 있다. 하프시코드의 두 건반은 음색이 약간 다르다. 아래 건반은 더 꽉 차고 둥근 음색이고 위의 건반은 약간 밝고 현을 튕기는 소리로, 아래 건반이 클라리넷 같다면 위 건반은 오보에 같다. 음색의 차이는 연주자가 서로 다른 선율을 구별하는 데 도움을 준다. 반주를 배경으로 흘러가는 주선율이나 악기를 모방하는 변주곡들(예를 들어 열세 번째나 스물다섯 번째)에서 그렇고, 빠른 흐름의 아라베스크 변주곡들(예를 들어 여덟 번째, 열네 번째, 스무 번째 변주곡)에서 건반들 사이의 대조적인 음색 덕분에 서로 교차하는 독립적인 선율들이 명료하게 드러나는 점에서도 그렇다.

손이 교차하는 바흐의 변주곡은 두 종류다. 하나는 왼손 또는 오른손으로 위나 아래에서 다른 선율의 음 한두 개를 치는 것으로, 이는 하나의 건반에서 쉽게 처리할 수 있다. 이런 손 교차는 음악적 목적 외에 시각적 목적도 있어 연주가 하나의 구경거리라는 면이 더해진다. 바흐와 거의 같은 시대 사람인 프랑스 작곡가 장 필립 라모의 말대로 "귀가 받아들이는 기쁨을 눈이 나눈다".[16] 독립적인 두 선율이 건반 위아래로 자주 오르내리는 변주곡들은 골치 아픈데, 이 선율들은 중앙에서 교차하며 가끔 그 구역에 오래 머물기도 해 두 손은 때로 같은 건을 두고 협상해야 할 때가 있다. 이를테면 보통 다섯 손가락에 할당된 공간에 열 손가락이 들어간 상태인 것이다. 두 번째 건반이 있으면 각 손에 각자의 차선(車線)을 제공하기 때문에 이것이 상대적으로 쉬워진다. 그러나 이 변주곡들이 어려운 것은 단지 두 손이 충돌하기 때문만이 아니다. 이것은 독특한 방식으로 뇌에도 난제를 던진다. 팔이 엇갈린 상태에서 오른손은 왼손의 공간에서 연주하고 있고 그 반대에서도 같은 일이 이루어진다. 이것은 눈과 손과 정신 사이에 놀라운 분리를 만들어낸다. 가끔 이 때문에 한쪽 손을 다른 손보다 더 잘 쓰는 편향성에 혼란이 생겨 특별한 노력과 연습이 없으면 두 손 사이의 운동신경을 조절하기 어려워질 수 있다. 두 손이 서로의 관계 속에서 보통 갖게 되는 공간을 확보하면 상대적으로 단순해질 악구가, 몸을 반으로 나누어 측면을 부여하는 수직선을 넘어 서로 자리를 바꾸면 미치도록 어려워질 수 있다.

『골드베르크 변주곡』을 두 건반에서 한 건반으로 바꾸는 어려움은 청자에게는 보이지 않는다. 위험 구역이 다른 악구보다 더 까다롭거나 더 높은 수준의 기교를 요구하는 것처럼 들리지 않는다. 선율들을 어떻게 나눌 것인지, 어느 손가락으로 어느 음을 칠 것인지, 한 손을 다른 손 위에 둘 것인지 아래 둘 것인지, 건반 가장자리에서 더 가깝게 칠 것인지 멀리 칠 것인지 궁리하는 어려운 작업은 연주에서는 귀에 들리지 않는다. 『골드베르크 변주곡』을 익히려고 노력하던 초기에 나는 여덟 번째 변주곡에서 이런 난제들과 만났다. 하이킹을 하다가 장애물을 만나거나 길이 물에 쓸려 사라진 곳을 마주치는 것과 비슷했다. 이 변주곡의 열두 번째 마디에 이르러 오른손이 A장조 화음을 표현하는 16분음표들의 사슬을 따라 아래로 내려가고 왼손이 반대 방향으로 거울처럼 똑같은 동작과 화음을 따라하는 부분에서 전진은 막혀버렸다. 이 두 마디, 그리고 이 곡 나중에 나오는 비슷한 악구가 남아 있는 정신력을 모두 빨아들였고 그 부분을 뚫고 나아가기 위한 전략을 세우는 데 몇 주가 걸렸다. 다 합해서 10초도 안 걸려 지나가버리는 이 마디들과 마주하면서 나는 오래전부터 잘 알고 있던 쓸쓸한 느낌에 빠져들었으며, 다 익히고 난 뒤에도 예감을 떨쳐버리지 못했다—이곳이 내가 실패할 곳이다. 아무리 열심히 연습해도, 거실에서 혼자 있을 때는 아무리 숙달되게 표현한다 해도, 수백 번 문제없이 연주한다 해도, 청중 앞에서 연주하면 이 부분에서 무너질 것이다. 바로 여기에서, 매번, 예외 없이.

9

마음 한구석에 미리 실패를 결정해놓는 것은 비뚤어지고 자멸적인 일로 보이지만 그런 습관은 사춘기 이래 나에게 깊이 뿌리를 내리고 있었다. 이런 자기 모멸적인 정신적 궤도는 익숙한 각본을 따른다. 음악에서 위험을 찾아낸다, 사고가 불가피하게 나에게 다가오는 것을 본다, 자기 충족적 예언에 저항한다, 저항에 실패한다, 익숙한 절망을 느낀다. 나는 아주 많은 곡에서 자주 이런 일을 겪었고 사람들 앞에서 연주를 시도한 거의 모든 경우에 똑같은 결과를 맛보았기 때문에 이 점에 관해서는 운명론적이었다. 어떤 새로운 곡에서든 즉각적으로, 명료하게 미래의 수모 지점을 점칠 수 있다는 것은 비뚤어진 방식이기는 하지만 거의 재능이라고 할 수 있었다. 다섯 번째 변주곡에는 작은 오른손 모르덴트가 있는데 나는 이것이 불행의 근원이 될 것임을 알고 있다. 아홉 번째 변주곡에는 한 손의 두 손가락으로 연주해야 하는 트릴이 있는데 그때 같은 손의 다른 손가락들로는 고음부의 부드러운 선율을 쳐야 한다. 스물여섯 번째 변주곡에는 규칙적인 유려한 여섯 음 패턴이 살짝살짝 바뀌는데 아무리 철저하게 연습하더라도 이 작은 편차 하나하나가 슬픔을 줄 것임을 확신하고 있다. 그리고 물론 여덟 번째 변주곡에도 기술적으로는 습득할 수 있지만 청중 앞에서라면 절대 깨끗하게 연주해낼 수 없을 양손 교차 부분이 있다.

어떤 곡과 함께 오래 살수록 나의 의식의 어떤 부분은 나의 손가락들의 범죄 파일, 결국에는 늘 모습을 나타내고 마는 배신에 관한 서류 뭉치를 쌓아가고 있는 듯하다. 바흐의 음악에서 얻을 수도 있는 기쁨이 약점을 드러내고 미래의 실패를 보여주는 암울한 진단적 그림으로 뒤바뀌고 만다. 99퍼센트를 완전히 습득할 수 있다 해도 스스로 재앙의 자리를 차지한 1퍼센트가 다른 어떤 것보다도 중요해 보인다. 나도 이게 어리석다는 것을 안다.

40년 전, 이런 이상한 행동을 처음 만들어냈을 때도 어리석다는 것을 알았다. 이것은 내가 열둘 또는 열셋쯤 되었을 때 빠르게 발전했고, 고등학교에 들어갔을 때는 이것을 내 심리의 지울 수 없는 한 부분으로 규정하고 이름까지 붙일 수 있었다. 고등학교 1학년인가 2학년 때 지역 공공도서관에서 열리는 리사이틀을 앞둔 몇 달 동안 그것은 골칫거리로 완전히 자리를 잡고 있었다. 나는 참가 예정 학생 네댓 명 가운데 하나였고, 내가 연주할 곡은 베토벤 소나타 8번 작품번호 13으로, 천둥 같은 도입부와 불 같은 제시부, 이 작곡가에게서 가장 아름답다고 꼽을 만한 느린 악장, 그리고 이상한 반전과 놀라움으로 가득 찬 빠르고 변덕스러운 피날레의 폭풍 같은 작품이었다. 학년 초 이 소나타를 배정받고 악보를 처음 펼쳤을 때 나는 환희에 젖었다. 이전에 배웠던 어떤 곡보다 한층 고급스러운 음악, 진지하고 전문적인 피아니스트의 표준 레퍼토리의 한 자리를 차지하는 음악이 거기에 있었다. 하지만 악보와 함께 불과 몇 시간을 보내고 나서 앞으로 계속 나를 당혹스럽게 만들 한 마디를 짚어냈다. 이 소나타는 느리고 웅장하고 감정적인 도입부로 시작하는데, 처음에는 강력하다가 이내 서정적으로 바뀌면서 높은 지점으로 올라가, 거기에서부터 가파르게 내려와 작품의 본체로 진입한다. 그 떨어지는 움직임, 인간에게 가능한 최대 속도로 연주되는 빠른 반음계는 검고 하얀 모든 건을 화려하고 짧고 재기 넘치게 훑으며 첫 악장의 기본 주제를 설정한다. 악보를 가득 채우며 하강하는 검은 작대기들이 그냥 위협적으로 보이기만 한 것은 아니었다. 그것은 내가 가장 두려워하는 종류의 디테일이었다. 짧고 극적이고 두드러져 들리지만 어떤 면에서는 그다지 중요하지 않은 부분. 그것은 눈 깜빡할 새에, 그저 한순간의 음악적 정보로 끝날 터였다. 그러나 나는 거기에서 뚜렷한 실패를 겪게 될 완벽한 지점을 찾아냈다는 것을 알았다.

나는 이 소나타를 몇 달 동안, 가을 내내 그리고 크리스마스 휴가 기간에도 연습했다. 어머니는 특히 두 번째 악장의 아름다움에 사로잡혔다. 내가 그 부분을 연주하고 있을 때면 어머니가 근처에, 바로 부엌 안쪽에 서 있는 것이 느껴졌다. 어머니는 그곳에서 마치 강박장애를 지닌 것처럼 전혀 더럽지 않은 곳들을 문지르고 닦는 날마다의 의식을 멈추고 잠시 멈칫하곤 했다. 어머니는 음악에 특히 민감했는데, 음악은 어머니를 혼란스럽게 만들기도 하고 불안을 달래주기도 했다. 어머니는 피아노 소리가 들리는 곳에 숨어 있곤 했다. 그러면 우리 사이에 깔린 분노에도 불구하고 나는 어머니가 계속 관심을 가지도록 연주를 바꾸었다. 어머니가 반복되는 선율에서 기쁨을 맛볼 수 있도록 베토벤의 환희에 찬 멜로디 특유의 찬가 같은 단순성을 살짝 더 강조하고, 평소보다 천천히 연주했다. 우리 사이의 틈에도 불구하고 이런 말 없는 교류의 순간들이 계속되었고, 아마 우리 둘 다 거기에서 과거의 어떤 유물을 느꼈을 것이다. 나는 존재하지 않는 이상적인 어머니를 위해 음악을 연주했고, 어머니는 아들이 비꼬거나 생색내는 일 없이, 기이하게 성장해버린 사춘기 소년 특유의 의도적인 격식에서 벗어나 음악으로 하는 말에 귀를 기울였다.

나는 매주 그 악마 같은 악구와 싸웠다. 천천히 쳐보기도 했고, 셋, 넷, 다섯 음씩 이상하게 묶어서 전체를 연주했으며, 부점 리듬을 변형시키기도 했다. 왜곡을 통해 그 악구를 최대한 낯설게 만들어서 쓰인 그대로 연주할 때 얼마간 더 강렬하고 더 안정되게 들리기를 바랐다. 초기의 노력은 약간 성공을 거두었고 가끔 맥락에서 벗어나 따로 그 악구를 연주하면 쉽다는 느낌까지 들 정도였다. 그러나 그 부분을 전체 흐름 속에 통합하기 시작하면 결과는 훨씬 예측 불가능했다. 아마 세 번에 한 번은, 특히 생각을 너무 많이 하지 않을 때는 계획대로 갔던 것 같다. 하지만 그런 간헐적인 성공 때문에 더 미칠 것 같았다. 그것은 나에게 그 음악을 연주할 능력이 있다는 것을, 그 음악이 어떤 양식으로인가 내 안에 자리를 잡았다는 것을 보여주었고, 그렇다면 문제는 손가락 자체가 아니라 정신과 손가락 사이에 있다는 뜻이었기 때문이다. 문제를 해결하기 어려울 때는 그것이 신체적인 것이 아니라 정신적인 것임을 깨닫는다 해도 거의 위안이 되지 않는다. 단지 신체적인 약점이라면 어디든 약한 곳을 강화하는 데 초점을 맞출 수 있고 그러면 문제는 사라진다. 하지만 정신적 약점일 때는 나보다 우월하지만 유해한 힘—정신적 장벽—에 맞서 물리쳐야 하는데 그 적은 외면화할 수 있는 것이 아니라 의식 자체인 것처럼 보이기 때문이다.

콘서트가 다가오면서 나는 여기에 대해 점점 더 미신적이 되었고 악구 처리는 더 형편없어졌다. 리사이틀 전 몇 주 동안 나는 가끔 악보를 옆으로 치우고 일어서서 깊은 숨을 쉬고 마치 리사이틀에서처럼 피아노에 앉아 청중이 있다고 상상하며 그날 저녁 도서관에서 느끼게 될 긴장을 예상해보았다. 나는 멈춤 없이, 빠뜨린 음을 다시 치거나 놓친 부분으로 다시 돌아가는 일 없이 연주하려 애썼다. 이게 리사이틀에서 하게 될 연주야, 나는 속으로 말했다. 그러고 나서 귀를 곤두세우고 나의 연주에서 모든 흠과 결함을 찾아냈다.

흠을 고칠 수 있는 날이 며칠밖에 남지 않았는데 여전히 그 악구는 처리할 수 없는 상태였기 때문에 나는 필사적이었고 화가 났다. 너무 화가 나서 어느 날 오후에는 건반을 주먹으로 내리치고 큰소리로 욕을 했다. 가까이 있는 줄은 몰랐던 어머니가 갑자기 들어와 불같이 화를 냈다. 피아노는 장난감이 아니다, 악기다, 피아노는 약하다, 망가뜨릴 수도 있다. "다시는 피아노를 주먹으로 치지 마!" 그녀가 나를 향해 악을 썼다. 나는 그 순간 스스로에게 화가 나 있었지만 그럼에도 어머니의 격분에 충격을 받았다. 나의 딜레마에 대한 그녀의 불가사의한 통찰에도 충격을 받았다. 너는 상황을 더 나쁘게 만들고 있다, 너는 완전히 잘못하고 있다, 너는 완전히 개판으로 만들고 있다, 너 자신에게 계속 이런 식으로 굴면 리사이틀에서 크게 실패할 거다. 그녀는 내가 겪고 있는 것, 내가 겪는 괴로움을 마치 똑같이 겪어본 사람처럼 정확하게 아는 것 같았다. "너는 너 자신한테 이러는 거야." 어머니가 나에게 소리를 지를 때면 흔히 그러듯이 나는 정신이 멍해지면서 마치 그녀가 멀리 있는 것처럼, 다른 방에 있는 것처럼, 숨어 있는 것처럼, 땅속의 어떤 깊은 구멍에 들어가 있는 것처럼 그녀의 말에 귀를 기울였다. 그녀는 단지 내가 피아노를 주먹으로 쳤기 때문에 화가 났거나 나의 자멸적 습관에 좌절한 것이 아니었다. 그녀는 나의 분노에 분노했다. 그녀는 분노가 사람에게서 거두어갈 수 있는 대가를 알았고 그게 자신의 아들에게 뿌리 내리고 있을지도 모른다는 생각에 안타까웠을 것이다.

리사이틀은 금요일 밤이었고 나는 운명의 날 이전 며칠을 암울한 마비 상태에서 보냈다. 임박한 실패는 아침에 잠을 깨는 순간부터 밤에 잠들기 전 마지막 생각의 필라멘트가 꺼질 때까지 나를 짓눌렀다. 좌절이 쌓이면서 실패를 예감하는 마지막 며칠은 점점 어두워져 갔고, 공포는 낮은 등급의 중단 없는 공황으로 심각해졌다. 나는 거의 먹지 않았고 어떤 것에도 기쁨을 느끼지 못했으며 결국 연습을 완전히 포기했다. 피아노에 앉는 매 순간 새로운 문제가 드러나고 아무리 노력을 해도 나를 괴롭히는 그 악구를 습득하기에는 충분치 않으니 연습이 무슨 소용인가? 대신 나는 운명과 거래하여 게임에 승리하면 운명이 나를 도와줄 거라고 믿었다. 복도 바닥의 빨간 타일을 다 피해 간다든가, 내가 숨을 참는 동안 창문으로 차가 한 대 지나간다든가.

부모와 함께 도서관까지 차를 타고 가고, 행사가 시작되기 전 주위를 빙빙 돌고, 나보다 차례가 먼저인 연주자들이 공연하는 등의 모든 일이 메스꺼운 긴장 상태에서 지나갔다. 나는 젖은 손을 바지에 문지르고 얼음처럼 차가운 손가락을 마주 비비고 깊은숨을 쉬고 천장의 무늬를 세면서 두려움에 찬 정신 상태를 드러내지 않으려고 안간

힘을 썼다. 아무리 연주가 주춤거리고 흠이 많더라도 아버지는 음악에 빨려들어 있었고 어머니는 내가 너무 눈에 띄게 긴장하는 것에 인상을 찌푸렸다. 내 바로 앞 연주자가 곡을 끝내고 절을 할 때 나는 우리가 가끔 휴가를 떠나던 호수의 높은 바위를 생각했다. 그 무시무시하게 높은 곳에서 차가운 물로 몸을 던지는 순간 지워지는 존재와 시간. 그 전의 공포와 그 후의 승리를 가르는 것은 순수한 의지와 결단뿐인 것 같았다. 마침내 내 차례였다. 나는 좀비처럼 악기로 가서 앉았고, 연주 전에 잠시 시간을 들여 곡의 첫 몇 마디를 생각하고 머릿속에서 템포를 설정한 다음에 건반에 두 손을 얹으라는 선생님의 조언을 즉시 잊어버렸다. 박살이 날 것임을 알고 있는 악구는 1악장 초반에 나왔다. 거기에 이르자 모든 것이 정해진 대로 되었다. 오른손 손가락들은 엉켜서 뭉쳤고 나는 그 부분을 치는 척하느라 최선을 다했고 반음계의 맨 위부터 맨 아래까지 그 사이에 있는 음 대부분을 놓쳤는데 그럼에도 맞는 음으로 끝을 냈다. 체조선수가 루틴*routine**은 망치고 착지는 제대로 하는 것과 비슷했다.

그 재앙 후에는 상당히 잘 진행되었다. 초반의 실패에 기운이 빠져 그 뒤에는 크게 마음을 쓰지 않았고, 그러자 일종의 자유가 찾아왔다. 비참했고 나 자신에게 화가 났지만, 그 모든 감정은 이제 안전하게 뒤로 사라져 백미러로

* 체조에서 선수가 기구나 마루 위에서 선보이는 일련의 동작.

만 보이는 한 마디의 음악에 묶여 있었다. 두 번째 악장은 아무 문제 없이 흘러갔고, *1*악장만큼이나 까다로운 *3*악장은 부주의 때문에 오히려 상대적으로 탈이 없었다. 소나타는 부드럽고 애처로운 멜로디 조각이 희미해지며 무로 사라지듯이 작은 소리로 두 번 반복되다가 성난 *C*단조 음계와 마지막 포르티시모 화음이 나오면서 끝난다. 나는 이 극적인 결말을 사랑했기에 열에 들떠 연주했으며, 소곤거리듯이 회상하는 서정적 선율과 긴 휴지를 한껏 늘인 뒤 가슴 무너지는 마지막 진술을 마쳤다. 이윽고 갈채가 터져 나왔고 나는 충격을 받았다. 청중은 그날 저녁 약 *20*분 전이 연주에서 벌어졌던 신호등 오작동 사태를 잊어버리기라도 한 것 같았다.

열광은 진짜 같았고 나는 어리둥절했다. 어머니가 기뻐하는 것에도 마찬가지였다. 내가 자리로 돌아가자 어머니는 나를 끌어안고 자랑스럽다는 표정으로 활짝 웃었다. 나는 당황했고, 내키지 않고 어딘가 켕기기는 했지만 즐거움을 맛보았으며, 곧이어 거기에 굴복한 나 자신을 책망했다. *1*악장 도입부 열 번째 마디의 마지막 박자를 그렇게 망쳐버렸는데도 나를 칭찬한다면 이 청중은 베토벤을 아주 잘 알지는 못하는 게 분명했다. 다음 연주자가 피아노로 갈 때 어머니는 나에게 *2*악장이 아주 아름다웠다고 소곤거렸다. **당연히 *2*악장은 아름답죠**, 나는 생각했다. **그건 쉽거든요**.

다음 피아니스트는 검은 곱슬머리에 피부가 하얗고 고양이처럼 움직이는 내 또래의 소년이었다. 처음 보는 아이였는데 내 눈에는 약간 슬퍼 보였다. 그는 청중에게 살짝 미소를 지어 보이고 앉더니 앉아서 20세기 음악 한 곡을 연주했다. 재즈풍의 연습곡으로 템포가 빠르고 귀에 감기는 멜로디 흐름이 반복되었는데 어쩐지 그 피아니스트에게 완벽하게 어울리는 느낌이었다. 우아하고 우울했다. 나는 그의 연주, 또 그의 존재감에 완전히 사로잡혔다. 그게 나를 흔들어놓았다. 그가 실수를 했는지 몰라도 내 귀에는 들리지 않았다. 얼마나 오래 연주했는지는 모르지만 나는 그의 연주에 푹 빠졌고 끝났을 때 아쉬웠다. 청중의 박수 소리에 나는 다시 그 공간과 나 자신을 의식하게 되었다. 연주자가 아까와 마찬가지로 반쯤 미소를 짓고 고개를 숙이는 모습을 보면서 나는 두 가지를 느꼈다. **내가 저 사람이고 싶다. 저 사람의 슬픔을 덜어줄 수 있다면 얼마나 좋을까.**

리사이틀 뒤에 다과회가 있었는데, 어머니가 준비한 자리였다. 집에서 만든 쿠키와 펀치*를 보았을 때에야 내가 불안에 찬 유아론에 빠져 있던 며칠 동안 그녀가 이걸 준비하느라 얼마나 힘들었을지 깨달았고, 수십 년이 지난 뒤에야 그녀에게 이런 관습적인 어머니의 모습을 보여주는 게 얼마나 혐오스러운 일이었을지 깨달았다. 그녀는 자

* 럼주에 레몬이나 향신료 등을 넣어 만든 음료.

식의 종 역할을 한번도 즐긴 적이 없으며, 빵 굽는 것을 싫어했고, 다른 어머니들과 한 덩어리로 묶이는 것에 괴로워했다. 모든 리사이틀 뒤에는 피아노를 가르치는 여자들의 시끌벅적한 사교 모임이 있었다. 이 여자들은 누가 최고의 학생인가 하는 문제를 놓고 서로 경쟁했고, 그들에게 음악 레슨, 리사이틀, 지역 경연의 세계는 베르사유만큼이나 위계와 계층이 철저한 곳이었다. 나의 예전 선생님 샬롯도 거기에 속했는데, 그녀는 나의 어머니를 몹시 싫어했으며 그래서 비뚤어진 방식으로 나를 무척 예뻐했다. 우리가 다른 선생님에게로 옮겨 갔을 때는 마치 내가 비극적인 사건으로 고아라도 된 것처럼 행동했다. 그녀는 혀를 차고 법석을 떨면서 나에게 얼마나 큰 잠재력이 있는지 이야기했는데, 거기에는 이제 이 잠재력이 허비될 거라는 함의가 분명히 깔려 있었다. 또 이 지역의 다른 건반계 여성 원로는 모든 어머니를 이름이 아니라 그냥 "어머니"라고 부르는 묘한 습관이 있었는데 이 저명인사가 다과가 놓인 탁자를 훑어보며 어머니에게 "잘 차리셨네요, 어머니" 하고 말했을 때 나의 어머니는 보나마나 전혀 기분이 좋지 않았을 것이다.

연회 동안 나는 주의 깊게 검은 머리 소년을 피했다. 사람들은 나에게 좋은 말을 해주었지만 나는 그 칭찬을 경계하며 받아들였다. 그러나 다른 여자들보다 나이가 꽤 많고 나의 할머니처럼 구식으로 꼼꼼하게 옷을 차려입고 얼핏 사람 좋아 보이는 두꺼운 안경 때문에 얼핏 사람 좋은 인상을 주는 한 여자는 내가 자신의 칭찬을 잘 안 받아들이자 부드럽게 짜증을 드러냈다. 그녀는 말했다. 아니, 2악장은 실제로 아주 잘 쳤고 그건 작은 성취가 아니야. 음은 누구나 빠뜨려. 음을 안 빠뜨리는 것이 음악의 핵심은 아니야. 이 묘한 여자와 나 사이에는 아마 약 50여 년의 간격이 있었을 테지만 그녀가 입을 열었을 때 나는 그녀를 내가 평소에 설정하고 있는 범주 어느 곳에도 집어넣을 수 없다는 것을 깨달았다. 어머니 같지도 않았고 할머니 같지도 않았다. 물론 인사하며 돌아다니는 부산스러운 선생들 가운데 한 사람도 아니었다. 잠시 나는 귀를 기울였고 그녀의 말을 생각해보았다.

어머니는 집에 가는 길에 다시 나를 칭찬했다. 금요일 저녁이었고 주말을 앞에 두고 있었다. 내가 몇 달 동안 느끼던 고통에서 자유로운 주말. 진은 빠졌지만 삶에서 어떤 커다란 불안이 제거되었을 때 큰물처럼 흘러드는 느긋한 만족감이 가득했다. 다시 삶의 일상적인 것을 마음껏 즐길 수 있겠다는 기분이 들었다. 책을 읽는 즐거움을 맛보고 죄책감 없이 백일몽에 빠져들 수 있었다. 토요일 아침에 잠을 깼을 때 반사적으로 두려운 생각이 또 들겠지만 곧 다음 생각에 지워져 오직 안도감만 느끼게 될 것임을 알 수 있었다. 차창 밖으로 지나가는 불빛들을 보면서, 앞자리에서 부모가 행복하게 잡담을 나누는 것을 보면서,

나는 안전하다고 느꼈다.

그날 밤 나는 피곤한 동시에 불안했으며 침대에 누워 잠들려고 애를 썼다. 다시 삶을 시작하고 새로운 기획을 하고 심지어 새로운 곡으로 뛰어든다는 것에 흥분하고 있었다. 하지만 좀처럼 마음을 다스릴 수 없었다. 그래서 가끔 효과가 있던 오래된 방법을 써보았다. 몇 년 전 여름 뇌우에 귀를 기울이며 맛보았던 즐거움을 떠올리는 것이었다. 안전한 방 안에서 유리창 너머 저 멀리 사납게 포효하는 태풍을 떠올리면 마음이 차분해지고 잠으로 떠내려가는 것도 쉬워졌다. 비가 유리창을 두드리고 나무가 바람에 휘는 것이 눈에 선했다. 밤을 맞아 뇌가 멈추기 시작하면서 천둥이 우르릉거리는 소리도 희미하게 들렸다. 팔다리가 무거워지기 시작했고 몸이 침대로 가라앉으며 깨어 있는 의식이 거의 꺼져갈 때 상상의 번개가 번쩍이며 다시 눈을 떴고 내 옆에 누워 있는 검은 머리 소년이 보였다.

𝒥

사춘기가 되면서 어린 연주자들은 연주에 대한 새로운 공포와 불안의 먹이가 된다. 직업적인 음악가 친구들과, 또 한때 악기를 연주했지만 지금은 하지 않는 친구들과도 이야기해봤는데 모두 비슷한 이야기를 한다. 물론 사람마다 남을 기쁘게 하고자 하는 욕구, 성공과 실패의 가능성에 대한 의식, 또는 그냥 성적 자각이 생기면서 수반되는 자의식의 부작용 등으로 조금씩 다르게 표현하기는 한다. 사춘기 이전에는 사람들 앞에서 별 불안 없이 연주할 수 있었던 기억도 공통적이다. "여덟 살 때는 뭐든 할 수 있었지." 한 친구는 그렇게 말한다. 하지만 열세 살이 되자 그런 무적의 상태는 박살이 났다. 여기에는 단순히 개인적인 경험담 이상의 증거가 있다. 음악적 창조성에 관한 어떤 이론들은 재능이 출생 전 특별히 높은 수준의 테스토스테론에 노출되는 것과 관련이 있을 수 있고 사춘기에 소년들에게 테스토스테론 수치가 높아지면서 그런 창조성이 쇠퇴할 수 있다고 주장한다.

나에게 큰 재능은 없었을지 모르지만 그나마 있던 것도 사춘기 동안 묘한 변형을 겪었다. 나는 아이가 의미를 모르고 시를 암송하는 것처럼 음들 사이를 기계적으로 행진해 가는 것에 불과한 연주 단계를 이미 오래전에 지나 열한 살 또는 열두 살이 되었을 때는 능숙한 솜씨로 감정과 표현을 담아 연주할 수 있었다. 내 연주에 귀를 기울이는 사람들, 주로 가족과 친구들이었지만, 그들을 슬쩍 훔쳐볼 때마다 애써 인내하는 익숙한 표정이 가끔 진짜 몰입하여 즐기는 기색들로 바뀌는 것을 눈치채기 시작했다. 나는 그날 오후 외고모할머니 앞에서는 창피를 당했을지 몰라도 다른 때에는 적어도 몇 사람의 감정을 진짜로 건드렸다. 그러나 더 잘하게 되고 내 연주로 상을 받게 될수록 더 많은 상을 갈망하게 되었다. 피아노는 내가 나를 느끼는 방식의 일부가 되었고, 이 때문에 나는 다른 사람들의 반응에 훨씬 더 예민한 상태가 되었다.

기술이 늘어가자 음악의 가능성을 더 인식하게 되었다. 성년이 되면서 나는 피아니스트로서 경력을 쌓으면 어떨까 생각하기 시작했다. 내가 열네 살 때 할리우드에서는 '경연*The Competition*'이라는 제목의 무시무시한 영화*를 개봉했다. 배우 리처드 드레퓌스가 큰 경연에서 우승하려고 노력하는 젊은 피아니스트를 연기하여 골든 라즈베리 상** 후보가 되었다. 그는 경쟁자 한 사람과 로맨스로 얽히는데 욕망과 거부와 약속과 배반이 지루하게 왔다 갔다 하다가 결국은 행복하게 끝이 난다. 고전음악에 관한 다른 대부분의 할리우드 영화와 마찬가지로 이 영화는 영감과 헌신이라는 관념을 낭만적으로 제시하고, 음악을 가능하게 만드는 노력과 외로움이라는 지루한 과정은 최소화했다. 그러나 이 영화는 나에게 미국의 교외라는 절연된 공간 너머의 세계, 예술가와 기인, 큰 꿈과 활기찬 도시로 가득한 세계에 대한 비전을 제시했다. 이 영화를 보고 나는 피아노가 그 세계로 가는 길이 될 수 있지 않을까 하는 생각을

* 한국어 제목은 '사랑은 선율을 타고'이다.

** 미국에서 한 해 동안 제작된 영화들 중 최악의 영화와 최악의 배우를 선정하여 수여하는 상.

하게 되었다.

그러나 음악을 탈출의 수단으로 삼아 그 꿈에 투자를 할수록 결과가 더 불길하게 느껴졌다. 재능이 없으면 어쩌지? 오늘날은 재능이 모두에게 내재하는 것으로 생각하는 경향이 있다. 자신을 믿느냐, 올바른 선생을 찾느냐, 개발할 수단과 기회를 가지느냐에 따라 그대로 잠들어 있을 수도 있고 끌어낼 수도 있는 감추어진 자원이라는 것이다. *1980*년대에 재능은 일반적으로 머리 색깔이나 키나 신발 사이즈와 마찬가지로 유전적으로 주어진다고 보는 쪽이 훨씬 많았다. 또 무작위적이고 무조건적으로 분배되는 것이어서 갖거나 갖지 않거나 둘 중의 하나였다. 이는 인기를 끌기는 했지만 조악하게 환원주의적인 피터 셰이퍼의 *1979*년 연극 〈아마데우스*Amadeus*〉와 같은 문화적 시기에 속한 생각이었다. 이 희곡은 경직된 재능 카스트 제도를 제시하면서 이것이 명백히 신의 인가를 받고 예술을 지배하는 것처럼 그려냈다. 실제 재능은 이 두 극단 사이에 있을 수도 있지만 내가 자랄 때 타고난 기량이라는 문제는 각 참가자가 카드 한 장을 받은 다음 그것을 보지 않고 자기 이마에 붙이는 멍청한 포커 게임과 비슷하게 느껴졌다. 이 게임에서는 자신을 제외한 모두가 자신이 에이스를 쥐었는지 *2*를 쥐었는지 알고 있지만 자신은 자기 카드도 모르고 판돈을 거는 모험을 한 뒤에만 자신의 카드가 무엇인지 알 수 있다.

피아노 리사이틀은 카드를 내보인 후 자신의 운명을 알게 되는 순간이었으며, 따라서 당연히 사람들 앞에서 하는 연주에는 불안이 가득했다. 오늘날 공연 불안을 연구하는 심리학자들은 나와 같은 종류의 무대 공포를 '파국화(破局化)', 즉 연주 전에 절대적인 최악을 두려워하는 비합리적인 경향이라고 부른다. 그들이 권하는 치료에는 두려움의 비합리성과 대면하고 실제로 일어날 수 있는 최악—자신의 묵시록적 환상보다는 무시무시함이 훨씬 덜하다—을 철저히 따져보거나 머릿속에서 공황을 일으키는 위험 구역과 관계가 없는 연주의 핵심적 측면에 초점을 맞춘 각본을 만드는 것 등이 있다. 하지만 내가 이런 무기력에 사로잡혀 있을 때는 아무도 '파국화'라는 용어를 사용하지 않았고, 아무도 그에 대한 치료법을 제시하지도 않았다. 두려움은 정복하고 맞서 싸우고 짓밟아야 하는 것이었다.

오늘날에는 자신을 속박하는 불안과 맞서는 사람들이 참고할 수 있는 문헌이 엄청나게 많고 그 문헌들의 커다란 하위 주제 가운데 하나가 공연 불안이다. 이것은 음악가들만이 아니라 배우, 댄서, 운동선수나 대중 연설을 해야 하는 사람들도 괴롭힌다. 이에 관해 나온 많은 책이 우리는 본디 순수하고 제약을 받지 않는 자아를 갖고 있는데 시간이 지나면서 성인의 자기비판으로 훼손된다는 관념에 기초를 두고 있다. 해법은 대상에서 기쁨을 맛보던 아이, 아직 사용하지 않은 무한한 힘을 갖춘 타락 이전의 자아로 돌아가는 길을 찾는 것이다. 어떤 저자들은 정신이 순수하고 순결한 잠재력의 그릇과 잔인하고 자기 비판적인 지배자로 완전히 나뉘어 있다는 냉혹한 마니교적 도식을 제시한다. 어떤 사람들은 뇌의 나쁜 습관의 허점을 찔러 자멸적인 생각으로부터 자유를 얻고 초연해지는 구역을 찾으라고 제안한다.

『음악의 내적 게임*The Inner Game of Music*』은 이런 주제의 많은 부분을 다루는 인기 있는 책인데, 이 책의 제목은 그보다 앞서 *1974*년에 나온 『테니스의 내적 게임*Inner Game of Tennis*』*에 빚지고 있다. 이 책은 수백만 부가 팔렸고 지금도 운동선수를 위한 가장 인기 있는 자기계발서이다. 비슷한 자기계발 매뉴얼 제국을 탄생시킨 이 테니스 책은 테니스 자체를 깊이 파고들기보다는 선수를 위한 새로운 종류의 정신 건강법을 제시한다. 이 책은 선수들에게 지금 이 순간을 살고, 자신의 몸이 이미 알고 있는 것을 성취하려고 지나치게 노력하지 말고, 내적 잠재력을 끌어낼 수 있는 느긋한 집중 상태를 추구하라고 권한다. 『음악의 내적 게임』은 더 큰 '내적 게임' 프랜차이즈에 공통되는 간단한 공식을 빌려온다. $P=p-i$. 공연(P)은 자신의 잠재력(p)에서 자기 스스로 하는 방해(i)**를 뺀 것이라는 방정식이다.

* 한국어 제목은 '테니스 이너 게임'이다.

** 각각 *'performance'*, *'otential'*, *'self-interference'*.

"우리가 비판적 목소리를 완전히 제거한다면 우리의 공연이 엄청나게 개선될 수 있다고 생각하는 게 합리적이지 않을까?" 저자는 묻는다. 만일 실패를 두려워한다면 실패하려고 노력하고, 현실과 대면하고, 그 느낌이 어떤지 보라. "그렇게 해서 실패의 두려움으로부터 해방되면 이제 음악을 연주하는 일에 백 퍼센트 관심을 집중할 수 있다."[17)]

이 책 전체에서, 그리고 자기계발 장르의 다른 책들에도 권위와 자유라는 프리즘을 통해 계몽을 바라보는 묘하게 미국적인 습관이 있다. 저자는 아마도 프로이트의 슈퍼에고 관념을 빌려왔을 텐데, 우리가 어렸을 때 우리를 야단치고 소리 지르는 권위적 인물을 내면화했기 때문에 고통을 겪는다고 주장한다. "'내적 게임'을 가르치는 사람은 누구나 금방 알게 되듯이 '해야 할 것과 하지 말아야 할 것'을 내세우지 않고 가르치는 데에는 노력과 관심이 필요하다." 문제는 당연하게도 권위를 어느 정도 존중하지 않고는 복잡한 기술을 배울 가망이 사실상 없으며, 특히 일군의 기록된 음악 텍스트를 엄밀하게 습득하는 일에 초점을 맞추는 고전음악은 규율이나 전통의 전승과 특별한 관계를 맺고 있다는 것이다. 『음악의 내적 게임』은 우리가 권위로부터 얼마나 멀리까지 해방을 추구해야 하는지 절대 분명히 밝히지 않는다. 분위기와 기질이 관건이라는 것일까—그렇다면 지나치게 겁을 주고 무섭게 굴기보다는 양육할 줄 아는 교사를 찾아야 한다—아니면 『음악의 내적 게임』 지지자들은 정말로 가르치는 일 없이 배운다는 가능성을 믿는 것일까?

다른 자기계발 접근법들은 두려움을 두려워하기보다는 이용하는 쪽을 지지한다. 두려움은 제대로 이해하면 친구다. 집중과 수행에 적절한 날을 세우기 위해 신중하고 지혜롭게 이용할 수 있는 일종의 백열 에너지다. 이 또한 매우 미국적인 것으로 보인다. 모든 것을 자원으로, 채굴하고 제련하여 잘 사용할 수 있는 것으로 전환하는 것. 두려움을 자원으로 이용하려면 '내적 게임'과 마찬가지로 자아를 여러 조각으로 나누어야 한다. 그래야 한 부분이 다른 부분을 활용할 수 있기 때문이다. 또 다른 자기계발 이론은 두려움에 목소리를 주어 그것이 말을 하게 하고 그 소리를 들어주라고 제안한다. 마치 두려움이 우리 안에 있는 문제아인 것처럼, 우리를 자멸에 이르도록 부추기지만 제대로 인정해주고 관심을 기울이면 마음을 고쳐먹는 변덕스러운 악마인 것처럼.

『테니스의 내적 게임』은 자기계발서가 폭발하기 시작하던 때에 출간되었다. 이런 책들 덕분에 대중 심리학이 약속하는 축복은 방송을 타게 되고, 그 결과 자기 향상에 매진하던 해안 지대의 문화 집단들로부터 내가 자라던 동네에까지 들어오게 되었다. 도시의 가장자리에서 시작돼 전원지대를 가로질러 무정형으로 무자비하게 숲, 사막, 농지로 전진하던 교외 주택들이 나무도 없이 늘어선 지대.

바로 우리를 둘러싸고 있는 사람들, 신분 상승 중인 중간 계급의 새 구성원이 그런 책을 읽었으며, 그 가운데 다수는 소도시나 농장이나 목장이나 도시의 소수민족 거주지 출신, 다시 말해 잦은 이동, 전직, 새로운 기회, 일시적인 해고가 특징인 기업 사회에 의해 해체된 긴밀한 공동체 출신이었다. 어머니는 열아홉 살에 결혼하여 스물한 살짜리 남편과 함께 플로리다주 펜사콜라로 약 3천 킬로미터 이동했으며, 아버지는 그곳에서 비행 훈련을 받았다. 어머니는 병들었을 때, 자신의 인생에서 이 대목을 회고하면서 그렇게 멀리 이동하는 데서 느꼈던 두려움을 고백했다. 예전에 결혼 이야기를 했을 때 이 이주는 개인적 책임의 우화였으며, 어머니는 가끔 모성으로 밀려 들어간 것에 불행을 느꼈다고 내비치기도 했다. "우리는 그렇게 해야만 했기 때문에 했어." 그녀는 설명했다. 그러나 어머니가 마지막으로 병상에 누웠을 때 옆에 앉아 이 이야기들을 다시 들으면서 나는 현대의 삶이 지니는 이런 흩어짐의 속성—나의 세대 사람들은 당연하게 여기는 것—이 그녀에게 얼마나 깊은 상처를 주었는지 깨달았다.

그러나 어머니가 자기계발서를 읽으라고 성화를 부리지 않았기 때문에 그런 책은 우리 집에서 눈에 띄지 않았다. 어머니는 불안, 우울, 불면으로 고생하면서도 자신의 아버지의 권위적인 육아 방식만이 아니라 노골적인 감정 표현을 경멸하던 자신의 어머니의 까다로운 태도도 내면화하고 있었다. 심리학은 장삿속으로 떠드는 것이다. 그것이 어머니의 굳은 믿음이었다. 세상에는 "머리가 아픈" 사람들이 있다. 이것은 정신병과 구별되는 도덕적 범주로, 범죄자나 제정신이 아닌 상태에서 범죄를 저지르는 사람들만이 아니라 노숙자, 히피, 민주당원 가톨릭교도, 거기에 샌프란시스코 대부분을 포함할 만큼 기준이 느슨했다. 자기절제는 성장에 필수적이지만 자기계발은 간교한 말장난이다. 나도 어머니의 관점을 많은 부분 내면화했다. 그러나 어머니의 편견, 정신병 불신, 또는 정신건강 관련 직업에 대한 경멸은 내면화하지 않았다. 그럼에도 내가 읽은 공연불안 관련 자기계발서에 나오는 관념들, 특히 자아를 단순하게 둘로 나누고, 수상쩍게도 권위와 자유라는 미국의 더 큰 문화적 관념에 관한 우화에 가까워지는 관념들에는 짜증이 난다. 이것은 두 갈래보다 훨씬 복잡한 내면생활에 단지 해방이나 친절만 있으면 평정을 찾을 수 있다고 하는 싸구려 서사를 접붙이려 한다.

사춘기와 함께 찾아오는 모든 변화 가운데 사람들 마음에 들려는 욕구나 실패에 대한 공포보다 훨씬 큰 것, 가장 심오한 것은 욕망의 출현이다. 중학교 생활을 시작할 무렵 나를 심리적 불구로 만든 공연 공포를 설명하는 데는 다른 무엇보다도 이것이 근본적인 것으로 보인다. 이것은 자의식, 자멸적인 습관, 자기를 다스리려는 다급함과 그로 인한 공황, 고립과 실패라는 두려운 느낌, 신체의 어쭙잖

음 때문에 다다르지 못하는 아름다움에 대한 설명할 수 없는 갈망을 설명해준다. 음악 연주(물론 다른 예술도)에 푹 빠진 아이가 성년이 되면 보통 언어가 담아낼 수 있는 것보다 훨씬 크고 손에 잡히지 않고 에로틱한 긴장감이 감도는 생각을 표현할 언어를 장착하는 셈이다. 음악은 그들에게 혼란스럽고 무시무시한 감정의 위엄이나 비극을 감당할 장비다.

오랫동안 나는 여러 그림에서 다른 형태로 되풀이되는 티치아노의 한 이미지에 사로잡혀 있었다. 음악가를 가까이 앉혀놓고 누워 있는 베누스 여신을 묘사한 이미지였다. 어떤 그림에서는 음악가가 캔버스 왼쪽에서 오르간을 연주하는 젊은 남자이고, 어떤 그림에서는 류트를 연주하고 있다. 베누스는 거의 또는 완전히 벌거벗은 채 남자의 오른쪽 호화로운 침대에 누워 있다. 그들 뒤에는 상황에 맞게 야생의 풍경, 산, 정원 등이 있다. 마드리드의 프라도에서 베를린 국립회화관과 뉴욕의 메트로폴리탄 미술관까지 퍼져 있는 이 그림들에서 젊은 남자와 관능적인 여신 사이에는 노골적인 성적 얽힘이 있다. 그는 우아하게 옷을 차려입은 채 여신에게 매혹되어 건반에서 그쪽으로 고개를 돌리거나 류트의 목에서 반대 방향으로 고개를 비틀어 그녀의 드러난 육체를 똑바로 보고 있다. 나는 뉴욕의 메트로폴리탄 미술관에 있는 그림을 수십 년 동안 알고 있었고 베를린과 마드리드에 있는 그림을 보러 순례를 떠나기도 했다. 그중에서도 메트로폴리탄 미술관 그림을 가장 좋아하는데 그것은 (베를린의 그림과 마찬가지로) 젊은 남자가 여신의 생식기를 아주 열심히 바라보는 게 아니라 그녀의 얼굴을 쳐다보고 있기 때문이다. 남자는 다정하면서도 아마도 질투심 때문에 아픔을 느끼는 표정인 듯하다. 그녀의 관심이 화관을 씌워주는 큐피드에게 가 있기 때문이다.

비평가들은 이 작품들을 시각의 힘 대 소리의 힘, 청각적 아름다움보다 우위에 있는 시각적 아름다움을 보여주는 알레고리로 해석하곤 한다. 결국 음악가는 여자의 아름다움 때문에 자신의 연주에 집중하지 못하고 있는 듯하기 때문이다. 그러나 이 이미지의 에로틱한 힘은 더 근본적인 메시지에서 나온다. 젊은 남자는 뭔가를 갈망하며, 그 갈망을 음악으로 표현한다. 그럼에도 음악조차 그의 결핍과 욕망의 무게를 전달하는 데 충분하지 않다. 우리는 음악을 그의 좋은 옷이나 세심하게 다듬은 턱수염 같은 어떤 특성이나 교양으로만 보는 게 아니다. 욕망을 구현하고 전달하려는 노력으로만 보는 게 아니다. 음악을 음악 너머의 어떤 것, 예술 너머의 아름다움을 가리키는 것으로 보며, 그것이야말로 그의 궁극적 목표다.

아직 대학에 다닐 때, 아직 사랑과 욕망이라는 낭만적인 이상에 휘둘리던 시절 젊은 남자로서 처음 이 그림을 보았을 때 나는 그것이 사랑, 질투, 결핍, 욕구를 완벽하게 포착했다고 생각했다. 지금은, 여전히 그 그림을 사랑하지만, 가엾은 녀석, 하고 생각한다. 그는 그녀의 관심을 붙들기 위해 열심히 노력했지만 그녀는 외면한다. 한 여인을 매혹시키기 위해 그토록 자신을 다듬고 완벽하게 만들고 자신의 정신과 태도의 모든 면을 세공했건만. 나는 그의 자기도취에 매혹되면서도 그것을 있는 그대로 본다. 티치아노가 그의 화실에서 이 작품들을 그리고 나서 몇백 년이 흐른 뒤 이마누엘 칸트는 교육에 관한 책을 쓰면서 음악을 미심쩍은 범주에 집어넣었다. "어떤 성취는 모두에게 기본적으로 이롭다. 읽기와 쓰기가 그런 예다. 그러나 어떤 것은 목표를 추구할 때만 이롭다. 남들의 마음을 얻으려는 목표를 추구하는 음악이 그런 예다."18)

음악을 남들의 애정을 옭아매기 위해 이용하는 향수나 농담이나 사교적인 예의 같은 수준으로 낮추는 것은 야만적인 생각이다.

베누스는 내가 연습할 때 자주 나와 함께 있다. 물론 여신은 아니고, 또 심지어 티치아노가 표현한 벌거벗은 여인도 아니다. 그것은 음악을 넘어선 어떤 것에 대한 생각, 연결에 대한 갈망이다. 검은 머리 소년을 위해 연주하는 것, 음악의 힘을 통해 더 아름다워지는 것, 더 젊어지거나 다른 곳에 있는 것, 예전의 한때처럼 뜨겁게 느끼는 것, 잃었던 것 어쩌면 한번도 지닌 적 없던 것을 다시 포착하는 것. 베누스는 한눈을 팔게 하고 백일몽을 부추긴다. 눈과 마음을 건반과 음악으로부터 끌어낸다. 또 그녀는 성가시다. 그녀가 내게 묻는 것이 생각만으로도 무시무시하기 때문이다. 너는 단지 누가 너를 좋아하고 사랑하고 원하고 필요로 하게 하려고 이걸 하는 거냐? 그게 다냐?

7

seventh

모든 것이 잘 흘러갈 때는 바흐를 치는 특별한 즐거움이 있다. 손가락이 말랑말랑해지면서 손바닥 중앙에서 음들을 끌어온다. 한 손이 다른 한 손의 멜로디 조각들을 빌려오기도 하고 하나의 건을 축으로 소리 없이 회전하면 더 유연한 손가락들은 새로운 영토로 뻗어나가기도 한다. 새끼손가락이 엄지와 자리를 바꾸고, 손을 살짝 돌리면 세 번째와 네 번째 손가락이 게처럼 부드럽게 건반을 오르내린다. 바흐는 교수법에서, 또 후대에 남긴 음악에서 손가락들의 절대적 독립성을 요구했는데, 그럼에도 이 손가락들은 긴밀하게 협력하며 작업해야 한다. 연주자는 음들을 확실하게 익히고 암기한 뒤에 가끔 두 손이 단일한 유기체를 이루었다는 불가사의한 느낌을 받는다. 손이 스스로 생각을 하며 건반 표면을 부드럽게 움직이는 다리 열 개짜리 지네나 문어가 된 느낌.

음악이 익숙하면서도 신선하게 느껴지고 오랫동안 방치하지는 않은 덕에 기억에서 희미해지지도 않은 좋은 날이면 빠른 악구들이 우아하고 오류 한 점 없는 것처럼 느껴지며, 손가락의 움직임은 자동적인 동시에 의도적이고 건너뛰고 도약하는 것도 아주 안정적이다. 어떤 이해 불가능한 주장의 자의적 근거처럼 여겨져 몇 시간씩 힘들여 익히던 패턴이 이제 논리적이고 분명하고 필연적으로 들린다. 한 손이 아래쪽에서 한차례 피규레이션*figuration**을 펼쳐내는 동안 다른 손이 꼭대기에서 작은 모르덴트나 트릴을 빠르게 치고 빠지면 음악적 즐거움이 밀려든다.

진행이 잘될 때는 바흐가 모습을 드러내고 연주자의 자아는 물러나면서 상상하게 된다. 바흐가 스물두 번째 변주곡에 엮어 넣은, 믿을 수 없을 만큼 달콤하게 이어지는 부드러운 불협화음과 자연스러운 해결, 7도 화음이 6도 화음으로 미끄러져 들어가다가 바닥부터 다시 또 다른 달콤한 7도 화음으로 흘러 들어가는 과정이 그에게도 똑같은 기쁨을 주었을 것이다. 아마도 그 또한 이 악구에서 조금 더 미적거리고 조금 더 시간을 끌고 심지어 아주 조금 과장하고 싶었을 것이다. 그래서 방 안의 누구도 순식간에 지나가는 이 긴장과 이완의 순간들을 놓치지 않기를 바랐을 것이다. 열세 번째 변주곡의 두 반쪽 각 마지막에 그가 예기치 않게 6도 화음을 반음 내림으로써 이 화음의 해결이 톡 쏘듯 짧지만 마음을 삼켜버리는 쓸쓸함의 순간들을 훌쩍 넘어서 어둠의 전율—이것이 열세 번째 변주곡임을 고려할 때 아마도 기독교의 수비학과 관련이 있을 전율—에 물들 때 그도 우리처럼 이 곡의 마력에 사로잡혀 몸이 조여드는 듯한 느낌을 받지 않았을까. 심지어 청중 없이 혼자서 연습할 때도 기쁨은 지속되며 음악의 완벽성

* 음형을 지칭하기도 하지만 17-18세기 음악 중 특히 변주곡에서 주제의 변주나 반주 성부에 사용되는 일정한 음형이나 모티브를 말한다.

과 자율성이 작곡가 자신을 소환하고 있다는 느낌을 받게 된다. 이것은 우리 둘 사이의 일이다, 내가 누구건, 설사 아무리 흠이 있고 흩어져 있는 존재라 해도, 바흐가 누구건, 설사 아무리 멀고 불가해한 존재라 해도.

이런 느낌—음악의 엄격한 아름다움 덕분에 우리가 더 높은 수준의 지성과 소통하게 된다는—은 논란의 여지가 있다. 바흐에 관해 쓰고 그를 해석해온 역사, 19세기의 균열과 20세기의 혁명으로 복잡해진 역사에는 바흐의 작품에 연주자가 유일무이한 방식으로 섬기도록 강요하는 더 높은 수준의 추상성이나 객관성이 있느냐를 두고 격렬한 토론이 있다. 연주자는 에고를 누르고 음악 속으로 사라져야 하는 걸까? 그렇게 해서 음악을 잘 연주하면 어떤 식으로인가 작곡가 자신의 정신을 들여다볼 수 있는 투명한 창을 허락받는 걸까? 그러자 종교적이고 영적인 의미가 담긴 말이 등장한다—바흐는 우리가 겸손하고 순수하고 자기희생적이기를 요구한다. 하지만 왜 바흐의 음악은 다른 여느 작곡가의 음악과 다른가? 연주자는 늘 음악에 개입하는 것 아닐까? 연주자가 없으면 음악이 존재하기는 하는 걸까? 존재하지 않는다면 왜 해석자는 작곡가가 관념을 실증하는 과정에서 단순한 조수로 축소되어야 하는 걸까? 하지만 이런 주장의 철학적 무게를 인정하는 음악가조차 바흐의 경우에는 특별한, 또는 적어도 독특한 형태의 겸손이 요구된다고 털어놓을 수도 있다. 그리고 이런 겸손은 가끔 자신이 그 순간 세상에서 이 음악의 비할 바 없는 위대함을 작은 디테일까지 완벽히 알고 있는 유일한 사람이라는 착각으로 보상받기도 한다.

*19*세기 이래 바흐의 음악은 예술에 관한 더 큰 철학적 논란에 휘말려 있었다. 예술이 세상의 질서와 합리성이라는 객관적 관념을 반영하느냐, 아니면 주관성과 느낌이라는 내적이고 감정적인 풍경을 표현하느냐 하는 논란이었다. 바흐의 음악이 미적 추상의 본보기라는 믿음은 기발한 여러 이론을 촉발했다. 예를 들어 『골드베르크 변주곡』이 프톨레마이오스 우주론의 반영으로, 달과 해와 행성의 질서와 성격을 반영한다는 이론이 그중 하나다. 하지만 바흐가 느낌보다 사실 쪽으로 기울어 있다는 것을 느끼기 위해서는 그렇게 멀리까지 갈 필요가 없다. 바흐가 누구건 사람들은 인간 바흐에게 더 가까이 가기 위해 바흐를 연주하지 않는다. 또 그의 음악은 억제되지 않은 자기표현을 위한 놀이터를 제공하지도 않는다. 모범이 될 만한 『골드베르크 변주곡』 녹음을 남긴 피아니스트 제레미 뎅크는 바흐의 음악을 이렇게 묘사한다. "다른 모든 작곡가는 소설을 쓰는 것처럼 보이지만 바흐는 논픽션을 쓴다."

바흐 음악의 객관성, 또는 사실성, 또는 '논픽션'적 특질은 그의 작품을 연주하고 해석할 때 더욱 의미심장해지는 느낌이다. 마치 연주자가 내리는 수많은 작은 결정이 다른 종류의 음악보다 더 큰 중요성과 결과를 만들어내는 듯하다. 만일 바흐의 음악이 논픽션이라면 연주자의 결정은 진실이라는 관념과 묶이게 된다. 19세기의 낭만적 음악, 단숨에 넓게 펼쳐지는 서사, 불안정한 주관성, '소설'의 감정적 직접성을 다루는 음악에는 본능과 영감이 만족스러운 안내자일지 몰라도 바흐에서는 불충분하다. 이런 결정 과정은 음악을 연주하는 방식에 핵심적일 뿐 아니라 연주자의 성격을 드러내기도 한다.

물론 어떤 복잡한 곡의 연주라도 세심한 구획 정리와 실행 방식과 관련한 무수한 작은 선택을 요구한다. 어느 손가락을 어느 음표로 보낼지, 표현과 강약을 어떻게 조절할지, 각 선율이 얼마나 구별되어 들리게 할지, 곡을 얼마나 빠르게 진행할지, 클라이맥스를 (그게 있다면) 어디에 놓을지, 어떤 텍스처를 줄지, 곡에서 드라마를 얼마나 많이 끌어낼지 아니면 집어넣을지, 아폴론식일지 디오니소스식일지 결정한다. 이런 선택들 가운데 일부는 전략적인 것으로, 자신이 성취하기를 바라는 효과를 만들어내기 위한 계산된 시도다. 하지만 다수는 윤리적 선택, 자신과 음악이 맺는 관계의 근본적인 도덕적 기초를 드러내는 결정이다. 텍스트에 충실한가? 처리할 수 없는 것은 군데군데 생략하거나 심지어 건너뛰어도 되는가? 자신이 의도한 것보다 약간 낮은 수준의 쉬운 방법을 택할 것인가, 아니면 더 많은 것을 만들어내는 좀 더 어려운 방법을 택할 것인가? 남 앞에 내놓을 만큼 잘 연주할 수 있을 곡만 배울 것인가, 아니면 자신을 확대하여 절대 제대로 습득할 수 없을지도 모르는 음악으로 들어갈 것인가? 다른 연주자들이 하고 있는 최선을 흉내 내어 자신의 것이라고 주장할 것인가, 아니면 일단 모든 면에서 자신만의 독창적인 선택을 할 것인가?

이 질문들의 어느 것에도 절대적으로 옳은 답이란 없다. 존중해야 할 고정된 음악적 텍스트란 없을 수 있다. 우리에게 전해진 텍스트는 종종 작곡가가 원한 것, 악보를 필사한 사람이 재생산한 것, 인쇄공이 형판에 고정한 것의 혼합물인 경우도 많다. 작곡가가 원한 것도 고정되어 있지 않아 하나의 곡이 다양한 판본으로 존재할 수 있고 그 각각은 아마도 옆에 있는 것과 똑같은 진정성을 가질 수 있다. 위대한 음악가가 악보에 있는 모든 것을 연주하는 것은 아니며, 가끔 악보에 없는 것을 연주하기도 한다. 베토벤 해석의 전설인 아르투르 슈나벨은 소나타마다 음을 빼먹고 심각한 실수를 하지만 이런 충실하지 못한 면에도 불구하고 그의 녹음은 권위가 있다. 자신이 늘 하던 것을 벗어난 예술가는 육감에 의한 연주로 전율을 일으킬 수도 있는 반면 자신의 안락한 구역 내에서 충실하게 작업하는 사람은 우리의 냉담한 상태를 흔들지 못하는 경우가 많다. "좋은 예술가는 남의 것을 빌리지만 위대한 예술가는 훔친다"는 격언(다양한 예술가와 시인이 했다고 하는 말)

은 음악가에도 적용된다. 완전히 독창적인 연주가 있었던 적이 있을까? 새로운 곡의 초연조차도 종종 다른 작품에서 빌려온 아이디어들의 뒤범벅으로 음악의 신선함을 왜곡하곤 하는데.

그러나 이런 질문에 정답이 없다 해도 여기에 답을 하는 방식은 연주자로서 자신의 윤리적 기질을 규정한다. 어떤 연주자는 지저분한 외향성으로 흐르는 경향이 있어 드라마가 가득하고 앞에 있는 모든 것, 심지어 음악 자체의 디테일마저 쓸어버린다. 어떤 연주자는 금욕적이고 과묵하여 가장 미니멀한 몸짓으로 획기적인 사건을 만들지만 그들의 자제는 가장 헌신적인 청자를 빼면 모두를 지치게 한다. 어떤 연주자는 일관되게 현란한 효과를 과장하고 정확성과 디테일에는 지나치게 인색한 반면, 어떤 연주자는 의무감에 사로잡혀 정확하게 연주하면서 늘 나무 때문에 숲을 보지 못한다. 어린 시절 나는 블라디미르 호로비츠를 사모했는데 그는 마법사처럼 연주하여 무시무시한 기교를 눈부시게 드러냈지만 음악을 자신의 의도에 맞게 뒤틀었고 강약을 강조하여 표현의 극단으로 몰고 갔고 작곡가의 승인 없이 새로운 텍스처 효과를 만들어냈다. 어른이 되어 나는 한때 그의 연주에 푹 빠져 열광하던 그 마음에 얼굴을 붉힌다. 호로비츠의 선택은 윤리적인 잣대에서 방종의 극단으로 치달으며, 절대적으로 그릇되었거나 옹호 불가능하지는 않지만 내향적이고 시적이라기보다는 과시적이고 과대망상증적이다. 지금은 진을 빼는 연주라고 생각한다. 파티에서 모든 주제에 자기 의견이 있는 외향적인 사람을 견뎌야 할 때와 비슷하다.

J

나는 열다섯 살 때 부모가 보낸 여름 실내악 프로그램에서 호로비츠의 연주를 처음 발견하고 사랑에 빠졌다. 거기에 들어가려면 오디션 테이프가 필요했기 때문에 브람스 랩소디를 며칠 동안 몇 번이나 녹음해 마침내 과감한 템포와 상당한 수준의 정확성을 갖춘 녹음 테이프를 준비할 수 있었다. 청중이라는 압박 없이 가장 좋은 연주를 포착한 것이라 약간 속이는 느낌이 들었고 만일 선발 위원회에서 같은 음악을 현장에서 연주하라고 요구하면 어떻게 될지 알 수 없었다. 어쨌든 나는 큰 기대감을 품고 테이프를 보냈으며 그것은 실제로 캠프에서 자리를 얻어냈을 만큼 훌륭했다. 나는 흥분했다. 새로운 종류의 음악을 탐사할 수 있었기 때문만이 아니라 집에서 벗어나 또래에 둘러싸여 혼자 지내고 또 어쩌면 여자친구가 생길지도 몰랐기 때문이기도 했다.

참가 허가 편지에는 7월에 시작하는 6주 프로그램에

참가하기 전에 베토벤의 피아노 트리오 한 곡을 익혀야 한다는 안내가 담겨 있었다. 교육비는 천 달러가 넘었는데 부모는 군말 없이 지불했다. 어머니는 준비에 여념이 없었다. 새 옷을 사고, 선크림과 해충 퇴치기, 모자와 스웨터, 스니커즈와 보트슈즈 등 세심하게 짐을 꾸리면서 그런 것들을 왜 준비하는지 내게 설명했다. 집에서는 생전 입지 않는 파자마를 싸주는 것을 보고 이유를 물었더니 어머니는 머뭇거리다 말했다. "매일 밤 이걸 입어. 어떤 정신병자가 너를 구경하는 걸 원치 않아." 나는 나 자신이 구경할 만한 대상이라고 생각해본 적이 없었기 때문에 그 말이 흥미로웠다. 어머니가 트렁크를 닫을 때 나는 한번도 펼쳐보지 않은 톨스토이의 『전쟁과 평화』를 넣었다. 나는 친구들을 사귀고 함께 근처 타운으로 산책을 가고 잔잔한 만에서 돛배를 타고 어느 늦은 여름 저녁에는 병 돌리기 게임을 하는 등 아주 바빴음에도 그 여름 동안 그 책을 다 읽었다.

프로그램을 진행하는 캠퍼스는 해양 아카데미로, 음악가들에게 필요한 규모보다 훨씬 크고 깔끔한 벽돌 건물의 학교였다. 빈 방과 어두운 복도가 많았고 우리는 야간 통행금지와 그것을 감시하는 대학생 나이의 지도원을 피해 복도를 달렸다. 운동장은 넓고 풀이 덮여 있었으며, 언덕 아래 물까지 뻗어 있었다. 연습이나 리허설을 하지 않을 때면 그곳에서 작은 돛배를 빌릴 수 있었다. 능숙하게 익힌 베토벤, 개인 레슨, 연습하며 보낸 아침, 톨스토이와 함께 느긋하게 보낸 오후 못지않게 저녁 식사 후 풀밭에 앉아 나보다 훨씬 수준 높은 학생들과 이야기를 나누고 그들의 말에 귀를 기울이던 일이 기억난다. 그들은 여러 예술가의 장점을 놓고 토론했으며, 호로비츠와 루빈슈타인 가운데 누가 더 나은 피아니스트인가, 루돌프 제르킨과 빌헬름 켐프 가운데 누가 전통의 진정한 수호자인가, 글렌 굴드 같은 독특한 인물을 어느 신전에 앉힐 것인가 하는 문제들에 관해 확고한 의견을 갖고 있었다. 그들은 교향악단이나 오페라 공연에 갔던 일을 이야기하는, 또 베벌리 실즈와 조앤 서덜랜드 같은 유명한 가수의 노래를 들어보고 호로비츠 표를 사기 위해 줄을 서서 기다려본 뉴욕시티 키즈였다. 그들은 지휘자, 바이올리니스트, 심지어 비평가들에 관해 뒷담화를 했는데 그들 가운데 다수와 친한 것 같았고 가끔 그들을 이름으로 부르기도 했다.

나는 그들에게 속하고 싶었기 때문에 그들을 자세히 살폈다. 이 어린 음악가들은 십대인데도 앞으로 음악으로 계속 나아갈지 말지, 계속 나아가면 어떤 방향이 될지를 가르는 선택을 하고 있었다. 노력 없이도 재능으로 돋보이는 아이가 몇 있었는데, 이들은 전혀 연습을 할 필요가 없는 것 같았고 언제 어디서라도 화려하게 연주할 수 있는 것 같았지만, 무모함으로 선생을 괴롭혔다. 내가 구애를 하려고 하던 여자애가 있었는데, 그녀는 조용하고 내향적이었지만 눈부신 바이올리니스트였다. 그녀가 나에게 아무런 관심을 보이지 않자 그녀의 친구들은 나를 이렇게 위로했다. 그 애는 음악만 좋아해. 그녀는 예술가로 성공하는 길을 걸어갔다. 또 자신이 속한 현악사중주의 다른 구성원들을 포함하여 거의 모든 것에 코를 찡그리는 소녀가 있었다. 가끔 음악을 대할 때도 그랬는데, 칼같이 효율적으로 연주를 해치웠고, 그럴 때마다 약간의 경멸을 드러냈던 것 같다. 그녀의 자기 확신과 폭넓은 견해에 나는 겁을 먹었다. 또 나이가 좀 많은 편에 게이라는 소문이 있던 남자가 있었는데 따뜻하고 너그럽게 첼로를 연주했으며 늘 미소를 지으며 주위의 모든 것을 끌어안았다. 우리는 그와 거리를 유지했는데 물론 그 소문 때문이었다. 하지만 그는 세상으로부터 보답을 받지 못해도 어김없이 세상에 애정을 보여주었다.

여름이 끝날 때 우리는 배정된 앙상블로 공개 리사이틀을 할 예정이었고 캠프 전체가 기대감에 들떴다. 나는 나의 삼중주단과 함께 마지막 두 주 동안 베토벤을 완주하고 거기에 세련됨을 더하려고 미친 듯이 노력했다. 그러다 어느 날 오후 처음으로 곡 전체를 끝까지 그럴듯하게 연주하게 되자 우리는 충격을 받고 들떴으며, 나도 이번만큼은 진짜로 연주를 고대하게 되었다. 그러나 행사 며칠 전 어머니가 연락해 캠프가 끝나기 전에 누나와 함께 와서 짐을 챙겨 나를 데려가겠다고 말했다. 콘서트 전에 떠나야 할 판이었다. 삼중주단 구성원들은 나에게 격분했다.

나는 나뿐만 아니라 그들에게도, 또 콘서트에 올 그들 부모에게도 몹쓸 짓을 하고 있었다. 나는 그들에게 어머니의 변덕에 휘둘릴 수밖에 없는 나를, 이 문제에서 아무런 발언권이 없는 내 처지를 이해해달라고 간청했다. 나도 끝까지 남아서 이 전원시를 마지막 순간까지 즐기고 싶은 마음이 간절했다. 나는 그들에게 어머니를, 어머니의 이상한 변덕과 이해할 수 없는 결정을 설명하려 했지만 그 과정에서 혼란에 빠져 어머니의 이상한 행동을 보여줄 어떤 일화도, 어머니의 성격을 한마디로 포착할 수 있는 어떤 단어도 제시하지 못했다. 여름 내내 다른 학생들은 알코올중독에 빠진 부모, 집에 없는 아버지, 유방암에 걸린 어머니, 살벌한 이혼 이야기를 했지만 내가 이런 문제로 괴로움을 겪은 것은 아니었다. 그래서 어머니가 늘 자기 어머니에 관해 어느 정도 감탄과 친밀감을 드러내며 하던 말을 되풀이하는 것으로는 불충분해 보였다. "어머니는 아주 비열해질 수 있어."

나는 어머니의 관용을 빌어보겠다고, 하루만 더 있게 해달라고 간청해보겠다고 약속했다. 나는 내가 동경하던 사람들 앞에서 창피를 당했기에 그들에게 나의 무력함을 이해시키고 싶은 마음이 간절했다. 그런데 묘하게도 어머니와 누나가 도착한 뒤 우리가 빨리 떠나야 한다고 고집을 부린 사람은 누나였다. 어머니는 놀랍게도 나의 간청에 마음을 열었고 다정한 눈길로 나를 보더니 누그러졌다. 리

사이틀이 끝났을 때는 집까지 여덟 시간을 차를 몰고 가기에는 너무 늦은 시간이었다. 그날 저녁 어머니는 학교에서 나가 함께 저녁을 먹자고 제안했다. 우리는 수상 식당을 찾아냈지만 그날 저녁 내내 어머니는 접시에 놓인 메인주 특산의 거대한 랍스터에는 손도 대지 않았고 우리는 거의 침묵 속에서 시간을 보냈다.

다음 날 우리는 비를 뚫고 달렸으며, 나는 리사이틀 때문에 그곳에 묵는 바람에 어머니가 그날 아침 종양전문의와 만나기로 한 약속을 미뤄야 했다는 것을 알게 되었다. 어머니는 흑색종이라고 했는데, 상황이 안 좋아 보였다. 어머니는 자신의 암에 대해 이야기하면서 지극히 차분하고 사무적인 태도를 보였는데, 그런 평정심이 이상하고 어머니답지 않았다. 몹시 걱정되었다. 병이 어머니의 정신을 명료하게 깨우고 어머니 안의 가장 좋은 것을 불러내고 있었다. 어머니는 다른 무엇보다도 아픈 자식을 돌볼 때 모성이 강하게 나타났다. 어머니와 모든 감정적 연결을 차단해버리고 나서 오랜 시간이 흐른 뒤에도 어머니는 계속 나의 건강에 친밀하고 감동적인 관심을 보여주었다. 이 쌀쌀한 여름날 아침 암에 대한 두려움 때문에 어머니는 정신이 맑아진 것 같았고 또 친절해졌다. 어머니 안의 분노는 그냥 슬픔이 되었고, 그 슬픔은 지혜처럼 느껴졌다. 메인주 해안을 따라 집으로 돌아오는 동안 나는 어머니에게 일어날 수도 있는 모든 일에 내가 공모한 부분,

나의 이기심과 어머니가 놓친 의사 면담을 생각했다. 나는 팔과 다리의 피부에 이질적인 반점이나 자국이 있는지 살펴봤고 가끔 느껴지기도 하고 안 느껴지기도 하는 목덜미의 혹을 찔러보았다.

순조롭게 연주했던 그 베토벤은 먼 기억이 되었다. 우정, 나를 이해하는 것으로 보이는 사람들과 맺은 첫 동맹도 마찬가지였다. 멀리서 피아노, 바이올린, 첼로 여남은 대가 미세한 불협화음을 일으키며 웅얼거리는 중에 아카데미의 어두워지는 잔디밭에서 나누던 저녁 대화는 나의 삶에 찾아든 새로운 공포에 견주어 이질적이고 멀어 보였고, 심지어 하찮아 보였다. 다음 몇 주, 몇 달 동안 어머니는 이 의사 저 의사를 찾아다니다가 마침내 전문가와 이야기를 하러 보스턴으로 갔고, 평결을 기다리는 동안 나는 최악의 경우를 상상하면서 수십 년 뒤 바흐의 「샤콘」을 들을 때와 똑같은 굶주림과 흡수력으로 호로비츠의 리스트 연주 녹음을 들었다. 그 나이, 그런 감정들을 고려할 때, 그것은 적당한 음악이었다. 내가 세상에서 인식할 수 있는 유일한 진실을 포착하는 순수한 감정의 흐름. 그것은 그 집에, 그 순간에 존재하는 진실이었다. 공포와 불안, 또 원한, 갈망, 후회, 죄책감이 가득한 집. 그 모든 엉망의 바닥 어딘가에 피어나지 못한 부드러움과 사랑의 느낌이 약간 있었다.

9

*1964*년 서른네 살의 글렌 굴드는 다시는 사람들 앞에서 공연을 하지 않겠다고 결정했다. 실황 연주는 압박감을 주었으며, 그는 실황 연주가 음악을 연주하는 데 부적당하고 품위도 없는 매개체라고 생각했다. 그는 글과 라디오 출연을 통해 공인으로 남았고, 녹음을 통해 엄청나게 중요한 피아니스트의 지위도 유지했다. 그는 이지적인 피아니스트였으며, 아마 지난 세기의 다른 어떤 예술가도 음악, 공연, 테크놀로지, 현대의 삶 영역에서 자신이 내리는 윤리적 선택에 대한 깊은 자각이나 자신이 세상에서 존재하는 방식을 굴드만큼 자신의 예술과 내밀하게 연결하지는 못했을 것이다. 또 어떤 피아니스트도 『골드베르크 변주곡』에 대한 대중적 인식에 굴드만큼 큰 영향을 주지는 못했다. 『골드베르크 변주곡』은 그가 *1955*년 콜럼비아 레코즈와 계약을 하고 나서 처음 녹음한 곡이었으며, 그의 생애 마지막에 전면적인 재검토를 하면서 다시 돌아간 작품이기도 하다. 혜성처럼 등장했던 그의 특이한 경력에 북엔드 역할을 하는 이 두 녹음은 한 피아니스트가 바흐의 음악에서 내릴 수 있는 선택에 대한 백과사전을 제공한다.

굴드의 이 변주곡집 첫 번째 녹음은 빠르고 신속하고 활기차, 지난 세기 중반 일반적으로 바흐를 연주하던 강하고 무거운 방식에 강장제가 되었다. 굴드의 격정적인 템포는 전곡에 걸쳐 흐르는 춤곡의 리듬을 살아나게 해주었으며 빠른 변주곡들에서 요구되는 고도의 기교를 오류 없이 완벽하게 구현한 연주는 새로운 세대에게 이 작품이 다성 음악의 추앙받는 기념비일 뿐 아니라 재기 넘치는 연주용 걸작임을 알게 했다. 그러나 가장 지속적인 인상을 남긴 것은 굴드가 음악적 선율들을 명료하게 드러낸 점이었다. 비평가와 청자들은 엑스레이와 같은 연주에 관해 이야기 했는데, 첫 번째 녹음은 1950년대 후반 이전의 기준인 이 차원의 모노 사운드로 출시되었지만 굴드의 연주는 바흐의 음악에 삼차원적 존재감을 부여하는 것 같았다. 손가락들의 놀라운 독립성과 아티큘레이션, 다이내믹스에 까다롭게 주의를 기울이는 태도는 이 음악에 대부분의 청자에게는 새로운 대위법적 투명성을 부여했으며 이 때문에 이 연주는 과학과 이성의 시대에 어울리는 예술적 행위로서 부적과 같은 권위를 지니게 되었다.

굴드는 가벼운 터치에 종종 스타카토를 사용했으며, 셋 또는 네 성부가 있는 변주곡에서는 중간 선율을 끌어내 집요하게 청자의 의식에 밀어 넣으면서 더 쉽게 구분되는 위와 아래의 선율은 텍스처에서 약간 뒤로 물러나게 했다. 그의 피아노는 메마르고 심지어 약간 연약하게 들렸다. 그는 자신이 연주하는 악기의 음색이나 음향보다는 음악의 논리에 관심이 있다고 주장했지만 그의 독특한 터치는 현을 뜯는 하프시코드의 밝은 소리를 모방했다. 굴드의 경력은 바로크 음악사에 대해 학문적 관심이 새로이 형성되던 시기와 겹쳤고, 새로운 음악가 세대는 역사적 악기를 연주하는 데 능숙했지만 굴드는 역사를 초월하는 음악 이상을 고수했다. 그가 하프시코드보다 피아노를 선택한 것은 피아노가 바흐의 카논과 푸가의 복잡성을 끌어내는 데 적합하다고 느꼈기 때문이다. 또한 녹음을 통해 청중과 소통하는 쪽을 택한 것은 녹음 테크놀로지가 바흐의 복잡성과 뉘앙스를 전달하는 데 현장 연주보다 적합하다고 느꼈기 때문이다. 그는 말했다. 마이크는 "텍스처의 명료함을 어느 정도 끌어올리는데, 콘서트홀에서는 이런 명료함이 사라지지요."[19]

굴드는 이 모든 것을 음악과 삶에 대한 개인적 윤리와 연결했다. 그가 실황 연주를 혐오한 것은 부분적으로는 음악이 사람의 기질 가운데 추하고 자기중심적인 측면, 즉 찬사와 경쟁에 대한 갈증을 증폭시키는 방식을 싫어했기 때문이다. 최고 수준의 『골드베르크 변주곡』 녹음을 내놓았지만 절대 굴드 수준의 명성이나 평판은 얻지 못했던 피아니스트 로잘린 투렉에 관해서도 그는 도덕적 맥락으로 이야기했다. "도덕적 영역에 들어갈 정도로 매우 올곧은 연주였습니다. 무기력과는 상관없는, 전례적 의미의 도덕적 정결과 연결되는 평안이 느껴졌어요."[20] 그는 사람들을 온갖 종류의 크고 작은 야만으로 몰아가는 생물학적이고 화학적으로 복합적인 감정의 스튜를 삶의 "부신적(副腎的) *adrenal*" 측면이라고 부르며 혐오했다. 냉전 중반, 세상이 공멸의 위기에 처했을 때, 그는 테크놀로지 전쟁의 시대가 드잡이하고 찌르는 원시적 전투보다 낫다고 썼다. "컴퓨터가 조준하는 미사일 전쟁이 곤봉이나 창으로 싸우는 전쟁보다 약간 낫고, 약간 덜 불쾌합니다." 왜냐하면 참가자가 호르몬 수준에서 "전쟁에 덜 말려들 것"이기 때문이다.[21]

그의 방대한 인터뷰와 글에는 이런 종류의 도발적 발언이 많이 나온다. 인터뷰와 라디오 쇼에서 귀에 익은 굴드의 목소리는 부드럽고 명료하고 편안하지만 그의 생각이나 의견은 극단적인 경우가 많다. 그러나 그는 또한 자신의 이상적인 음악관의 논리적 결과를 살아내려고 노력하면서 바흐를 필두로 한 엄격하게 지적인 음악 레퍼토리에 전념했다. 심지어 바흐도 때로는 굴드의 기준에 미치지 못했다. 굴드는 이 대가가 산만하게 방백에 빠져들거나 자신의 대위법적 구조를 분명히 표현하지 못했다고 느끼면 그의 작품을 교정했다. 그는 「토카타 올림*F*단조*Toccata in F-Sharp Minor*」에서 열네 마디를 잘라냈는데, 그 반복되는 연속적 음형이 너무 즉흥적이라고 느꼈기 때문이다.[22] 또 바흐의 「파르티타 *6*번 *E*단조*Partita no. 6 in E Minor*」에서는 어떤 선율들이 더 분명하게 들리게 하려고 토카타*toccata**에

* 기교적이고 빠른 연주에 초점을 맞춘 건반 악기용 연주곡. 중후한 화음과 급속한 패시지를 구사하며, 즉흥적이고 자유분방한 점이 특징이다.

음을 첨가했다. 굴드는 심지어 『골드베르크 변주곡』도 흠을 잡았다. 1980년대 초에 그를 인터뷰한 어떤 저널리스트에 따르면 그는 이 작품을 "바흐의 수준 낮은 잡동사니"라고 불렀다. 그는 이 작품에 "바흐의 가장 훌륭한 순간이 담겨 있고, 사실 이건 많은 것을 의미하지만, 동시에 가장 어리석은 순간도 있다고 생각한다". 굴드는 그런 어리석은 순간 가운데에는 고도의 기교를 요구하는 마지막 변주곡들도 있으며, 이것이 "변덕스럽고 어리석고 지루하며 그가 쓴 어떤 곡보다 발코니석의 비위를 맞추는 것"이라고 말했다.[23)]

나는 굴드가 음악가로서 은둔자적이며 청교도적인 삶을 산다는 것을 알기 오래 전에 그의 연주를 먼저 알게 되었다. 내가 좋아하던 교수에게서 굴드를 소개받았는데, 이 교수는 합리주의를 공부하고 실행에 옮겼으며, 물리학·화학·생물학의 규칙들이 그냥 단순한 추상이 아니라 그의 일상생활을 이끄는 원리였고, 그래서 모순, 위선, 가식으로 빠져드느니 차라리 점잔 빼는 집단의 예의를 거스르는 쪽을 택하는 인물이었다. 혼돈과 엔트로피가 증가한다고 장담하는 열역학 제2법칙이 그의 세계를 지배하여 천성이 명랑한 사람임에도 지적으로는 그런 천성을 지울 만큼 비관적으로 변해갔다. 만약 자유민주주의의 불가피한 쇠퇴와 부패에 관한 길고 긴장된 대화 끝에 누군가 정치철학에서 잡담으로 우아하게 넘어가려고, 그래도 상황이 최선의 방향으로 흘러가지 않겠느냐고 희미하게 암시라도 한다면 그는 슬픈 얼굴로 지켜보다가, 또 때로는 짜증을 내면서 물리학이나 행동과학이나 계통발생학에서 배운 게 아무것도 없어서 하는 소리라고 타박할 것이다. 그에게 굴드의 바흐는 음악 예술의 정점이었다.

어느 날 저녁 늦게 브랜디 한 병을 앞에 놓고 내 친구는 이 변주곡집의 *1955*년 녹음 음반을 틀었고 나는 넋을 잃었다. 오케스트라의 박력으로 천둥처럼 몰아치는 호로비츠의 피아노와는 달리 굴드의 악기는 소리가 멀고 약간 금속성이었다. 그의 템포는 숨을 앗아갈 듯했으며 손가락의 능란함도 마찬가지였다. 하지만 나는 당시에는 그 속사포 연주가 일으키는 부수적 피해—각 변주곡의 개별적 특징에, 전체 분위기와 드라마에 주는 피해—를 깨닫지 못했다. 이 음악은 내가 그 교수에게서 존경하는 질서 잡힌 삶, 밝고 깨끗하고 조직화되고 안정된 성인 생활이라는 매혹적인 세계와 닮은꼴이라는 느낌이었다. 나는 그 음악만이 아니라 연주에도 뭔가 중요한 것이 있다고 느꼈다. 나의 삶에서 이루고 싶은 마음이 간절하지만 성취할 결단력과 정신적 능력은 갖추지 못한 무언가가.

나는 내가 영위할 수도 있는 모든 가능한 삶, 나의 너저분한 삶의 대안적 삶을 철해놓듯이 굴드를 철해놓았다. 내가 나 자신보다 나아지면, 더 규율 잡히고 부지런해지고, 감정에 균형이 더 잡히고, 태만과 자기 방종과 산발적인 무기력에 덜 빠지면 나도 아주 약간은 굴드처럼 연주하는 법을 배울 수 있을지도 몰랐다. 깔끔한 작은 집을 유지하면서 아침에는 생산적으로 일을 하고 침착하면서도 가볍게 현실과 마주하여 명랑한 결단력으로 삶을 헤치고 나아갈 수 있을지 몰랐다. 피아노는 단순한 자기표현의 수단을 넘어 음악의 구조에 대한 나의 이해를 기록하는 속기사의 키보드가 될 수 있을지도 몰랐다. 간단히 말해서 나라는 인간, 즉 나의 어머니의 자식이 좀 덜 될 수 있을지도 몰랐다.

굴드는 말년에 『골드베르크 변주곡』의 두 번째 스튜디오 녹음을 했는데 이번에는 모든 영역을 더 철저하게 이성적으로 통제했다. 그는 인생의 가을에 이루어진 이 해석에서 음악가, 이론가, 청자가 계속 벌이고 있던 바흐의 변주곡 사이클에 관한 중심 논쟁에 대해 자신의 견해를 제시했다. 논쟁이란 이렇다. 이 변주곡들은 단일하고 통일성 있는 작품으로서 모든 부분에서 일관성을 유지하며 통합되어 있는가, 아니면 음악적 가능성을 폭넓게 보여주기 위해 모아놓은 다채로운 아이디어들의 집합인가? 이것은 하위 범주들을 갖춘 통일체인가, 아니면 공통의 요소가 있는 다양한 곡들의 모음인가? 연주자에게 이것은 추상적인 논쟁이 아니라 해석적 디테일, 그중에서도 가장 중요한 템포를 결정할 때 핵심적이다. 굴드는 『골드베르크 변주곡』에 관해서 "나는 사실 이것이 하나의 곡으로서, 하나의 개념으로서 제대로 작동한다고 생각하지 않는다"고 말하곤 했지만 그의 두 번째 녹음은 이것을 작동하게 만들려는, 그것을 통일시켜 일련의 즐거운 에피소드들이 아니라 통합된 전체로 제시하려는 시도였다.

굴드는 *1955*년 녹음에서 마치 각 변주곡이 숨 가쁘게 뿜어져 나오는 연상의 논리로 다음 곡을 촉발하는 것처럼 변주곡들 사이를 움직여 갔다. 하나의 생각이 다음 생각에 영감을 주고 이것이 또 그 다음 생각에 영감을 주었다. 마치 바흐가 세상의 연결고리를 보고자 하는 사춘기 소년의 순수한 열망을 품고 생각을 이어나가고 있는 것 같았다. 굴드는 *1955*년 녹음을 위해 쓴 묘한 프로그램 노트에서 아리아라는 생성적 소재가 작품 나머지와 어떻게 연관되는지 설명하기 위해 폭넓은 은유를 사용했다. 그는 아리아가 온화하지만 자신에게만 몰두하며 거리를 두는 부모와 같다고 했다. 그는 청자에게 "아리아의 가계도*family tree*라는 무성한 초목에 얽혀 들지" 말라고 경고하면서 아리아의 지배와 영향을 경계하고 "그것이 부모의 책임을 감당할 만한 소질이 있는지 판단하기 위해 그 생성의 뿌리를 더 섬세하고 꼼꼼하게 살피라"고 제안했다. 그는 변주곡집을 하나의 전체로 보여주는 이미지를 찾기 위해 고심하다가 태양계와 같은 모양을 제안했다. 아리아가 중심에 있고—멀고 무관심하고 심지어 얼이 빠져 좀 멍청하게("자신의 존재 근거에 아무런 호기심을 품지 않고")—거기에서 변주곡들이 방사형으로 펼쳐지면서 천상의 독립성을 유지한 채 나쁜 부모를 에워싸고 있다는 것이다. 1981년 두 번째 녹음을 할 때 이 방사형 은유는 실질적으로 선형적 개념이 되었고, 이 작품에 대한 그의 관점은 전보다 더 통합적이고 전체적이었다.

『골드베르크 변주곡』의 원본 인쇄 악보에는 일부 변주곡의 끝에 묘한 표시가 있다. 점이 찍힌 말발굽처럼 보이기도 하고 아이가 일몰을 그린 것처럼 보이기도 한다. 이것은 페르마타*fermata*로 연주자가 바로 다음 변주곡으로 뛰어들지 말고 잠시 멈추거나 머물라는 지시다. 이 페르마타는 바흐가 어떤 변주곡들은 서로 흘러들고 어떤 변주곡들은 흘러들지 않기를 원했으며, 그런 식으로 변주곡들의 하위 그룹을 설정했을지도 모른다는 것을 보여준다. 만일 그랬다면 이런 그룹 내의 템포는 어떤 식으로든 연관되어 있어 빠른 변주곡과 느린 변주곡 양쪽을 모두 공통의 박(拍)이 꿰고 있다고 가정하는 것이 합리적이다. 굴드는 마지막 녹음에서 여기에서도 더 나아가, 전체 작품에 일관된 박이라는 내적 논리를 부여하려고 시도했고, 이것이 곡들 간의 질서 정연한(늘 단순하지는 않지만) 템포 비율에 반영되었다. "『골드베르크 변주곡』의 경우 처음부터 끝까지 쭉 이어지는 하나의 박이 있습니다." 그는 1981년 비평가 팀 페이지와 인터뷰를 하면서 이렇게 말했는데, 이 대화 대부분을 굴드가 썼다.

여러 면에서 굴드의 두 번째 녹음은 첫 녹음이 시작한 것을 단지 이어가기만 했는데, 그것은 과거에 대한 거부인 동시에 정서적이고 부신적인 것에 대한 혐오의 연장이었다. 젊은 굴드가 자신이 느끼기에 너무 자기 방종적이고 낭만적인 전통으로부터 바흐를 복구했다면 나이 든 굴드는 자신의 이전 녹음으로부터 똑같은 죄를 증류해 없애려 했다. 페이지가 굴드에게 세 단조 변주곡 가운데 가장 비통하고 복잡한 곡인 동시에 많은 청자에게 전체 작품의 절정에 해당하는 스물다섯 번째 변주곡의 1955년 연주에 관해 물었을 때 굴드는 "뚜렷이 쇼팽 녹턴처럼" 들린다고 평가절하했다. 젊은 굴드는 쇼팽의 음악처럼 귀에 쉽게 꽂히는 낭만적인 또는 널리 사랑받는 음악으로 자신의 도착을 알리곤 하는 대부분의 젊은 명인들과는 달리 바흐를, 그것도 바흐의 가장 복잡하고 가장 친숙하지 않은 음악으로 꼽히는 곡을 택했고 이것이 결과적으로 그의 데뷔 녹음이 되었다. 그런데 이제 그는 자신의 연주에서 쇼팽의 모방을 찾아내고 있었고 그것을 제거하기로 결심했다. "거기에서는 피아노 연주가 많이 이루어지고 있는데, 나는 이 말을 최대한 비난조로 하는 겁니다." 그는 자신의 이전 녹음에 관해 그렇게 말했다.

굴드는 자기 자신에게, 또 암묵적으로 다른 연주자나 감상자에게도 비인간적으로 보일 수 있는 기준을 세웠다. 그가 피아니스트로서 청교도적으로 발전하는 과정에서는 심지어 '피아노 연주'조차 순수한 음악적 통찰 외적인 것이 된다. 음향이나 표현 같은 것들은 방해 요소다. 그가 처음 『골드베르크 변주곡』의 아리아, 즉 너무 단순하고 선율미 넘치고 우아해서 많은 청자가 이 작품에서 남몰래 맛보는 즐거움이라고 인정하게 될 서른두 마디의 녹음을 위해 자리에 앉았을 때 그의 목표는 "불필요한 표현을 모두 지우는" 것이었는데, "그보다 더 어려운 일은 없"었다. 그의 에토스는 가혹했다. "연주자의 자연스러운 본능은 빼는 게 아니라 보태는 것입니다."[24] 그래서 그는 평생에 걸쳐 음악에서 계속 빼다가 마침내 인생의 끝에 이르러 어떤 면에서는 완전히 한 바퀴 돌아서 바흐의 음악을 원점으로 돌려놓았는데, 이때 제시한 『골드베르크 변주곡』의 해석은 많은 사람이 그가 30년 전쯤 반기를 들었던 독법만큼이나 무겁고 느리다고 생각한다.

이 작품을 연주할 때 어떤 피아니스트도 어느 지점에서는 엄격한 삼단논법과 씨름하지 않을 수 없다. 바흐가 곧 음악이고 굴드는 바흐라는 것. 두 음악가 모두 완벽, 추상, 순수의 모범이 된다. 하지만 이 삼단논법의 양쪽 모두 진실의 왜곡이다. 바흐는 어느 대중적 인명사전에서 규정했던 것과는 달리 "음악의 최고 결정권자이자 입법가"가 아니며, 마찬가지로 굴드가 이상적으로 생각하는 바흐만이 유일하게 이성적인 또는 윤리적인 바흐인 것은 아니다. 그렇다 해도 대부분의 피아니스트가 굴드 스스로 가능하다고 주장했던, 또 많은 부분 자신의 연주에서 보여주기도 했던 수준으로 음악을 지적으로 통제하기를 갈망한다. 설사 굴드처럼 연주하고 싶지 않다 해도, 그의 해석이 몇 가지 면에서 혐오스럽다 해도 대부분의 피아니스트는 건반에 대한 그의 통제력에 대해서는 존경, 심지어 질투를 고백한다. 나는 나이가 들면서 나 자신의 감정이 지겨워지고, 점차 굴드가 삶의 부신적 측면이라고 부른 것들을 의심쩍어 하게 되면서(굴드만큼은 절대 아니었지만) 그의 단단하고 검박한 음악가 정신을 존경하게 되었다.

굴드를 존경하게 된다는 것은 바흐를 그렇게 오래 피해온 결과와 직면한다는 뜻이었다. 마침내 바흐로 돌아서게 되었을 때 나는 처음으로 나의 음악적 실패가 얼마나 큰 것인지 파악했고 바흐를 태만히 한 것이 단지 젊은 시절의 간과가 아니라 의도적 결정이었으며, 그로 인해 오랜 세월 불필요한 노력을 대가로 치렀음을 이해했다. 어린 시절에는 음악적 실패를 호메로스의 『일리아스』에 나오는 불운한 주인공들처럼, 어떤 복수심 가득한 여신이 자기 내키는 대로 찾아오는 바람에 전투의 절정에서 갑자기 무장해제당하는 것처럼 경험한 반면, 이제는 그게 내가 저지른 것, 나의 선택과 습관과 태만의 결과라는 것을 이해했다. 그래서 『골드베르크 변주곡』을 배우기 시작했을 때 나는 연주만이 아니라 나 자신도 바꾸기 시작했다.

습관을 바꾸는 데는 긴 세월이 걸릴 수도 있기 때문

에 우리의 노력이 언제 진정한 성장과 자기 초월에 이르는지 알기는 어렵다. 그저 자기부정이나 다른 규율로 우리 본성에 폭력을 가하여 우리 성격의 어떤 핵심적 측면을 끊어내거나 거기에 담을 치는 행동을 한 것에 불과할 수도 있다. 이제 굴드는 죽은 지 수십 년이 지났고 세상은 그가 죽은 이후로 근본적으로 변하여 그의 유산 가운데 일부는 매우 문제가 있는 것으로 보인다. 그의 녹음은 그렇지 않지만 그의 생각이 그렇고, 자기희생이라는 대가가 그렇다. 오늘날 대부분의 음악가는 그 어느 때보다 청중과 직접 접촉하기를 갈망하며, 따라서 굴드의 녹음 매체에 대한 이상화는 매체가 포화되고 디지털 엔터테인먼트 환경이 보편적인 시대에는 좀 예스러워 보인다. 또 그의 금욕주의는 점점 해석이 어려워진다. 감독 프랑수아 지라르는 〈글렌 굴드에 관한 32개의 이야기*32 Short Films About Glenn Gould*〉라는 1993년 영화에 굴드와 바흐·베토벤·쇤베르크 녹음을 함께 한 적이 있는 위대한 바이올리니스트 예후디 메뉴인의 인터뷰를 넣었는데, 메뉴인은 굴드를 존경하지만 거기에는 다정한, 심지어 슬픈 아이러니의 느낌이 스며 있다. 메뉴인은 굴드가 무대에서 물러나기로 한 것은 본질적으로 자기 방종적인 결정이며, 이 때문에 굴드는 어떤 면에서는 평생에 걸쳐 정교한 명분을 만들어내게 되었다고 설명한다. "자신의 입장을 합리화하려고 하는 모든 사람, 어떤 대가를 치르든 자신이 원하는 것을 하고 그런 다음에 보편적 정당성을 찾으려는 사람이 그렇듯이 그는 덫에 빠졌고, 이 덫이란 자기 결정의 도덕성에 관해 지나치게 많이 생각하는 것이었죠."

메뉴인은 *10*년 전에 죽은 굴드가 이성적 선택을 하기보다는 감정적 취약성에 내몰려 결정을 한 뒤 스스로를 정당화하는 지적 작업을 한 것이라고 부드럽게 책망한다. 콘서트를 여는 데서 오는 긴장에는 다른 방법들로 대처할 수 있었을 것이다. 어쩌면 단순히 정신과의 도움을 받으면 됐을 수도 있다. 하지만 그는 사람들 앞에서 연주하는 것을 그만두었을 뿐 아니라 그것을 둘러싸고 자신의 정체성과 에토스를 완전히 새로 만들어버렸다. 메뉴인은 그게 약간 슬프다고 생각했다. "나는 창의적으로는 그의 위상에 미치지 못합니다. 나는 나머지 세계를 배제하면서까지 나 자신의 삶을 창조하고 영위할 수는 없을 겁니다."

얼마 전 암에 대한 걱정 때문에 의사들이 나의 내장 상태에 관심을 집중하게 되었다. 그들은 *MRI*를 포함한 다양한 검사를 권했고, 그래서 어느 날 오후 나는 발부터 먼저 커다란 금속 튜브 안으로 밀려 들어갔다. 두 다리는 묶여 있고 한쪽 팔에는 정맥주사가 한 방울씩 떨어지고 있었다. 직원이 나에게 폐소공포증이 있느냐고 물었고 나는 전에 그런 적이 없었기 때문에 없다고 대답했다. 그러나 기계 안으로 들어가자 순식간에 폐소공포증이 무엇인지 이해하게 되었고 그 공포에 굴복하지 않으려고 무진 애를 써야 했다. MRI는 철커덕거리는 무시무시한 소리를 냈다. 이것이 한 번에 5분, 10분씩 계속되었으며 소리가 잠깐 끊길 때마다 직원이 스피커를 통해 괜찮냐고 물었는데 그 질문에 내 신경은 더욱 곤두섰다. 거리를 걸을 때 자주 그러는 것처럼 나는 평정을 찾기 위해 머릿속에서 『골드베르크 변주곡』에 귀를 기울이려 했다. 기계가 쾅쾅 소리를 내며 가동되는 동안 나는 익숙한 세 가지 패턴을 들으려고 노력했고, 기계가 어떤 자의적 템포로 나를 괴롭히든 그 템포에 맞는 곡을 찾으려고 변주곡들을 마구 넘겨보았다.

어머니는 6년 전에 죽었다. 병상에 누운 기간 내내 나는 의사나 의료 시술과 마주할 때 그녀가 보여주는 강인함과 용기에 감탄했다. 나 자신이 MRI 안에 갇혀 두려움과 싸우고 압도하는 비관적 느낌을 떨쳐내려 애쓰면서 감정적 동요를 조금이라도 다스리려고 안간힘을 써보니, 35년 전 어머니가 했던 일, 의사와 만나기로 한 중요한 약속을 지키는 대신 나의 피아노 연주를 듣기로 선택한 것은 그야말로 영웅적인 행동이었다. 그녀가 자신의 두려움 너머로 올라서기 위해 필요한 것을 자주 찾을 수 있었던 것은 아니다. 사실 두려움은 평생에 걸쳐 그녀를 서서히 그러나 철저하게 삼켜갔다. 그녀는 자신을 다른 사람으로 다시 만들어낼 힘, 또는 의지가 부족했다. 오직 아픈 순간, 자신이나 다른 사람이 아픈 순간에만 자신을 초월하는 것처럼 보였다. 그러나 그날 메인에서 그녀는 필요한 힘을 찾았고,

삶의 마지막 몇 년 동안에도 계속 싸울 힘을 제법 자주 찾아내곤 했다.

사방에서 다가드는 거슬리는 소리는 패턴이 자꾸 바뀌는 바람에 바흐의 어떤 음악도 거기에 맞출 수가 없었다. 『골드베르크 변주곡』을 불러내려는 노력은 좌절감을 더하고 신경을 휘저어놓을 뿐이었다. 그래서 쇼팽의 마주르카를 시도해보았다. 단순하고 힘차며 춤추듯 활기찬 곡이었다. 누나가 피아노를 그만두기 전에 배운 마지막 곡들 가운데 하나였으며, 누나가 굳게 마음먹고 몇 주 동안 연습하는 바람에 가족 모두가 서두의 부점 리듬이 다시 쾅 하고 울려 퍼지는 것을 두려워할 지경이었다. 너무 익숙해져서 싫어하게 된 음악을 몇 분 동안 들어야 한다는 예고였기 때문이다. 그럼에도 결국 이것은 가족의 귓전에 맴도는 곡, 가족 중 하나가 콧노래로 시작하면 다른 사람이 마무리해줄 거라고 기대할 수 있는 곡이 되었다. 그것은 멍청한 곡, 유쾌한 곡, 하찮은 곡이며, *MRI*가 끝날 때까지 머릿속에서 여남은 번은 들으면서 나는 이런 종류의 음악이 존재하는 것에 감사했다. 이 곡은 다채롭고 즐거운 기분전환으로서 기억을 실어 오고 기쁨을 주었으며, 또 그게 다였다.

8

eighth

고등학교에 들어가 사춘기의 감정적·음악적 변화와 맞닥뜨리면서 나는 문제아가 되었다. 피아노 치는 것을 사랑했지만 효율적으로 연습하지 않아 효과가 거의 없었다. 첫 번째 선생님이 더 가르칠 수 없을 만큼 성장했지만 두 번째 선생님과는 돌이킬 수 없는 관계가 되었고 세 번째 선생님은 인내심이 바닥나버렸다. 나에게 선택지는 두 가지뿐이었다. 하나는 악기를 그만두는 것이었는데 정말 그러고 싶지는 않았다. 또 하나는 진지한 교육자로서 제자가 전문적인 길로 나아가도록 준비시켜줄 수 있다는 평판을 얻은, 우리 지역의 두 남자 선생님 가운데 한 명에게서 오디션을 보는 것이었다. 아마 진지한 여자 교육자들도 있었겠지만 그들의 평판이 우리에게까지 닿지는 않았다. 어쨌든 사내아이로서, 또 문제아로서, 나는 "남자와 공부할" 필요가 있다는 데 전체적으로 합의가 이루어졌다.

상급 수준의 두 선생님 가운데 한 사람은 지역 대학 캠퍼스 안의 밝고 현대적인 스튜디오에서 가르쳤다. 또 한 사람은 특이하긴 해도 더 나은 피아니스트이자 뛰어난 작곡가로 여겨졌는데, 스스로 자랑스럽게 "철로의 양쪽에서 문제 있는 쪽"*에 있다고 고백한, 퀴퀴한 냄새가 나는 지하 스튜디오에서 가르쳤다. 실제로 그랬다. 비바람에 낡은 작은 집이었고 잡초가 우거졌으며, 우리 동네의 더 크고 더 잘 갖추어진 중간계급 주택지구와 철로를 사이에 두고 반

* 못사는 동네라는 뜻.

대편에 있었다. 나는 두 선생님 모두에게 오디션을 보았고 앞의 선생님이 임시로 받아들여주었다. 먼저 조수인 대학원생과 공부를 하다가, 아마도 나중에 그와 하게 될 것 같았다. 다른 선생님도 받아주었는데, 그가 조수를 고용하지 않은 터라 나는 젊은 제자에게 팔아넘겨지는 일 없이 그에게 직접 배울 수 있었다. 나는 후자의 과정을 택했다. 대규모 공장식 스튜디오에 편입되면 있는지 없는지 모르게 지내다 결국 흥미를 잃고 그만두게 될까 걱정이 되었기 때문이다.

이렇게 평생에 걸친 우정이 시작되었다. 나는 음악적 능력만이 아니라 세계, 책과 문학과 다른 예술, 유머 감각, 자신에 대한 이해, 음악적 양심—음악과 우리의 관계를 지배하면서 완벽주의나 방종, 근면이나 도락 등 다양한 쪽으로 방향을 틀게 하는 옳고 그름에 대한 그 깊은 감각—에 이르기까지 그 선생님에게서 엄청난 영향을 받게 되었다. 조지프 페니모어는 줄리어드에서 로지나 레빈 밑에서 공부했고 레빈은 바실리 사포노프 밑에서 공부했으며, 바실리 사포노프는 테오도르 레셰티즈키 밑에서 공부했고, 테오도르 레셰티츠키는 카를 체르니 밑에서 공부했으며, 카를 체르니는 베토벤 밑에서 공부했다. 조 밑에서 공부를 시작했을 때는 이런 연결 관계를 알지 못했는데 나중에 어른이 되어 저녁 늦게까지 이야기를 나누게 되었을 때 그 관계가 서서히 드러났다. 조는 자신의 계보에 관해 아이러니 섞인 태도를 지니고 있었다. 나중에는 함께 공부했던 저명한 인물들에 관하여 웃기는 또 가끔은 야한 이야기를 들려주었다. 거기에는 막강한 로지나도 포함되었는데, 그녀는 밴 클라이번, 메트로폴리탄 오페라의 제임스 레바인, 〈스타워즈〉 사운드트랙의 작곡가 존 윌리엄스를 제자로 거느리고 있었다.

이런 계보는 세대에서 세대로 이어지는 어떤 진정한 지식이나 관행보다는 전통과 닿아 있는 정서적 연결감에 관해 더 많은 것을 이야기해준다. 베토벤은 내가 그의 6대 제자라고 주장할 수 있다는 생각만으로도 충격을 받을 것이 틀림없다. 하지만 이런 연결을 더듬는 것은 음악가에게는 단순한 오락거리가 아니며 그렇다고 과거의 위대한 천재로부터 어떤 가공의 사도직이 계승되어 내려온다는 것도 아니다. 오히려 예술이 세대에서 세대로 전달된 역사적 과정, 인간 본성의 가장 나쁜 힘들이 예술에 적대적일 때도 예술이 살아남은 방식을 강조하려는 것이다. 이것은 학생들이 교육이라는 관념을 진지하게 받아들이게 한다. 교육은 예술에서는 단지 사실들의 덩어리를 전달하는 것을 훨씬 넘어서는 일이기 때문이다. 음악을 가르치는 것은 친밀하고 심리적인 일일 뿐 아니라 옳고 그름에 대한 생각, 성품이나 목적의식과 얽혀 있을 수밖에 없으며, 다른 형태의 배움보다 교사와 학생 양쪽 모두에게 더 많은 것을 요구한다.

조는 많은 시간을 뉴욕에서 산 미혼 남자였으며, 그의 옷과 태도는 교외의 기준에서는 이국적이었다. 그는 따뜻한 날씨에도 벙어리장갑을 끼고 목도리를 둘렀으며 말을 할 때는 묘하게 우스꽝스러웠는데, 자기를 깎아내리는 동시에 장난스럽게 과장을 섞어 그가 언어에서 쾌감을 느낀다는 생각이 들 정도였다. 그의 스튜디오를 처음 봤을 때 나는 겁에 질렸다. 그는 거기에 그랜드 피아노 두 대를 쑤셔 넣었고 커튼과 비드를 늘어뜨려 공구, 정원 갈퀴, 산울타리 다듬는 도구를 비롯해 가정용 연장이 가득 걸린 벽과 분리해놓고 있었다. 나중에야 나는 타운에서 거들먹거리는 도덕의 옹호자들이 그의 "라이프 스타일"을 두고 수군거렸으며 어머니에게 십대 아들을 그와 단둘이 두지 말라고 경고했다는 것을 알게 되었다. 처음에 어머니는 레슨 동안 함께 있었는데 조는 그녀가 진행 과정을 감독하는 것에 불쾌감을 느꼈는지 몰라도 전혀 드러내지는 않았다. 첫 레슨 때 조는 어머니에게 피아노 맞은편 소파를 가리키며 "나의 고조된 아우라를 쬐라"고 권유했고 그녀가 소파 맨 끝에 앉자 "그렇게 멀면 안 되지요, 안 닿잖아요" 하고 덧붙였다. 그는 어머니한테 메모를 하라고 권했고, 어머니는 충실하게 그 일을 했다.

어머니는 그의 말 한마디 한마디를 놓치지 않았고 그의 농담에 웃음을 터뜨렸으며 일주일 내내 그의 기지 넘치는 발언 가운데 기억에 남을 만한 말들을 되풀이하곤 했는데, 그 말 가운데 다수는 내 이해 범위 밖이었다. 어머니는 남에 대한 평가를 몹시 즐기는 사람이었으며 내가 좋아하는 친한 친구와 교사를 포함하여 내가 아는 많은 사람에게 강한 혐오감을 품고 있었다. 어머니는 그 시절 동성애자를 혐오했으며, 로널드 레이건을 열렬히 지지하는 기독교도의 일반적 기조보다 훨씬 강력한 편견을 갖고 있었다. 그럼에도 조의 연주에는 홀린 듯 빠져들었는데, 아마도 어머니가 철저히 옹호하는 동시에 분노하기도 했던 인습의 바깥에 있는 그에게 어떤 연결감을 느꼈을 것이다. 레슨에 대한 관심 때문에 어머니는 한동안 나의 연습에 평소보다 큰 관심을 보였고, 나는 짜증이 났다. 어머니는 나의 스케일과 아르페지오를 감독하고 싶어 했으며 보통의 핑거링 연습 책들보다 음악적 흥미를 더 많이 담고 있는 연습곡 모음집인 클레멘티의 『파르나소스산으로 오르는 계단*Gradus ad Parnassum*』에서 선생님이 내주는 숙제를 연습하는지 확인했다. 조는 종종 나의 이전 교사들이 갖고 있던 통념을 깼다. 이전 교사들은 느리고 꼼꼼한 스케일 연습만 고집했다. 그러나 그는 가능한 한 빨리 치려고 노력하면서 민첩성과 속도를 향상시키라고 제안했다. 내가 집에서 연습할 곡의 연주 시범을 보여줄 때 그의 두 손은 건반을 따라 평행으로 빠르게 질주했다. 그는 장난스럽게 나를 향해 소리쳤다. "그 스케일을 쏟아내, 쏟아내라고!" 그 뒤로 몇 주 동안 내가 그 스케일을 칠 때면 어머니는 다른 방에서 거의 똑같은 말투로 나에게 소리쳤다. "그 스케일을 쏟아내!"

나는 어머니가 관여하거나 열광하는 것이 기쁘지 않았다. 그것은 점점 사적인 영역이 되어가고 있던 내 삶의 한 부분을 침범하는 것이었다. 나는 어머니가 너무 바빠 레슨에 나를 태워주지 못하고 누나에게 맡기면 안도했다. 어머니는 나중에 레슨이 어땠느냐, 조가 웃기거나 기발한 말을 하지 않았느냐, 어떤 숙제를 받았느냐 물었고 나는 단음절로 대답하곤 했다. 어머니는 그 재미에 참여하고 싶은 마음이 간절했지만 나는 용납하지 않으려 했다. 조가 약 *30*킬로미터 떨어진 다른 스튜디오로 이사하자 어머니는 레슨에 전만큼 자주 참석하지 못했고 나는 그쪽으로 더 유도했다. 내가 운전을 배운 이후로 어머니는 전혀 오지 않게 되었으며 나는 어머니로부터 벗어나서 기뻤다. 이 시절 나는 선생님과 관계가 편치 않았다. "너는 연습 과잉으로 고생한 적은 한번도 없었지." 나중에 선생님은 말했다. 하지만 그곳은 내 인생의 다른 부분으로부터 벗어날 수 있는 피난처, 나 자신의 행동에 완전히 책임을 지는 어른의 공간이 되었다.

그는 다그치는 선생님이 될 수도 있었다. 어느 날 오후 그는 내가 디테일에 무관심한 것에 화가 나 제대로 연습하는 방법을 보여주려 했다. 우리는 거의 한 시간 동안 한 마디에 매달려 계속 그 부분을 반복했다. 내가 음표 하나를 틀리거나 어떤 음을 너무 오래 끌거나 아티큘레이션이나 다이내믹스를 무시할 때마다 처음부터 다시 치게 했다. 곡의 가장 작은 조각에도 음악적 물질의 세계가 있고, 정신은 힘찬 활동을 통해서만 음악의 풍부함을 받아들일 수 있다는 점을 그는 분명하게 보여주고 싶었다고 생각한다. 하지만 나는 좌절했고 나의 뇌는 다른 데 가 있었고 레슨이 몹시 고통스러웠다. 적어도 10년은 지난 뒤에야 나는 그 레슨이 무엇을 포착하려 했는지 직관적으로 이해하게 되었다.

한번은 충분히 숙달하지 못한 것을 치다가 계속 실수하고 음을 연달아 놓친 뒤 "죄송합니다" 하고 말했다. 그는 연주를 중단시켰다.

"사과는 받아들이지 않겠어." 그가 말했다. 이어서 의도, 행동, 사과에 대한 논리 정연한 설명이 따랐다. 인간 행동에 관한 그의 엄정하고 합리적인 관점의 요약이었는데, 그는 오늘날에도 여전히 이 관점을 유지하고 있고 나도 이제는 그 가운데 많은 부분을 받아들이고 있다. 이런 것이다. 의도는 중요하지 않다, 행동만 중요하다. 우리가 세상에서 행동하는 방식에서 우연은 없다. "그럴 생각이 아니었다"는 말은 의미 없다. 자신의 진정한 동기를 인정할 만한 정직성이나 명료한 자기 인식이 없을 수는 있지만, 우리는 늘 자신이 바라는 그대로 행동한다. 나는 연습하지 않았기 때문에 음을 놓쳤다. 그리고 나는 연습하고 싶지 않았기 때문에 연습하지 않았다. 고로 나는 그에게 조잡한 결과를 가져가려 했던 것이고, 따라서 나는 그것으로 사과하지 말아야 한다. 행동에 대한 그의 이런 기계적인 이해 때문에 십대 소년은 미칠 것 같았다. 내가 조금의 진전도 없는 것에는 완벽하게 타당한 핑계가 있다고 느꼈다. 학교에 시험이 있었고 마감을 앞둔 보고서가 있었고 가족은 휴가를 떠날 예정이었고 나는 몸이 좋지 않았다. 그러나 이 모든 것이 합쳐져 조에게 분명하고 결국 나에게도 분명한 하나의 패턴에 이르게 되었다. 나에게는 다른 우선순위가 있다는 것.

그는 자기 시간이 낭비되는 것을 원치 않는다는 점을 분명히 밝혔다. 나는 레슨을 하러 들어가기에 앞서 내가 한 시간 동안 그의 집중을 받을 만큼 연습을 하지 않았다는 사실을 이미 알고 있는 경우가 많았다. 어떻게 그의 시간을 낭비하는 일을 피할 수 있을까? 내 딴에는 영리한 전략이라고 생각되는 것을 고안했다. 한 곡을 다 치는 대신 구체적인 질문을 던지고 특정 악구에서 도움을 요청하고 작고 지엽적인 문제로 그의 에너지를 돌렸다. 물론 그는 이것을 꿰뚫어 보았지만 동시에 나의 응석을 받아주기도 했는데 나의 음악적 재능이 아니라 어떤 다른 이유 때문이었다. 아마 그는 지적인 동무나 어른의 대화에 대한 나의 욕구를 직관적으로 파악했을 것이다. 그래서 우리의 레슨은 가끔은 음악에 초점을 맞추고 진행되었지만 종종 삶에 관한 대화로 빠져들었다. 나는 간헐적으로 진전을 이루었고 연례 리사이틀에서는 리스트의 폴로네즈, 쇼팽의 프렐류드와 에튀드, 멘델스존의 피아노 협주곡 하나를 포함하여 좀 더 복잡한 곡 몇 개를 칠 수 있었다. 나는 이따금 거두는 성공에 동기를 부여받았지만 직업 음악가가 될 운명인 학생들의 경우와는 달리 실패를 하면 기운을 잃고 진전이 막혀버렸다. 형편없는 연주를 하면 나보다 나은 학생들은 수치를 느끼고 그것을 전화위복의 계기로 삼았지만 나는 힘이 다 빠지는 무력감에 빠져버렸다. 형편없는 연주 뒤에 나는 부루퉁해서 내가 마땅히 해야 할 만큼 연습을 하지 않았다는 분명한 사실 말고 다른 핑계를 찾곤 했다.

"너는 신경이 예민한 아이였어." 세월이 흐른 뒤 조가 말했다.

뉴욕시를 출발하여 내가 한때 살았던 북쪽 타운으로 가는 열차 안에서 나는 신경이 곤두서 있다. 조는 거기 살았던 내 친구들 가운데 마지막 남은 사람이며, 오랜 세월 내가 스키넥터디를 찾는 유일한 이유는 오직 조다. 변주곡집을 집중하여 연습하고 나서 한 달 뒤—나 자신에게도 수수께끼로 보이는 이유로—나는 그를 위해 연주하기로 했다. 나에게는 내가 35년 전에 그랬던 것처럼 레슨을 받게 될 것이라는, 또 이 레슨이 돌파구가 될 거라는 환상이 있다. 아마도 그가 나의 박약한 지식을 더 확실하고 믿을 만하고 고정된 어떤 것으로 마법적으로 바꿔줄 지혜를 나눠줄 수 있을 거다. 변주곡집은 '거의 도달한', 그래서 미칠 것 같은 학습 단계에 이르러 있다. 많은 부분을 대체로 외웠고 손가락은 이따금 실제로 음악다운 소리를 낼 만큼 훈련이 되어 있다. 그러나 작은 템포 변화에서 스쳐 가는 기분에 이르기까지 주의가 약간 흐트러지는 것만으로도 내 정신은 다른 데로 날아가버리고, 연주는 바로 서툴러지고 대충 치게 되고 작은 사고가 쌓이게 된다. 내가 그를 위해 연주하러 가겠다고 제안하자 그는 내가 연주하고 싶은 것은 무엇이든 행복하게 듣겠다고 하면서도 레슨비를 받지는 않겠다고 버텼다. 그래서 이제 이렇게 정리가 되었다. 그는 행복하게 귀를 기울이지만 우리는 내가 제자이고 그가 스승인 단계, 이전에 존재하던 우리 관계의 어떤 단계로 돌아가지는 않는다. 그러기에는 우리가 너무 오래 친구였다.

열차에서 내가 『골드베르크 변주곡』을 공부하는 것을 어떤 젊은 여자가 눈여겨보다가 내게 음악가냐고 묻는다. 기습적으로 그런 질문을 받으니 솔직히 어떻게 대답해야 할지 모르겠다. 나는 글을 쓰는 사람이고 그런 사람으로서 생계를 유지하고 있다. 하지만 읽는 방법을 알기도 전에 연주하는 방법을 알았고 음악은 평생에 걸쳐 변함없는 동행자였다. 나는 "아니요, 그냥 음악을 사랑하는 사람일 뿐입니다" 하고 대답하고 싶은 유혹을 느낀다. 하지만 이건 적어도 두 가지 면에서 사실이 아니다. 그 말은 내가 일차적으로 음악을 연주하기보다는 듣는 데 관심이 있다고 암시한다. 사실 나는 음악을 그렇게 자주 듣지는 않는다. 이따금 연주회에 가지만 헤드폰을 끼고 돌아다니거나 배경으로 음악을 틀어놓는 일은 절대 없다. 게다가 내가 음악을 사랑하는지도 모르겠다, 적어도 사람들이 "나는 파리를 사랑해" 또는 "나는 스시를 사랑해" 하고 말하곤 하는 의미에서는. 음악은 어떤 단순한 의미에서 기쁨은 아니다. 그것은 의무이자 업무이자 강박이고, 삶에서 지울 수 없는 한 부분이다. 음악은 정신의 모든 텅 빈 순간을 차지한다. 걷고 있을 때, 서 있을 때, 기다릴 때, 운전할 때, 운동할 때, 또 사교적인 태도로 다른 사람에게 주의를 기울일 때조차 너무 자주. 한밤중에 깨어나면 근육과 힘줄이 전날 저녁 연습의 무의식적 기억으로 꿈틀거린다. 북쪽으로 가는 열차 안에서 창밖으로 허드슨강의 녹색 강변이 지나갈 때 나는 정신을 집중하여, 해야 할 음악적 작업이 얼마나 많은지, 아직 반밖에 외우지 못한 변주곡이 몇 개인지, 다음 날 아침 나의 연주가 반자동적인 손가락 기억이라는 순수한 추진력에 얼마나 의존할 수 있을지 생각한다. 카논들에는 내가 얽혀 있는 선율을 풀어놓으려고 애쓰지 않아 두 선율이 진정으로 독립적으로 살아가지 못하는 순간들이 곳곳에 있다. 인간 본성에 대한 조의 불굴의 관점을 기억하며 내가 실패하기 위해, 나 자신에게 설정한 도전을 감당할 능력이 없다는 것을 다시 한 번 보여주기 위해 이런 방문을 하는 건 아닌지 의문을 품는다. 내가 자란 버려진 타운에 열차가 다가감에 따라 나는 나 자신이 역겹고, 이건 나중에 해결할 수 있어 하고 생각하며 악보를 옆으로 밀치던 저녁이 아주 많았다는 것에 화가 난다.

"네, 음악가인 것 같네요." 나는 옆에 있는 여자에게 말하며, 잠시 그녀가 모든 것을 다 안다는 대중교통의 그 무례한 '시빌*Sybil*'* 가운데 한 사람 아닐까, 그래서 다 안다는 듯이 내 눈을 들여다보며 "아니, 당신은 아닌데요" 하고 말하지나 않을까 상상한다. 그러나 나를 근본까지 흔들어 놓았던 질문은 그녀에게는 그저 대화를 시작하는 수단에 불과했다. 그녀는 내가 덮어둔 악보를 보더니 말한다. "배치. 바치. 어떻게 발음하는 거죠?" 그래서 나는 가장 멋진 아저씨다운 태도를 드러내며 말한다. "사실은 바흐죠. 한때 아주 유명한 작곡가였습니다."

"바흐. 들어본 적 있어요."

𝒥

바흐는 삼십대 중반에 함부르크로 여행을 가 그 지역 저명인사들 앞에서 연주를 했는데, 청중에는 당시 여든 살

* 원래 고대의 무녀나 여자 예언자를 가리키는 말.

가량이던, 또는 당시의 어떤 이야기를 믿는다면 그보다 훨씬 늙었을 작곡가 요한 아담 라인켄도 있었다. 학생 시절 바흐는 라인켄을 존경해서 이 저명한 오르가니스트의 연주를 들으러 뤼네부르크에서 함부르크까지 몇 번 여행을 했다. 라인켄은 성 카타리나 교회의 오르가니스트로 수십 년 봉사했는데, 성 카타리나 교회는 위엄 있는 곳이었으며 크고, 세련되고, 널리 칭송받는 오르간이 있었다. 그 오르간은 물론 독일에서 가장 훌륭한 악기로 꼽혔고 라인켄의 연주는 아직 십대 소년이던 어린 바흐에게 깊은 영향을 주었다. 바흐의 제자들은 스승이 라인켄의 연주와 성 카타리나 교회의 오르간을 매우 칭찬하던 것을 기억하는데, 이 둘은 바흐에게 평생 탁월함의 기준으로 남아 있었다.

라인켄은 세속적인 인물로 음악 지식이 폭넓었으며 지적으로 소양이 있었고 능수능란한 작곡가였으며 북독일 음악계에서 영향력이 있고 연줄이 좋았다. 1674년에 라인켄을 그린 그림은 화려한 붉은 기모노를 입고 허리띠를 묶고 하프시코드 앞에 앉아 남녀 음악가들과 아프리카인 하인에게 둘러싸여 있는 모습을 보여준다. 느긋하고 세련되고 교양 있는 분위기다. 만일 바흐가 젊은 시절 함부르크에 갔다가 그를 만났다면—그랬다고 가정하는 게 합리적이다—라인켄이 옛 거장의 그림에 나오는 동방박사만큼이나 이국적이라고 생각했을 게 분명하다. 라인켄의 개인적 스타일이나 연극적 성격을 어떻게 생각했건 바흐는 그의 학식의 깊이와 지식의 넓이에 깊이 감명받았을 것이다.

따라서 1720년 바흐의 연주에 대해 라인켄도 분명히 매우 만족스러운 반응을 보였을 것이다. 그 무렵 바흐는 독일에서, 아니 아마 유럽 전체에서도 최고의 오르간 명인이었다. 그는 당대 첫손에 꼽히는 오르간 자문으로서 마땅히 얻을 만한 명성을 얻어 독일을 널리 돌아다니며 자치단체에 교회 오르간의 구축과 혁신에 관해 조언해주었다. 그는 이미 가장 중요한 오르간 작품 다수를 이미 작곡했을 뿐 아니라 복잡하고 세련된 즉흥 연주로 명성을 얻었으며, 이는 교회 오르가니스트로서 핵심적인 기술이었다. 라인켄을 포함한 청중 앞에서 바흐는 두 시간 이상 연주했고, 요청에 따라 어떤 유명한 합창 선율을 기초로 즉흥곡을 연주하기도 했는데 이것만 거의 30분 길이에 이르렀다. 바흐는 이 합창곡을 잘 알았고, 누구 이야기를 들어보아도 자신에게 제시된 주제나 악상에서 다성악적 잠재력을 파악하는 데 놀랄 만큼 뛰어났다. 따라서 「바빌론 강가에서*An Wasserflüssen Babylon*」에 기초한 이 즉흥곡은 완전히 즉흥적인 것은 아니었다. 사실 이 합창곡은 그에게 특별한 의미가 있었을지도 모른다. 음악적 재능이 뛰어난, 바흐 아버지의 사촌 요한 크리스토프 바흐는 이 찬송가에 기초한 오르간 작품을 썼고, 바흐는 또 다름 아닌 라인켄이 이 곡을 기초로 만든 엄청나게 정교하고 긴 변주곡도 알고 있었다. 2005년 바흐가 직접 썼을 수도 있는 필사본이 발견되었는데, 이것은 바흐가 열다섯 살쯤 되었을 때 라인켄 작품의 사본을 갖고 있었음을 보여준다. 상실, 망명, 슬픔 앞에서 음악을 연주할 수밖에 없는 고통을 주제로 하는 이 찬송가는 사춘기 바흐에게 특히 감명을 주었을지도 모른다. 이때 바흐는 부모를 다 잃고 형의 집과 자신이 성장한 지역을 떠나 뤼네부르크에서 음악가로 간신히 생계를 유지하면서 공부하고 있었다.

우리가 바빌론의 여러 강변
거기에 앉아서
시온을 기억하며 울었도다
그중의 버드나무에
우리가 우리의 수금(竪琴)을 걸었나니
이는 우리를 사로잡은 자가
거기서 우리에게 노래를 청하며
우리를 황폐하게 한 자가
기쁨을 청하고
자기들을 위하여
시온의 노래 중 하나를
노래하라 함이로다
우리가 이방 땅에서
어찌 여호와의 노래를 부를까?

바흐가 *1720*년에 함부르크에서 즉흥 연주를 한 것은 다른 사람이 유도한 일이었을 수도 있다. 누구인지는 몰라도 이 찬송가를 기초로 즉흥곡을 연주해보라고 제안한 사람이 라인켄이 이미 발표한 작품의 제재로 알려진 곡을 선택한 것은 우연이었을까? 아니면 늙은 거장과 비교되면서 시샘을 받도록 바흐를 교묘히 함정에 빠뜨린 것일까? 그도 아니면 바흐가 이 음악을 아주 잘 안다는 것을 고려하여 쉬운 공을 던져준 것일까? 어느 경우든 바흐는 그 순간에 아마 놀라운 작품을 만들어냈을 것이다. 음악에 대한 깊은 지식, 그 가능성에 대한 평생에 걸친 생각, 라인켄의 즉흥곡을 알고 있는 데서 비롯한 익숙함, 음악과 관련된 개인적이고 감정적인 영감에 기초한 즉흥곡이었다. 다른 것도 있었다. 당시 바흐의 첫 부인이 불과 몇 달 전에 죽었는데 이는 그에게 끔찍한 충격이었다. 그의 집에는 어린 자식들만 가득했다. 그래서 바흐는 음악적 능력의 절정기에 개인적 슬픔의 영향 속에서 젊은 시절의 음악으로 거슬러 올라가 자신이 존경과 추억과 제자의 자리라는 유대로 연결되어 있다고 느끼는 나이 든 선배에게 이 즉흥곡을 바쳤다. 질투심에 머무는 사람이 아닌 라인켄은 다른 누구 못지않게 놀랐고 바흐의 즉흥곡을 격찬했다. "나는 이 예술이 죽은 줄 알았는데 자네에게서 여전히 살아 있는 것을 보네."

이 칭찬은 바흐에게 깊은 감명을 주었을 것이 분명하

다. 이때 그는 자신의 목적과 유산에 관한 질문에 특히 취약한 상태였기 때문이다. 그는 음악을 사랑하는 안할트-쾨텐의 궁정에서 카펠마이스터*Kapellmeister**로 확고히 자리 잡고 있었으며 죽을 때까지 그 자리를 유지할 수도 있을 거라고 생각했다. 성공, 그리고 약간의 안정을 얻은 후 이 야심 많은 작곡가는 생각했을 수 있다. **다음은 무엇인가?** 그러다가 어느 여름날, 독일에서 가장 국제적인 도시로 꼽히던 온천 도시 카를스바트에서 군주를 섬기고 음악을 연주하다 돌아와 보니 사랑하는 아내가 죽어 이미 땅에 묻힌 뒤였다. 아마도 그는 자문했을 것이다. **그녀의 무엇이 내 안에 계속 살아 있을까?** 아마도 뒤이어 더 크고 더 곤혹스러운 질문을 던졌을 것이다. **삶에서 지속되는 게 있다면 무엇일까?** 그때 바흐가 사춘기 시절부터 존경했던 한 저명한 노인이 그에게 말한 것이다. 네 안의 예술이다.

바흐는 그 일을 기억했고 아마 나중에 다른 사람에게도 이야기했을 것이다. 카를 필리프 에마누엘과 요한 프리드리히 아그리콜라는 바흐가 죽은 뒤 발표한 부고에 그 이야기를 넣었다. 그들의 이야기에서 라인켄은 구십대 후반의 노인이 되었는데—"당시 [그는] 거의 백 살이었다"—이것은 의도하지 않은 오류였을지도 모르지만, 어쨌든 늙은 대가와 역동적이고 독창적인 후계자 사이에 횃불이 전달되는 역사적 순간을 극적으로 만드는 두드러진 디테일

* 관현악단이나 합창단의 지휘자.

이다. 그러나 만일 빠르게 떠오르는 카펠마이스터 바흐가 1720년에 라인켄의 칭찬에 자부심을 느꼈다면 이후 30년 동안 이 말—"그것이 네 안에 살아남아 있다"—은 더 미묘하고 슬픈 의미를 띠었을 것이 틀림없다. 바흐는 평생에 걸쳐 훌륭한 스승이었으며, 성가대 선창자로서 또 라이프치히 성 토마스 교회 음악 감독으로서 그리고 자신의 작품 대다수의 연주를 대학생들에게 의존했던 작곡가로서 늘 제자들과 함께 작업했다. 그는 또 수입을 보충하고 친구나 동맹의 범위를 넓히기 위해 개인 교습도 했고, 그의 가장 중요한 작품 가운데 일부를 교육적이고 백과사전적인 목적을 위해 기획하기도 했다. 바흐는 헌신적이고 체계적인 교사로서 음악 연주의 실제적 핵심에 초점을 맞추었다. 그러나 또한 그는 점점 구식이 되어가는 작곡가로서 시대를 따라가는 데 도움을 얻고 음악적 아이디어를 보존하기 위해 제자들에게 의존했는데, 사실 그의 음악적 아이디어는 지배적인 취향과 점점 거리가 멀어지고 있었다.

그의 수십 명의 제자들 가운데 다수는 연주자로, 또 음악의 이론적이고 과학적 측면을 파헤치는 학자와 저자로 진지하게 경력을 쌓아갔다. 바흐는 자식들에게도 음악을 가르쳤으며 아들 가운데 적어도 셋은 작곡가로서 상당한 성취를 이루었다. 그러나 가장 유명한 자식들인 카를 필리프 에마누엘, 빌헬름 프리데만, 요한 크리스티안을 제자에 포함한다 해도 그의 유산은 모호하다. 그의 밑에서 공부한 작곡가들은 대부분 미미한 인물이며, 바흐가 스승으로서 미친 영향은 제자들의 음악적 스타일에 미친 직접적 영향보다는 그들의 의리와 사랑에서 더 드러난다. 바흐는 자신을 모방하는 군단이 아니라 자신을 숭배하는 잘 훈련된 음악가들의 넓은 네트워크를 남겼는데 이들은 스승이 구현한 음악적 전통을 이어나가지는 않았다. 바흐는 라인켄이 자신에게 한 말을 절대 제자에게 할 수 없었다. "나는 이 예술이 죽은 줄 알았는데 자네에게서 여전히 살아 있는 것을 보네."

𝒥

나는 내가 성장한 타운을 찾아갈 때마다 몸의 근육이 수축하는 것을 느낀다. 그곳을 떠날 때의 크기로 오그라드는 것 같다. 벌거벗은 듯 남의 시선을 의식하고, 그곳에서 달아난 뒤로 35년 동안 한번도 없었던 일임에도 한때 알았던 누군가와 부딪칠까 두렵다. 풍경은 이 행성의 다른 모든 곳과 마찬가지로 계절을 따라 순환하고 있어 잿빛 겨울날 오후의 어둠에 영원히 고정되어 있는 내 기억과 조화를 이루지 않는다. 내가 아직도 기억할 수 있는 지형지물이 몇 가지는 남아 있다. 철로 교차로, 강을 건너는 다리,

내가 오래전에 리사이틀을 했던 도서관. 내가 성장한 집들은 여전히 그곳에 있다. 다만 동네들은 이상한 역전을 겪었다. 내가 어렸을 때 새로 올린 집들이 이제 낡아 성목(成木)에 둘러싸여 있는 반면 40년 전에는 더 우아하고 안정되어 보이던 오래된 집들은 이제 황폐하고 추레해 보인다. 어머니가 나에게 왼쪽과 오른쪽의 차이를 가르쳐주던 거리 모퉁이—왼쪽은 언덕을 내려가 철로에 이르는 곳이고 오른쪽은 언덕을 올라가 집으로 향하는 곳이다—는 이제 로터리가 되어 왼쪽으로 가고 싶어도 일단 모두 오른쪽으로 가야 한다. 나를 두고 "병약하다"고 선언했던 시체 같은 노인이 있던 진료실은 이제 사라지고 그 자리에 풀이 듬성듬성 자란 2천 제곱미터 면적의 아스팔트가 깔려 있다. 나이 든 홀아비를 위해 내가 마당일을 해주던 집은 살아남았지만 그가 빈 술병을 버리던 쓰레기통들은 사라졌다. "저 사람은 주정뱅이야, 이야기 나누지 마." 어머니는 주의를 주었고, 그래서 잔디를 깎을 때마다 그 친절하고 외로운 남자가 주는 레모네이드를 예의바르게 거절했다.

나는 이 장소를 뒤에 두고 떠났다고 생각했지만 사실 이 장소를 수십 년 동안 끌고 다녔다는 것을 이제는 알고 있다. 그렇다 해도 내가 지고 다닌 도시는 내가 떠나는 순간 존재하지 않게 되었으며, 오직 내 안에만 살고 있다. 우리 옛집에서 길을 조금 내려가면 나오는 2차선 간선도로를 따라가다 어머니가 차를 옆으로 빼 갑자기 브레이크를 밟으며 나에게 "너 뭐야, 호모야?" 하고 소리쳤다는 사실을 알고 있는 사람은 나뿐이다. 어머니는 내가 학교 댄스파티에 데려갈 상대가 없다고 화를 냈고, 아주 묘한 방식으로 벌을 주었다. 동네 교회의 일요일 오르가니스트로서의 의무를 이행하는 것을 허락하지 않았던 것이다. 그것은 내가 대학 갈 돈을 벌기 위해 하고 있던 일이었다. 나는 일을 나가지 못하게 돼 몹시 당황했고, 내가 사과를 하자 성가대 여지휘자는 화를 내기보다는 재미있어하면서 음모를 꾸미는 듯한 교활한 목소리로 내게 물었다. "무슨 짓을 한 거야?" 나는 뭐라고 대답해야 좋을지 알 수 없었다. "그냥 나쁜 짓."

이번에 조를 만나러 갔을 때는 한여름이었다. 도시는 녹색으로 울창했고 들에는 개똥벌레가 가득했다. 어렸을 때 아버지는 6월 저녁이면 가족을 차에 태워 시골로 데리고 가 길가에 차를 세우고 개똥벌레가 깜빡이는 것을 지켜보았는데 어머니는 이 야간 쇼를 즐거워했다. 오랫동안 그 생각은 해본 적이 없었다. 그 기억은 어머니의 불행과 패턴이 맞지 않았고, 그래서 나는 도착한 날 저녁 기차역에서 차를 몰고 가며 길가에 그 기억을 남겨두었다. 다음 날 아침 나는 아주 오랜만에 몹시 과민해졌다. 수십 년 동안 나이 든 스승 앞에서 피아노에 손을 대본 적이 없었다. 우리는 음악 이야기는 자주 하지만 내가 그와 공부하던 시절 이야기는 거의 하지 않는다. 그는 그 지역 음악 학교의 커다란 방에 있는, 내가 잘 아는 피아노를 칠 수 있도록 주선해주었다. 우리는 둘 다 늘 있던 곳을 벗어나 중립 지대에 들어와 있었다. 공간은 그가 조심스럽게 거리를 둘 수 있을 만큼 넓었다. 그는 나의 예민함에 주의하고 있었다.

피아노는 내 손 밑에서 굼뜨게 움직였다. 아리아를 3분의 2쯤 갔을 때 악보를 펼치고 기억을 되살려야 했다. 조가 끼어들었다. "너무 조급해하지 마." 그게 도움이 되었지만, 그렇다 해도 나의 연주는 자의식이 강하고 힘이 많이 들어갔고 실제로 조급했다. 몇 달 동안 노력한 변주곡 가운데 몇 곡은 잘 풀려나갔다. 어떤 것들은 박살났다. 아리아와 첫 열 변주곡을 암보로 쳤는데, 열 번째 변주곡 푸게타를 끝내며 내가 말했다. "여기서 중단해야겠어요." 집중력이 완전히 흐트러졌고 연주가 점점 너저분해졌기 때문이다.

"내가 무슨 말을 해주기를 바라?" 연주가 끝나자 그가 물었다. 이어 논평을 하기 시작했다. 음악에 관한 포괄적인 이야기와 내 연주에 관한 섬세한 이야기. 내 연주는 우리가 함께 공부할 때보다 나아졌다고 했다. 그 가운데는 틀린 음, 즉 '도'를 쳐야 하는데 '도 샤프'를 쳤다는 내용도 있었다. 그의 귀는 늘 놀라웠지만, 그의 말은 전투와도 같은 열기 속에서 내가 어디에서 음을 빼먹거나 놓쳐는지 알 수 있었음을 기분 상하지 않게 말하는 것이었다. 내가 악보를 정확히 공부하지 않았다는 뜻과는 달랐다. "원하는 것의 30퍼센트 정도를 얻은 거 같아요." 내가 말했다. "30퍼센트를 얻었으면 훌륭한 거지." 그가 반박했다.

"네가 연주하는 거 녹음해?" 그가 물었다. 나는 안 한다고 대답했다. "나이와 상관없이 내 모든 학생에게 이렇게 말하지. 자신이 연주하는 것을 들을 필요가 있다. 그건 정말 귀중해." 이어서 그는 말했다. "아티큘레이션은 많이 안 하네." 그 말은 흐름을 만드는 것, 길게 이어지는 음들을 작은 부분으로 나누고, 그 가운데 일부는 부드럽게 연결하고, 일부는 사이를 두거나 날카롭게 스타카토로 끊는 것에 대한 이야기였다. 이것은 벽을 무광택으로 마감하느냐 광택 페인트로 칠하느냐와 같은 표면적인 디테일만의 문제가 아니다. 이것은 음악의 수사적 힘 전달에 핵심적인 것으로, 어떤 면에서는 훈련받은 셰익스피어 배우가 대사를 전달하는 것과 그렇지 못한 배우가 전달하는 것 사이의 차이와 비슷하다. 조음(아티큘레이션), 억양, 발음은 단지 약강오보격*iambic pentameter** 낭송에 적용되는 전문적 세부 사항이 아니다. 그것은 가장 기본적인 수준에서 단어를 이해하는 데 핵심적이기도 하다.

사실 나는 길을 잃을 두려움 없이 연주할 만큼 잘 아는 변주곡 몇 개를 제외하면 아티큘레이션에 노력을 많이 기울이지 않았다. 음악의 주된 내용을 소화하기도 전에 디

* 영시(英詩)의 대표적인 운율 형식. 한 시행이 10음절이면서, 다섯 개의 약음절과 그것에 어울리는 강음절이 한 음보씩 5음보를 이루는 시격이다.

테일 작업을 하는 것은 말 앞에 마차를 묶는 것처럼 보이는데, 그의 조언은 내가 오래전에 빠져들었던 그릇된 음악 학습 개념에 반하는 것이었다. 어떤 곡을 아는 것은 수준에 맞게 쌓아 올라가는 것이라고 생각하기 쉽다. 음을 정확하게 치는 것에서 시작해 그다음에 속도를 내고, 그다음에 외우고, 마지막으로 표현과 강조를 비롯한 세밀한 디테일을 추가하는 것. 그러나 기계적인 측면에 감정적, 표현적 특징들을 빨리 통합할수록 음악을 더 빨리 습득할 수 있다. "아티큘레이션 감각이 나아지면 기억에도 도움이 될 거야." 그가 말했다. 직관적으로 이해하기는 쉽지 않지만 이것은 사실이다. 무작위적으로 나열된 사실이나 정보를 외우는 것과 체계적 또는 논리적으로 조직된 말이나 시를 외우는 것 사이의 차이는 분명하다. 음악도 비슷하다. 아티큘레이션이 이루어진, 표현이 담긴 선율은 무차별적으로 음을 늘어놓은 것보다 기억에 더 잘 달라붙는다.

우리는 아티큘레이션을 조금 공부하면서 『골드베르크 변주곡』의 인쇄판에서 악구를 구성하는 방식에 관해 바흐가 드물게 분명한 지침을 남겨놓은 몇 군데에 관심을 기울였다. 다른 경우 바흐는 이런 문제에서 거의 아무런 안내를 하지 않으며, 연주자가 스타일의 기본 요소를 알면 자신의 취향에 기초하여 분별력 있는 결정을 내릴 것이라고 믿는다. 우리는 역사적 텍스트로부터 알고 있는 당시 하프시코디스트의 운지법을 통해 악구를 어느 자리에서 자연스럽게 끊을 수 있을지 약간의 안내를 얻을 수 있다. 또 바흐의 아들 카를 필리프 에마누엘은 건반 연주에 관한 논문을 썼는데 이것이 우리의 손에 남아 있는, 그의 아버지의 음악에 대한 안내서에 가장 가까운 것이다. 그러나 이후 여러 세대 음악가들은 아티큘레이션만이 아니라 바흐의 장식음을 연주하는 방법, 즉 그것이 박자에 맞추어 시작하느냐 아니면 그 후에 시작하느냐, 음표를 몇 개나 포함하느냐, 끝에 약간의 반전이나 비틀림이나 어긋남을 갖고 있느냐 아니냐 하는 핵심적 문제에 관해 그들 나름의 규칙을 제정해놓았다. 더 신성한 규칙에 속하는 것으로는 트릴이 늘 표기된 음 위의 음에서 시작한다는 것이 있는데, 내가 두어 군데서 깨고 싶어 하는 규칙이다.

"이렇게 해도 괜찮은 걸까요?" 나는 두 번째 변주곡에서 작고 쾌활한 같은 음 트릴을 몇 개 넣은 뒤에 묻는다. 일반적이고 오래된 관행과 결별하는 디테일이다.

"누가 알겠어?" 조가 묻는다. 좋은 질문이다. 또 내가 이 변주곡들을 배우는 이유의 핵심에 다가가는 질문이기도 하다. 내가 즐거우려고? 듣는 사람에게 즐거움을 주려고? 감식가에게 좋은 인상을 주려고? 나에게 뭔가를 증명하려고? 나는 그의 질문에 대한 대답으로 바로크 스타일의 디테일을 아는 사람이라면 내 교묘한 속임수를 탐지할 것이라고 말한다.

"좆 까라 그래." 조의 더 큰 방법론은 늘 이런 것이었다. 규칙을 알고 그다음에는 마음대로 규칙을 어겨라. 어린 시절 그와 공부를 할 때 나는 이 경구의 앞부분을 제대로 습득한 적이 한번도 없었다. 이제는 거기에 집착한 나머지 두 번째 부분에 빠져들 자유를 스스로 허락할 수 없는 지경에 이른 듯하다. 그럼에도 내가 사랑하는 피아니스트들은 흔히 스타일과 장식의 규칙을 마음껏 기이하게 변형하곤 한다.

"저는 음을 제대로 치는 걸 잘한 적이 없는데 이제는 거기에만 관심이 있는 것 같네요." 내가 그에게 말한다.

"너는 과거의 네가 아니야." 아마 오직 선생만이 이런 논평을 할 수 있을 것이다. 부모는 자식과 너무 가깝고, 특정 순간의 정적인 기억을 동결한 스냅숏, 둘 관계의 어떤 이상화된 감각을 보존하는 이마고*imago**에 몰두한다. 좋은 선생은 부모가 너무나 무섭다고 생각하는 것, 즉 젊은 사람의 자유에 반드시 관심을 갖는다. 제자가 스승을 떠나 한동안 자유롭게 산 뒤에야 스승은 그들 관계의 성공을 판단할 수 있다. 아마 제자도 마찬가지일 것이다. 자유를 얻은 뒤에야 자신을 가르친 사람의 지혜를 판단할 수 있을 것이다. 나는 이 레슨 아닌 레슨에서 조가 얼마나 대화를 처리하는 데 능숙한지, 기를 죽이거나 잔인해지는 일 없이 해야 할 말을 잘하는지 놀랐다. 가르침의 큰 부분은 제자가 미숙하게나마 이미 알고 있는 것을 확인해주는 것

* 상상 속에 완벽한 모습으로 새겨져 있는 인물의 상.

이다. 그것은 다음으로 나아가라고, 의심을 옆으로 밀어두라고, 부담 없이 전진하라고 허락하는 것이다. 조는 몇 가지 다른 방식으로 자기가 한 말을 반복하지 않고 같은 말을 할 수 있었다. 너는 이것을 이미 알고 있다.

우리 사이에는 말로 하지 않는 분명한 사실이 있었다. 내가 그에게 인정을 받으러 왔다는 것. 우리 둘 다 대중 심리학에 대한 인내심이 없고, 하물며 자기기만은 말할 것도 없었다. 그러나 그는 내가 추구하는 것을 능숙하게 제공했다. 이 기획이 무익하거나 우스꽝스럽지 않다는 감각. 한 시간도 지나지 않아 그는 세 가지 기본적인 사항을 전달했는데, 이것은 그의 가르침에서 늘 근본적이었다. 너 자신에게 귀를 기울여라. 할 일을 해라. 자유롭게 앞으로 나아가 너 자신이 되어라. 나중에 해질 무렵 우리는 강으로 산책을 나가 벤치에 앉았고, 나는 그에게 바흐에 대해 "들어본" 적이 있는, 기차에서 만난 여자 이야기를 해주었다. 그는 한참을 크게 웃었다. 이윽고 그가 말했다. "내 제자들은 대부분 바흐 공부를 하고 싶어 하지 않아." 그것은 아주 큰 노력이 필요했는데, 그것은 오늘날 많은 청자에게는 끔찍하게 형식적이고 복잡하기만 한 수사학적 제스처를 통해 감정을 전달하는 음악에 너무 많은 투자를 하는 꼴이었다. 물 위에 둥둥 뜬 종이컵이 상류로 움직이고 있었다. 이상해 보였다. 내가 그 이야기를 하자 조는 강의 이 특정 구역에서는 물의 흐름이 특이하다고 설명했다. 강 중심의 물살은 약 250킬로미터 떨어진 대서양으로 흘러내려 가고 있는데 주변의 물은 뒤로 흘렀다. 나는 "바흐를 정말로 사랑하는 데 30년이 걸렸네요"라고 말하고 싶은 유혹을 느꼈다. 그러나 날씨는 무더웠고 강은 나처럼 게을렀다. 나는 굳이 그 말을 하지 않았다.

9

ninth

동물 구조 단체에서는 우리가 입양하려는 강아지가 뉴펀들랜드이고 자라면 몸무게가 60킬로그램 정도 나갈 것이라고 알려줬다. 크기는 위압적이지만 기질은 거의 완벽하게 느껴졌다. 뉴펀들랜드는 착하고, 차분하고, 의리 있고, 훈련시키기 쉽다. 단체에서 보내준 여러 사진에서 강아지는 무정형의 털 보따리에 주둥이만 두드러진 것이 이제 막 성장하기 시작한 틀림없는 뉴피*로 보였는데, 실제로는 몇 주가 지나도 무게가 충분히 늘지 않았다. 나는 인터넷에서 성장 차트를 내려받고 며칠마다 강아지를 안아 저울에 올려보았다. 그럴 때마다 결과는 점점 더 놀라웠다. 우리 개는 먹성이 좋았고 건강이 안 좋다는 신호는 없었기 때문에 만일 뉴펀들랜드가 맞다면 지나친 저체중이었다.

네이선은 결국 일종의 보더콜리라는 것이 밝혀졌고, 기질은 우리가 기대하고 있던 것과는 거의 정반대였다. 네이선은 개구쟁이고 무시무시하게 영리하고 별로 차분하지 않으며, 적어도 내가 아는 선에서는 어떤 종류의 훈련도 먹히지 않는다. 그리고 내 삶을 뒤집어놓은 한 가지 결정적인 성격 결함이 있다. 그는 음악을 싫어한다. 음악 중에서도 특히 고전음악을 싫어하며 바로크 시대를 경멸하고 피아노로 연주하는 것은 무엇이든 혐오하며 바흐 음악에는 특별한 적대감을 비축해두고 있다. 바그너가 나오면 기분이 언짢아지면서 괴로워하는 신음을 낮게 토해낸다. 피

* 뉴펀들랜드의 애칭.

아노에서 쇼팽이 흐르면 방에서 나가버린다. 모차르트가 나오면 낑낑거리며 짜증 섞인 비난의 표정을 짓는다. 그러다 내가 바흐를 연주하면 고문대에 올라간 것처럼 엄청나게 소리를 질러댄다.

그래서 연습이 필요할 때 동네의 젊은 여자에게 돈을 주고 네이선을 한 시간 산책시키는 일을 맡긴 적도 있고, 친구들에게 자주 몇 시간 동안 개를 빌려 가라고 권한다. 그러나 네이선과 거실의 낡은 스타인웨이 그랜드 피아노 사이의 오랜 세월에 걸친 전투에서는 사실상 네이선이 승리를 거두었다. 나는 네이선이 집 밖에 나가 있지 않으면 스타인웨이를 치지 않고 대신 이어폰을 끼고 연습할 수 있는 야마하 전자 키보드에 의존한다. 네이선이 나의 연주에 울부짖는 것을 본 친구들은 어쩌면 그냥 질투심 때문일 거라고 주장했다. 내가 장식 조각이 된 다리와 악보대가 있는 아름답고 커다란 검은 나무 상자에 전념하는 것에 화가 나 내 관심을 끌기 위해 운다는 것이다. 하지만 그건 아니다. 전자 키보드로 연습할 때는 내 발치에 몸을 둥글게 말고 만족스럽게 자기 때문이다. 어떤 관찰자들은 매우 합리적으로, 약간 악의를 담아 네이선이 싫어하는 것은 나의 연주에 결함이 많기 때문이라고 주장했다. "저 친구 비평가네." 그들은 즐거운 표정으로 내가 이미 여러 번 들은 농담을 또 던진다. 그러나 네이선은 자동차 라디오에서 바흐가 나올 때, 그게 아무리 훌륭한 피아니스트의 연주라도 똑같이 짖어대곤 한다.

어떤 사람들은 그게 단지 네이선이 소리를 싫어하기 때문이라고 주장했지만 그는 큰 소리도 아무런 두려움이나 불편 없이 참아낸다. 대중음악은 전혀 상관하지 않는다. 그가 싫어하는 것은 고전음악이고, 그 무엇보다 음악의 '최고 결정권자이자 입법자'의 작품을 더 싫어한다. 개가 바흐를 알아들을까? 위대한 아랍 수학자이자 석학 이븐 알-하이삼은 지금은 소실된 「선율이 동물 영혼에 미치는 영향에 대한 논문*Treatise on the Influence of Melodies on the Soul of Animals*」의 현존하는 발췌본이나 요약본에서 음악은 "낙타의 속도에 영향을 주고 말에게 술을 먹게 할 수 있고 파충류를 유혹하고 새를 꾈" 수 있다고 말했다. 다윈은 새에게 인간들이 미적 감각이라고 부를 만한 예리한 감각과 더불어 "강한 애정, 날카로운 지각, 아름다운 것에 대한 취향"이 있다고 말했다. 개별 종에 관한 연구에 따르면 돌고래는 개별 선율을 알아들을 뿐 아니라 조가 바뀌면 구별할 수 있다고 한다. 목화머리타마린*은 특히 빠른 음악을 싫어하며 보통 정적을 선호한다.[25]

바흐가 살아 있을 때 인쇄된 가장 두꺼운 독일어 사전은 사슴이 관악기에 가장 예민하게 반응하고 게는 플루트에 특히 민감하다고 주장했다. 확고한 여성혐오자이자 열정적인 동물애호가였던 프랑스 작곡가 카미유 생상

* 비단털원숭잇과의 동물.

스는 동물과 음악을 평생 관찰했는데 한때 그에게 피아노를 싫어하는 달릴라라는 이름의 개가 있었다. 또 다른 개는 피아노는 사랑하지만 쇼팽은 싫어한다고 생상스는 주장했다. "이 개는 여덟 마디가 지나기 전에 귀를 늘어뜨리고 꼬리를 다리 사이에 감춘 채 방을 나갔다."[26] 그리고 네이선은 바흐의 음악을 정말 확실하게 알아듣는다. 한번은 내가 〈양들의 침묵〉을 보고 있는데 그가 깊은 잠에서 깨더니 방을 가로질러 와서 텔레비전 화면 앞에 앉아 한니발 렉터에게 저주를 퍼부었다. 물론 렉터는 바흐의 『골드베르크 변주곡』을 듣고 있었다.

가끔 네이선이 피아노 밑에 드러누워 자신이 침묵시킨 악기에 의기양양하게 배를 내놓고 있는 것을 보면 내가 연주할 때 네이선이 실제로 듣는 것이 무엇인지 궁금하다. 그의 뇌는 고수를 싫어하는 사람이 수프나 살사 소스에서 그것을 찾아내는 것만큼이나 효과적으로 바흐를 분간해 낼 수 있다. 그러나 그가 어떤 의미에서든 음악을 이해하거나 알고 있을까? 고통과 혐오는 일종의 앎, 예를 들어 아마도 우리가 어린 시절 뜨거운 난로에 손이 닿을 때 얻는 처음이자 가장 근본적인 앎일 것이다. 하지만 네이선이 단지 불쾌하다고 여기는 소리 이상의 어떤 것을 들을까? 아니면 어떤 종류의 음악이 들릴 때 자동적으로 짖어대는 기계처럼 행동하는 걸까?

우리 자신에게도 똑같은 질문 몇 가지를 던질 수 있

다. 음악을 들을 때 **우리는** 무엇을 듣는가? 더 근본적으로, 한 곡의 음악을 '안다'는 것이 무슨 뜻일까? 이는 간단한 질문처럼 보인다. 텔레비전에서 사람들은 세 음으로 곡을 알아맞힐 수 있으면 돈을 벌기도 한다. '아는' 음악이 라디오에서 나오면 우리는 고개를 끄덕이며 말한다. "나 저거 알아." 따라서 음악 한 곡을 안다는 것은 그저 어떤 식으로인가 그것을 인식하는 것일 뿐이다. 그러나 주로 고전음악을 듣는 사람은 '안다'는 동사를 약간 다르게 사용할 수도 있다. 그들은 말러의 한 시간짜리 교향곡을 듣고도, 심지어 알아맞히고도, 다른 작품을 안다고 하는 것과 같은 의미에서 그것을 정말로 알지는 못한다고 말할 수도 있다. 그 음악을 제대로 이해할 만큼 충분한 시간을 보내지 않았다는 뜻이다. 『골드베르크 변주곡』을 배우겠다는 생각을 해본 적이 없었을 때 나는 아무런 허세 없이 그 작품을 잘 안다고, 여러 번 들었다고, 내가 아는 다른 많은 작품보다 자주 들었다고 말할 수 있었을 것이다. 나는 바흐의 「바이올린을 위한 샤콘」을 절대 연주할 수 없겠지만 그 음악을 알고 있다는 느낌이 든다. 이런 의미에서 음악 한 곡을 안다는 것은 다음에 무엇이 올지 안다는 뜻이고, 그것이 어디로 갈지 보여주는 정신의 지도를 갖고 있다는 뜻이고, 그 음악의 우여곡절을 예상하고 즐긴다는 뜻이다. 스케르초 끝에 어마어마한 *C*장조 화음의 거대한 크레셴도 마무리가 있다는 것을 알기 전에는 세계에서 가장 잘 알려진 음악으로 꼽히는 베토벤의 다섯 번째 교향곡을 '아는' 것이 아니다. 그 순간을 기다리면서 이제 그게 온다고 아는 것이 그 음악의 핵심적 쾌감이다. 그러나 기대의 한 형태인 이런 앎조차 그 교향곡을 안다는 말의 의미 가운데 일부에 불과하다.

음악가에게 음악 한 곡을 안다는 관념은 훨씬 더 복잡하다. 처음에 마이판위에게서 배울 때 그녀는 어떤 곡을 멈추지 않고 끝까지 칠 수 있으면 내가 그 곡을 충분히 안다고 생각했다. 내 서툰 손가락이 멈칫거리며 음들 사이를 헤매는 동안 눈이 악보와 손가락을 왔다 갔다 할 수밖에 없어도 상관없었다. 그러나 다른 교사들은 앎에 대한 더 높은 기준이 있었어서 내가 한 곡을 외워서 칠 수 있어야 그 곡을 배웠다고 여겼다. 가끔 그들은 내가 진짜 아는지 시험하기 위해 연주를 하는 중간에 악보대에서 악보를 빼내곤 했고 나는 깨닫지도 못하는 새에 내가 그 곡을 실제로 암기하고 있는 것을 알게 되곤 했다. 이런 순간들은 부모가 뒤에서 자전거를 잡고 있던 손을 잠시 놓았는데도 아이가 자신이 자전거를 타고 있다는 걸 갑자기 발견할 때와 비슷했다. 그러나 사람들 앞에서 연주할 때 불안을 경험하면서 기억에는 여러 수준이 있으며 같은 곡을 되풀이해 연주하는 데서 생기는 근육 기억이 자신 있는 연주의 핵심을 이루는 정신 기억과는 매우 다르다는 것이 금세 분명해졌다. 정신 기억에는 또 여러 수준이 있었다. 여기에는 다음에 오는 것을 마음에서 듣는 능력인 청각적 요소와 더불어 매우 핵심적인 시각적 기억, 즉 필요한 일을 하기 위해 손이 건반에 놓이는 방식을 보는 능력이 있었다.

그러나 그런 깊은 수준의 기억조차 누가 나를 방 안에 앉혀놓고 "네가 방금 암기한 베토벤 소나타를 적어봐라"라고 한다면 충분하지 않을 수 있다. 그러면 나는 어느 음표가 페이지 어디에 붙는지, 박자가 어떻게 구조화되어 있는지, 어디에서 정적이 찾아오는지 그 모든 디테일을 기억하려고 무척 애쓸 것이다. 이런 훈련을 가끔 해보지만 유일한 방법은 시각과 청각 기억으로부터 음악을 '전사(轉寫)'하는 것뿐임을 알게 되었다. 마치 뇌의 한 부분이 음악을 연주하는 것을 다른 부분이 듣고 보면서 음표를 적는 것처럼. 이것은 무척 어려운 일이어서 나는 한번도 완벽한 악보를 그리지 못했다.

그럼에도 우리는 여전히 음악을 안다는 것이 의미하는 진정한 깊이에는 이르지 못했다. 어떤 음악가가 한 작품을 완벽하게 연주할 수 있고 그것을 철저하게 암기했고 그 기억을 종이에 전사할 수 있다 해도 여전히 작곡가가 왜 이런 특정한 방식으로 이 곡을 썼는가 하는 문제가 남아 있다. 왜 이런 화음들일까? 왜 이런 변주와 병치와 전개와 반복일까? 이것은 음악적 구조와 구문에 대한 앎인데 이 또한 여러 수준이 있다. 음악의 진행을 보여주는 세밀한 지도를 제작하면서 그 곡을 분석하여 화성 진행을 보여주고 주제의 분류 체계를 만들고 주제 간 상호 관련성을 찾아내고 전경의 디테일과 배경의 구조 사이의 관련성을 확인할 수는 있다. 어떤 연주자는 이런 분석적 지식이 연주의 핵심적 안내가 된다고 생각한다. 한 곡의 드라마에서 핵심적 순간을 찾아내고, 어느 사건이 더 또는 덜 중요한가에 관한 위계 감각을 기르고, 때로는 감추어진 보물, 예컨대 반주 음형 속에 묻혀 있는 작은 선율—강조를 해주면 긴장이나 뉘앙스를 더하고 어떤 감정적 내용을 도드라지게 하는—을 발굴하는 데 도움을 주기 때문이다. 또 어떤 연주자들은 이런 훈련이 학문의 영역이며 음악을 연주하는 직관적 본질과 관련이 없다고 생각한다. 이 두 종류의 음악가 모두 훌륭한 연주를 할 수 있다.

이 수준의 앎에는 또 역사적 스타일에 대한 감각, 그리고 작곡가의 특정한 스타일이 새겨진 각인을 깊이 친숙하게 아는 것도 포함된다. 유능한 음악가는 모차르트 소나타의 인쇄된 악보를 넘겨 보다 금세 악보의 오류, 샤프나 플랫이 사라졌거나 음표 위치가 잘못된 것을 찾아낼 수 있다. 모차르트가 그런 식으로 썼을 리 없다는 틀림없는 감각에 기반한 판단이다. 바흐 음악의 경우 역사적·구문적·구조적 요소들이 특히 중요하다. 그는 그 시대 다른 음악가들과 마찬가지로 연주에 대해서 선명한 실마리를 많이 남기지 않았기 때문이다. 오늘날에는 그의 음악의 구조와 역사적 맥락을 이해하지 못하면 연주하기가 특히 어렵다. 바흐가 죽은 후에 작곡된 대부분의 음악이 매우 다른 규칙을 따르며, 근본적으로 다른 기대를 불러일으키고 또 충족시키기 때문이다. 그의 음악을 '낭만화'하거나 근대적 관념과 노골적으로 연결하고 싶은 유혹도 있다. 그러나 바흐가 사용한 기본적인 형식적 관념, 푸가와 카논을 자유자재로 구사한 그의 정통함을 어느 정도 알지 못하면 그 음악의 복잡함을 이해하느라 많은 시간을 낭비하기 쉽다. 그러나 사실 이것은 예컨대 멜로디와 화성보다는 대위법과 다성음악의 맥락에서 보기만 해도 대처가 훨씬 용이하다.

독립된 음악적 선율을 한데 짜 넣는 것을 강조하는 음악 전통이 거의 끝나갈 무렵에 살면서 작곡을 했던 바흐는 다양한 수준의 정교화, 변화, 자유를 보여준다. 그는 푸가의 최고 달인이었는데, 이 형식은 다양한 성부가 서로 말하고 응답하면서 새로운 모티프를 도입하고 옛 관념 위에 새 관념을 쌓고 관념들에 균열을 일으키고 재정리하며, 이런 과정에서 주제, 제2주제, 대응 사이의 친화성이 드러나는 경우가 많다. 카논은 훨씬 엄격하여 각 성부가 똑같은 모티프를 반복한다. 물론 높이는 다를 수 있고 또 뒤집혀서 한 성부가 올라가면 다른 성부가 내려갈 수도 있는데, 이것을 역진행 카논*a canon in contrary motion*이라고 부른다(『골드베르크 변주곡』의 열두 번째 변주곡과 열다섯 번째 변주곡이 둘 다 역진행이다). 같은 모티프를 하나의 성부는 뒤에서부터 연주하고 다른 성부는 앞에서부터 연주하면 그 곡은 역행 카논*a retrograde canon*이라고 부른다. 이런 순열은 끝이 없다. 정률 카논*a mensuration canon*은 같은 모티프를 서로 다른 박자 분할로 연주하는 것으로 한 성부는 다른 성부보다 두 배 빠르거나 느리게 연주할 수도 있다. 카논 형식들이 결합할 수도 있다. 탁상 카논*a table canon*은 그저 단일 선율로 쓰인 역진행 역행 카논일 뿐이다. 음악의 그 대목이 탁자에 놓이면 두 음악가는 서로 맞은편에 앉아 똑같은 선율을 각자 평소처럼 왼쪽에서 오른쪽으로 읽을 수 있다. 따라서 두 사람은 상대편에서 보자면 아래위가 뒤집힌 악보를 거꾸로 읽는 셈이 된다. 똑같은 모티프에서 두 성부의 매혹적인 결합이 나오는 것이다.

어떤 수준에서 이것은 게임, 정신적·음악적 명민함의 훈련이다. 하지만 또한 과학, 엄격한 규칙에 기초한 세련된 학습, 문제를 제시하고 답을 요구하는 학습으로 여겨지기도 했다. 라이프치히의 구(舊) 시청사에는 엘리아스 고트로프 하우스만이 그린 바흐의 초상화가 있는데, 여기에서 작곡가(18세기의 매우 적절한 어떤 묘사에 따르면 "주름진 이마에 뺨이 투실투실하고 어깨가 넓은 남자"로 나타난다)는 선율이 세 줄 적힌 작은 종이를 들고 있다. 이것은 완성되지 않은 카논으로 일종의 퍼즐인데 각 선율은 해석자가 그에 상응하는 선율을 제시할 것을 요구하며, 그 결과를 함께 연주하면 여섯 성부의 트리플 카논이 나온다. 바흐는 제자 한 사람이 만든 '음악과학협회'라는 이름의 집단에게 선물로 주기 위해 이 간략한 음악적 난제를 만들었다. 이 그룹은 바흐를 회원으로 두게 되어 크나큰 명예로 여겼으며 음악의 이론적 측면을 물신화한 적이 없는 바흐는 약간 내키지 않는 마음으로 가입을 했던 것으로 보인다. 이 초상화에서 또렷하게 보이는 카논은 『골드베르크 변주곡』의 구조를 이루는 저음부 선율의 몇 음으로부터 파생된 것으로, 바흐가 자신의 전 작품 가운데 이 작품을 특히 중요하게 여긴다는 사실을 보여주는 듯하다.

푸가를 쓰고 카논 퍼즐을 푸는 '과학'은 난해할지 몰라도 이런 곡들의 기본 구조를 이해하는 것은 음악가에게 필수적인 실용 지식이다. 『골드베르크 변주곡』에서 열 번째 변주곡은 푸게타, 즉 '짧은 푸가'라는 이름이 붙어 있는데, 이 곡의 경우는 네 성부로 이루어진 짧고 활달한 푸가다. 이 곡은 꾸준하게 고른 속도로 움직이며 박자가 복잡하지 않아 성부들이 가끔 마치 4부 찬송가처럼 서로의 위에 단정하게 차곡차곡 쌓인다. 하지만 악보에서 음표들이 보이는 모습에 기초하여—마치 단성적 텍스처를 가진 찬송가인 것처럼—배우려 한다면 이 곡을 습득한다는 것은 기대하지 말아야 한다. 오직 수평적 선율들이 각자 독립적으로 움직이고 있는 것을 귀가 탐지할 수 있을 때만 이 곡이 이해되며, 그렇게 이해가 될 때만 이 곡을 자신 있게 연주할 만큼 잘 '아는' 것이 가능하다. 바흐의 음악이 자의적이거나 지저분해 보이는 것은, 그리고 하나의 악상이 중간에 끝나버리거나 하나의 선율이 어딘가로 가다가 갑자기 중단되는 것처럼 보이는 것은 대부분 연주자가 대위법에, 성부들의 수평적 움직임에 관심을 기울이지 않았기 때문에 생기는 일이다. 일단 관심을 기울이면 이 겉으로 보기에 부적절해 보이는 면들은 사라지고 주어진 음악을 정신적으로 훨씬 잘 통제하게 된다.

바흐의 교육 방법에 관해 우리가 아는 얼마 되지 않는 것들은 모두 포르켈의 전기와 바흐가 교육용으로 설계한 작곡에 남긴 실마리들에서 나온 것인데, 이를 통해 그가 건반에서 손가락을 움직이는 기초에서 사실상 작곡 기법이라고 할 수 있는 것을 가르치는 일로 빠르게 넘어갔음을 알 수 있다. 바흐는 『인벤션과 신포니아*Inventions and Sinfonias*』—일부는 자기 자식을 위해 쓴 교육용 작품들—라고 알려진 소곡 모음집의 표지에서 건반 연주자들에게 "*(1)* 두 성부를 분명하게 연주하는 법을 배우고 더 발전한 뒤에는 *(2)*오블리가토*obligato* 세 부분을 정확하게 잘 처리하는 법을 배우고, 이와 더불어 좋은 악상을 얻을 뿐 아니라 그것을 발전시키는 분명한 방법"을 가르치기 위해 이 작품들을 썼다고 말했다. 포르켈의 전기에서 바흐는 초심자 제자들에게 손가락 연습을 "몇 달" 할 것을 요구하고, 그 뒤에는 "즉시 학생들이 자신에게 더 중요한 작곡에 착수하게 했다"고 전해진다. 바흐는 *18*세기 표준 관행 가운데도 특별히 엄격한 형태를 추구했던 것으로 보인다. 그 관행이란 제자가 악기를 공부할 때 거의 처음부터 이론과 작곡을 가르치는 것이었다.

이는 오늘날 지배적인 음악 교육과는 매우 다르다. 인터넷 시대 아이들이 정말로 원하는 것은 그저 음악을 연주하는 것일 뿐인데, 반주 화음이 들어간 저음부 선율에서 화성을 적절하게 끌어내는 법이나 화성 또는 성부 진행의 기초에 대한 가르침을 그들이 가만히 앉아서 듣고 있는다는 것은 상상하기 어렵다. 이론과 작곡은 학생들이 나중에, 악기를 상당히 능숙하게 다루게 된 뒤에, 또는 음악 연주 공부에 보완적 요소로서 하는 것이다. 내가 대학에 다닐 때는 이것들이 사실상 별도의 분야였다. 의무이기 때문에 투덜대며 이론 수업을 듣는 연주자들이 있었고, 유용한 도구이기 때문에 피아노를 배우지만 절대 연주할 생각은 없는 풋내기 음악학자들이 있었다. 나는 물론 조가 음악 이론을 가르치려고 했을 때 멈칫거렸지만 그 뒤로는 따라잡으려고 애를 쓸 수밖에 없었다.

음악을 가르치는 방식에서 이런 변화는 한 곡의 음악을 아는 것의 의미와 관련하여 또 하나의 문제를 제기한다. 음악을 '안다'는 관념은 시간이 지나면서 어떻게 변했는가? 음악사에 관해 우리는 많은 것을 알지만 듣는 역사에 관해서는 어떨까? 역사의 여러 시점에서 음악가와 청자가 음악에서 중요하게 여긴 것은 기록에 남아 있다. 하지만 그들이 음악을 듣는 방식, 또는 들을 때의 심리에 관해서 말해주는 증거는 거의 없다. 바흐의 시대에 박식한 청자는 머릿속에서 푸가와 카논의 모든 선율을 따라갔을까? 바흐의 푸가에서 각 주제와 제2주제, 대응을 탐지했을까? 바흐 시대 사람들은 그의 음악을 묘사할 때 그의 위대함, 놀랄 만큼 능숙한 건반 솜씨, 명인적 기예, 예술적 기교, 창조력을 강조하는 경향이 있다. 하지만 이런 이야기는 주로 최상급 칭송의 나열일 뿐이며 음악을 인식하는 방식과 관련된 심리에 대해서는 밝혀주는 것이 없다. 그러나 바흐의 삶에서, 1730년대 말쯤, 사람들이 실제로 그의 음악을 받아들인 방식에 관하여 약간의 실마리를 제공해주는 드문 에피소드가 있다.

1737년, 한때 바흐의 제자였지만 억울한 감정을 품고 있었던 것으로 보이는 요한 아돌프 샤이베가 스승의 음악을 익명으로 비판하면서 "복잡하고 따분"하며 "기교 과잉"이라고 말했다. 그러자 바흐의 친구와 제자들이 떠들썩하게 방어에 나섰고 샤이베는 다시 공격을 했다. 이런 논쟁이 몇 년간 지속되었다. 샤이베의 풍자적 공격과 바흐 대리인들의 분개에 찬 긴 응답을 보면 독일의 음악이 교차로에 서 있었다는 느낌을 받게 된다. 바흐 스타일의 복잡성은 이제 많은 사람이 파악할 수 있는 범위를 넘어서 있었다.

어쨌든 샤이베는 그렇게 느꼈던 것이 분명하다. 1739년

풍자에서 그는 복잡한 음악의 작곡가를 일인칭으로 흉내 냈는데 본인은 바흐를 의도한 것이 아니라고 했지만 그가 염두에 둔 사람이 바흐였던 것은 거의 확실하다. "나는 너무 복잡하고 훌륭하게 작곡해서 내 음악을 들으면 사람들이 몹시 당황한다. 내 음악에서는 모든 게 뒤섞인다. 모든 게 완벽하게 어우러지다 보니 한 성부를 다른 성부와 구별할 수도 없다." 샤이베는 음악 평론가일 뿐 아니라 작곡가이기도 했는데 그의 작품은 바흐보다 훨씬 단순했고, 가끔 소박한 방식으로 매력적이었지만 종종 서툴렀으며 그다지 흥미를 끌지 못했다. 하지만 바흐에 대한 그의 비판은 새롭고 경쾌한 음악 스타일에 대한 간접적 옹호이기도 했다. 바흐의 주요 옹호자였던 요한 아브라함 비른바움은 샤이베의 첫 번째 공격에 대한 긴 응답에서 바흐의 바로 그 다성적 복잡성의 문제를 다루었다.

> 그런데 음악의 이 위대한 장인의 작품에서 성부들은 서로 훌륭하게 어우러지며 조금의 혼란도 없다. 성부들은 필요에 따라 함께 가기도 하고 맞서며 가기도 한다. 헤어져도 적당한 때에 모두 다시 만난다. 각 성부는 특정한 변주에 의해서 다른 성부들과 분명히 구분되지만 종종 서로 흉내 내기도 한다. 달아나는가 하면 서로 앞지르려 노력하며 상대를 쫓아가는데 그 과정에서 무질서함은 조금도 느낄 수 없다.

비른바움은 샤이베의 주장, 즉 바흐의 음악이 당혹스럽다는 것을 부정한다. 그의 텍스트는 그가 이 모든 것 뒤에 놓인 복잡한 예술을 이해하고 있다는 암시로 가득하다. 성부들은 "적당한 때"에 다시 만나 "무질서함은 조금도 느낄 수 없"게 서로 따라간다. 그는 샤이베가 듣는 것과는 근본적으로 다른 방식으로 음악을 듣는 듯하고, 복잡성에 예민하게 반응하지만 어떤 혼란에도 주눅 들지 않는다. 그러나 그의 언어는 복잡한 성부 작곡을 훈련받지 않은 그 시대 청자가 바흐를 듣는 경험을 묘사할 법한 방식과 묘하게 비슷하다. 어떤 성부들은 서로 답을 하는 것 같고, 가끔은 대립하고 가끔은 일치하며, 아까는 달아나는 것 같다가 이제는 서로 쫓는 것 같다. 이것은 이 경험을 약간 밋밋하게 공간적으로 묘사한 것으로 이 음악이 "혼란은 조금도 없"이 펼쳐진다는 비른바움의 주장을 의심하게 만든다. 사실 바흐가 한 성부가 다른 성부들과 늘 구별되지는 않을 정도로 대위법을 풀어냈다는 샤이베의 말은 상당히 옳다. 『골드베르크 변주곡』에서 저음부 선율을 포함한 성부 간 모방은 너무 복잡해서 성부들이 서로 섞이게 만드는 결과를 낳는, 또 아마도 그것이 의도였을 거라고 짐작되는 부분을 발견하는 일은 너무 흔하다.

샤이베의 공격은 바흐가 다성음악을 같은 시대 사람들이 스스로 이해하고 있다고 완전히 자신할 수 없는 지점으로까지 밀고 나갔음을 보여준다. 또 비른바움의 응답을 보면 바흐의 음악을 사랑한 사람들이 과연 오늘날의 우리보다 근본적으로 더 세련된 방식으로 듣고 있었는지 의심하게 된다. 많은 청자가 다른 규칙과 기대가 지배하는 다른 음악적 패러다임으로 돌아서고 있었다. 또 다른 사람들은 청각적으로 파악이 불가능한 음악을 표현할 새로운 은유와 묘사적 언어를 찾아 씨름하고 있었다. 바흐의 예술에 관한 초기의 이런 논란이 있고서 백 년이 지나지 않아 바흐의 음악을 듣는 경험에 대한 이야기는 지나치게 영적이고 신학적인 것이 되어 사람들이 도대체 무엇을 듣고 있는지 알기가 어려워졌다. 1827년 괴테는 몇 년 전 어떤 오르가니스트가 바흐를 연주하는 것을 들은 기억을 되살려 이렇게 묘사했다. "나는 혼잣말을 했다. 영원한 조화가 자기 안에서 대화를 하는 듯한 느낌인데, 천지창조 직전 신의 가슴 안에서 그런 일이 이루어졌을지도 모른다. 그렇게 그 음악은 나의 영혼 가장 깊은 곳으로 들어오고, 나는 귀가 있는 것 같지도 또 필요하지도 않은 것 같았다. 다른 감각도 마찬가지였다—특히 눈은."

이것은 영감을 주는 언어이기는 하나 별로 도움이 되지는 않는다. 괴테는 음악에 호기심이 있었고 음해력을 갖추려고 노력했지만 음악적으로 특별히 수준이 높지는 않았다. 바흐 음악을 들은 그의 기억은 실제 이해보다는 행복한 마비를 암시한다. 그러나 괴테는 바흐의 음악을 "영원한 조화"와 "신의 가슴" 수준으로 끌어올림으로써 19세기에 다른 청자들이 하고 있는 일을 한다. 그 음악이 너무 위대해서 일반적인 이해를 완전히 넘어서기 때문에 비유를 통하지 않고는 기본적으로 알 수가 없으며 이런 면에서는 신의 정신을 닮았다. 그러나 바흐의 정신과 신의 정신이 바흐를 숭배하는 많은 청자에게 기능적으로 유사어가 되면서 바흐의 기예라는 중요한 부분은 완전히 평가절하되거나 무시되고 있다. 게다가 바흐는 자기에게 초인적인 또는 신적인 능력이 있다는 생각에 코웃음을 쳤을 것이다. 포르켈은 바흐가 "자신의 타고난 재능을 전혀 강조하지 않는 것처럼 보였다"고 썼다. 바흐의 자기 평가가 반드시 가짜 겸손을 보여주는 것은 아닐 수 있다. "나는 근면해야만 했다. 누구나 나처럼 근면하면 똑같이 성공할 것이다."

나라면 바흐의 음악을 괴테가 경험한 것보다 훨씬 기본적인 방식으로 알아도 행복할 것이다. 나는 우주적 갈망보다는 근면의 수준에서 그 음악을 알고 싶다. 그것을 연주할 수 있을 만큼 잘 알고 싶다. 그러나 묘한 것은 내가 그 음악을 붙들고 씨름할수록 그것을 연주자로서 '손가락으로' 안다는 의미와 구조의 관찰자로서 '머리로' 안다는 의미를 나눌 방법이 없음을 깨닫게 된다는 것이다. 그 음악을 익히려면 결과적으로 '곡 해체'를 해야 한다. 음표들을 습득하기 위해 애쓰는 동안에도 구성 요소들로 쪼개야 한다. 바흐가 자신의 제자들을 가르쳤던 것처럼, 손가락이 움직이는 방식의 역학에서 구조와 구문의 분석으로 빠르게 옮겨가야 한다. 모든 변주곡이 약간 뒤죽박죽의 상태에서 시작하는데 그러다 정리를 하고 패턴을 눈치채고 큰 구조를 여러 하부구조로 나누고 변주곡 다수를 지배하는 역사적·스타일적 공식을 탐지하게 된다. 스물여섯 번째 변주곡을 공부하려고 자리에 앉은 연주자는 처음에는 여섯 개씩 묶여 있는 음표들의 불길한 덤불을 보게 될 것이다. 마치 바흐가 처음에는 오른손, 다음에는 왼손을 위한 연습곡을 쓴 것 같다. 그러나 그 위에, 그다음에는 그 아래에 사라방드도 써놓았는데, 이것은 첫 아리아의 사라방드를 아주 꼼꼼하게 따라가기 때문에 그 둘을 동시에 함께 치더라도 불일치나 불협화음이 두드러지는 경우는 몇 군데밖에 없다.

다른 패턴들은 곡 안에서 변용된다. 아라베스크 변주곡 다수에서 한 손의 패턴은 곡의 나중에 다른 손에 의해 복제된다. 스물여섯 번째 변주곡에서도 이런 복제는 거의 동일하여 예를 들어 변주곡의 전반부에서 오른손이 연주하는 일련의 음형을 여덟 마디 뒤에 왼손이 반복하는데, 약간만 차이를 보이기 때문에 『골드베르크 변주곡』의 저음부 선율이 규정하는 화성들과 거의 일치하는 상태가 된다. 그러나 다른 변주곡들, 예를 들어 열네 번째 변주곡에서 패턴은 뒤집히며 변주곡 전반부의 왼손에 의한 하향 이동은 후반부에서 오른손의 상향 운동이 된다. 일부 음형은 몇 가지 다른 공식을 통해 진화하는데 이를테면 3도씩 나아가다가 그 밑의 화성을 참조하고, 그다음에는 단계적으로 진행하는 식이다. 이런 다양한 유형의 이동 사이에 있는 연결부에 주목하면 패턴을 암기하는 정신 능력에 속도가 붙는다. 바흐의 음악에서 찾을 수 있는 몇 가지 유형의 유머 가운데 이따금 이런 패턴에서 변덕을 부려, 한 가지 유형의 이동을 규칙적으로 사용하다가 새로운 음악적 사건이 막 일어나기 직전에 음형을 바꾸어버리는 것이 있다. 이런 변화는 예상치 못한 방식으로 나타나며, 마치 연주자가 긴장을 풀지 못하게 하겠다는 단 한 가지 목적을 갖고 있는 듯한 느낌이 들기까지 한다.

인지 심리학에서는 학습 과정의 이런 부분을 '덩어리 만들기*chunking*'라고 한다. 즉 이질적인 것들을 패턴으로 묶어 습득하는 것이라고 부른다. '*03311685*'라는 수는 그것이 바흐의 생일인 *1685*년 *3*월 *31*일이라는 것을 알면 외우기가 훨씬 쉬워진다. 모차르트의 협주곡을 연주할 수 있는 피아니스트는 기계 피아노가 구멍을 뚫은 종이 두루마리에서 음표를 읽듯이 각본에 따라 개별 건반 수천 개를 누르는 것이 아니다. 연주자는 일련의 스케일, 아르페지오, 반복되는 반주 패턴, 되풀이되는 멜로디 선율을 연주하며, 이는 별개의 손가락 동작이 아니라 논리적으로 함께 묶인 음악적 정보 덩어리들로 기억에 저장되어 있다. 복잡한 곡의 연주에서는 '탄도적' 움직임이 많이 일어나는데, 말하자면 트릴이나 스케일 음형 같은 속사포 동작으로, 일단 익히면 컴퓨터 코딩의 서브루틴처럼 의식적인 인지적 통제 없이 구사할 수 있다. 이런 것들이 제2의 천성이 될수록 예술가의 능력은 커진다.

그러나 피아노 연주를 배우는 사람에게 그것을 제2의 천성으로 만드는 것은 진이 빠지는 작업이고, 어떤 패턴이 이제 몸에 배어서 이후로는 오류 없이 작동한다고 녹색 불이 켜진다거나 하는 일은 없다. 동작을 탄도적으로 만드는 과정은 기본적으로 바흐가 제자들에게 사용했던 방법과 똑같다. 손가락 훈련과 반복이다. 생각 없이 반복하면 이 과정이 길어지고, 때로는 무한히 길어지기도 한다. 반대로 의식적으로 반복하면 이 과정은 짧아진다. 이 과정은 천천히 여러 번 반복되고, 이때 눈이 지켜보고 귀가 듣는다. 그러는 과정에서 자기도 모르게 이 쇼를 운영하는 그 이질적인 것—우리의 뇌—의 배선이 다시 깔리기를 바라게 된다. 자유와 통제 사이에는 늘 긴장이 있다. 다루기 힘든 악구를 음 하나씩 하나씩 엄격하게 통제하여 연주하다 보면 마침내 속도가 빨라지며 정상적 템포에 이르게 된다. 그러다 보면 아마 그것—트릴, 아르페지오, 스케일 패턴—을 적절한 음악적 맥락에서 더 자유롭게, 원래 의도된 대로 연주하게 될 것이다. 때로는 이게 잘되기도 하고 때로는 잘되지 않는다. 이때가 연습에서 가장 부담스럽고 기운 빠지는 시간이다. 음악은 완전히 아는 것 같은데 연주가 그렇게 자동적으로 되지는 않고, 생각하지 않으면 잘되는데 생각하면 잘되지 않는 때. 언제 이 둘이 같이 갈까?

신경과학은 뇌의 어디에서 일이 벌어지는가, 어느 세포가 작동하는가, 뇌의 어떤 부분들이 상호작용하는가 하는 맥락에서 우리가 음악을 배우는 방식을 잘 설명하고 있으며, 과학적 관찰을 통해 바흐 시절 이후 그리고 이전에 표준 관행이었던 많은 것의 효과를 확인해주었다. 예를 들어 '억제 기능*inhibitory function*'은 음악을 배우는 데 필수적이다. 이것은 아기가 상대를 마주보면서 동작을 따라 할 때 두 팔을 다 흔드는 것보다 한 번에 하나씩 흔드는 것에서, 또는 통통한 주먹 전체보다는 한 손가락을 이용하여 단추 누르기를 배우는 것에서 보게 되는 발전 과정이다. 음악에서 피아니스트는 억제 기능을 통해 네 손가락의 본능적인 움직임을 억누르며 그 결과 한 손가락이 정확하고 독립적인 동작을 할 수 있다. 이쪽 문헌의 한 조사에 따르면, "성인의 뇌에서 시냅스 연결의 90퍼센트는 억제 역할을 한다".[27] 악기를 배우는 데는 시각적 요소 또한 근본적이다. 바흐의 교육 방법을 보면 그가 종종 제자들이 보는 가운데 그들을 위해 연주했다고 하는데, 한번은 『평균율 클라비어』의 첫 권에 나오는 스물네 개의 프렐류드와 푸가 전체를 세 번 연주했다고 한다. 연속적으로 연주했다면 다섯 시간 이상 걸렸을 수도 있는 시범이었다(실제로 그랬을 가능성은 없어 보인다). 눈으로 보는 것은 악기를 배우는 데 필수적인 것으로 드러나는데, 이것이 '운동 재현

motor representation'*을 활성화시키기 때문이다. 많은 음악가가 악기와 떨어져서 수행하는 정신적 연습은 약간 강박적 행동처럼 보일 수도 있지만 이는 음악 습득과 직접 연결되어 있다. 음악 관련 신경과학에 관한 한 연구에 따르면 "며칠 동안 정신적 연습을 계속하자 관련된 뇌 구역들이 유연하게 적응하기 시작했다".28)

발버둥 치고 있는 음악가에게 이런 말은 엔지니어가 이론적으로는 이해하지만 실제로는 이해하지 못하는 엔진을 묘사하는 것처럼 들리기도 한다. 자동차 후드를 열어 문제를 살핀 다음 "팬 벨트를 교체해야겠어요" 하고 말하는 수리공의 말처럼 들리지 않는 것이다. 신경과학은 문제를 명명하고 그것을 지도에서 찾을 수는 있지만 그 과정을 이해하려 애쓰는 음악가에게는 아직 만족스러운 설명을 제공하지 못한다. 악기를 완전하게 습득한 전문 음악가는 그런 습득 과정에 관해 이야기하지 않는 경우가 많은데 그들 다수는 그것을 무의식적으로 익혔을 수도 있고 잊었을 수도 있고 의식적으로 억눌렀을 수도 있다. 할리우드는 예술의 테크닉을 배우는 비참한 과정을 그들이 늘 그러듯 신화화하여 길고 외로운 연습 시간, 그 후의 눈부신 현현과 찬란한 성공의 몽타주로 묘사한다. 이런 드라마는 노력과 섭리라는 독특한 미국적 에토스를 재활용한다.

* 거울 뉴런의 작용으로 관찰한 운동을 머릿속에서 재현하는 것.

예술가가 자기 분야에서 노력하며 참을성 있게, 겸손하게 기다리다 보면 마침내 신의 보상이 주어진다는 것이다.

그러나 연습에서 습득에 이르는 과정은 사실 이런 서사보다 훨씬 복잡하며, 과학이 지금까지 설명할 수 있었던 것보다 훨씬 복잡하다. 철학자 루트비히 비트겐슈타인은 『철학적 탐구*Philosophical Investigations*』에서 이와 관련된 딜레마—언제 우리는 기술을 소유했다고 말할 수 있을까?—와 씨름했으며 읽기에 기초한 유추를 떠올렸다. 그는 인간(“또는 다른 종류의 생물”)이 읽는 기계가 되도록 훈련받고 있다고 상상하면서 묻는다. 어느 지점에서 인간이 읽기 시작한다고 말할 수 있을까? 처음에 학생은 어떤 단어를 보고 우연히 맞는 소리를 생각해낼 수도 있지만 그게 읽는 것일까? 그다음에 학생은 점점 더 많은 단어를 정확하게 파악하기 시작하는데 이게 읽는 것일까? 비트겐슈타인은 묻는다. 우리는 학생이 정확하게 읽는 “첫 번째 단어”에 관해 말할 수 있을까? 만일 인간이 읽는 기계라면 메커니즘 안을 보고 진짜 읽기가 시작된 순간을 찾을 수도 있다. 그러나 우리는 기계가 아니기 때문에 비트겐슈타인은 이렇게 주장한다. “학생이 읽기 시작할 때 일어나는 변화는 행동의 변화다. 여기에서 ‘그의 새로운 상태의 첫 단어’에 관해 말하는 것은 아무런 의미가 없다.”[29]

단어를 읽거나 악보를 읽는 것과 같은 기술 습득은 그 기술을 이용해 특정한 과제, 예를 들어 복잡한 음악 한 곡을 배우는 것 같은 과제를 완수하는 것과 같지 않다. 그러나 비트겐슈타인의 예와 그것이 제기하는 문제는 음악과 관련해서도 맞아떨어진다. "방금 완전히 습득했다"고 말할 수 있는 결정적인 순간은 절대 없다. 한 곡의 아주 작은 디테일을 몇 시간 연습한 뒤에도 그것을 익혔다고 말할 수 있는 것은 오직 돌이켜볼 때뿐이다. 연습을 통해 자동적 또는 탄도적이 되는 것은 사실이지만 숙달의 순간은 손에 잘 잡히지 않으며, 뭔가를 성공적으로 포착했다는 것을 알아차리게 해줄 수 있는 것은 사실 행동의 변화다. 시간이 지나면서 자신이 마치 아는 것처럼 연주하고 있다는 사실을 깨닫게 되며, 그 시점부터 실제로 안다고 가정하기 시작할 수 있다. 잊는 것도 어떤 면에서는 그 과정의 일부다. 한 작품의 디테일을 더 많이 습득할수록 이전에 여러 지점이 얼마나 자신을 곤란하게 했는지 잊어버린다. 이렇게 잊어버림으로써 그런 곤란과 연결되었던 불안이 줄고, 이제 이것이 행동에서 훨씬 긍정적인 변화를 낳는다.

음악 학습에 관한 대중 심리학 서적의 대부분은 비트겐슈타인의 통찰을 밝은 쪽으로 변주한 것이다. 핵심 메시지는 이런 것이다. 당신은 이미 이것을 할 수 있다. 음악은 이미 당신 안에 있고 단지 당신에게 태도 변화만 생기면 밖으로 나올 것이다. 연주하는 방법을 알고 있는 것처럼 연주하라, 그러면 연주가 스스로 알아서 할 거다. 하지만 이런 모델은 그 과정의 반만, 자유와 통제 사이의 기본적인 긴장 가운데 자유 측면을 다루는 부분만 제대로 따라 간 것이다. 음들을 자동적으로 연주하려는 최초의 반복적 노력에서부터 공개 연주의 순간에 이르기까지 음악 한 곡을 학습하는 과정 전체에 걸쳐 학습과 비학습, 익숙함과 낯섦 사이에는 대중 심리학 모델이 파악할 수 있는 것보다 훨씬 복잡한 변증법이 존재한다.

특별히 어려운 악구를 인지적 통제 없이 연주할 수 있게 된 뒤에도 다시 돌아가 그 과정의 자동적 성격을 차단하고 그것을 익숙하지 않게 만드는 새로운 요소나 디테일을 도입하여 새롭게 다시 배우는 것은 절대 해로운 일이 아니다. 글렌 굴드는 학창 시절에 어떤 교사로부터 '손가락 두드리기'라는 처음에는 괴상해 보이는 연습 기술을 알게 되었다. 굴드는 한 손을 건반에 올리고 음표를 치기 전에 다른 손으로 연주하는 손의 손가락을 하나씩 두드리라는 말을 들었다. 이것은 오른손이 마치 타자기의 키라도 되는 것처럼 왼손으로 오른손 위에서 연주하는 것과 약간 비슷한데, 건반을 두드리려는 정신의 의도와 실제로 그것을 치는 물리적 행동 사이에 기계적 중개자를 도입하는 것이다. 나도 이것을 시도해보았는데 음악에서 불완전하게 암기된 것을 드러내는 데 특히 효과가 좋다.

기계적 숙달과 공연에서 얻고 싶은 종류의 자유—표현과 소통과 음악의 기쁨 같은 것들에 초점을 맞추고 자유롭게 연주하는 것—사이의 변증법은 특정한 곡을 연습하거나 숙달하는 방법의 문제보다 훨씬 크게 다가온다. 익숙한 것을 흔들어 정신이 숙달과 자신감의 더 높은 수준으로 올라가도록 밀어붙이는, '배운 것을 잊는' 과정은 평생에 걸친 노력이 되며 이에 따라 불행해질 가능성도 커진다. 1분의 자유에는 그에 상응하는 한 시간의 자기비판, 분석, 의심이 필요하다.

최고의 음악가, 아니 어쩌면 가장 행복하다고 해야 할 음악가는 침착하게 삶의 이런 측면들 사이에서 균형을 잡을 수 있다. 바흐는 완벽주의자였고, 다른 사람의 완벽주의를 존중했다. 그의 가장 부지런한 제자로 꼽히는 요한 필립 키른베르거가 대위법을 "너무 열심히" 공부하는 바람에 "아파서 열이 나 열여덟 주 동안 방에서 나오지 못하게" 되자 바흐는 제자의 레슨 숙제를 살펴보기 위해 들르겠다고 제안했다. 이 젊은이에게 건강에는 좋지 않았을지 몰라도 틀림없이 기분은 좋았을 영광스러운 일이었다. 큰 규모의 사교 모임에서 어떤 음악가가 불협화음을 해소하지 않은 채 하프시코드에서 일어나 자리를 떴을 때 바흐는 너무 불쾌하여 "자신을 맞이하러 오는 집주인을 그대로 지나쳐 하프시코드로 얼른 가서 불협화음을 해소하고 어울리는 종지부를 만들었다". 그는 다른 음악가들을 감독할 때나 자신이 지휘할 때는 가혹해질 수 있는 사람이었다. 그가 죽고 나서 백 년 뒤에 공개된 유명한 이야기는 리허설에서 그가 보여준 진노를 묘사한다. "성 토마스 교회의 오르가니스트는 전체적으로 훌륭한 예술가였는데 한 번은 칸타타 리허설 중에 실수를 했다. 바흐는 너무 화가 나 '당신은 구두 수선이나 했어야 할 사람이야' 하고 소리를 버럭 지르며 가발을 벗어 오르가니스트의 머리를 향해 던졌다." 그러나 바흐는 또 "자신이 신성하게 여기는 예술을 누가 모욕할" 때가 아니면 "평화롭고 조용하고 침착하다"는 이야기를 들었다.

그러나 완벽주의에도 불구하고 바흐가 스스로를 비난할 만큼 자신의 능력에 대한 의심이나 불안에 시달렸다는 증거는 없다. 바흐가 자신의 음악적 약점과 마주하는 아주 드문 이야기에서 우리는 그가 겸끄러워하며 당황했다는 느낌을 받게 된다. 바흐는 한 친구에게 자신이 "모든 곡을 초견으로 망설임 없이 연주할 수 있다고 진짜로 믿는다"고 말했다. 이 친구는 시험을 해보기로 하고 어느 날 바흐가 찾아왔을 때 하프시코드에 어려운 악보를 미끼로 남겨두었다.

> 바흐는 자신의 태도를 바꾸어놓을 운명의 곡으로
> 다가가 연주하기 시작했다. 그러나 얼마 가지 않아 어떤
> 악구에서 멈추고 말았다. 그는 악보를 들여다보다가
> 다시 시작했고, 다시 같은 악구에서 멈추었다. "안 돼."
> 그가 친구에게 소리쳤고 친구는 옆방에서 혼자 웃음을
> 터뜨리고 있었다. 바흐는 악기에서 물러나며 말했다.

"초견으로 모든 걸 칠 수는 없군. 그건 불가능해."

재능의 불평등한 분배에 분개하는 사람이라면 이 일화가 작은 위안이 될 수도 있다. 그러나 이 일화가 사실이라면 바흐가 초견한 이 곡은 건반의 관용어법에는 어긋나는 형편없는 곡이었을 가능성이 아주 크다.

키른베르거는 자신의 전 스승이 "모든 것은 반드시 가능하다"고 주장했다고 전한다. 바흐는 제자들을 격려할 때도 당신들 또한 자신과 마찬가지로 손가락이 있으며, 따라서 당신들 또한 분명히 음악을 습득할 수 있어야 한다고 지적하곤 했다. 자신의 오르간 연주에 대한 칭찬에는 미켈란젤로가 다비드를 조각한 것에 관한 오래된 농담—"쉬워. 돌에서 그냥 다비드처럼 보이지 않는 부분만 깎아내면 돼."—과 비슷하게 자기를 깎아내리는 것으로 응답했다. 바흐의 응수는 이런 것이었다. "전혀 특별할 것이 없다. 그냥 정확한 때에 정확한 건만 치면 악기가 알아서 연주한다." 이 농담이 웃기는 것은 "정확한 때에 정확한 건만 치는" 데 필요한 엄청난 양의 기술을 최소로 줄여 말하기 때문이기도 하지만 연주의 기계적 토대, 음악가가 얻으려고 노력하는 동시에 저항하는 바로 그것을 암시하기 때문이기도 하다.

바흐의 엄청난 재능은 바로 드러나지 않았다. 그의 초기 작품들은 느리고 따분할 수 있다. 그는 또 자신의 원고를 지칠 줄 모르고 편집하는 사람이기도 했다. 개선하고 교정하고, 『골드베르크 변주곡』처럼 이미 발표한 작품에 중요한 세부사항을 추가하기도 했다. 바흐는 자신이 갖고 있던 출간된 『골드베르크 변주곡』 악보집 뒷면에 카논 열네 곡을 써넣았는데 만일 이것이 기존의 변주곡들 이후에 작곡됐다면(『골드베르크 변주곡』을 쓰기 훨씬 전부터 '머릿속에' 갖고 있었을 가능성도 얼마든지 있다), 이 곡을 완성된 음악 작품이 아니라 바흐가 끝까지 손에서 놓을 수 없었던, 끝나지 않는 일군의 음악적 문제들이었다고 생각할 만한 더 많은 증거를 갖게 되는 셈이 된다. 이 악보를 배우려고 노력하는 사람에게는 이 점이 약간의 위로가 될 수 있다. 이 제재에 대한 바흐의 이해가 변주곡들이 발표된 뒤에도 계속 진화하고 축적되었다면 연주자의 지식도 개선되고 추가되고 검토의 대상이 되는 유동적인 것일 가능성이 커진다.

저녁 늦게까지 너무 많은 시간 연습을 해서 이어폰 때문에 귀가 아픈데도 내 발치에 조용히 엎드린 네이선을 두고 건반에 몸을 웅크린 채 푸게타의 한 마디, 테너 성부의 마지막 입구의 두 번째 음에 달린 트릴과 씨름하고 있다. 변주곡이 끝나기 불과 네 마디 앞인 이 순간 네 성부가 모두 참여하여 베이스는 아리아에서 파생된 기본 선율의 개요를 알려주고, 소프라노는 자신의 영역의 정점에서 하강하고, 알토는 한 가지 생각을 마무리하고 다른 생각을 시작하려 한다. 이런 텍스처에 테너는 주제의 마지막 진술을 집어넣고 거기에 바흐는 트릴을 추가하는데 그 자리는 그 주제의 다른 반복에서 트릴을 추가했던 바로 그곳이다. 하지만 이번에는 손가락들이 가장 어색한 자리에 놓여 있다. 너무 어색해서 그것을 연주하는 유일한 방법은 양손에 선율을 나누어주는 것인 듯하다. 그 결과 왼손의 엄지와 검지가 트릴을 끝내자마자 오른손 엄지가 뛰어들어 그 동작을 마무리해야 한다. 해법은 궁리해냈지만 부드럽게 들리게 하는 데 걸릴 시간은 상상도 할 수 없다.

이 순간에는 변주곡을 안다고 말할 수 있을 것 같지만, 바흐가 아는 것, 또는 어떤 위대한 피아니스트가 아는 것과 같은 의미는 아니다. 하지만 이 하나의 트릴만 생략하면 꽤 부드럽게 진행된다. 그리고 나는 이 변주곡집에서 이 순간을 사랑한다. 바흐가 변하지 않는 화성적 구도의 익숙한 테두리 내에 작고 긴밀한 푸가를 응축해 넣은 방식, 푸가가 이 변주곡 형식이 두 부분으로 나뉘는 것조차 순순히 따라가 중간에서 다시 시작하지만 곡의 더 큰 흐름에 과도한 혼란을 일으키지는 않는 방식. 바흐가 카논을 늘 카논처럼 들리지는 않도록 위장한다면 이 작은 푸가는 어느 모로 보나 푸가처럼 들리게 하겠다고 결심을 하고 제시하는 듯하다. 네 성부는 분명하게 규칙적으로 진입하며, 주제는 교과서의 푸가 주제에 관한 항목에서 좋은 사례로 들 수도 있을 만큼 푸가 처리를 위해 아주 분명하게 설계되어 있다. 그렇다면 그 트릴 하나는 빼버리는 게 어떨까? 그렇게 한다면 사람들 앞에서 연주할 수 있는 컬렉션에 이 변주곡도 넣을 수 있을 텐데.

'푸가'는 '달아난다'는 뜻의 라틴어에서 왔는데, 서로 추적하는 것처럼 보이는 네 성부는 종종 그런 인상을 주기도 한다. 비른바움이 바흐의 다성음악에서 성부의 관계를 묘사한 대로다. "달아나는가 하면 상대를 쫓아가는데 그 과정에서 불규칙성은 조금도 느낄 수 없다." 그러나 내가 그 하나의 트릴을 생략한다면 스스로 부과한 음악적 의무에서 달아나는 용서할 수 없는 일이 될 것이다. 그럴 수 없기 때문에 이 곡을 붙잡아, 세세한 부분까지 철저하게 알지는 못하는 변주곡들의 우리에 가두어둘 수밖에 없다. 따라서 거의 다 익힌 곡에서 작은 한 가지 때문에 내가 이 변주곡에서 얻는 즐거움이 좌절과 미흡함이라는 성가신 느낌으로 바뀌고 만다.

네이선은 나의 이런 자기 채찍질을 까맣게 모르고 발치에서 몸을 흔든다. 음악은 그에게도 고통을 주지만, 인간에게와는 분명히 다른 방식으로 고통을 준다. 음악이 나에게 뭔가 슬픈 것을 일깨우든 아니면 삶의 어떤 고통스러운 순간으로 나를 데려가든, 또는 『골드베르크 변주곡』의 많은 곡처럼 짓누르는 의무감과 내가 범상한 존재에 불과하다는 느낌에 사로잡히게 하든, 나는 계속 벌을 찾아 돌아간다. 음악은 기쁨이 아니라 나의 자기반성 능력의 어떤 부분에서 핵심적이다. 어떤 감정적 메시지나 따뜻한 목욕이 아니고 인지적 도구다. 그것은 나의 삶을 바라보는 시각을 부여한다. 그 시각을 내가 즐기느냐 아니냐, 내 구미에 맞는다고 생각하느냐 아니냐는 나중 문제다. 하지만 네이선은 음악을 들을 때 자기 자신 밖으로 나갈 수 있는 능력이 없다. 자신에게 고통을 주는 음악을 들을 때 그 고통은 즉각적이고 중재되지 않는다.

그런데 왜 음악이 그에게 그렇게 지독한 상처를 줄까? 분명히 그동안 내내 그랬을 것이다. 우리가 입양했을 때 그는 태어난 지 석 달째로, 간신히 같은 배 새끼들로부터 떨어져 나와 인간의 돌봄을 받을 수 있는 나이였다. 그는 내가 『골드베르크 변주곡』을 연구하던 첫 몇 주 동안 우리 집에 왔고 내가 거실에서 연습하는 동안 부엌의 상자에서 잤다. 그는 낯선 집에 와 새로운 얼굴에 둘러싸였으며 갑자기 혼자가 되었다. 바흐는 네이선의 삶에서 가장 심각한 파열의 사운드트랙이었고, 혼란과 슬픔의 배경 음악이었다. 그는 이 음악을 들으면 어머니가 그리워진다.

10

tenth

네 살인가 다섯 살 때 할아버지가 나를 데리고 모호크강을 따라 설치된 오래된 수문을 보러 갔다. 이리 운하 시대 이후 *150*년이 지난 지금도 이 강은 여전히 수로 역할을 하고 있었다. 할아버지는 모든 사회기반시설—철도, 다리, 댐, 운하—에 관심이 많았으며 나는 그의 쾌활한 태도와 모험심 때문에, 또 그가 장남의 외아들인 나를 예뻐했기 때문에 그를 무척 좋아했다. 그런데 수문에 갔을 때 할아버지는 닫힌 문들 위를 걸어 건너편으로 가고 싶어 했다. 허술한 난간이 설치된 좁은 통로였다. 솟아 있는 거대한 수문 밑으로 갈색의 진흙탕 강이 격류를 이루어 흐르고 있었다. 나는 빠질까 봐 무서웠다. 무모한 일이었지만 할아버지는 두려움이 없는 사람이었다. 특별히 용기가 있다는 의미가 아니라 그저 두려워하는 능력이 없다는 뜻이었다.

나는 한사코 건너지 않으려 했다. 할아버지가 나를 쾌활하게 부추기고 안심을 시켰지만 나는 울음을 터뜨렸고 소리를 지르기 시작했다. 그 소리가 무시무시했던 모양이다. 수문지기가 나타나 무슨 일이냐고 물었으니. 나 때문에 창피했는지는 몰라도 어쨌든 할아버지는 내가 성질을 부리고 수문지기가 걱정하자 결국 수문 위로 건너려던 시도를 포기했다. 그날 나는 무척 괴로웠던지 어머니에게 그 이야기를 했다. 그 때문에 집에서는 한바탕 소란이 벌어졌다. 그 무렵은 나의 부모가 문을 닫고 말다툼을 하던 시절이었기 때문에 내가 가진 유일하게 분명한 기억은 마치 물

밑에 있는 것처럼 저 멀리서 뭔가 극적인 일이 일어나고 있었다는 것인데, 그렇게 멀리서 소리를 죽였다 해도 강도가 줄지는 않았다. 나는 너무 어려서 이해하지 못했지만 나중에 증거들을 꿰어 맞추고 합리적 추론을 해보니 어머니가 시아버지에게 격분하여 앞으로 자신의 자식에게 위험한 일이 생기지 않도록 아버지에게 적극 개입할 것을 요구했던 듯하다. 그 말다툼 뒤로 할아버지는 철로를 따라 설치된 낡은 담장 밑으로 몰래 들어가 철로에 동전을 놓는 것 이상의 위험한 행동은 권하지 않았다.

공포는 병과 더불어 어머니와 자식들을 이어주는 원초적인 연결선이었으며 이것은 어머니가 모성에 관해 느끼던 모든 양가적 태도를 뛰어넘었다. 행복하고 충일한 자식은 그저 귀찮은 존재였지만 겁을 먹은 자식은 늘 위로를 받았다. 어머니는 스스로가 무척 겁이 많았다. 어머니의 가장 오랜 기억은 나와 마찬가지로 공포의 기억이었다. 낡은 장식장 뒤에 숨어 있는 거미나 가족의 생존을 위협하는 심각한 병이나 전쟁 기간 솔트레이크시티에서 이루어진 공습 훈련—이 기간에는 낯선 남자들이 커튼 사이로 빛이 새어 나오면 누구든 불러내 야단을 쳤다—같은 것들. 그녀는 흑색과부거미에 물린 언니 다리의 괴사한 살점, 도심 수영장에서 폴리오*polio**가 옮지 않을까 하는 두

* 폴리오바이러스의 감염으로 인한 급성 전염병. 입을 통해 바이러스가 들어가 척수에 침범하여 손발의 마비를 일으키는데, 어린이에게 잘 발생한다.

려움, 아버지와 첫 데이트에서 암벽 등반을 하다 눈높이에서 마주친 뱀을 기억했다. 어머니는 자신의 유대인 할아버지가 미국으로 올 때 재킷 자락에 꿰매어 넣은 금화 이야기를 들려주면서 절대 누구에게도 이야기하지 말라고 늘 덧붙였다. 어머니가 걱정하는 것이 우리 보물 가운데 금화 몇 개가 있다는 사실이 드러나는 것인지, 아니면 유대인 조상이 있다는 사실이 드러나는 것인지 잘 알 수 없었다. 어머니는 또 날씨나 도로, 우레가 칠 때 하는 전화, 갑작스러운 홍수와 토네이도, 2차선 간선도로, 눈보라, 항해, 노숙자, 모든 유형의 군중, 역병, 살인벌, 아랍인, 더러운 변기, 어떤 종류든 색깔이 있는 석기—틀림없이 유약에 납이 들어 있어 아이가 멍청해지고 횡설수설하게 만든다—도 두려워했다.

위험과 죽음은 어머니가 좋아하는 주제였으며 늘 가까이에 있었다. 어머니는 저녁 식탁에서 자동차 사고, 화재, 홍수, 지붕 함몰, 도심의 위험을 이야기했다. 우리는 도심을 찾아간 적이 없었지만 그곳은 어머니가 텔레비전에서 수집한 모든 두려움의 살아 있는 예시였다. 어머니는 신을 믿지 않았으며 자신이 악마를 믿는다는 생각에는 코웃음을 쳤겠지만, 어머니의 세계에는 악의를 품고 사람들 속을 돌아다니며 병이나 고통이나 불화를 퍼뜨리는 악마적 인물들이 출몰했다. 단지 우연에 의해 또는 노년기가 시작됐기 때문에 아픈 사람은 없었다. 이혼은 사람들이 멀어지거나 성숙하면서 화해 불가능한 차이를 인식하기 때문에 하는 것이 아니었다. 아이들이 단지 사고로 얼음이 꺼져 빠져 죽는 게 아니었다. 이런 부패와 파괴에는 뭔가 원인이 있었다. 미지의, 말할 수 없는, 비미국적인 뭔가가. 심장마비와 뇌졸중과 암은 수치스러운 일이었다. 교외를, 품위 있는 사람들을, 행복할 권리를 위해 열심히 일하는 선량하고 정직한 가족을 노리는 어둠의 요원들의 악의에 찬 작업물이었다. "그 여자가 손가락을 벴는데 그게 괴사해서 이제 팔을 통째로 잘랐어, 세상에나." 우리가 반쯤 삶아진 감자를 수프 사발 바닥에 이리저리 굴리는 동안 어머니는 그런 말을 하곤 했다.

어머니는 사람들이 큰 위험을 빠져나가는 이야기에 강한 인상을 받았다. 모성의 직관으로 감추어진 위험에 승리를 거두는 이야기를 가장 좋아했다. 어머니가 아는 한 여자는, 그 여자도 자식이 있었는데, 어느 날 저녁 집에 돌아왔을 때 어스름 속에서 집을 한번 살펴보더니 가족이 안에 들어가지 못하게 했다. 뭔가가 이상했다. 뭔지는 몰랐고, 다만 어딘가 어긋나 있다는 것은 알았다. 문이 약간 열려 있지도 창문이 열려 있지도 않았다. 콕 집어서 말할 수는 없었지만 여전히 팔짱을 끼고 자기 입장을 고수했다. "들어가면 안 돼." 그녀는 경찰을 불렀고 경찰은 근거 없는 공포라고 그녀를 책망했지만 그래도 집을 살펴보았고 그 결과… 집 안에 숨어들어 있던 연쇄 살인범을 발견했다.

의사의 진단을 의심하여 의사가 준 약을 자식에게 먹이지 않기로 결정한 어머니가 있었다. 의사가 몇 분 뒤에야 공황에 빠져 전화를 하더니 약을 잘못 주었다고, 그걸 먹으면 아이가 죽는다고 말했다. "그냥 안 거야." 어머니는 만족감 같은 것은 조금도 없이 말했다. 그 이야기가 모성의 힘을 확인해주는 것이 아니라 비합리적 위험의 세계에서 유일한 방어는 비합리적 직관뿐임을 증명하기 때문이었다.

어머니의 공포는 우리 삶의 구조를 이루었다. 퐁듀 냄비에 거품이 일어 커튼에 내용물이 튀면 그것은 화재를 일으킬 수도 있었던 사건이 되어 우리는 두 번 다시 그 냄비를 사용하지 않았다. 우리는 텔레비전을 켜면 늘 멀찌감치 앉았고 전자레인지에 음식물을 넣으면 방사선 때문에 뒤로 물러났다. 어머니는 시내를 누비고 다니는 제설기가 아이를 눈 속에 묻은 적이 있다는 이야기를 들었고 그 뒤로 우리는 눈이 조금만 쌓여도 앞마당에서 노는 것이 금지되었다. 우리는 보툴리누스 중독 때문에 통조림에 든 음식을 절대 그대로 먹지 않았고 선모충병 때문에 가죽처럼 질겨질 때까지 푹 익히지 않은 돼지고기는 절대로 먹지 않았다. 우리는 뉴욕시에서 불과 몇 시간 떨어진 거리에 살았지만 범죄 때문에 그곳에 가지 않았다. 대도시에서는 가족 전체가 자동차, 짐과 함께 사라졌고 흔적조차 찾을 수가 없었다.

어머니는 어린 나에게 공포와 위험에 관한 시를 읽어

주었고 그것은 평생 나에게 남아 있다. 우리 타운은 내가 어렸을 때 오래된 공장들이 문을 닫고 산업지대가 폐허가 되면서 쇠퇴하기 시작했다. 나는 지금도 미국의 가장 위대한 시를 모은 낡은 책에 있던 바첼 린지의 시 몇 행을 암송할 수 있다.

> 공장 창문은 늘 깨져 있다.
> 누군가 늘 벽돌을 던지고
> 누군가 늘 재를 들썩이고
> 추한 야후*
> 장난을 친다.
> 공장 창문은 늘 깨져 있다.
> 다른 창문들은 내버려둔다.
> 아무도 예배당 창문으로는 던지지 않는다
> 신랄하고 으르렁거리고 조롱하는 돌을.
> 공장 창문은 늘 깨져 있다.
> 뭔가 또는 다른 게 잘못되고 있다.
> 뭔가 썩고 있다—내 생각엔, 덴마크에서.
> 공장 창문 노래 끝.

어머니는 나에게 '조롱'이 무슨 의미인지 어떻게 돌이 으르렁거릴 수 있는지 인내심을 갖고 설명했고, 『햄릿』을

* 짐승 같은 인간을 가리킨다.

참조한 부분**을 이해시키려 했다. 이 시의 진실성은 우리가 녹슨 다리를 건너 근처 도시의 도심으로 들어갈 때마다 분명하게 드러났다. 그곳의 오래된 산업용 건물들은 깨진 창문 수백 개 때문에 곰보가 된 것 같았다. 하지만 우리 둘 다 이 시의 아이러니는 깨닫지 못했고 대부분의 시간을 야후 장난에 관해 이야기하며 보냈다. 이 야후가 누구일까? 그들은 도시에 산다, 아무도 그들이 더 나아지도록 가르치지 않았다, 그들은 집에 피아노 같은 좋은 게 없다, 그들은 아주아주 위험하다.

어머니는 자식들에게 자신의 특정한 공포, 그런 공포를 살아나게 하는 묘한 신화적 구축물을 물려주지는 않았다. 하지만 나는 어머니에게서 공포의 형판, 세상을 공포와 관련하여 바라보는 습관을 물려받았다. 그래서 비교적 어릴 때부터 모든 걸 두려워하는 경향과 싸우는 데 엄청난 에너지를 소비해야 했다. 옛 그림을 보면 죽음을 일깨우는 두개골이 책상이나 탁자에 놓여 생각에 잠긴 사람 앞에서 촛불에 빛나고 있다. 그것은 기질상 쾌락을 즐기거나 세상을 만끽하는 경향의 사람들에 대한 영적 경고이자 우리의 삶이 유한하며 모퉁이를 돌면 늘 죽음이 있다는 것을 일깨우는데, 여기에는 정신이 번쩍 드는 신학적 함의가 담겨 있다. 나는 이런 겉으로 드러나는 메멘토 모리***

** “뭔가 썩고 있다—내 생각엔, 덴마크에서”가 『햄릿』에 나온다.
*** 죽음을 떠올리는 것.

가 전혀 필요 없었다. 매일 그 공포를 마치 호주머니 속의 작은 물건처럼 지니고 살았기 때문이다. 어머니가 열쇠와 점심 사 먹을 돈을 잊지 말고 챙기라고 하면서 호주머니에 슬쩍 넣어둔 것처럼.

많은 면에서 공포는 나의 신뢰할 만한 안내자였다. 그러나 집을 떠날 때 나는 나의 공포에 혐오감을 느꼈다. 그걸 극복하지 못하면 삶을 어머니가 살던 세계처럼 철저히 한정된 것으로 볼 수도 있었다. 따라서 하기 두렵다면 그것은 할 필요가 있는 일이었다. 나는 하이킹에 맛을 들여 벽지에서, 때로는 혼자 며칠씩 보냈다. 여권을 발급받아 세계를 여행했다. 뉴질랜드에서 히치하이크를 했고 버스를 타고 오스트레일리아를 가로지르며 목장과 양 치는 농장에서 일을 했다. 바닥에 매트리스 하나만 있는 지저분한 남미 호텔에서 밤을 보내고 아시아에서는 이등칸, 삼등칸 열차로 여행했다. 한번은 아프리카 해안의 곧 부서질 것 같은 다우 배*의 뱃전에서 토하며 생각했다. 어머니가 지금 나를 본다면. 나는 도시로 이사했고, 낯선 사람에게 말을 거는 것에 대한 엄청난 공포에도 불구하고 매일 낯선 사람과 말을 해야 하는 언론계를 직업으로 택했다. 일 때문에 아프가니스탄과 시리아(내전 전)에 가게 되었을 때 나는 그곳에 간다고 어머니에게 말할 순간을 음미했다. 나는 절대 공포를 끊어낼 수 없었고 단지 어떤 종류의 삶을

* 삼각형의 큰 돛을 단 아랍의 배.

살 만큼 누를 수 있을 뿐이었다. 하지만 중년에 접어들고 나서도 오랫동안 내가 아무것도 두려워하지 않는다는 걸 어머니에게 보여주는 것에서 속이 켕기는 기쁨을 느꼈다. 한편으로는 그게 어머니를 자극하기 때문이기도 했지만 대부분은 그것이 사실이기를 나 스스로 바랐기 때문이다.

내가 절대 이겨내거나 숨기지 못한 몇 안 되는 공포 가운데 하나는 사람들 앞에서 음악을 연주하는 것에 대한 공포였다. 그 공포와 전투를 벌이던 어느 순간, 나는 그 현상에 대한 책을 읽기로 하고 *1947*년에 나온 묘한 책을 발견했다. 『공연자와 청중: 청중 앞에서 연주, 노래, 발언할 때의 불안과 초조의 심리적 원인에 대한 조사*Performer and Audience: An Investigation into the Psychological Causes of Anxiety and Nervousness in Playing, Singing or Speaking Before an Audience*』. 이것은 프로이트파 계열의 소책자로 피아니스트인 저자는 헌사에서 내가 갈망하던 것을 약속했다. "불안이나 초조가 유전적이거나 체질적인 요인이라 고칠 수도 없앨 수도 없다고 믿게 된 모든 사람들에게, 그것이 분명히 틀린 생각이라는 저자의 믿음으로 이 책을 바친다."[30] 그러니 초조의 뿌리를 검토하고 그 감춰진 원인을 드러내기만 하면 그것은 사라질 것이다. 그렇다면 원인은 무엇인가? 저자는 프로이트의 『문명 속의 불만』을 통째로 빌려와 원시적 본능의 억압을 비난한다. 특히 "앵글로색슨 나라들"에서는 "브레이크를 매우 효율적으로 밟는 데 성공했기 때문에 그런 원시적인,

비사회적 혹은 반사회적인 감정적 충동을 제어했을 뿐 아니라 그 과정에서 사회적으로 받아들여지도록 수정된 가치 있는 충동들까지 제어하게 되었다. 그 결과 모든 종류의 감정적 표현의 자유와 자발성이 상당한 정도로 억제되고 심지어 완전히 막히기까지 했다."

간단히 말해서 우리는 문명화된 사회에 속하려고 필요 이상으로 심하게 억압을 하고 있으며 그 과정에서 더 많은 무해한 본능을 억누른다. 이것은 몇 가지 형태로 나타난다. 어떤 음악가는 자신의 과시하는 경향이 두려워 자기 징벌이나 보상의 한 형태로 연주를 사보타주한다. 그러나 어떤 음악가들은 마조히즘적이어서 형편없는 리사이틀 뒤의 창피라는 고통을 즐긴다. '치다', '터치', '손' 같은 말이나 관념은 유년의 성적 표현과 연결되기 때문에 나중에 사람들 앞에서 피아노를 치려고 할 때 이런 개념들과 관련된 불안을 느낀다. 공포는 늘 하나의 원인에서 다른 원인으로 옮겨질 수 있고, 따라서 지하 깊은 곳 용암처럼, 눈앞에 터져 나오는 것도 그 원천은 외상을 입은 원시적 자아의 감추어진 깊은 곳에 있을 수 있다. 이런 프로이트주의적 설명은 많은 거창하고 물샐틈없는 이론들과 마찬가지로 모든 가능성을 포괄하며 똑같은 결과를 낳는 정반대의 원인들을 이야기하기도 한다.

내 세대 많은 사람과 마찬가지로 나도 대학 시절과 이후 오랫동안 프로이트를 읽었다. 마침내 약간의 돈이 모이자 나는 정신분석을 받아보기로 하고 일주일에 나흘 소파에서 자유연상을 하고 전이가 생기기를 기다렸다. 결국 생기지는 않았지만. 정신분석가를 만난다고 하자 어머니는 거의 기절할 지경이었다. 돈 낭비다, 어머니는 말했다. "우리가 너한테 분별력을 심어주지 못한 거니?" 어머니는 대학 시절 책을 꽤 읽어서 오이디푸스 콤플렉스 정도는 잘 알았다. "왜 그 병들고 뒤틀린 걸 믿으려고 하니?" 세월이 흐른 뒤, 암 진단 후 오래 지나지 않아, 나는 어머니의 약 가운데 항우울제를 한 병 발견했다. 어머니는 아직 살 날이 몇 년은 남았고, 그때까지 견딘 모든 일에도 불구하고 비교적 기분이 좋았다. 다른 가족도 그것을 눈치챘다. 어머니는 전보다 신경도 덜 예민하고 화도 덜 내는 것 같았으며 생각도 또렷했고 새로 평정심을 찾았다. 약에 관해 물었더니 어머니는 의사가 잠을 잘 자라고 처방해주어 매일 저녁 한 알씩 먹는데 효과가 있는 것 같다고 말했다. 병 안을 보니 아주 작은 파란 알약이 보였다. 새끼손가락 손톱보다 작았다. 어머니가 그 약을 반세기 일찍 먹기 시작했다면 내 인생이 어떻게 달랐을지 궁금했다. 어머니는 이 약이 사실 일반적으로 믿을 만하고 효과적인 항우울제라는 것을 알게 되자 복용을 중단했다.

𝒥

바흐의 두려움과 그의 정서적 삶의 어두운 면에 관해 우리는 거의 알지 못한다. 19세기에 바흐가 인기를 얻고 천재의 신전에 오르면서 전기 작가들은 그의 내적 삶을 간과하고 신앙과 경건이라는 손에 잡히는 증거에 초점을 맞추는 경향이 있었다. 그들은 바흐가 현대인을 괴롭히는 불안과 동요에 대체로 면역이 되어 있다고 결론을 내렸다. 그는 신에게 헌신했고 자신의 예술에 헌신했으며, 죽음이 가족에게 어떤 고통을 주었든 그것을 기독교도의 굴복과 맹종이라는 더 큰 우주론 안에서 이해했다고 말이다. 최근의 전기 작가와 역사학자들은 그보다 깊이 들어가 그의 정서적 프로필을 가설이기는 하지만 그럴듯하게 이해하고, 그와 같은 시대 사람들의 자전적 이야기와 그가 살았던 시대의 역사적·사회적 맥락에 대한 더 폭넓은 이해를 통해 그의 내적 삶을 추측하려 한다. 이런 작가들 가운데 일부는 심지어 과감하게도 그에게 과격한 평범성을 덧씌우기까지 한다. 바흐는 단지 인간일 뿐이며 다른 인간에게 찾아오는 고통과 쾌락을 똑같이 경험했음이 틀림없다는 것.

바흐가 쓴 글을 볼 때 그의 기질에 관해 다양한 생각을 하게 되지만, 거기에 구체적인 감정적 반응에 관한 실마리는 거의 없다. 그의 편지 대부분은 동료와 제자를 위한 직업적 추천서, 오르간 제작자와 그들의 악기에 관한 추천의 글, 승진이나 직업적 지위에 대한 요청이며, 그 외에는 변호사가 쓴 것 같은 긴 이의 제기가 많다. 특히 라이프치히 시의원들에게 보낸 것이 많은데, 이들은 그의 삶의 마지막 몇십 년 동안 그의 고용주였다. 이 편지들로부터 아랫사람이나 동료, 특히 도와줄 가치가 있다고 여기는 사람과의 관계에서는 의무에 충실하고 또 심지어 관대하고, 현실적으로 경쟁자로 인식하는 사람과의 관계에서는 쉽게 발끈하고 약간 편집증적이며, 권력자에게 보내는 탄원에서는 아첨하고, 자기 일을 처리할 때는 권리를 열심히 방어하는 사람임을 느낄 수 있다. 몇 통 안 되지만 진짜 감정을 더 구체적으로 느낄 수 있는 편지도 있다. 여기에는 1748년 그 지역 여관주인(또는 여관주인의 아들)에게 보낸 짧은 편지처럼 격앙된 분노를 느낄 수 있는 편지도 포함된다. 이 사람은 바흐가 모은 하프시코드 가운데 한 대를 빌렸으나 돌려주지 않았다. "이제 나의 인내심은 한계에 이르렀소." 바흐는 그렇게 시작하고 이렇게 결론을 내린다. "당신은 그것을 좋은 상태로, 닷새 안에 가져와야 하오. 아니면 우리는 다시는 친구가 되지 못할 거요."

바흐가 아들 요한 고트프리트 베른하르트에게 오르가니스트 자리를 얻어주었던 장거하우젠의 유력자에게 쓴 편지에서 나타나는 불만은 더 개인적이다. 아마도 꽤 큰 재능이 있었을 이 젊은이는 재능을 게으르게 낭비했거나, 그게 아니라도 일자리를 유지할 정서적 능력을 갖추지는 못했던 듯하다. 그는 승진 직후 빚을 남기고 그 도시에서 달아났다. 바흐는 신중하게 아들이 실제로 빚을 졌다는 것을 확인하기 전에는 어떤 빚도 갚지 않으려 했으나 아버지로서 겪은 고통과 당혹은 손에 잡힐 듯하다. "이제 내가 더 어떤 말을 하고 행동을 해야 할까요? 어떤 훈계도, 심지어 사랑으로 돌보고 지원하는 것도 충분하지 않으니 이제 나는 그저 인내심을 갖고 내 십자가를 지고 나의 말을 듣지 않는 아들을 하느님의 자비에만 맡겨야 할 듯합니다." 바흐가 이 편지를 쓰고 나서 몇 달 뒤 요한 고트프리트 베른하르트는 예나 대학에서 법학을 공부하기 시작했고—아마 가업 또는 아버지의 그늘을 피하려는 노력이었을 것이다—스물네 살에 죽었다.

바흐와 같은 시대 사람들이 쓴 편지, 법정 문서, 바흐의 불만에 대한 공식 답변을 포함한 다른 증거를 볼 때 우리는 성질이 있지만 일반적으로 존경받았고, 전문적인 음악가로 나선 초기에는 성숙미는 부족했지만 넘치는 재능을 보여주었고, 엄청나게 생산적인 경력을 쌓는 동안 점점 자신감과 자부심이 늘었고, 삶, 특히 음식과 맥주와 와인을 사랑했고, 부모, 첫 부인, 스무 명의 자녀 가운데 열한 명의 죽음을 포함해 가슴 아픈 상실을 겪은 남자를 느끼게 된다. 불과 스무 살 때 이미 아른슈타트에서 오르가니스트로 일하던 바흐는 가이어바흐라는 이름의 바순 연주자와 말다툼을 벌였고 결국 둘은 어느 깊은 여름밤 몸싸움까지 벌였다는 것을 우리는 안다. 바흐는 단검을 뽑았을 수도 있다. 어떤 사람들은 그가 허세와 자만심이 강하다고 생각했다. 그를 옹호하는 사람들은 세상이 그의 천재성과 독일 음악에 대한 기여를 충분히 인정하지 않는다고 느꼈다.

더 넓게 볼 때 우리는 바흐의 삶이, 독일이 빠르게 변하던 불안정한 시기에 걸쳐 있다는 것을 알고 있다. 그는 30년 전쟁이 끝나고 40년도 채 지나지 않아 태어났는데, 전쟁 동안 사상자가 수백만 명이 생겼으며 기근과 마녀사냥이 벌어졌고 바흐가 살던 지역은 완전히 파괴되어 튀링겐 주민 가운데 무려 50퍼센트가 폭력이나 영양실조나 질병으로 목숨을 잃었다.[31] 그것은 트라우마에 휩싸인 풍경이었을 가능성이 크다. 역사적 기록에 따르면 심지어 반세기 뒤에도 특히 농촌 지역의 마을과 도시에는 절망적인 궁핍 상태에 처한 과부들이 가득했고, 농민은 기아에 시달렸다고 한다. 하지만 바흐는 또 성인이 된 후 생의 절반을 라이프치히에서 보냈는데, 이곳은 번창하는 상업의 중심지이자 외국 상인들로 이루어진 다양한 주민들과 주요 대학의 본거지로, 중요한 책 거래가 이루어지고 중간계급이 빠르게 성장하고 있었다. 어떤 의미에서 바흐는 중세에 태어나 계몽주의 시대에 죽었다. 그는 지방 오지 출신으로 그전 수백 년 동안 젊은 남자들이 그랬던 것처럼 가업을 이을 도제 훈련을 받았다. 그러나 그는 자신의 음악을 발표하고, 악기 대여업을 운영하고, 자신의 제자와 자식을 포함하는 여러 음악가와 작곡가로 이루어진 소제국을 다스리는 기업가적 시민이 되었다. 주위 세상의 이런 급속한 변화가 그의 정서적 삶에 준 영향은 추측만 해볼 수 있을 뿐이다. 따라서 직간접적인 개인적 경험을 근거로 두려워하던 그 모든 것—전쟁, 기근, 역병, 질병, 마차 여행(바흐와 같은 시대 사람으로 큰 존경을 받던 헨델은 바흐가 죽고 나서 몇 달 뒤인 1750년 마차 사고로 크게 다쳤다), 거리의 깡패와 바순 연주자, 감옥(바흐는 삼십대 초반 감옥에 한 달 동안 감금되었다), 하프시코드를 돌려주려 하지 않는 부도덕한 여관주인—과 더불어, 빠르게 변하는 세상, 즉 예술이나 음악에 대한 다른 태도, 기대, 이념을 가진 새로운 부류의 사람들을 선호하게 된 세상에 더 깊은 불안을 느꼈을지도 모른다.

또 그의 음악이라는 증거가 있다. 다수가 종교적 정서를 넘어서는 강도의 절망을 보여주는 수백 곡에 달하는 교회 칸타타, 위대한 『B단조 미사*Mass in B Minor*』, 현존하는 두 개의 수난곡에 담긴 절절한 감정의 사순절 음악, 어느 대규모 성악곡 못지않게 깊은 고뇌에 사로잡힌 단조 에피소드가 들어간 기악곡이 그렇다. 『골드베르크 변주곡』에는 단조 변주곡 세 곡이 포함되어 있다. 열다섯 번째 변주곡은 한숨과 신음의 반복을 암시하기 위하여 멈칫거리고 질질 끄는 두 음 패턴을 이용한다. 스물한 번째 변주곡은 『골드베르크 변주곡』의 저음부 선율에 단계적인 반음계 변화를 도입하는데 이것은 바흐가 고뇌를 암시할 때 종종 이용하는 전환이다. 스물다섯 번째 변주곡은 변주곡집의 거의 끝을 향해 있는 감정의 블랙홀로 그 안에서 소프라노 선율은 점점 더 급진적으로 바뀌는 반음계 덤불에 얽혀 든다. 바흐는 멜랑콜리, 절제된 슬픔, 달콤한 갈망의 순간을 포함한 감정의 중간 지대를 만드는 데 대단히 뛰어났지만 일단 그의 음악이 어두운 곳으로 가게 되면 어떤 예술가가 창조한 그 어떤 형태의 예술 못지않게 어둡고 가차 없다.

그런 강렬함과 만나면 전기적 설명이 절실하다. 그러나 많은 학자가 바흐의 개인적인 삶의 사건들과 음악적 결과물을 연결하는 것을 망설인다. 재능 있는 바이올린 연주자였던 알베르트 아인슈타인은 *20*세기 바흐 연구의 대부분에서 지배적이었던, 심리학적 해석에 대한 저항을 되풀이하여 이렇게 충고한다. "들어라, 연주하라, 사랑하라, 숭배하라—그리고 아가리 닥쳐라."[32] 그러나 다른 사람들은 바흐의 내적 삶을 재구성하려고 할 때 음악을 제쳐둘 이유가 없다고 주장하면서 그의 성격을 이해하는 데 도움이 될 불완전한 증거를 가져오려고 시도했다. 그렇게 할 가장 큰 능력을 갖춘 사람은 평생 바흐를 지휘한 음악가이자 역사학자인 존 엘리엇 가디너이다. 그는 *2000*년에 《바흐 서

거 250주년을 기념하여) 유럽과 미국의 도시들을 마라톤 투어하면서 바흐의 교회 칸타타 전곡을 공연했다. 10년 이상이 흐른 뒤 그는 부분적으로는 바흐의 음악에 몰입한 결과로 얻은 이해에 기초하여 바흐의 전기를 출판했는데, 이 책에서 가디너는 "음악이 자서전이라는 낭만적인 관점"에 대한 그 모든 일반적 경고를 인정하면서도 음악 자체에 기초하여 바흐의 정서적 삶을 더 견실하게 이해하는 쪽을 지지한다. 그는 다른 사람들보다 더 공격적이고 편협한, 또 사랑하는 사람들을 잃은 것에 더 깊이 상처받은 바흐를 느끼게 해주었다. 그의 바흐는 전복적이며, 세상에 대한 자신의 신학적 이해로 음악을 암호화했고, 둔감하고 속물적인 고용주들에 대한 원한을 음악적 기벽 안에 감추었다. 가디너는 또 부모를 잃은 경험에 깊이 부서지고, 다시 의지와 위대한 지성의 힘으로 합쳐진 바흐를 보여주는 증거를 찾는다. "그의 기억 중 일부는 다시 꺼낼 수 없을 만큼 고통스러웠는데 모두 그의 음악이—텍스트와 결합해—가끔 드러내는 성마름과 맞물려 있다. 바흐는 유년 초기의 지울 수 없는 기억을 견디며 살았고 틀림없이 그 사건들의 의미를 곱씹었을 것이다." 이렇게 "그의 삶에 끈질기게 달라붙은 죽음—부모, 형제자매, 첫 부인, 그리고 아주 많은 자식—때문에 사랑하는 것에는 기본적으로 상실의 위험이 따른다는 경험에 기초한 감정적 은둔 또는 경계심이 생겼을 수도 있다". 음악은 보상이었다. 그것이 우리가 생각하는 작은 의미, 즉 음악이 상처를 치료하는 향유(香油)라는 의미에서 그가 위로를 받았기 때문이 아니라, 음악이 그의 삶을 확대하고 예측 불가능성을 다루는 수단을 제공했기 때문이다. "아마도 음악은 바흐에게 현실의 삶이 여러 면에서 줄 수 없는 것을 주었을 것이다. 질서와 모험, 기쁨과 만족, 일상생활에서 찾을 수 있는 것보다 큰 신뢰성."[33)]

𝒥

바흐가 직면했을 공포가 무엇인지는 짐작만 할 수 있는 반면 바흐가 불러일으킨 공포와 더 큰 문화적 불안은 비교적 자신 있게 말할 수 있다. 모차르트, 베토벤, 바그너를 탄생시킨 음악 전통의 창시자로 추앙받는 바흐는 대중의 기억 속에 가부장의 모습으로 자리를 잡고 이후 세대에게 가부장의 위엄을 갖추고 위압적인 느낌으로 다가왔다. 그의 음악의 위대함은 무시무시하고 어렵다는 느낌과 결합해 있다. 그는 동시대의 비방자로부터 지나치게 복잡한 음악을 작곡한다는 비난을 받았을 뿐 아니라 사후 평판에서도 지적 엄격함에 관한 이야기가 엄청난 비율을 차지했다. 그의 전 작품은 숭고의 고전적 의미를 보여주는 상징이 되어 단순히 인간적인 것은 난쟁이로 만들어버리고, 또 우리를 삼킬 듯이 위협하지만 동시에 인간으로서 드높여 우주에서 우리의 자율성에 거의 신성한 느낌을 부여하는 위력을 발휘했다.

이런 신화의 구축은 그의 생전 그리고 죽은 직후로 거슬러 올라가는데, 그의 초인간적 능력뿐 아니라 그것이 불러일으키는 두려움을 강조하는 일화적 자료가 중요한 자리를 차지한다. 그의 놀라운 재능은 프로이센의 프리드리히 대왕을 만났을 때부터 잘 알려져 있었다. 1747년 5월 프리드리히 대왕은 바흐에게 자신을 위해 연주해달라고 부탁했다. 바흐는 요청을 받아들여 즉흥적으로 복잡한 푸가를 만들었는데 그 솜씨가 너무 훌륭해 "참석한 모두가 놀라움에 사로잡혔다". 이런 배경, 포츠담 왕궁, 왕 자신과 더불어 당시 살아 있던 가장 유명하고 뛰어난 연주자와 작곡가 몇 명을 포함한 궁정 음악가들의 존재는 이 만남의 드라마에 특별한 힘을 부여한다. 이 일화에서 바흐는 대규모의 피아노 리사이틀 시대 이전에 가능한 가장 공적인 방식으로 그의 건반 연주 기량을 보여줄 수 있었다. 이 일화는 이보다 30년 전 바흐가 바이마르 궁정에서 악장으로 일하던 때의 다른 일화에 펜던트처럼 달려 있다. 그때 바흐는 당시 가장 유명한 오르가니스트로 꼽히던 루이 마르샹에게 도전하여 일종의 결투를 벌이라는 부추김을 받았다. 결투란 각자 어떤 악상에 기초하여 또는 상대가 제시하는 방식으로 즉흥 연주를 하는 것이었다. 당시 드레스덴을 방문해 머물고 있던 마르샹은 오만한 사람으로 악명이 높았는데, 이 만남 자체가 이 프랑스의 명인에게 창피를 주려고 계획된—바흐가 아니라 드레스덴 음악가들이—것일 수도 있다. 바흐가 도전장을 보내고 마르샹이 받아들였지만 결국 마르샹은 나타나지 않았다. 바흐의 부고에는 더 자세히 설명되어 있다. "마침내 주최 측은 혹시 잊었을까 해서 마르샹의 숙소로 사람을 보내 이제 자신이 남자임을 보여줄 시간이라고 알렸다. 그러나 마르샹 씨는 바로 그날 아침 일찍 특별 마차로 드레스덴을 떠났다는 사실이 알려져 모두가 크게 놀랐다."

그렇게 바흐는 부전승했다. 이 일화는 18세기 말 퍼져 있던 가장 인기 있는 바흐 이야기였으며 음악 결투에 관한 이야기라는 장르를 예고한다. 이런 결투에는 모차르트와 클레멘티, 베토벤과 다니엘 슈타이벨트, 프란츠 리스트와 지기스몬트 탈베르크의 서사시적 만남이 포함된다. 이 가운데 일부는 무승부로, 일부는 승리로 여겨지는데, 베토벤의 경우에는 슈타이벨트가 방에서 도망쳤다고 한다. 하지만 음악적 능력이 워낙 엄청나 주인공이 아예 나타나지도 않는 경우는 바흐밖에 없다. 세상에 퍼져 나가면서 점점 더 부풀려진 이 이야기는 프랑스 음악에 대한 독일 음악의 우월성, 세계를 주유하는 매력 넘치는 세련된 사람 *homme du monde*을 압도하는 부지런하고 총명한 지역 영웅의 우월성을 보여주는 역할을 했다. 그러나 그보다 더 큰 결과는 음악이 하나의 수행, 또는 자기표현이나 예술적 기예의 형식이라기보다는 자기주장의 수단이라는 생각을 부추겼다는 것이다. 예술은 시합이고 오직 강한 자가 살아남는다.

음악을 투쟁으로 격하하는 것은 왜곡된, 심지어 비극적인 일이지만 이런 생각은 위대한 작곡가들 사이의 결투로부터 냉전 시대 피아노 경연이나 어린아이들에게 연습할 동기를 부여하기 위해 학생 경연을 자주 이용하는 것에 이르기까지 우리가 예술과 맺는 관계의 많은 부분을 수백 년 동안 규정해왔다. 다른 사람을 상대로 하는 경쟁으로 인식하지 않을 때도 음악은 다루기 힘들고 규율이 잡히지 않은 자기와 싸우는 투쟁, 또는 음악 자체와 싸우는 투쟁으로 이해되고 있다. 사람들은 바흐와 씨름한다. 많은 사람이 패배한다. 음악이 자신을 주장할 수 있는 도구라는 생각도 바흐의 생애 후반부에 사회적으로 새롭게 중요한 의미를 띠게 되었다. 음악적 문해력이 문화 정글에서 또 하나의 격투장으로 전락하면서 생긴 일이었다.

『골드베르크 변주곡』이 발표되었을 때 속표지에는 "요한 제바스티안 바흐가 감식가들을 위하여, 그들 정신의 기력 회복을 위하여 작곡"한 것이라고 적혀 있었다. "정신의 기력 회복을 위하여"라는 말—"영혼의 즐거움을 위하여"라고 더 종교적인 색채를 띤 말로 옮길 수도 있을 것이다—

은 당시 판에 박힌 문구였지만 의미가 없는 것은 아니다. 라이프치히 토마스 학교에서 바흐에 앞서 선창자로 일했던 사람은 건반곡을 모아 출판하면서 서문에서 "다른 공부를 하느라 정신이 지친 사람들이 건반으로 정신의 기력을 회복하기를 바라며 이 새로운 파르티타들을 작곡하여 직접 출간했다"고 말한다.[34] 다른 작곡가는 자신의 독자에게 비슷한 표현으로, "다른 공부나 가치 있는 활동을 하다 지쳤을 때" 연습을 통해 "정신의 기력을 회복할 수 있다"고 주장했다. 음악은 더 가치 있지만 힘든 일로부터 벗어나 정신의 건강을 회복하게 해주는 일, 또는 최악의 경우 더 심각한 악덕에 빠지는 것을 피하게 해주는 작은 악덕으로 여겨지고 있다.

그러나 확장되는 중간계급이 점점 폭넓은 지적, 문화적 생활의 호사를 누리게 되었을 때도 음악은 여성의 영역에 더 어울리는 것으로, 남자에게는 시간과 에너지의 낭비로 규정되고 있었다. 남자는 음악을 알아야 하고 음악을 포함한 삶의 고급스러운 것들의 유능한 재판관이 되어야 한다. 그러나 악기를 배우는 것은 불필요하다고 인식되었다. *1705*년 젊은 남자들은 이런 주의를 들었다.

> 품위 있는 사람들 앞에서 연주할 만큼 악기를 잘 다루려면 너무 많은 에너지와 시간이 필요하다. 그렇다고 형편없는 연주로 듣는 사람들의 귀에 고통을 주는

것은 더 심각한 문제다. 그러면 진짜로 평판이 낮아지기 때문이다… 성부 유형을 구분하고, 좋은 연주와 나쁜 연주를 알고, 기량과 수준을 인식할 수 있을 만큼만 음악을 배우는 것이 최선이다. 그렇게 하면 동료들과 함께 있는 상황에서 아름다운 음악이 연주될 때… 그에 관해 합리적으로 능숙하게 이야기할 수 있을 것이다.[35]

여기에는 오늘날에도 여전한, 음악에 관한 수많은 불안과 불확실성이 도사리고 있다. 시간 낭비에 대한 걱정, 관객 앞에서 수모를 당해 위치가 깎이는 데 대한 걱정, 무지해 보이는 것에 대한 걱정. 음악 지식은 사교 기술의 하나지만 음악을 연주하는 것은 사교적 자산이 아니다. 이런 관점은 *19*세기 내내 끈질기게 유지되며, 토마스 만이 그의 가장 한심한 인물로 꼽히는 하노 부덴브루크에게 떠안기는 자기혐오에서 다시 나타난다. 위대한 독일 남성 상인 혈통의 마지막 후손인 그는 병들고 두려움 많고 나약하며 음악을 연주하는 데서만 의미를 찾는다. 아버지는 이런 취미를 창피하게 여긴다. 오늘날에도 똑같은 감수성이 작동하여 대학에 다니는 젊은이는 오랫동안 연습하던 악기를 포기하면서, 나는 어차피 충분히 잘할 수가 없었어, 같은 말로 종종 그것을 합리화한다.

무엇에 충분하단 말일까? 이 묘한 구절 뒤에는 바흐 시절에 등장한, 음악에 대한 오래된 부르주아적 양가감정이 숨어 있다. 뛰어나게 연주하지 못하면 아예 연주하지 말아야 한다. 바흐의 음악에 이르면 더 깊은 걱정이 들어선다. 바흐의 음악은 숭고하기 때문에 오락을 넘어서야 하고 청자를 변화시켜야 한다는 느낌이다. 아주 진지하고 획기적이고 영혼을 흔드는 일이어야 한다. 이런 교만은 많은 청자를 실망시킬 수밖에 없고 그동안 우리 문화에서 음악적 문해력의 확대를 방해하는 쪽으로 영향을 미쳤다. 이것은 바흐 탓이 아니다. 그는 우리 정신의 기력을 회복시키려고 『골드베르크 변주곡』을 썼지 정신을 억제하려는 것이 아니었다. 다른 작곡가 가운데 그런 불안을 불러일으키는 사람이 있을까?

바흐의 위대함을 시성(諡聖)하는 데서 핵심적인 순간인 1820년대의 한 에피소드는 이런 불안이 작동하는 방식을 보여준다. 18세기 말에 이르면 '바흐'라는 이름은 이 가문의 다음 세대, 즉 요한 제바스티안의 아들인 카를 필리프 에마누엘, 빌헬름 프리트만, 요한 크리스티안을 뜻했다. 바흐 자신은 '아버지 바흐'라고 알려져 있었고, 바흐의 음악은 감식가들 사이에서 연구되고 찬사받았지만 연주되는 일은 상대적으로 적었으며 일반적으로 구식이고 무미건조하고 어렵다고 기억되었다. 그러나 1829년 3월 펠릭스 멘델스존이 베를린에서 바흐의 거대한 작품인 『마태 수난곡*St. Matthew Passion*』 공연을 이끌면서 변화가 생기기 시작했다. 이것은 백 년만의 공연이었다. 멘델스존의 친구이자 지지자였고 독주자로도 참여했던 어떤 이는 나중에 이 행사에 대한 기록을 남겼는데 여기에는 역경에 맞서는 영웅적인 서사가 등장하며, 할리우드 영화의 극적 흐름이 담겨 있다. 두 교향악단, 능숙한 합창단, 최고 수준의 독주자들을 요구하는 이 작품을 소생시키려는 멘델스존의 노력은 늙고 괴팍한 인물 카를 프리드리히 젤터의 저항에 부딪히는데, 그는 베를린 합창단 징아카데미의 노쇠하고 화를 잘 내는 감독이었다. 19세기 초 바흐의 작품을 불후의 업적으로 만드는 데 기여했던 음악 협회인 징아카데미의 감독 젤터는 반드시 설득해야 하는 사람이었지만 바흐의 기억을 지키려는 그의 헌신은 절대적이었다. 바흐의 위엄에 합당한 방식으로 공연이 이루어지지 못한다면 아예 하지 않는 게 좋다는 것이 그의 생각이었다. 그러나 멘델스존과 그의 친구들은 그들대로 고집이 있어 반대를 극복하고 음악을 습득하기 위해 영웅적으로 노력하며 결국 승리를 거둔다. 청중은 "죽음 같은 침묵 속에서" 귀를 기울이고 거룩한 "엄숙성"이 공연을 지배하며 "반쯤 잊혔던 천재"의 부활은 "획기적으로 중요한 일로 느껴졌다". 많은 면에서 실제로 그랬다. 이 새로운 독일 정신이 탄생할 때 청중 가운데 헤겔이 있었다. 그 이후로 바흐의 대규모 합창곡들은 음악의 정전 밖으로 밀려난 적이 없었다.

늙은 젤터의 저항은 내가 바흐를 연습하려고 자리에 앉을 때마다 작은 규모로 작동한다. 해야 할 남은 일의 복잡성과 내가 그런 도전을 감당할 수 없다는 확신에 가까운 느낌을 생각하면 이 기획은 완수가 불가능해 보이며, 조금씩 진전이 이루어질 때마다 남은 일이 훨씬 더 늘어났음을 깨닫게 된다. 작업이 맞는 방향으로 가고 있어도 늘 뒤로 미끄러지고 아래로 떨어질 위험이 있다. 음악에서는 새로운 것을 배우고 익히면 예전 것들이 불안해지는 묘한 현상이 종종 일어나기 때문이다. 어쩌면 화가가 거의 마무리된 캔버스에 군데군데 강조를 하는 것처럼 은근하게 다듬는 작업을 보태면 그만이라고 생각할지도 모르겠다. 그러나 정신은 새로운 도전에 맞서고 음악의 새로운 면을 발견하면서 또한 약점과 결함을 드러내고 이것이 이전의 노력을 가치 없게 만들기도 한다. 마치 한 조각도 다른 모든 것들과 따로 떼어 독립적으로 움직일 수 없어 사람 미치게 만드는 기계적 퍼즐과 같다. 따라서 영원히 옆으로 치워두기가 쉽고 또 가끔 그러고 싶은 엄청난 유혹을 느낀다.

그런다고 무슨 해가 될 게 있겠는가? 우리는 어차피 늘 뭔가를 포기한다. 우리는 흔히 무엇을 할지 선택하면서 어떤 행동을 할지 결정하고 새로운 모험에 나서면서 인생을 보낸다고 생각한다. 하지만 우리는 그만큼 또 우리가 하지 않기로 결정하는 것에 의해서, 오래된 취미를 버리는 것에 의해서, 반쯤 하다 만 노력과 퇴화한 야망에 의해서도 규정된다. 존재의 더 큰 건강을 위해서는 어떤 것이 짐이 되기 전에 포기할 것이 요구된다. 갤런트 스타일의 삶은 오직 적당한 시간을 들여 적당하게 성취할 수 있는 것에만 헌신할 것을 요구한다. 나이가 들수록 새로운 측면을 계발할 능력을 얻기 위해 낡은 측면을 버리는 이중의 작업을 더 절묘하게 해야 한다.

어머니의 인생에서 나를 가장 괴롭히던 것들 가운데 하나, 즉 스스로 자기 인생을 작게 만드는 태도는 어머니가 죽어가면서 더욱 통렬하게 다가왔다. 어머니는 마지막 며칠 동안 나에게 이야기를 해주려고 애썼는데 대부분은 이미 들은 것이었다. 행복한 기억은 없었다. 걱정과 상실의 이야기뿐이었다. 그 가운데는 그녀의 아버지, 어머니가 사랑했던 압제적이고 고집 센 남자와 만난 일화도 있었다. 해군은 나의 아버지를 해외로 발령했고, 어머니는 어린 딸과 함께 텍사스주 코퍼스 크리스티에 있는 트레일러로 이사할 참이었다. 어머니는 그곳에서 아이를 혼자 돌봐야 했다. 그녀의 아버지는 엄숙하게 경고했다. "너에게는 평생 한 가지 의무가 있는데 그건 네 아이를 안전하게 지키는 일이다." 50년 이상 전에 전달된 이 명령을 나에게 말해주는 어머니의 목소리는 떨렸다. 그것이 어머니에게 깊은 영향을 준 것이 분명했다. 오랜 세월에 걸쳐, 특히 인생의 끝에 이르러 수도 없이 그 이야기를 되풀이했기 때문이다. 이것은, 내 생각에, 어머니가 왜 그런 어머니, 엄격하고 쉽게 발끈하는 어머니가 되었는지 설명하려고 한 이야기였다. 또 자신이 한 희생—그것은 진짜였다—을 자식들의 마음에 새기고, 우리가 실제로 안전하게, 풍족한 환경에서 보호받으며 어른으로 성장한 것—이것도 분명히 진실이었다—을 일깨워주려고 한 이야기였다. 하지만 그녀의 아버지는 앞으로 펼쳐질 수많은 삶을 앞둔 젊은 여자에게 삶을 단 하나의 내용으로 줄이고 두려움까지 덮어서 건넸다.

이제 그 두려움 가운데 일부는 나에게 남아 있다. 낡은 숟가락 세트나 가죽 장정 성경처럼 세대를 거쳐 전해졌다. 그것은 나의 어머니가 느끼던 세상 모든 것에 대한 두려움도 아니고, 내가 젊은 시절 극복하려 하던 이런저런 두려움도 아니다. 그것은 내 인생이 어떤 의미 있는 일도 이루지 못한 채 끝날 것이라는 끈질긴 두려움으로 내 안에 뿌리를 내렸다. 많은 사람이 그렇게 느낀다. 세상이 만들어지는 방식을 고려할 때 때때로 우리 모두 그렇게 느끼는 것은, 특히 종교의 위안을 포기할 때 그렇게 느끼는 것은 거의 불가피하다. 나는 이런 두려움을 최대한 감추려 했지만 어쩌면 프로이트주의를 신봉하는 그 저자의 말이 어떤 면에서는 옳았는지도 모른다. 억눌린 것은 불가피하게 돌아오고, 나에게는 그것이 음악과 씨름할 때 돌아오는 것 같다. 음악은 불안을 은닉하기에는 이상한 장소다. 즐거움을 불러와야 마땅한 것 속에 불안을 감추다니. 그러나 아마도 음악이 시간의 흐름에 따라 펼쳐지는, 우리로 하여금 시작과 끝을 예민하게 의식하게 만드는 형식의 예술이기 때문에 음악은 나를 인생이 마무리되기도 전에 끝나버릴 거라는 깊은 불안에 빠뜨리는 것인지도 모른다. 내가 인생에서 배운 것 가운데 한 가지를 잊을 수 있다면 나는 이 두려움을 택하겠다. 이제는 긴 시간이 흘렀지만, 처음에 『골드베르크 변주곡』을 배우기 시작했을 때 나는 그것이 애도 한복판에서 에너지를 활기차게 살아 움직이게 하는 방법이 될 것으로 보았다. 그러나 시간이 흐르면서 나는 애도에서 빠져나왔지만 음악은 내게 인생이 종종 시간과 겨루는 경주 같은 느낌을 준다는 사실을 일깨우는 것이 되어버렸다. 이 기획이 미친 짓이라고 생각하는, 이것을 불가피한 것과 맞서다가 우아하게 후퇴해버린 또 한 번의 경험으로 치부해야겠다고 생각하는 저녁이 수없이 많았다. 그런데 어떻게 된 일인지 나를 받쳐주는 것, 내게 마지막 노력을 할 것을 요구하는 것도 두려움이다. 오래되고 진부하고 내 곁을 떠난 일 없는 실패에 대한 두려움. 이제 이 음악을 배우거나 아니면 옆으로 치워버릴 때가 왔다.

11

eleventh

어머니가 죽은 지 7년이 지났다. 네이선이 개의 삶의 반을 살 만큼 긴 시간, 내가 애도를 끝낼 만큼 긴 시간이었다. 가끔 이모한테 전화를 걸어 수다를 떠는데 이모의 목소리가 일요일마다 듣던 어머니 목소리와 너무나 비슷해서 이상한 느낌이 든다. 집에는 어머니를 떠올리게 하는 물건 몇 가지가 있다. 처음으로 내 집을 마련했을 때 어머니가 준 부엌칼과 체, 어릴 때 살던 집의 피아노 위에 있던 램프. 그것들을 만질 때면 대개 어머니가 떠오르고, 고장이 나서 이제 그만 버릴까 생각하면 더 떠오른다. 어머니가 오래전 나를 위해 옮겨 심어준 양치식물 하나가 내가 돌보지 않은 탓에 거의 죽어갈 때 나는 몇 주 동안 전전긍긍하면서 돌봐 다시 살려냈다. 한번은 책상의 낡은 서류를 들추다가 30년 전 어머니가 작성한 보험 청약서에서 어머니의 글씨를 발견했다. 보험의 세부사항에 관해 물어보려고 적어놓은 메모라 무슨 뜻인지 알 수는 없었다. 다만 눈에 익은 그 필기체를 보고 흠칫 놀랐다. 아주 단정하고 구식이었다. 나는 그 서류를 편지와 사진들과 함께 보관했다.

그렇다고 이렇게 이따금 어머니를 떠올리게 하는 것들이 그 자체로 고통을 준다는 뜻은 아니다. 오히려 이런 순간이 점점 줄어든다는 것, 이런 물건이 나타나는 빈도가 줄어든다는 것이 고통스러웠다. 어머니에 대한 기억과 우연히 마주칠 때마다 다음번에 물리적 세계에서 그녀가 살았던 흔적을 담고 있는 뭔가와 마주쳐 갑자기 멈춰 서기까지 더 오랜 시간이 걸릴 게 확실하다는 느낌. 어머니 생각을 하게 되는 계기가 점점 드물어지면서 미래의 어느 순간에는 내가 그녀에 대한 기억을 지닌 유일한 존재가 될 거라는 두려움이 있다. 오직 하나의 마음에만 담겨 있는 기억은 부서지기 쉽다. 너무 박약해서 떠올리는 것조차 망설여질 수 있다. 그리고 이런 유물을 많이 수집할수록 기억 속을 돌아다니는 것은 어려워진다. 발걸음만으로도 먼지만 남고 다 사라질 거라는 두려움 때문이다. 물론 우리가 두려워하는 연약함은 우리 자신의 죽음이다.

어머니가 죽고 나서 바흐를 공부하기 시작했을 때 그것은 삶으로 돌아가고자 하는 노력처럼 느껴졌다. 그러나 묘한 일이 일어났다. 삶은 저절로 돌아왔다. 이제 음악은 내가 한때 살았던 장소들을 방문하는 동안 피어났다가 삶의 배경으로 사라지는 어떤 오래된 우정을 떠올리게 한다. 절대 죽지 않고, 또 절대 성장하지도 않을 관계. 피아노를 연습하는 것은 운동을 할 때처럼 그냥 기술, 힘, 통제력을 쌓아 올리는 것이 핵심이 아니라 줄어드는 능력을 평가하는 것이기도 하다. 어머니가 죽은 후 몇 달 또 몇 년 동안은 『골드베르크 변주곡』을 익히려는 다급함이 강했다. 그 다급함은 막 시작된 우울에 의해, 또 어머니가 죽음을 맞을 때 느낀 것과 같은 무게의 후회로 나의 죽음을 맞이할지도 모른다는 두려움으로 더 강화되었다. 그러나 삶이 돌아오면서 바흐는 내 삶에서 더 합당한 자리로 돌아왔다.

그러다 나도 의사들과 한철을 보냈다. 피를 뽑고 사진을 찍고 조직을 떼어내고 검사 결과를 기다리고 최악에 대비하고. 그런 소동, 그렇게 병에 걸렸을지도 모른다는 생각 속에서 많은 잘못을 깨닫는 일은 그 순간에는 비참하지만 끝나면 선물처럼 느껴질 수도 있다. 두려움에서 힘겹게 얻은 지혜를 약간이라도 간직할 수 있다면. 하지만 '이상 없음'이라는 진단이 나와도, 과거의 소동이 그랬던 것처럼 '전면적인 이상 없음'이 아니라 '당분간 이상 없음'에 불과하다. 그것도 축복이다. 불안에 시달리는 동안 가졌던 결심의 힘을 유지하는 데 도움이 되기 때문이다. 그 결심 가운데 하나가 마침내 피아노와 씨름하고, 가능하면 기량을 되살리고, 나의 뇌와 근육이 할 수 있는 한 철저하게 음악을 배우는 것이었다. 그렇게 할 수 있는 유일한 방법은 멀리 떨어져서, 정신을 흩뜨리는 것들을 차단하고, 적어도 한동안은 이 한 가지에만 집중하는 것으로 보였다.

그래서 나는 전자건반을 싸고 개를 차에 태워 서쪽으로 셰넌도어밸리까지 차를 몰았다. 바흐가 죽은 지 오래 지나지 않아 독일 정착자들이 지은 낡은 집을 거의 한 달 가까이 마음대로 사용할 수 있었다. 버지니아에서 이 지역에 지어진 최초의 튼튼한 집들 가운데 하나인 이곳은 오래된 목련과 아까시나무들이 우거진 녹색의 무심한 풍경 속에 자리를 잡고 있었는데 굽이치는 낮은 산, 빽빽한 숲의 잔재, 여름철에는 폭우로 둑이 터지는 잔잔한 개울에 둘러싸여 있었다. 나는 그 집을 온전히 독차지했으며 몇 주 동안 몇 대 안 되는 지나가는 차에서 모르는 얼굴들만 보았다. 나는 바흐만 가져갔다. 그 집에 텔레비전이 있었지만 이틀째가 되자 볼 수가 없었다. 두터운 돌벽에 좁은 창들이 나 있고 침대 가까이 벽난로가 있는 작고 고요한 방에서 잠을 잤다. 여러 세대가 그곳에서 살았고, 그곳에서 태어나고 죽었으며, 그 가운데 몇몇은 틀림없이 바로 그 방에서, 아마도 똑같은 창으로 똑같이 흐릿한 파란 하늘과 우거진 잎을 보며 죽었을 것이다. 나는 벗할 사람이 없었기 때문에 그들을 상상해보려 했다. 조용하고 튼튼하고 웃음기 없는 사람들, 늘 바쁘고 늘 생산적인 사람들. 그러자 이 상상 속의 옛 독일인들이 나를 책망하기 시작했다. 그들 눈에는 내가 하루하루를 이상하게 낭비하는 것으로 보일 것이 틀림없었다. 건반에 혼자 앉아 있다거나, 머릿속에 음악 조각들만 담은 채 소파에 누워 멍하니 천장을 바라본다거나.

이 집에 들어온 첫날 아침, 발치에서 잠자는 네이선을 빼면 완전히 혼자인 상태에서, 침대에 누워 백일몽을 꾸었다. 나는 어머니가 죽고 난 뒤 자주 나 자신의 죽음을 상상해보려 했다. 어머니의 죽음을 더 잘 이해해보려는 것이었다. 죽음의 모든 단계를 예상해보고, 내가 그 과정의 마지막 몇 시간을 거쳐가는 방식을 생각해보려 했다. 그러다 보면 늘 근본적인 질문으로 돌아왔다. 소멸하면서 자아가

고양되는 강렬한 느낌이 찾아올까? 아니면 모두가 공유하고 있고, 어쩌면 진부하기까지 한 이 보편적 경험에 나머지 인류와 합류하면서 자아는 해체될까? 사람들이 죽음을 경험한다고 하는 방식에 대한 서로 모순되는 공식을 빌려 말하자면, 우리의 삶이 "눈앞에서 번쩍이고" 기억이 증류되어 그 정수만 남을까, 아니면 우리는 그냥 "미끄러져 빠져 나갈까"? 만일 우리 삶이 눈앞에서 번쩍인다면 이런 몽타주의 저자는 누구일까? 그것은 우리 존재의 정확한 증류일까, 자의적인 하이라이트 모음일까, 아니면 우리 자신에게 일관성을 부여하기 위한 마지막 자기중심적인 노력일까? 지혜로운 사람에게 묻고 싶은 질문들이다. 하지만 누군가 이런 지혜에 이르렀다 해도 그것은 얻는 즉시 사라져버렸을 것이다. 어머니는 나에게 깨달음을 줄 수 없다. 단지 죽어서가 아니라 그 마지막 순간에 모르핀이 어머니를 돌보는 목자였기 때문이다.

나는 지금 내가 30여 년 전 학교를 그만두고 집을 떠날 때의 어머니와 거의 같은 나이이다. 내가 살고 있는 인생의 단계가 곤혹스럽다고 생각될 때 종종 어머니가 인생의 같은 순간에 어디 있었고 어떤 모습이었는지 생각해본다. 그래서 어머니의 사진을 자세히 살피며 서른 또는 마흔, 쉰 또는 이제 쉰둘이 된다는 것이 어떤 의미인지 이해해보려고 한다. 한 해 한 해가 지나면서 부모에 대한 이해와 공감이 수동적으로 쌓여가는데 이것은 어떤 정신적 노력이나 의식적인 감정이입에서 오는 게 아니다. 오히려 몸이 우리에게 많은 것을 설명해준다. 피로가 영향을 주는 방식, 통증과 고통의 작용, 식습관과 수면 습관을 바꾸는 것에 대한 주저. 차에서 전자피아노를 들어 옮기면서 나는 어머니가 바닥에서 뭘 집거나 무거운 물건을 옮길 때 내던 소리를 낸다. 어머니는 늘 자신이 저녁에 쉬러 들어갈 때면 모두가 침대에 들어가 있기를 바랐는데 내 눈에는 그게 자의적인 규칙으로 보였다. 어머니에게 반항하여 거실에서 공부를 하거나 책을 읽으며 시간을 보내면 나중에는 몰래 내 방으로 돌아가야 했다. 네발로 기어서 한 번에 한 계단씩, 계단이 삐걱거리거나 끼익하는 소리를 낼 때마다 멈추었다가 올라갔다. 아무리 조용히 또 조심스럽게 올라가도 어머니는 어김없이 다음 날 아침이면 나 때문에 잠이 깨 밤새 잠을 못 잤다고 신랄하게 쏘아붙였다. 이제, 이 이상한 집에서, 나는 네이선을 내 방, 내 옆에서 잠들게 해야만 나도 마음 편히 잘 수 있다는 것을 알게 되었다.

이제야 늘 나를 곤혹스럽게 만들었던 수수께끼를 막연하라도 이해하게 된다. 왜 어머니는 음악을 포기했을까? 어렸을 때 어머니가 바이올린을 연주하던 모습을 기억한다. 어머니는 즐겁게 연주했다. 심지어 내가 십대 초반일 때만 해도 가끔 선반에서 바이올린을 꺼내 내가 배우고 있던 곡에 맞추어 함께 연주했다. 하지만 내가 나이가 들고 피아노를 더 잘 치게 되면서 어머니가 바이올린을 연주하는 횟

수는 점점 줄었다. 이유는 계속 바뀌었다. 처음에는 연습을 하지 않았다는 이유로 연주하지 않았다. 그러다가 현을 악기의 목에 대고 누를 때 왼손이 아팠다. 마지막에는 오른손이 부러졌던가 혹은 어떤 식으로인가 손상을 입었는데 그것은 다시는 자신 있게 활을 잡을 수 없다는 뜻이었다. 그런 식으로 함께 연주하는 일이 아주 드물어졌을 때 어머니가 악구 중간에 멈추고 뱃사람처럼 욕을 해대며 바이올린 목을 움켜쥐고 우리를 때릴 때와 똑같은 힘과 의도로 휘두르기 시작했다. 하지만 바이올린이 피아노 모서리를 때리기 직전에 멈추고 천천히 다시 선반에 살며시 올려놓았다.

혼자 시골에 있으면서 산책을 오래 하고 바흐를 연주하고 밤에 별 밑에 누워 있던 몇 주 동안 나는 아마 어머니가 살아 있을 때보다 더 솔직하고 일관되게 어머니를 이해하려고 노력했을 것이다. 당연히 알고 있었어야 할 작은 것들이 있었다. 어머니는 늘 일상생활에서 벗어나 있을 때 가장 행복했다는 것. 어머니 또한 자기 삶에서 어떤 규율이나 질서를 찾기 위해 분투했고 자기 향상을 위한 체제와 방책을 마련하기 위해 특별히 노력했다는 것. 삶의 한 측면에 질서를 가져오지 못하면 다른 어떤 측면에 대해서 그것을 사납게 주장했다는 것. 어머니 주위의 모두가 자기도 모르는 새에 이런 것들에 얽혀 들어가 있었다.

어렸을 때 누나들과 나는 매달 부엌으로 호출당했고

그곳에서 어머니는 꼼꼼하게 기록한 가계부를 우리에게 보여주곤 했다. 거기에는 우리 각각에게 쓰인 모든 것이 기록되어 있었다. 옷이며 신발, 교과서, 문구, 걸스카우트 회비에 점심값 총합까지. 대공황기에 보낸 성장기의 유산임에 틀림없는 이런 장부와 씨름을 한 저녁이면 어머니의 자식들은 서로 씩씩거렸다. 왜 우리 가운데 누가 다른 아이보다 더 많이 썼는지, 피부과에 간 것이 꼭 필요했는지 아니면 사치였는지, 클라리넷 레슨은 교육비였는지 오락비였는지 의문을 품으면서. 어머니는 가계부 항목을 읽으면서 점점 광분했다. "이런 식으로는 살 수가 없어." 어머니는 이렇게 말하곤 했고, 공황을 애써 억누르느라 입술이 떨리기 시작했다. 우리는 옆에 서서 스프링 노트를 침울하게 지켜보았고, 어머니는 그 노트에서 우리 가족이 파멸을 향해 꾸준히 나아가는 것을 보았다. 때때로 어머니는 울다가 우리의 무관심에 저주를 퍼부었다. 한편 아버지는 꾸준히 넉넉한 보수를 받아 왔고 주택 융자금을 꾸준히 갚았고 현금으로 차를 샀고 퇴직을 대비한 돈을 따로 비축했고 거의 매주 다녀오는 출장 때마다 어머니에게 작은 선물을 사 왔고 휴가와 이따금 가지는 저녁 외식을 위한 돈을 저축했다.

어머니의 다이어트는 전설적이었고 가끔 괴상했다. 몇 달 동안 검박한 식사를 하면서 우리는 집 안 곳곳에서 사탕이나 다른 간식들이 감춰진 것을 발견하곤 했다. 책들 뒤에도 있었고 거의 열지 않는 서랍 뒤쪽에 쑤셔 박혀 있기도 했고 화병 밑에 끼여 있기도 했다. 어머니가 이런 다이어트를 포기하고 나서 한참 뒤에도 우리는 여전히 말라붙은 과자를 발견하곤 했는데 그중에는 제조가 중단된 것도 있었다. 옥수수 시럽과 식용 색소가 들어간 쪼그라든 골동품이었다. 살을 빼려는 어머니의 노력은 우리에게는 결핍의 기간일 뿐이었고 우리는 어머니의 나약함이 더 끔찍한 형태의 위선이라도 되는 것처럼 분개했다. 우리는 절대 어머니의 건강이나 행복을 생각하지 않았기 때문이다. 나의 어린 시절 내내 어머니는 새로운 취미에 계속 재미를 붙였으며 나중에는 자식들이 어릴 때는 불가능했던 것, 즉 집 밖의 삶을 망설이며 찾아다녔다. 가끔 두려움이 어머니의 의욕을 북돋는 동력이 되기도 했다. 원예에 뛰어들었을 때가 그랬는데 어머니는 뒷마당을 갈아엎어 딸기, 완두콩, 콩, 호박, 가지를 심기도 했다. 닉슨 시기의 격변, 가스 위기, 중동 전쟁, 스리마일섬 원자력 발전소의 부분적인 노심 용해, 그리고 그 모든 것을 합친 것보다도 나빴던 지미 카터—어머니는 그를 혐오했다—때문에 어머니는 세상을 더욱더 비관적으로 보게 되었다. 정원은 굶주림과 혼돈에 맞서는 어머니의 울타리였다.

어머니는 삶을 풍요롭게 하기 위해 운동이나 자원봉사 같은 일도 했는데, 우리가 그때는 이런 일들을 더는 격려하지 않았다는 것을 떠올리니 부끄럽다. 어머니는 몸매를 유지하기 위해 에어로빅을 배웠고 기분도 좋아졌다. 그러나 어머니가 거실에서 에어로빅 동작을 보여줄 때, 붉은 털이 날리는 카펫 위에서 펄쩍펄쩍 뛰면서 낮은 천장에 닿을 만큼 위태롭게 두 팔을 위로 쭉 뻗으며 숫자를 외칠 때 우리는 웃음을 터뜨렸다. 어머니의 이런 활기는 예상치 못한 것이었고 이유도 알 수 없었기 때문에 오래지 않아 어머니가 에어로빅 수업을 그만두었을 때 우리는 그것이 단지 결단력과 의지력 부족 때문이지 우리의 조롱과는 아무런 관계가 없다고 생각했다.

어머니는 또 지방 법원에서 아동을 지원하는 일을 하려고 공부했으며, 우리한테 엄숙하게 자신이 맡은 사건의 비밀을 지킬 것을 맹세했다고 말해놓고도 실제로는 다 이야기해주었다. 80년대 초의 일로 이때 어머니는 나라의 여느 사람들과 마찬가지로 점점 보수적으로 바뀌었다. 나는 어머니의 법원 일과 어머니가 하는 이야기에 냉소적이었다. 그런 것들이 소수자 가족의 기능 장애와 최하층 계급의 게으름에 대한 통념을 강화하는 것처럼 보였기 때문이다. 어느 날 저녁 짜증이 쌓이고 쌓이다 마침내 폭발점에 이르러 나는 어머니의 이야기를 중간에 끊었다. "사건에 관해서는 이야기하면 안 되는 줄 알았는데요." 어머니는 식구들에게 사건 이야기를 하는 것을 중단했고 결국 아동 지원 자원봉사 일을 그만두었다. 한 누나는 어머니가 자기 자식한테도 부모 노릇을 못하면서 법원에서 부모 역할에 대해 조언하는 게 이상하다고 지적했다. 돌이켜보니 이제는 우리가 당시에 표현하지 못했던 것이 무엇인지 깨닫게 된다. 어머니가 우리에게 부모가 될 수 없었기 때문에 우리는 어머니가 다른 어떤 것이 되는 것을 허락하지 않으려 했던 것이다.

𝒯

도시에서 떨어져 첫날을 보내면서 나와 음악의 관계는 무엇인지 돌아보려 했다. 나는 일찍 일어나서 커피를 내리고 네이선을 집 근처 들판을 탐험하라고 내보내고, 그런 다음에 나에게 계획이 필요하다고 판단했다. 지금까지 배운 것과 앞으로 배울 것에 대한 솔직하고 분명한 이해와 더불어 머리가 텅 빈 채 또는 목적을 상실한 채 앉아 있는 일이 절대 없도록 구체적인 연습 목록이 필요했다. 나는 돌로 만든 테라스 가장자리에 건반을 설치했다. 집을 등진 자세라 앞에는 녹색밖에 없었다. 그런 다음 변주곡들을 쭉 쳐보았다. 내가 상당히 잘 아는 사이클 앞쪽의 여섯 곡, 그리고 대체로 배우기는 했지만 아직 믿음직하지 못한 다음 여섯 곡. 나는 멀리 산의 나무우듬지들 위로 해가 올라올 때 짧은 산책을 하며 사이클의 후반부를 엉성하게나마

개관하는 작업에 대비했다. 열여섯 번째 변주곡은 건너뛰었다. 아직 그 복잡하게 뒤엉켜 덩어리를 이루고 있는 장식음들을 어떻게 다룰지 계획을 세우지 못했기 때문이다. 아직 탐험조차 시도하지 못한 뒤쪽의 아라베스크 변주곡 몇 곡도 마찬가지였다. 오랜 세월에 걸친 나의 노력은 절대 질서 잡힌 진전이 아니었다. 내가 사랑하는 아리아조차 외우지 못했다. 아마도 너무 쉬워서 정말 필요하면 언제든 금세 외울 수 있을 거라고 느꼈기 때문일 것이다. 사이클 끝에 이르자 5년간 산발적으로 연습해오면서 이 음악의 30퍼센트 정도를 익혔고, 그나마 전문적인 방식으로 완전히 익힌 부분은 거의 없다고 평가하게 되었다.

해야 할 일 목록에는 이런 것들이 들어갔다. 내가 전혀 모르는 여섯 변주곡에 대해서는 "읽고 운지법을 표시하고 익히고 암기할 것". 최소한 다른 열두 곡은 "암기할 것". 그리고 "정리해서 템포를 유지할 것"과 "구멍난 곳을 메울 것" 같은 다수의 항목. 한편 거의 모든 변주곡에 내가 처음부터 부정확하게 배운 악구들이 있었다. 첫 번째 변주곡의 전반부 끝에서—수없이 넘겨서 이제 페이지 귀퉁이가 접혀 있다—왼손으로 마무리하는 *D*장조 스케일을 잘못된 방향으로 연주해왔고, 그래서 두 손은 한 음으로 모이는 게 아니라 같은 방향으로 움직였다. 이 마디를 헤아릴 수 없이 많이 보고, 헤아릴 수 없이 많이 듣고, 헤아릴 수 없이 많이 천천히 또 의식적으로 연습을 했는데도 그동안 쭉 틀렸던 것이다. 오랜 기간의 반복으로 기억에 홈을 파놓은 음악적 제스처를 처음으로 돌리는 일은 엄청나게 어렵고 또 좌절감을 준다. 처음에 제대로 배웠다면 간단한 문제다. 그러나 이것을 바로잡는 데는 커다란 정신적 재설계가 요구된다.

어떤 곡에서는 건반에서 벗어나 내가 악보에 남긴 혼란스러운 메모를 정리하고 이해하는 일이 필요했다. 연습의 핵심은 깔끔함으로 어디에도 절대 지저분한 것을 남기지 않고, 바뀌는 것이 있다면 반드시 악보에 적어놓는다. 많은 경우 나는 예전 운지법을 수정하는 것을 게을리했는데 이제 보니 너무 어색해서 애초에 어떻게 이게 가능할 거라고 생각했는지 상상조차 할 수 없었다. 이제는 새롭고 더 자연스러운 방식으로 대체되었다. 공원을 가로질러 사람들이 많이 다닌 그물망 같은 길들이 인간 본성에 무관심한 설계자가 그려놓은 포장된 길과 별개로 운용되는 것과 마찬가지다. 예전 흔적을 지우는 것은 단지 까다로운 것만이 아니다. 철저하게 연습했지만 어떤 이유에서인지 순간적으로 기억이 나지 않는 악보 한 페이지를 눈으로 흘끗 보는 순간 예전 운지법이 도로 표지판처럼 갑자기 나타나 길을 잃는 경우가 드물지 않다.

그러다 아주 까다로운 문제들이 있었는데, 이것은 음악에 살아 있는 싱크홀처럼 집요하게 남아 아무리 메우려고 삽질을 해도 다시 열리곤 한다. 이 문제들은 내가 가장 좋아하지 않는 것, 움직이는 손을 시각화하고 머릿속에서 소리 없이 음표를 연주하고 청각적·음향적으로 음악의 완전한 심상(心象)을 만들어내는 수고스러운 정신 작업을 요구한다. 가끔 정신이 맑을 때 시도하면 문제를 해결했다는 느낌을 받기도 한다. 완전히 고친 것은 아닌 미봉책에 불과하지만, 조심조심하면 그렇게 메운 것이 유지될 수도 있고 매번 그곳을 성공적으로 건너가면 그게 점점 단단해져서 그 곡에 대한 앎에 존재하는 이 작은 균열이 다시는 벌어지지 않을지도 모른다. 물론 속도를 내 돌진해보기 전에는 모른다. 변주곡들을 거쳐 가다 보니 이런 파인 곳이 수십 군데 있었고, 저마다 몇 시간씩 관심을 기울여달라고 요구했으며, 하나하나 노력을 쏟을 때마다 하룻밤 보내며 생각한 뒤 다음 날 아침에 모든 게 잘 설정되었는지 다시 확인해볼 필요가 있었다.

나는 일상생활로부터 음악으로 피정해 있는 동안 하루 일정을 지키려고 노력했다. 아침은 암기하거나 오래된 실수를 되풀이하지 않기 위한 고된 정신적 훈련을 하는 시간이었고, 오후는 이미 익숙하기는 하지만 아직 제2의 천성은 되지 않은 빠른 경과부와 여러 부분을 확실하게 익히는 기계적 훈련을 하는 시간, 저녁은 새로운 변주곡을 배우고 운지를 해보는 시간이었다. 그러나 이것은 내가 감당할 수 없을 만큼 욕심만 앞선 계획임이 드러났다. 효과적인 연습은 하루에 다 합쳐서 세 시간 정도였는데, 나는 피곤하여 부주의한 상태에서 연습을 하는 것이 얼마나 위험한지 너무 잘 알고 있다. 그래서 결국은 정신은 진이 빠졌지만 몸은 그렇지 않은 상태에서 아무것도 하지 않으면서 시간을 보내는 묘한 상태가 되었다. 뇌는 뭔가를 열심히 하기에는 너무 넋이 빠진 상태였지만 몸은 좀이 쑤셨다. 그래서 마음에 음악이 가득하고 다른 것은 거의 없는 상태로 오랫동안 산책을 했다.

몇 주를 이렇게 보내자 진전이 있다. 특히 아침에 가장 좋은 첫 에너지로 칠 때는 그것이 느껴진다. 어떤 의미에서는 그 진전을 거의 측정할 수도 있다. 여러 단계를 거쳐 한 마디씩 외우는 데 걸리는 시간이 줄고 있고, 이제는 잘못을 확인할 때가 아니라면 악보를 보지 않고 작품 대부분을 칠 수 있다. 처음 운지 연습을 시작해서 악보 없이 악구를 연습하는 단계로 나아가는 것도 상대적으로 빨라지고 있다. 각 변주곡을 죽 쳐나가다 파인 구멍에 이르기보다는 자꾸 문제가 생기는 지점들을 아예 외워버려서 악보를 보거나 내가 이미 숙지한 부분을 연주하는 소리를 듣고 싶은 유혹에 정신을 팔지 않고 문제되는 부분을 하나씩 차례로 연습한다. 나도 안다, 그 가운데 일부는 아마 영원히 아주 까다로울 것이다. 어떤 것들은 이따금 다시 나타나 위협을 할 것이다. 그러나 그 가운데 많은 것이 천천히 사라질 것이다. 이곳에 처음 도착했을 때는 점심시간 산책이 하루의 교차점 같은 느낌이 들 때가 많았다. 이 산책은 나를 아침에 진전을 이루는 기민한 사람과 오후에는 그 진행 상황을 살펴보는 존재로 나누어주었다. 이제야 모든 것이 꿰어지는 느낌이다. 나는 이 음악이 좀 더 감당할 만한 도전이 되었다고, 음악가인 나에 대한 자의식이 이제는 자오선에 의해 둘로, 목표를 추구하는 능동적 행위자와 공부한 내용이 혹시라도 진짜로 학습됐는지 확인하기 위해 건반에 손을 올려봐야만 하는 불행한 존재로 나눠지는 않는다고 느낀다.

산들바람에 풀 벤 냄새가 풍겨오는 녹색 풍경 속에 앉아 거의 3백 년 전에 종이에 적힌 소리의 패턴, 이제는 우리 시대에 속하지 않는, 많은 이들에게 내 뒤편에 있는 집만큼 낡고 구식으로 들리는 소리를 되풀이해 연주한다는 것은 이상한 일이다. 매일 같은 시간 같은 장소에서 이 일을 한 뒤 나는 풍경의 일부가 되었고, 토끼와 새는 자신들의 영토 가장자리에 있는 플라스틱 상자 위에서 소리 없이 두 팔을 휘둘러대는 이 낯선 인간의 존재에 무관심하다. 네이선은 건반에 너무 가까이 다가오는 네발 달린 것들을 모두 쫓아 달려 나가지만 절대 잡지는 않는다. 그를 다시 부르려면 헤드폰 플러그를 뽑기만 하면 된다. 그러면 스피커에서 나오는 바흐의 음악이 토끼나 들쥐나 주머니쥐가 건 모든 마법을 깨버려 네이선은 다시 돌아와 음악을 향해 분노하여 짖어댄다. 날이 갈수록 새들은 점점 과감해져 거의 내 발 앞까지 다가오고 가끔 3, 4미터 떨어진 나무 밑에 모여들기도 한다. 마치 조토가 그렸다고 알려진 아시시의 유명한 벽화에서 성 프란치스코의 설교를 들으려고 모여 있는 새 청중처럼. 어쩌면 이것이 새들에게 설교하는 완벽한 방법일 것이다. 어떤 내용도 없이, 그들이 듣고 싶은 것을 자유롭게 듣게 놓아두고 나는 내가 하고 싶은 말을 하는, 양쪽에게 해가 될 게 없는 소리 없는 교제.

나는 이런 순간들의 우스꽝스러움을 잘 알고 있다. 또 이런 곳에 있다는, 일상생활을 피해 이렇게 이기적이고, 유아론적이고, 돈키호테적인 것을 추구할 수 있다는 행운도. 오랜만에, 적어도 어머니가 죽은 뒤에는 처음으로 나는 몇 가지 아름다운 것을 모아 나의 내적 삶이라고 부르는 것에 보탤 수 있었다. 모든 불안의 감정을 잠시 사라지게 할 만큼 완벽한 여름 저녁을 묘사하는 오든의 시 한 구절이 있다. "그늘에서 사자 같은 슬픔이 성큼성큼 걸어 나와 / 주둥이를 우리 무릎에 얹은 채 누웠고 / 죽음은 그의 책을 내려놓았다." 나는 다른 사람들이 '행복'이란 말을 어떻게 쓰는지 모르지만 나에게 행복이란 그런 것이고, 지난 몇 주 동안 행복을 몇 번 느꼈다. 이 음악적 기획에 약간이나마 진전이 생기면서 내가 내 삶을 통제하고 있다는 느낌이 커지기 시작했다. 아마도 존 엘리엇 가디너가 음악이라는 매체를 통하여 바흐에게서 나온다고 하는 것, 즉 "일상에서 발견할 수 있는 것보다 큰 신뢰감"과 비슷할 것이다.

내적 삶에 대한 나의 감각은 단순하다. 심지어 원시적이다. 그것은 고통과 상실, 죽음과 인간이기에 타고난 고립에 맞서는 울타리로서 우리가 의미를 쌓아두는 창고다. 우리는 무언가가 어떻게 또는 왜 우리에게 의미가 있는지 절대 설명할 수 없을지 모르지만, 의미 있는 것이 무엇이든 적어도 계속 계발하고 보존해야 한다는 것만은 확신할 수 있다. 음악과 문학은 반드시 그 순간에 나에게 쾌락을 주지는 않지만 내가 '거기에 넣어두는' 것, 일반적인 경험과는 달리 오래 간직하고 보존할 수 있는 것이다. 이런 기본적인 내면성에 대한 믿음은 내 삶에서 가장 중요한 것이지만, 나의 어머니의 내적인 삶에 관해서는 의미 있는 것을 단 한 가지도 말할 수 없다. 나는 그것에 관해 전혀 모르며 어머니에게 물어본 적도 없고, 물어보았다 해도 어머니는 자기가 그런 걸 갖는다는 생각에 코웃음을 쳤을 게 뻔하다는 것을 느낌으로 알 수 있다. 어머니의 기억을 이해해보려 했을 때 그것은 늘 공포였고 그 외에 다른 것은 거의 없었다. 공포에 뿌리를 두지 않은 의미 있는 순간들에 대한 어떤 기쁨 또는 기억을 어머니가 쌓아두었다 해도 나는 거의 아는 바가 없었다.

어머니를 떠올리려고 애쓸 때마다 나는 어느새 알지 못하는 한 인물에 대한 그럴듯한 느낌을 만들어내곤 한다. 어쩌면 우리의 분노와 오해의 역사를 설명해줄 수도 있는 다양한 이론을 검증하는 데 사용하는 가설적인 어머니이다. 추측에서 나온 이런 어머니에게 얼굴을 주기 위해 나는 옛 사진첩으로 돌아간다. 어머니를 생각하며 설정해놓은 삶의 연대기를 이해하기 위해 아버지, 이모, 누나들을 심문한다. 어머니의 정서적 삶을 이해하기 위해 역사의 더 넓은 흐름, 대공황, 전쟁, *50*년대와 *60*년대와 *70*년대, 그리고 그 시기의 문화적 흐름을 배경으로 어머니의 긴 여정의 지도를 그려본다. 그림을 완성하려면 가능한 한 모든 문서 증거를 모아야 한다. 책 여백의 메모, 수십 년 전 생일 카드 메시지와 간혹 발견되는 편지들. 바흐처럼 먼 인물을 이해하고자 할 때 전기 작가들이 이용하는 것과 본질적으로 똑같은 이 과정을 마치면 내가 아직 모르는 더 충실하고, 풍부하고, 인간적인 어머니의 이미지를 갖게 된다. 심지어 이렇게 구축된 인물이 진짜인 것처럼, 귀납법을 이용해 만들어낸 어머니의 기억이 다른 사람들이 진정한 친밀성을 느끼며 알고 사랑했던 자신의 어머니에 대한 기억과 잠시 비슷한 것처럼 보일지 모른다.

이 집에서 머무는 시간이 끝나갈 무렵, 도시로 돌아갈 날이 며칠 더 남았음에도 이미 떠남의 고통을 예리하게 느끼고 있던 때 변주곡 사이클에서 가장 어려운 곡으로 꼽히는 두 곡을 연습했다. '프랑스 서곡'이라고 알려진 열여섯 번째 변주곡, 그리고 아리아의 최후의 통렬한 변주와 반복을 향해 거침없이 질주하는, 고도의 기교가 돋보이는 스물아홉 번째 변주곡. 둘 다 바흐의 코스모폴리타

니즘을 암시하는데, 열여섯 번째 변주곡에서 프랑스 스타일—부점이 붙은 리듬의 분명한 윤곽, 전체적으로 센박에서 느껴지는 중량감, 확장된 트릴을 포함한 장식음의 애용—을 차용하는 것이 그렇고, 스물아홉 번째 변주곡에서 이탈리아 하프시코디스트 도메니코 스카를라티를 연상시키는 고난도 기교의 테크닉을 사용하는 것이 그렇다. 바흐는 고립된 삶을 살았으며, 가능한 한 여행을 많이 했지만 독일 밖으로 나간 적은 없었다. 그러나 이 변주곡들은 그가 더 넓은 세상을 보면서 자신의 참조 범위를 확대했음을 보여준다. 바흐의 삶에서 가장 미지의 문제 가운데 하나는 다음과 같은 가설이다. 만일 바흐가 헨델이나 스카를라티나 심지어 『안나 막달레나 바흐를 위한 음악노트』에 나오는 짧은 미뉴에트의 작곡자 크리스티안 페촐트처럼 여행을 하며 경력을 쌓았다면 그는 어떤 사람이 되었을까? 그가 런던이나 파리, 이탈리아에서 시간을 보냈다면 그의 음악은 어땠을까? 『골드베르크 변주곡』이 존재하기는 할까? 건반의 가능성을 망라하는 면에서 훨씬 다채롭고 찬란해졌을까? 바흐의 천재성과 고립 사이에는 관계가 있을까?

어머니의 내적인 삶은 생각해볼수록 작아 보였고 나는 그것이 부끄러웠다. 내가 아직 유치원에 다닐 때 어머니는 열아홉에 결혼하면서 중단했던 학위를 마치러 대학으로 돌아갔다. 하지만 어머니는 올버니 주립대학에서 러

시아문학과 영문학을 공부한 그 2년을 좋은 기억으로 이야기한 적이 없었다. 무미건조한 모더니즘 경향의 캠퍼스는 바람이 많이 불고 추웠으며 어머니에게는 1970년대 대학 생활이 잘 맞지 않았던 것 같다. 어머니는 조롱하는 목소리로 교수들을 흉내 내곤 했지만 아마도 그건 어머니의 당혹스러움을 감추려는 의도였을 것이다. "케니콧 부인, 『모비딕』 237페이지에서 의미 있는 부분이 기억나나요?" 그러면서 어머니는 성숙한 사람이 진지하게 받아들이기에는 너무 불가사의한, 지나치게 미묘한 은유 몇 개를 묘사하곤 했다. 내가 문학과 철학을 공부하고 있을 때 어머니는 으르렁거리는 교수가 등장하는 이 일화를 되풀이하곤 했으며, 나는 종종 이게 나를 겨냥한 것이라고 느꼈다. 하지만 그건 공정한 태도가 아니었다. 그건 그냥 고통스러운 기억일 뿐이었다. 사십대의 여자가 교수의 심문이라는 스포트라이트에 갇혀 질문에 답을 하지 못해 쩔쩔매면서 자기 나이의 절반인 사람들로 가득한 방에서 수치심과 외로움을 느낀 것. 내가 십대가 되었을 때 어머니는 그 시절에 당신이 읽었던 책들, 이를테면 베르톨트 브레히트의 『갈릴레오의 생애』, 솔제니친의 『이반 데니소비치, 수용소의 하루』, 에인 랜드의 『아틀라스』를 자주 권했다. 수십 년 뒤 내가 으스대며 부탁을 들어주듯 이 책들을 읽었을 때 어머니는 그 책들을 기억도 하지 못했다. 어머니의 침대맡 탁자에는 제목이 돋을새김으로 박힌 로맨스 소설과 새에 관한 책 두 종류만 놓여 있었다.

나중에 우리는 책을 포함한 진지한 이야기는 하지 않는 법을 배우게 되었는데, 이는 식탁에서 부모 자식이 나누는 이야기들 대부분을 하지 않게 되면서 얻어낸 더 큰 화해의 일부였다. 우리는 정치 이야기를 피하려고, 사생활을 속속들이 말하지 않고 에둘러 가려고, 우리가 공유하는 과거의 복잡한 기억을 절대 건드리지 않으려고 최선을 다했다. 불편한 휴전은 세월이 흐르면서 천천히 효과가 나타났으며, 결국 몇 달에 한 번씩 전화하는 대신 매주 일요일 오후에 시시한 이야기를 하는 의식이 자리를 잡게 되었다. 나는 이제 집은 텅 비고 자식들은 떠났기에 원하는 대로 뭐든 할 수 있게 된 어머니에게 뭘 하고 있냐고 묻곤 했다. 바이올린을 연주하냐고 물으면 답은 한결같았다. "집안일 하고 있어." 일요일에 전화가 울리면 나는 책을 내려놓거나 피아노에서 일어나거나 친구들과 나누던 대화에서 빠져나와 멀리 떨어져 있는 어머니의 삶을 상상해보려 했다. 청소에 대한 시시포스적인 헌신으로 방 하나하나를 매일매일 꼼꼼하게 닦고, 마침내 다시 출발점으로 돌아와 매주 매년 다시 시작하는 삶. 내 눈에는 끔찍하게 슬프고 또 불필요해 보였다. 어쩌면 어머니가 가족에게 하는 복수의 일종일지도 몰랐다. 우리가 어머니를 원하는 사람이 되도록 내버려두지 않았기 때문에 그녀는 우리가 만든 사람으로 영원히 남아 있는 것으로 복수하는 것인지도. 하지만 암으로 몸이 쇠약해져 방을 떠날 수도 없는 지경에 이르면서 자신이 감당할 수 있는 유일한 방식으로 삶을 작게 유지해왔다는 것이 분명해졌다. 어머니는 누워 죽어가면서 이제는 자신의 진공청소기와 스펀지가 닿지 않는 집안 곳곳이 폐허가 될 것이라는 생각에 불안이 커져만 갔다. 남은 사람들이 자신이 세운 기준에 맞게 집을 유지할 거라는 믿음은 없었다. 청소에 대한 자신의 열정의 핵심이 결코 깨끗한 집을 갖는 것이 아니었음을 알았기 때문이다. 청소에 대한 반사적 충동처럼 보였던 것은 사실 삶 자체였다. 자신의 존재와 정체성과 통제력을 내세우는 방식이었다. 이제 그것이 어머니에게서 빠져나가고 있었다.

어머니는 스스로 세상에서 높이 올라서서 내가 더 넓은 곳으로 나가 방랑할 수 있기를 바랐지만 그런 방랑이 어머니에게는 배신처럼 느껴졌을 것임이 틀림없다. 내가 어렸을 때 어머니는 음악을 사랑하고 책을 읽었으며 함께 발레 공연이나 저녁 콘서트에 다녔고, 한번은 작은 순회 공연단이 마을을 방문했을 때 오페라에도 갔다. 나이가 들면서 나는 어머니의 균형과 예절 감각에는 지나쳐 보일 만큼 열정적으로 그런 것들에 애착을 갖게 되었고, 결국 내가 어머니에게서 그런 것들을 훔친 셈이 되고 말았다. 어머니는 단지 사랑하기만 했던 것을 내가 숭배하게 될수록 어머니는 그런 것들을 덜 사랑하게 되어, 마침내 우리 인생은 어머니의 영혼의 일부가 내 영혼으로 이렇게 이상하게, 거의 신비하게 옮겨 오는 것으로 규정되고 말았다. 어머니가 자식에게 준 음악이라는 선물은 결국 우리 사이의 골이 되어, 어머니에게는 공허감을 남기고 내게는 어머니의 눈에는 틀림없이 혹으로 보였을 무언가가 되었다.

이 가운데 어느 것도 어머니에게 전적으로 공정하지는 않다. 어머니에 대한 이런 가설적 이해는 고통스러운 질문, 단지 어머니가 왜 음악을 그만두었는지가 아니라 나이가 들수록 왜 그녀의 인생이 더 고립되고 작아지는 것처럼 보였는가, 라는 질문에 답하는 데 도움을 줄 뿐이다. 자식들은 어머니의 모든 꿈을 움켜쥐어 자신의 삶에서 어느 정도 현실로 만들었다. 어머니의 야망은 자식들에게 이어졌지만 어머니에게서는 좌절되었다. 하지만 이런 재구성에는 핵심적인 것들이 빠졌는데, 그 가운데 새가 있다. 내가 기억하는 한 어머니는 새에 열정적이었지만 수십 년 동안 함께 살면서 가족 누구도 이 열정을 공유하지 않았다. 우리는 어머니가 관심을 가지는 많은 것에 무관심했고 심지어 적대적이기까지 했다. 아마 그래서 어머니는 다른 관심사나 추구하던 일에서 멀어질 수밖에 없었을 것이다. 하지만 새는 절대 포기하지 않았다. 은퇴한 시기에는 새를 공부하고 관찰하러 다녔고 자연사박물관에서 자원봉사를 했다. 그곳에서는 조류에 대한 어머니의 관심을 높이 평가하고 잘 활용했다. 어머니에게 왜 새를 좋아하냐고, 새가 어머니에게 무슨 의미냐고 물은 적은 없었던 것 같다. 몇 번 되지 않지만 어머니와 새 이야기를 한 적이 있다. 나도 새를 꽤 좋아한다고, 미적 대상, 시적 장치, 사색의 대상으로 좋아한다고 말했다. 하지만 그 외에는 다 똑같지 않나?

따라서 시골에서 마지막 점심 산책을 하던 중 도로변의 플라스틱 그물망에 갇힌 새를 발견했을 때 나는 그게 무슨 종류인지 전혀 알 수 없었다. 작고 짙은 회색이었으며 날개에 약간 붉은색이 감돌았다. 처음에는 키 큰 풀 때문에 보이지 않다가 괴로움에 요동치는 소리가 들렸고 미친 듯이 빠른 퍼덕거림 뒤에 정적이 찾아왔다. 힘을 쓰다 기진하는 소리. 앞의 소리가 뒤의 소리에 굴복했다. 나는 풀숲으로 손을 뻗어 새를 꺼내 몇 분을 들여 엉킨 것을 풀어주었다. 그러는 동안 새는 내 손을 필사적으로 쪼아댔다. 그러다 갑자기 자유로워져 날아가버렸다. 해를 입은 곳은 없는 것 같았다. 위엄을 빼면. 보통의 경우라면 나는 이런 것을 쓰지 않을 것이다. 이것은 클리셰이고 나는 글에서 이런 종류의 클리셰를 싫어하기 때문이다. 하지만 이것은 사실이고, 동시에 나의 어머니라면 사랑했을 법한 클리셰다. 평생 쓴 글을 돌아보아도 어머니를 위해 쓴 것은 하나도 없다. 그래서 나는 가족이 절대 자신에게서 빼앗아가지 않은, 자신의 세계를 넓혀준, 무엇이 되었건 자신의 내적 생활에 다른 차원을 부여한 얼마 안 되는 것 가운데 하나였기 때문에 새를 사랑한 한 여자를 기억하며 여기에 이것을 남겨둘 것이다.

12

twelfth

우리는 애도가 끝나기를 바라며 애도한다. 애도하는 사람을 돌볼 때 그들이 결국 애도를 끝내고 건너편으로 나오게 될 것이라고 서둘러 안심시킨다. 우리는 삶에서 애도의 존재와 기간을 최소화하기를 바라며, 좋은 삶이란 어떤 애도도 없는 삶으로 보인다. 하지만 아직은 애도처럼 우리 세계를 잘 조직해주는 것이 없다. 애도는 우선순위의 질서를 잡아주며 사소한 것을 참을 수 없게 만든다. 일상적인 의무에서 벗어나게 해주지는 못할지 몰라도 하찮거나 의미 없는 것에 가지던 관심을 버리도록 해준다. 애도는 우리를 공동체로 묶어주며 최악이 아닌 사람이라면 누구라도 더 친절해지도록 흔들어놓는다. 우리가 나이가 들어 감정을 누르는 데 노련한 쪽이라면 애도는 특별한 가치가 있는 기억에 다시 불을 붙이고 우리는 연약한 상태로 돌아가 젊다는 것이 어떤 느낌이었는지 기억하게 된다. 만일 오래전에 소멸한 애도와 과거 속에 안전하게 보관된 슬픔의 시기를 다시 생각하면, 이런 것들이 우리 삶에서 가장 아름다운 순간의 하나로 보일 수도 있다. 특히 우리의 감정이 우리를 둘러싼 세계의 아름다움을 훼손하거나 바꿀 수 없다는 것을 발견하는 최초의 애도 경험이 그렇다.

그러나 애도는 사람을 지치게 하여 어느 시점에 이르면 더 이상 참을 수 없어 분연히 일어나 이런 생각까지 하게 한다. **애도는 지겹다.** 평범한 일상이 손짓하며 다시금 매력을 내세우고 우리는 다시 작은 것들에 관심을 가진다. 애도 주기에서 이 순간을 무엇이라고 부를까? 나는 '치유'라는 말을 싫어한다. 애도를 떠올릴 때 '과정'이라는 말을 사용하지 않는 것은 거의 불가능하지만 그 말도 적절치 않다. 마치 우리가 다음으로 나아가기 위해 술로 달래야만 하는 슬픔의 양이 정해져 있는 듯한 느낌을 주기 때문이다. 망각 또한 아니다. 잊는 것은 너무 수동적이다. 애도는 그것이 가져다준 강렬한 의미에 지쳐 우리가 하루하루의 소소한 즐거움, 작고 귀찮은 일, 지나가는 쾌락으로 이루어진 작은 삶을 선택할 때, 마침내 희미해진다. 바그너를 너무 많이 들은 뒤 하이든을 듣는 것과 비슷할까?

어쩌면 사이비 과학이 우리에게 더 나은 은유를 주는지도 모르겠다. 애도는 하늘의 에테르, 또는 몸속의 연소 가능한 플로지스톤*phlogiston**과 같다. 어디에나 똑같이 존재하지만 우리가 집중하여 죽음을 생각할 수밖에 없을 때만 우리에게 나타나는 손에 잡히지 않는 신비한 물질. 애도는 박살이 나거나 금이 가면 일종의 미립자 물질이 된다. 모든 것에 달라붙고, 갈려서 몸 안으로 들어오고, 거리의 먼지처럼 우리 세상의 후미진 곳으로 따라 들어와 없애거나 닦아내려 해도 소용이 없는 것, 결국 우리가 함께 살게 되는 것, 어디에나 지저분하게 존재하는 것이 된다. 그것은 미루나무의 솜털과 같아 봄에 씨의 솜털이 떨어져 나가고 오랜 시간이 흐른 뒤에도, 우리는 몇 달 만에 들여다본 구

* 산소를 발견하기 전까지 가연물 속에 존재한다고 믿었던 것.

석에서 여전히 빙빙 돌고 있는 솜털을 발견한다. 애도는 절대 사라지지 않지만 상대적으로 행복한 순간에는 대체로 보이지 않으며, 나이가 들어 상실이 쌓여갈 때만 밝은 날이나 어두운 날이나 상관없이 세상이 영원히 그것으로 반짝거린다는 것을 깨닫게 된다.

바흐의 『골드베르크 변주곡』은 기초를 이루는 아리아와 마찬가지로 앞으로 나아가면서 더 흥미로워진다. 바흐는 열다섯 살 생일 직전 형의 집을 떠나 가족이나 자신이 알던 튀링겐의 세상과 떨어진 곳에서 살기 시작했다. 열다섯 번째 변주곡에서 바흐는 새로운 것을 도입한다. 이것은 단조로 쓴 첫 변주곡이다. 단조 조성이 이번이 처음은 아니다. 변주곡들의 화성적 흐름에서 단조가 몇 군데 나타나기 때문이다. *E*단조로 율동적으로 흐르는 아리아 후반부의 네 마디 반복 진행이 그런 예다. 아리아의 선례를 따라 다른 변주곡들도 짧게 단조를 보여주는데, 작품 전체에서 가장 아름다운 순간들로 꼽을 만하다. 이것이 아무리 활기차고 명랑하고 들떠 있는 음악조차도 어둠으로 굴절시킨다. 때로는 눈에 띄게, 때로는 초콜릿을 더 달게 만들어주는 소금을 약간 뿌리는 것처럼. 흔히 말하듯 각각의 변주곡에서 무인도에 가져갈 작은 조각 하나씩만 고르라고 한다면 나는 바흐가 *E*단조로 들어갔다 나오는 이 순간들을 택할 것이다.

그러나 열다섯 번째 변주곡에서 바흐는 단호한 태도

로 단조로 들어가는데, 이 곡은 G장조로 시작하지만 다른 곡들과는 달리 같은 조로 끝나지 않고 G단조로 끝나는 세 변주곡 가운데 하나다. 이 변주곡의 배치는 우연이 아니며 이 작품 전체의 더 큰 극적, 감정적, 철학적 구조에서 핵심적인 자리를 차지한다. 단조 변주곡들은 변주곡집 전체에서 전환점을 강조하거나, 놀라운 방식으로 원래의 아리아로 돌아가거나, 자신이 우리가 이미 들은 곡의 어두운 쌍둥이 혹은 그림자라는 불가사의한 느낌을 남긴다. 이 곡들에는 뭔가 과한 것이 있다. 고조된 감정 표출을 넘어 묘하고 심지어 괴상하기까지 한 디테일, 강박적인 제스처, 허공에서 잦아드는 진술. 서른 개의 변주곡 가운데 오직 세 곡만 단조이지만 이들은 압도적 힘을 갖고 있으며, 이 힘에 상징적인 측면은 없다고 믿는다 해도, 순수하게 음악적인 맥락에서도 이들이 특별히 진지한 것은 분명하다.

바흐는 열다섯 번째 변주곡을 치는 방식에 관해서는 특별히 많은 지침을 주면서 '안단테'로 명명한다. 이것은 적당히 느린, 또는 걷는 속도로, 명료하고 신중하게 연주하라는 뜻이다. 그는 또 인쇄된 원본 악보에 아티큘레이션에 대한 작은 지시를 내리는데, 연주자가 반드시 일반적인 음 패턴을 반복되는 두 음의 한숨 모티프로 쪼개라는 것이다. 이것은 '질질 끄는 모티프'로, 느리고 힘든 움직임, 터덜터덜 걸어가는 것을 암시하며, 바흐의 다른 작품들에서도 발견되는데 모두 연주자가 고통스럽게 천천히 앞으로 나아가기를 바라는 곳이다. 이 두 음 조각들을 연결하는 작은 이음줄은 저음부 선율에도 지시되어 있으며, 저음의 선율은 위의 두 카논 성부로부터 모티프를 가져오지만 단지 위쪽 성부의 화성적 받침대 노릇만 하는 것은 아니다.

열다섯 번째와 스물한 번째 변주곡 모두 『골드베르크 변주곡』의 장조로 시작하는 저음부 선율의 기본 형태와 흔적마저도 유지하지만, 음악은 점점 고뇌에 사로잡힌다. 만일 바흐가 여기에서 어떤 상징적 의도를 갖고 있다면 그것은 몇 번의 충격으로는 변주곡의 강력한 장조적 기초를 파괴하는 것이 불가능하다는 뜻일 수도 있다. 열다섯 번째 변주곡의 피로와 분투도, 스물한 번째 변주곡의 애도하는 대화(여기에서 7도 떨어진 두 카논 성부는 하나로 모여 엉키면서 서로 슬픔의 느낌을 강화한다)도 이 음악이 기초하고 있는 터전을 완전히 박살내지는 못할 것이다. 그러나 단조 가운데 세 번째이자 많은 청자에게 작품 전체에서 감정적 절정을 이루는 스물다섯 번째에 오면 아래쪽 선율은 불행에 굴복하여 반음계의 변화에 압도된다—반음의 이용, 바흐에게 이것은 그의 가장 괴롭고 내성적인 음악에서 되풀이되는 표현 장치다. 후반부에서는 E플랫 관계 장조로 가는 대신 소프라노 선율은 외떨어지고 고뇌에 찬 E플랫 단조를 통과해 간다. 이는 특별한 회피의 제스처로, 모든 불이 꺼진 것을 암시한다. 소프라노의 선율이 아래 두 성부 위에서 화려하고 서정적인 흐름을 표현하는 음악의 텍스처는 훨씬 달콤한 열세 번째 변주곡의 감정적으로 찢기고 망가진 버전처럼 들린다. 연주자는 이 곡에서 엄청난 자유를 누리는 경향이 있는데, 하프시코디스트 반다 란도프스카는 이 곡을 변주곡집의 "검은 진주"라고 부르며 7, 8분 이상 길게 끌거나 가끔 다른 변주곡의 거의 두 배 길이로 늘리기도 한다. 그러나 이것은 『골드베르크 변주곡』의 저음부 선율, 나아가 사실 『골드베르크 변주곡』 나머지와의 분명한 단절을 강조할 뿐이다. 음악은 애도 속에서 길을 잃고 자기 몰입에 들어가 거의 정적(靜寂)이 되며 모든 움직임과 사건은 국지화한다. 마치 이 만가를 부르는 주체가 이제 고통의 직접성 외에는 아무것도 보지 못하는 듯하다.

단조로 이동한 덕분에 바흐는 이 음악의 양극성을 놀라운 방식으로 뒤집을 수 있다. 다른 스물일곱 변주곡들이 구름이 낄 가능성은 있지만 대체로 화창하다면, 단조에서는 열다섯 번째와 스물한 번째 변주곡의 몇 군데에 밝은 순간이 있지만 대체로 흐림이다. 그러나 밝은 순간은 절묘하고 통렬하다. 예를 들어 열다섯 번째 변주곡 후반부에서 음악이 *E*플랫 장조로 해결될 때 질질 끌던 모티프의 늙은 뼈들은 순간적으로 민첩하고 팔팔해진다. 어쩌면 십자가를 지고 가는 그리스도의 이미지에서 영감을 받았을 이 음악은 서사적 관념, 그것도 심오하게 영적인 관념의 얼개를 보여준다. 구체적인 것이 없어 이름도 맥락도 없지만 귀는 하나의 이야기 조각을 탐지한다. 커다란 피로는 순간적으로 가시고 부담은 가벼워진다. 어둠을 뚫고 뭔가가 빛난다, 뭔가 집요한 것이.

열다섯 번째 변주곡은 이 위대한 두폭화의 전반부 마지막 곡으로, 쇼의 전반부를 마감하는 아리아이며, 열다섯 번째에서 열여섯 번째 변주곡으로 이행하는 과정은 『골드베르크 변주곡』 전체 연주에서 가장 기억에 남는 순간으로 꼽힌다. 열다섯 번째 변주곡은 카논 가운데 하나로—5도 카논—두 성부 가운데 아래 성부가 으뜸음으로 하강하여 해결되는 동안 위 성부는 계속 진행하여 시작한 일을 마무리하며 높은 '레'까지 상승해 마침내 저음부를 배경으로 홀로 들리기에 이른다. 이 두 음은 멀리 떨어져 간격을 둔 '열린 5도'를 이룬다. 이는 뭔가 열려 있고 널찍한 것을 암시할 수 있는 불안정하고 모호한 음정이지만, 여기에서처럼 가늘고, 불확실하고, 잠정적이고, 고풍스럽게 들릴 때가 더 많다. 위쪽 음은 특히 위험에 노출되어 약해 보이며 카논은 완전히 해결되는 것이 아니라 그냥 희미해진다. 그러다 열여섯 번째 변주곡이 바흐의 하프시코드가 낼 수 있는 가장 큰 소리로 시작한다. 왼손은 성부가 꽉 채워진 *G*장조 네 음 화음이고 오른손은 포효하며 올라가는 *G*장조 스케일로, 멋지고 화려한 장식부가 뒤따른다. 만일 바흐에게 이것을 연주할 오케스트라가 있다면 팀파니와 트럼펫을 총동원할 것이다. 그렇게 변주곡 사이클의 중간 지점에서 질질 끌던 걸음걸이는 양식화된 활보에 자리를 내주고, 터벅터벅 걸어가는 두 음 모티프는 몸 전체를 힘차게 움직이는 적극적이고 활달한 동작에 자리를 내준다. 그러면서 조금 전까지만 해도 고통스러워하는 것처럼 들리던 음악이 새로운 흥분으로 고동친다.

바흐는 변주곡집의 *1741*년 악보에 이것이 새로운 출발임을 아주 분명하게 밝힌다. 그는 악보의 시작 부분을 들여 쓴 다음 '서곡'이라고 적고, 찬란하고 화려한 에피소드 뒤에 다그닥거리며 빨리 달려가는 푸가가 이어진 끝에는 큰 음표로 마지막 화음을 적고 페이지 하단에 빈 줄을 하나 남긴다. 물론 청자는 볼 수 없지만, 더 어둡고 고뇌에 찬 변주곡들 가운데 첫 번째 곡이 등장한 뒤 나오는 서곡을 재탄생으로 듣는 데 이 시각적 신호들이 필요한 건 아니다. 변주곡집 후반부는 전반부와 똑같이 구축되어 있지만 뭔가가 변한 것이 금방 분명해진다. 고난도 기교를 요구하는 변주곡들은 훨씬 더 도전적이고, 활기가 넘치는 변주곡은 더 활기차고, 겉으로 보기에 소박한 변주곡들은 천진한 호소라는 면에서 훨씬 직접적이다. 굴드는 이 후반부 변주곡들에 회의적이었으며, 바흐가 때때로 군중을 향해 연주하고 있고, 악기의 능력을 끝까지 활용하고, 기법의 한계를 보여주고 있다고 느꼈다. '순수한' 음악이라는 이상(理想)은 사라지고 그 자리에 보여주는 음악이 들어섰다.

그러나 이 세속적이고 간절하고 활기 넘치는 변주곡들을 작품의 더 큰 감정적 논리의 자연스러운 발전으로 들을 수도 있다. 우리 삶에 고통이 모일수록 기쁨은 더 얻기 힘들어진다. 슬픔에 가끔 흔들리지만 그래도 행복이 우리의 타고난 조건이라는 생각은 행복이 우리가 노력해서 얻는 것, 우리가 쌓고 강화하는 것, 시간이 흐르면서 무자비하게 모여드는 슬픔에 맞서는 보루라는 이해에 자리를 내준다. 기질적으로 명랑한 사람이 어두운 생각에 문을 닫는 것처럼 열다섯 번째 변주곡이 열여섯 번째 변주곡에 자리를 내준다면, 스물다섯 번째 변주곡은 무시무시하게 광적인 결단으로 스물여섯 번째 변주곡에 자리를 내준다. 가끔 당혹스러울 만큼 과장의 대상이 되는 스물다섯 번째 변주곡은 고난의 청각적 이미지를 제시하기 위해 바흐가 이용할 수 있는 모든 표현 장치를 사용한다. 어색한 음정으로 위로 올라가다 이윽고 반음계로 질질 끌며 하강하고, 도약하고, 단계적으로 진행하면서 3온음을 반복하고 재반복한다. 이 3온음은 너무 불안정해서 '음악의 악마*diabolus in musica*'라고 알려진 음정이다. 마지막에 위쪽 선율은 여섯 개의 거의 똑같은 음계 음형으로 하강한다. 반복되는 음악적 하강 운동은 가라앉음 또는 추락으로서의 죽음이라는 관념의 상사물(相似物)이다. 이것은 귀를 사로잡는 병적 제스처다. 스물다섯 번째에서 스물여섯 번째 변주곡으로의 이행은 단지 한 악상에서 다른 악상으로 나아가는 단순한 계승을 뛰어넘으며 이 순간의 드라마는 두 변주곡 사이의 톤, 분위기, 텍스처의 짜릿한 대조를 넘어

확장되어간다. 스물여섯 번째 변주곡의 서두는 사이클의 마지막을 향해 빠르게 달려가기 시작하는데, 발가벗겨져 공기역학적 본질만 남은 스물일곱 번째 변주곡의 카논과 테크닉의 불꽃놀이를 선보이며 서로 겨루는 스물여덟 번째와 스물아홉 번째 변주곡이 뒤따른다.

이 마지막 변주곡들에는 『코지 판 투테*Cosi fan tutte*』를 포함한 모차르트의 가장 위대한 오페라들의 결말을 예시하는 숨김 없는 흥겨움의 느낌이 있다. 『코지 판 투테』에서 조금 전까지 심리적 고문으로 서로 잔인하게 맞서던 인물들은 함께 "모든 것에서 좋은 것을 보는 사람은 늘 행복하다"고, "다른 사람을 울게 만드는 것이 그에게는 웃음의 이유가 되며, 그는 인생의 폭풍 속에서 늘 평화를 찾을 것"이라고 외친다. 하지만 바흐는 『골드베르크 변주곡』의 마지막 페이지들에서만큼 진지한 적이 없다. 여기에서 흑진주처럼 새까만 심연과 고결함을 잃지 않는 건반의 장난스러움의 어울리지 않는 병치는 영적 차원으로 승화된다. 마지막 변주곡들의 에너지와 비등(沸騰)이 스물다섯 번째 변주곡의 절망에 대한 부조리주의적 응수라고 생각하는 것은 18세기 미학을 시대착오적이게도 모더니즘적으로 왜곡하는 일이 될 것이다 하지만 바흐는 이 대조를 부각하려는 의도인데, 그래서 쿼들리벳이라고 알려진 마지막 변주곡, 창의성과 감정적 처리가 절묘한 작품의 철학적·심리적 힘이 더 강조된다.

쿼들리벳은 대중적 선율의 세련된 메들리로, 단편적인 형태로 들리지만 이것들이 모여 변주곡 가운데 가장 풍부하고 가장 통합된 곡을 이루며 이따금 꽉 찬 사성부 텍스처를 가진 찬송가처럼 들리기도 한다. 모티프들은 단순하고 쉽게 따라 부를 수 있으며, 기원은 우리가 지금 대중음악 또는 포크 음악이라고 부를 만한 음악의 세계에 있지만 이 변주곡은 거기에 놀라운 위엄을 부여한다. 쿼들리벳에 나오는 음악의 조각들이 모두 확인되지는 않았지만 학자들은 몇 가지에는 상대적으로 자신감을 갖고 있다. 필립 스피타는 19세기 중반에 쓴 글에서 두 노래의 멜로디를 확인했는데 두 번째 것은 바흐가 전체를 사용했다.

나는 오랫동안 그대를 떠나 있었네
나는 여기에, 나는 여기에, 나는 여기에,
이런 칙칙하고 볼품없고 얌전 빼는 여자와 함께,
저 밖에, 저 밖에, 저 밖에.

케일과 무,
나는 소화를 잘 못 시켜
어머니가 고기를 좀 해주면
물을 것도 없이 여기 있을 텐데.

두 번째 노래 첫 두 줄의 더 일반적인 현대적 번역은

“배추와 비트가 나를 쫓아버렸네”[36]인데, 이것은 두 번째와 세 번째 마디에서 처음에는 알토로 그다음에는 소프라노로 들린다. 바흐는 단순히 이 곡들이 탄탄한 음악적 호소력을 지녔기 때문에 또 자신의 화성적 구도에 맞기 때문에 이용했을 수 있다. 혹시 그가 이 멜로디의 흐름에 맞추어 종종 부르는 가사로 뭔가를 의도했을까? 그는 원래의 가사에는 관심을 두지 않고 멜로디 악상만 다른 용도에 활용하곤 하는 음악적 전통에 속해 있었고 실제로 칸타타에서 꽤 자주 그렇게 했다. 칸타타의 경우 어떤 멜로디의 재활용에 너무 많은 뜻을 부여하는 것은 위험한데 그런 멜로디는 이전의 맥락에서는 놀랄 만큼 다른 가사나 정서와 연결되어 있을 수 있다. 그러나 위의 두 노래는 바흐의 삶에 등장하는 주제들과 관련이 있으며, 그가 어린 나이에 집을 떠났고 초기에 가난, 심지어 굶주림도 경험했다는 것은 우리가 가진 빈약한 일화적 자료에도 증거가 있다.

바흐는 ‘쿼들리벳’이라고 표시하지 않고 이 재료를 이용할 수도 있었다. 그냥 멜로디 조각을 변주곡에 박아놓고 그 출처를 찾는 일은 청자에게 맡기는 것이다. 실제로 그가 변주곡들을 어떤 식으로 규정하거나 해석적 실마리를 주는 경우가 거의 없다는 것을 고려할 때 그가 이 곡에 ‘쿼들리벳’이라고 썼을 때는 어떤 다른 의도가 있었다고 가정할 수 있다. 바흐는 마지막 변주곡을 다른 변주곡들과 구분하기 위해 그 표현을 사용하면서 음악적 검약, 즉 새로운 작품을 창조하면서 신성한 또는 대중적인 음악적 주제를 보존하고 되풀이하는 역사적 전통을 다시 불러낸다. 르네상스 이후 작곡가들은 한 맥락에서 다른 맥락으로 멜로디를 전유했을 뿐 아니라 여러 멜로디를 결합하여 대위법을 정교하게 심지어 호사스럽게 전시하곤 했다. 독일에서 바흐의 시대가 되면 이것이 그 나름의 음악적 유머의 형식이 되어 마구잡이로 남용되는 경향이 있었으며 빌려온 멜로디에는 새로운, 종종 야한 가사가 붙었다. 이런 매시업 *mash-up*은 음악가가 즉흥적인 멜로디 꿰맞추기 모험을 시도하기를 좋아하거나 능숙하면 즉흥적으로 만들기도 했고, 파티에서 유흥을 위해 서둘러 준비해놓기도 했다. 음악이 조화를 이루지 못하고 가사가 우스꽝스러울수록 결과는 좋았다. 포르켈의 바흐 전기에서 우리는 이런 연예(演藝)가 바흐 일가가 좋아하는 여가 활동이라는 것을 알 수 있으며, 이것은 그들이 오랜만에 만났을 때 즐겁고 외설적인 방종의 분위기를 만들어주었을 게 틀림없다.

바흐는 쿼들리벳으로 변주곡 사이클을 마무리할 때 그 전통, 그리고 그에 따르는 따뜻한 경박함을 참조하고 있었다. 그렇다고 해서 그가 『골드베르크 변주곡』 마지막에 쓴 쿼들리벳이 반드시 연주에서 조잡하거나 우습게 들려야 한다는 것은 아니다 활기차게, 어쩌면 약간 취한 듯한 비틀거림으로 빠르게 연주할 수도 있지만 당당한 격식을 갖추어 연주해도 아주 좋게 들린다. 선택된 멜로디들은 따로 들어도 충분히 흥겹지만 바흐의 설정에서는 약간의 여유를 줄 필요가 있으며, 템포를 살짝 느리게 가져가면 분위기가 고조되기 시작한다. 그렇다고 침울할 정도로 느린 *19*세기 합창이나 교향적 찬가를 부르는 것처럼 들릴 필요는 없다. 약간의 공간감에 고상한 느낌이 보태지면 이 메들리는 베토벤 교향곡 *9*번이나 브람스 교향곡 *1*번의 마지막 부분과 같은 웅장한 감정도 약간 드러낸다. 성부의 간격 또한 이것을 요구하는 것처럼 보인다. 바흐는 연주자가 넓게 떨어진 음정을 한 손으로 다루는 능력이나 부드러운 연주가 가능하도록 두 손 사이에 선율을 나누는 능력을 시험한다. 이 때문에 신중한 템포는 더욱더 합리적인 선택이 된다.

우리는 바흐의 유머 감각의 세세한 특징은 절대 알 수 없을 것이다. 그러나 그에게 유머 감각이 있었다는, 그리고 그 유머 감각이 잘 발달하여 그가 세계를 이해하는 기초가 되었다는 증거는 차고 넘친다. 그는 유난히 열심히 일했고 부지런했다. 그렇다면 그 유머는 피터르 브뤼헐이나 얀 스테인의 유머와 마찬가지로 쌓인 것을 터뜨리는 지저분한 유머, 술 한 방울 마시지 않는 절제된 삶에 어질어질한, 어쩌면 술에 취한 쉼표를 찍는 것이었을까? 아니면 *19*세기 철학자들이 분석하게 되는 실존적 웃음, 지혜의 웃음, 군중의 유머가 아니라 고매한 자들의 유머였을까? 이 가운데 어떤 것이었든 쿼들리벳은 웃음을 초월이나 철학적 수용의 관념과 연결하기 위해 존재한다. 바흐는 가장 야심 찬 음악적 창조물을 가족 모임의 기억과 엮기를 바라며, 그 창조물을 땅에 묶어두는 것을 원하지 않고, 정신의 가벼움과 위대함 사이의 본질적 관련을 강조하고 싶어 한다.

𝒥

케일도 무도 배추도 비트도 나를 쫓아버리지는 않겠지만 가지는 절망의 원천이었다. 어머니의 정원에서는 가지가 많이 자랐고, 어머니는 채소를 유달리 좋아했다. 8월 초가 되면 가지가 엄청나게 열렸지만 우리는 한여름 빽빽한 주키니 잎과 호박 덩굴 때문에 가지를 놓치곤 했으며 그러다 그늘에서 통통한 자줏빛에 강인한 씨와 목질의 살이 가득한, 잊고 있던 가지와 우연히 마주치면 늘 가슴이 덜컹 내려앉는 느낌이었다. 어머니의 감독 없이 수확할 때면 우리는 이 게으른 괴물을 마당의 맨 가장자리까지 끌고 가 오염된 작은 개울의 진흙 바닥을 덮고 있는 풀과 덤불에 내다 버렸다. 그러나 채소류가 담긴 전혀 달갑지 않은 보고(寶庫)에 가지를 보탤 수밖에 없을 때가 훨씬 많았으며, 이것은 정기적으로 부엌으로 들어와 몇 달씩 날마다 우리

자양물의 큰 부분을 차지하곤 했다.

누나들과 가족 식사를 위해 모이면 우리는 여전히 어머니의 요리를 두고 농담을 한다. 어머니는 명절이면 훌륭한 식사를 차려낼 수 있었지만 남은 한 해 동안에는 분노에 차서 사납게 음식을 만들었다. 어머니는 저녁마다 위스키 사워를 마신 뒤에 부엌으로 가서 냉장고의 내용물을 뚫어져라 보다가 병든 동물 한 무리를 도태시키듯 우리의 저녁 식사가 될 불운한 재료를 끌어내곤 했다. 준비 시간은 얼마 되지 않았고 조리하는 소리는 귀가 먹먹할 정도였다. 30분도 지나지 않아 우리가 식탁으로 호출되면 그곳에서 어머니는 선언하곤 했다. "이건 쓰레기지만 어쨌든 먹을 거야." 아버지는 어쩔 수 없이 대꾸했다. "냄새 좋은데, 여보." 시간이 지나면서 어머니의 조리법은 점점 똑같아졌다. 간장을 살짝 뿌려 조리한 고무 같은 고기와 채소, 그 위에 듬뿍 얹어주는 에그 누들. 어머니가 자신의 요리를 기발하게 부르던 이름—라타투이, 굴라슈, 프리카스, 카세롤—도 결국 다 잊히고 식사는 그냥 단순하게 "만든 거"로 부르게 되었다. 추수감사절 뒤에는 몇 주 동안 칠면조로 만든 거를 먹었고, 크리스마스 뒤에는 쇠고기로 만든 거, 남은 1년의 대부분은 뭔지 알 수 없는 고기로 만든 거, 정원 시즌에는 채소로 만든 거를 먹었다.

그러나 이 일반적인 만든 거라는 명칭에 한 가지 예외

가 있었다. 가지 파르미지아나*였다. 가장 믿음직한 가지를 두툼하고 넓적하게 썰어 토마토소스 한 캔을 넣고 뭉근하게 끓인 뒤 녹색 원통 용기에 든 건조한 이탈리아 치즈를 잔뜩 뿌린 이 요리는 그 이름과 모순이 되지는 않지만 그것을 조롱하고 있었다. 설사 가지의 어떤 맛이 구역질을 유도하지 않았다 해도, 이 멀건 토마토소스에 적신, 나무 몸통마냥 썰어놓은 회색 중과피(中果皮) 토막들을 나는 먹을 수 없었을 것이다. 나는 어렸고 하루가 끝날 때면 늘 허기가 졌기 때문에 저녁으로 가지 파르미지아나가 나온다는 소식은 나를 울리기에 충분했다. 어머니는 기분이 유독 음침하고 생각이 몹시 어두워지지만 투지는 넘치는 날 저녁으로 이 요리를 아껴두었던 것 같다. 우리는 이 주 요리는 물론이고 다른 어떤 요리도 절대 거부할 수 없었으며 내가 착한 목소리로 나의 몫을 오늘 저녁따라 더 배가 고파 보이는 가장 사랑하는 누나에게 양보하겠다고 하면 어머니는 계책을 꿰뚫어 보고 단호하게 말했다. "너희 둘 다 그 염병할 걸 하나도 남김없이 먹어야 해."

그러고는 암울한 철야가 시작되었다. 우리는 물끄러미 내려다보고만 있었다. 마침내 음식은 차가워졌고 해는 졌다. 아버지는 식사를 마치고 어머니는 텔레비전을 보러 물러난 지 오래였다. 우리는 창의력을 발휘해 접시를 깨끗이 치워보려 했지만 결국 모든 술책은 발각당했다. 파티오

* 파르마센 치즈를 사용한 가지 요리라는 뜻.

에 나가 먹을 때면 몰래 그것을 손에서 덩어리로 만들어 데크의 목재 난간 사이로 떨어뜨렸다. 한동안 우리는 냅킨에 몰래 싸서 화장실에 다녀오겠다고 한 뒤 변기에 버리고 내리기도 했다. 우리 강아지 스모키, 어머니가 주로 지하실에만 가둬둬서 종종 우리만큼이나 배가 고팠던 애완푸들은 우리가 원치 않는 저녁을 몇 덩이 삼켰다. 하지만 어느 날 저녁 녀석이 고대 그리스인처럼 식사를 즐길 심산으로 커다란 가지 조각을 거실로 가져왔고 어머니가 티브이 쇼를 보는 동안 소파에 누운 자세로 느긋하게 그것을 맛보기 시작했다.

어머니가 무슨 일이 벌어졌는지 알게 되자 가엾은 스모키는 자기 몫을 빼앗겼고, 가지는 다시 저녁 식탁으로 옮겨져 파르시팔*Parsifal** 앞의 죽은 백조처럼 우리 앞에 놓이게 되었다. 왜 개가 우리 저녁을 먹고 있는 건가? "스모키가 엄마의 파르미지아나를 너무 좋아해서요." 나의 대답은 심문자를 흥분시켜 분위기만 급격히 나빠졌다. 나는 모두가 공유하고 있다고 생각하는 진실을 입 밖에 내기로 하고 어머니가 저녁 식사를 묘사한 표현을 빌려왔다. "이 쓰레기는 이제 못 먹겠어요." 충격을 받은 목소리가 방금 내가 감히 입 밖에 낸 말을 다시 해보라고 엄숙하게 요구했고, 나는 될 대로 되라는 식으로 다시 입을 열었다. "이

* 중세 유럽의 아서왕 전설에서, 성배(聖杯)를 찾아 나선 기사. 바그너의 마지막 음악극 『파르시팔』에도 등장하는데, 극중에서 파르시팔이라는 이름의 의미는 '순수한(*parsi*)' '바보(*Fal*)'라는 뜻이다.

똥은 이제 못 먹겠어요." 그런 뒤에는, 아마도 내 유년에서 마지막이었던 것으로 아는데, 입을 씻어내야 했다. 그것은 어머니가 축축한 비누 토막을 억지로 입안에 넣어 거품이 풍성하게 일 때까지 격하게 돌려대고 이따금 머리를 싱크에 박기도 하는 의식이었다. 종류에 따라 달랐지만 비누 맛은 몇 시간 또는 며칠이 지나야 사라졌다. 아이리시 스프링이 최악이었다. 그런 다음 나는 식탁으로 돌아갔고 스모키가 반쯤 먹다 남은 식사가 다시 접시에 올라와 내 앞에 놓였으며 어머니는 만일 나의 저녁을 개에게 먹으라고 준다면 개가 남긴 더러운 것을 내가 먹을 수도 있을 거 아니냐고 말했다. "하지만 방금 엄마가 내 입을 닦았잖아요." 나는 이의를 제기했다. 그리고 웃음을 터뜨렸고, 웃음을 멈출 수가 없었다. 어머니는 나에게 불같이 화를 냈지만 다시는 그 처벌을 반복하지 않았다.

그러나 가지 파르미지아나는 반복되는 트라우마로 여전히 남아 있었는데, 마침내 생물 시간에 식물 생식과 수분의 기초를 배우면서 시의적절한 개입만 있으면 가지라는 작물 전체가 그냥 사라져버릴 수도 있다는 것을 깨달았다. 이것은 매년 이 식물이 꽃을 피우는 봄에 우리의 연례 의식이 되었다. 나는 잡초를 제거하는 척하면서 암술과 수술을 비롯해 꽃 안에서 못돼 보이는 건 뭐든 뜯어냈고 아무도 그것을 눈치 채지 못했다. 이런 거세는 백 퍼센트 효과를 발휘해 가지 마름병 또는 토양 오염, 아니면 오직 우리 정원에만 상륙한 어떤 역병의 가능성에 관한 길고, 진지하고, 묵시록적인 대화가 이어졌다. 나는 사십대에 들어서야 내가 한 짓을 고백했다. 온 가족이 모여 옛날 일을 회상하고 있었고 어머니는 와인을 좀 마셨는데 그러면 어머니는 늘 기분이 좋아졌다. 내가 이야기를 하자 어머니는 갑자기 내 머리를 때렸다. 진짜 화가 나서 때린 것이었지만 아플 만큼 세지는 않았다. 어머니가 우리를 노려보는데도 우리는 옛날을 생각하며 웃고 또 웃었다.

J

우리는 묘한 피조물이다. 우리는 이런 일을 하기 위해 저런 일을 하면서 삶의 많은 시간을 보낸다. 결혼 생활의 문제를 해결하기 위해 자식을 낳고 정신적 트라우마를 치료하기 위해 마라톤을 하고 슬픔을 가라앉히기 위해 음악을 배운다. 우리가 아무리 회의적이라 해도 이런 이질적인 수단과 목적을 연결하는 마법에 대한 믿음을 완전히 잃지는 않는다. 아마 이것이 생물적 의미의 생명을 개인적 성장, 의미, 목적에 관한 서로 관련 없는 한 무리의 관념들과 연결하여 삶을 견딜 수 있게 해주는 핵심적 마법이기 때문일 것이다. 우리는 어딘가에 도착하기 위해 삶의 진창을 헤치며 걸어가고, 행복하기 위해 고난을 겪고, 하나의 삶을 완수하기 위해 산다.

『골드베르크 변주곡』을 배우는 것이 내가 어머니의 죽음 뒤에 들어가 있던 구멍에서 기어 나오는 데 도움을 주었을까? 전혀. 그 생각은 터무니없었다. 감정적인 맥락에서 나는 조류학을 공부했거나 운동을 시작했거나 '앵그리 버드' 게임을 했을 경우와 똑같은 자리에 있을지도 모른다. 음악에 관해 말할 수 있는 최선의 것은 그것이 강력한 대체물로서 정신적 에너지를 죽음이나 상실에 관한 생각에서 다른 방향으로 돌린다는 것이지만, 음악은 또 우리가 하찮고, 연약하고, 고난에 민감하다는 것도 의식하게 한다. 『골드베르크 변주곡』을 연주하면서 실존적 불안을 떨쳐버릴 수 있었던 순간마다 이 음악이 다른 많은 것과 마찬가지로 미완의 기획이 될 것이라는 슬픈 사실도 똑같이 예리하게 인식하게 되었다. 이 음악을 정말로 배우는 데 얼마나 많은 시간이 걸릴까? 내가 가진 모든 시간, 그리고 그보다 훨씬 많은 시간.

그러나 나는 스승의 조언을 받아들여 그때까지 익힌 음악을 연주하고 녹음했다. 며칠 만에 용기를 내 녹음을 들었을 때, 나는 두 가지 분명하게 다른 것을 들었다. 하나는 나의 부족함에 대한 실망감이었고, 다른 하나는 성취에서 오는 희미한 기쁨이었다. 나는 수십 년 연습을 게을리하다가 악기를 다루는 예전 실력을 어느 정도 되살렸다.

내 손가락들은 아마 젊은 시절 규칙적으로 연주할 때보다도 더 독립적으로 움직일 것이다. 또 복잡한 음악에 대한 시각적, 정신적 통제의 느낌도 강해졌다. 살면서 많은 일을 가짜로 꾸밀 수는 있지만 바흐 연주를 가짜로 꾸밀 수는 없으며, 나는 절대 이 음악에 숙달했다고는 주장하지 못하겠지만 그래도 내가 배운 것은 진짜로 배운 것이었다. 내 생각에 대여섯 곡은 영원히 내 손가락에 남아 있고, 대부분은 머릿속에 더 잘 정리되어 있으며, 모든 곳이 바흐의 목적과 성취라는 더 크고 풍부한 그림 안에 자리를 잘 잡고 있다.

그러나 내가 연주한 녹음은 대부분 기계적으로 들린다. 특별히 어려운 악구임에도 숙달된 곳들이 있지만 완전히 집중하고 템포를 약간 늦추어 신중하게 접근할 때만 가능하다. 그렇게 안정적으로 장악하지 못한 다른 곳은 불가피하게 서둘러 앞으로 달려 나간다. 어려운 단어를 말하고 싶어서 정확성은 생각할 시간적 여유도 없이 아주 빠르게 말을 내뱉는 아이 같다. 내가 듣기에 나의 연주는 타이밍이 모두 어긋나 있고 발작적이고 광적인 옛날 영화처럼 원시적이고 왜곡된 것 같다. 장식부는 나의 그침 없는 슬픔의 원천으로, 내 손에서 장식은 원래 해야 할 것과는 정반대 일을 하여 우아하고 힘들이지 않은 것처럼 들리는 것이 아니라 부담스럽고 힘겹게 들린다. 또 내가 이 음악에서 사랑하는 것을 마음껏 제대로 누리지 못한 곳이 수십 군데 느껴진다. 빠르게 지나가는 불협화음이나 선율의 중단이 주는 달콤함을 더 즐길 수도 있는 곳, 기술적 까다로움을 몰랐을 때는 더 온전하게 즐겼던 곳들이다. 이렇게 아름다운 것을 챙기지 못하는 성향은 나의 더 큰 성격상 흠이다. 이것이 내 연주에 그렇게 분명하게 자리 잡고 있음을 확인하는 것은 충격이다. 사실 나의 음악적 실패는 다른 실패를 보여주는 좋은 스냅 사진이다. 나는 두려움 때문에 겁이 많아져 과잉 보상을 한다. 유쾌한 저녁 산책을 즐기러 나설 때도 세상을 가로질러 엄숙하게 행군하는 경향이 있다. 최근에 이 깨달음을 마음에 새기려고 노력하면서 연주가 나아졌다. 시간이 지나면 다시 태만해지고 그러면 연주는 나빠질 것이다. 이 모든 것에 어떤 전진의 움직임이 있을까? 그게 중요할까?

어쨌든 나는 여전히 이 음악을 사랑하고 이 음악과 함께한 단 1분도 후회하지 않는다. 바흐에 집중할수록 무의식적으로 바흐에 몰두하고 있는 나 자신을 발견한다. 뇌가 과잉 에너지를 다른 많은 매력적인 대상보다도 여기에 쓰는 것이 훨씬 나아 보인다. 내가 손도 대본 적이 없는 나머지 모든 바흐, 파르티타와 『영국 모음곡*English Suites*』과 『이탈리아 협주곡*Italian Concerto*』을 생각하면 아찔해진다. 이 더럽혀지지 않은 페이지들을 넘길 때는 어쩌면 더 전략적으로, 과거에 내가 저지른 실수를 의식하면서 배울 가능성도 있다. 『골드베르크 변주곡』에서도 여전히 새로운 것,

만족스러운 패턴과 상호 연결을 발견하고 있다. 내가 가장 잘 아는 곡들에서도 그렇다. 네 번째 변주곡에는 작은 세 음 셀*cell*이 달리고 있는데 바로 며칠 전에 잘 보이는 곳에 숨어 있던 이런 셀을 둘 더 발견했다. 나는 이것에서 아르키메데스가 욕조에서 맛보았을 거라고 상상되는 즐거움을 맛보았다. 이렇게 작은 악구들을 발견하는 일은 일단 내가 그것을 전체에 통합하기만 하면 길게 보아 이 곡 연주를 낫게 만드는 데 도움이 될 것이다. 물론 단기적으로는 품이 많이 드는 과정일 것이다. 새로운 디테일을 보완하도록 이 악구들을 재구성해야 하기 때문이다. "요 교활한 새끼들." 나는 그 악구들에게 사랑을 담아 말했다.

바흐와 함께한 이 모든 시간은 나를 우월한 척하는 지겨운 인간으로 만들었다. 나는 너무 예민해서 파티 같은 데서 그 주제를 입에 올리지 않지만 내게 그에 관해 묻는 사람은 뜨거운 맛을 보게 된다. 나는 『골드베르크 변주곡』이 지금까지 쓰인 가장 위대한 곡이며, 당신 삶의 풍요를 가없이 늘려줄 거라는 명제를 기꺼이 옹호한다. 작품 자체가 제기하는 몇 가지 핵심 질문에 관해 강한 의견도 있다. 이것은 일관된 전체인가, 아니면 부분들의 집합인가? 절대적으로 전자다. 아리아는 변주곡이 흐르는 동안 반복되는가 아니면 굴드가 주장한 부재하는 부모인가? 나

* 작은 리듬 또는 멜로디. 하나 이상의 셀로 나눌 수 있는 모티프와 달리 분할할 수 없는 가장 작은 단위이다.

는 굴드가 틀렸다고 생각하며 실제로 아리아 선율의 *DNA*는 변주곡들 전체에 걸쳐 되풀이해 들린다. 이것은 순수하고 추상적인 작품인가 아니면 은유적이고, 전기적이고, 상징적인 내용도 담고 있는가? 내 판단에 대한 전적인 확신은 부족하지만 조심스럽고 신중하게 말하자면, 나는 이 일군의 변주곡에 음악적인 것을 넘어서는 의미가 있다고 생각한다. 이것은 우리가 가질 수 있는 가장 충실하고 풍부하고 포괄적인 바흐 이야기이며, 말하자면 그의 개인적 일기를 발견했지만 절대 번역될 수 없는 언어로 적혀 있는 것과 비슷하다.

내가 이 음악을 연주하지 않으면 나의 고통받는 가엾은 개 네이선에게 기쁨을 주지만 내가 이 음악을 연주하면 인간들에게 그만한 기쁨을 주기를 나는 바란다. 가끔이 한 작품을 배우는 데 그렇게 많은 시간을 보낸 게 어처구니없게 느껴지기도 한다. 범상한 수준에서 바흐를 연주하는 능력은 사회적으로 보자면 타이어를 갈아 끼우는 능력보다 가치가 덜한 기술이다. 그러나 이것은 어머니의 상실에 대한 애도만큼이나 나 자신의 죽음에 대한 공포에서 자극을 받은, 처음부터 끝까지 매우 이기적인 기획이었다. 나는 대학 시절부터 나에게는 음악이 다른 사람을 돕는 방식으로 주어지지 않았음을 알았다. 내내 이 기획의 핵심은 한 무신론자가 삶의 엄연한 사실들을 피해 가면서 자신의 존재에서 더 높은 영적 가치나 목적의 느낌을 찾고자 하는 것이었다. 결국 나는 아무것도 발견하지 못했으니 이로써 이 기획은 더욱더 어처구니없어진 셈이다.

가끔 유난히 병적이 될 때 나는 두 손을 보며 죽은 뒤의 손, 음악은 담기지 않은 채 그냥 썩어갈 살을 상상한다. 어머니가 죽은 뒤 아버지와 나는 주검을 처리하기 위해 장례식장에 갔다. 우리가 사는 주(州)의 법은 화장 전에 우리 가운데 한 명이 주검을 확인할 것을 요구했고 아버지는 나에게 하겠냐고 물었다. 방으로 들어가자 어머니는 머리가 빗질되어 있고 얼굴은 화장을 한 채 옷을 갖춰 입고 있었다. 우리는 유골을 담을 가장 기본적인 상자를 고집했건만 화려한 유골함을 팔려고 하던 장의사는 문간에서 뭉그적거리고 있었다. 아마도 자신의 솜씨를 칭찬하는 좋은 말을 기다리는 것 같았다. 나는 "미안합니다, 못 알아보겠네요" 하고 말하고 싶은 마음이 간절했다. 환영(幻影)을 만드는 데 너무 많은 노력이 낭비되었다, 나는 그렇게 생각했다. 맙소사, 이제 곧 소각로에 집어넣을 거잖아요, 하고 혼잣말을 했을 때, 어쩌면 어머니의 목소리가 나를 통해 말하고 있었는지도 모른다.

나는 음악의 힘에 관해 허세를 부리기에는 음악을 너무 존중한다. 그렇다고 지난 몇 년 동안 내가 아무것도 배우지 않았다는 뜻이 아니라 내가 배운 것이 땅을 뒤흔들 정도로 굉장한 것은 아니었으며, 아마도 그것은 다른 방법으로도 배울 수 있었을 거라는 뜻이다. 나에게 바흐의 음악은 탈신비화되었다. 그가 이룬 웅장함을 내가 이해할 수 있다는 의미가 아니라 그의 음악에서 더 높은 의식으로 들어가는 기적적인 입구를 기대하지 않는다는 것이다. 『골드베르크 변주곡』이 나의 남은 음악성을 열어줄 열쇠일지도 모른다는 희망을 품었으나 그렇지 않았다. 지금 나는 전보다 나은 음악가이기는 하지만 위대한 깨달음이나 마법적 변화는 없었다. 지금 나는 학습과 숙달의 비선형성을 더 편하게 받아들인다. 이 음악을 끝내고 싶은 때, 악보를 내던지고 주먹으로 건반을 내려치고 싶은 때가 있었다. 지금은 게으름을 피우고 싶은 때와 문제를 더 잘 다룰 수 있을 때까지 뇌를 잠시 쉬게 해줄 필요가 생겼을 때의 차이를 탐지하는 데 전보다 능숙해졌다.

이 가운데 가장 강력한 교훈은 설명하기는 쉽지만 실행에 옮기는 것은 말할 수 없이 어렵다. 그것은 이거다. 늘 계속 움직여 나아가야 한다. 움직임이 유일한 치료다. 침울한 스물다섯 번째 변주곡 다음에는 의기양양한 스물여섯 번째가 온다. 그리고 스물여섯 번째는 내가 가장 좋아하는 곡이라고 할 수도 있다. 삶을 앞으로 밀어붙여야 할 때, 아침에 침대 가장자리에 앉아 오늘 해야 할 일이 무엇인지 기억하려고 안간힘을 쓸 때, 신문을 읽으며 내가 속한 사람들에게 절망감을 느낄 때, 슬픔이 밀려와 소파에서 몸을 떼어내거나 문밖으로 나가지 못할 때 내 머릿속에서 들리는 곡이다. 내가 그 곡을 가장 듣고 싶을 때, 그때가 언제 닥치든, 그 곡이 내 머릿속에 있고, 나는 그 곡을 이용하여 나 자신에게 박차를 가하여 우아하고 빠르게 출구로 나갈 수 있기를 바란다.

지난 몇 년 동안 머리를 맑게 하고, 음악을 더 쉽게 배울 수 있는 밝고 환하고 고요한 공간을 찾을 수 있기를 바랐다. 연습할 때 나에게 외치는 어머니의 목소리를 중단시킬 수 있기를 바랐다. 그러나 그런 일은 일어나지 않았다. 굳이 말하자면 머릿속 소음이 그 어느 때보다 더 커졌다고 할 수 있다. 내 생각으로는 세상에 동정심을 더 느끼게 된 것의 부작용인데 이런 동정심은 또 애도의 부작용이기도 하다. 연습을 할 때면 가끔 내 삶의 아주 다양한 시기에서 무작위적으로 사람들이 찾아와 잠깐이나마 이루어지던 집중을 방해한다. 그럴 때면 그들의 존재만 느끼는 게 아니라 그들 안을 들여다보며 끔찍한 슬픔을 탐지한다. 삶이 자기가 원하는 대로 되지 않은 사람들, 벗을 갈망했으나 고독만 떠안게 된 사람들, 누군가에게 또는 뭔가에 헌신했으나 상응하는 보답을 받지 못한 사람들, 어떤 식으로인가 자기 망상에 빠져 그 때문에 삶이 이지러진 사람들, 자신을 소멸시킬 면도날 같은 깨달음 위를 걷고 있는 사람들. 우리 개 네이선을 보며 그의 짧은 수명, 나에 대한 자의적인 헌신, 오래전 길들여져 사라진 야생성을 기억하듯 먼 곳을 응시하는 독특한 방식이 발산하는 파토스를 생각할 때도 같은 느낌을 받는다. 나는 어머니의 삶

속을 들여다보고 어머니의 슬픔을 이해했다고 생각한다. 내가 본 것을 인정하기까지는 오랜 세월이 걸렸고, 나는 그 슬픔이 무서웠다.

어머니가 그냥 잔인하고 변덕스러웠다면 나는 어머니를 증오할 수도 있었을 것이다. 하지만 내내 어머니 삶의 상처도 보였다. 나로서는 그로부터 탈출하여 나 자신이 되고, 어린 시절의 존엄을 되찾는 데 필요했던 저항, 가끔 어머니의 요리만큼이나 사납고 시끄러웠던 저항은 어머니에게 고통만 가중시켰다. 어머니가 임종하는 침대에 앉았을 때 나의 가슴을 아프게 파고들었던 것은 나 자신의 필멸에 대한 공포만이 아니었다. 불행한 삶이 불행한 종말을 맞이하는 것을 지켜보는 무력함이었다.

하지만 그렇게 오래 죽음을 생각하는 것은 주제넘고, 또 무례하다. 결국 내가 내놓을 수 있는 것은 딱 한 가지밖에 없다. 공포와 고통에 관한 작은 논평이다. 모든 슬픔은 견딜 수 있지만 딱 한 가지, 더 심한 슬픔이 올 거라는 공포는 예외라는 것. 가끔 가없고 압도적인 고통의 예감이 오면 그것에 대한 공포가 삶을 압도하고 심지어 작은 즐거움이나 행복의 가능성조차 몰아낸다. 우리를 기다리고 있는 게 분명한 이 무시무시한 것—압도적 슬픔이라는 재앙—은 어디에나 있어 바람만 살짝 불어도 그 안으로 내던져질 것만 같다. 그러나 그 큰 슬픔, 어떤 예술이나 음악이 치유할 수 있는 것보다 더 깊은 고통에 우리를 던져넣는 이 슬픔이 마침내 도래하면 일종의 경외감도 생겨난다. 당신은 그 고통을 응시하고 그 무시무시한 위엄을 바라보고 그것에 얼이 빠질 수밖에 없다. 뒤로 물러설 수도, 그것을 축소시킬 수도 없다. 그 앞에 무방비 상태로 그냥 서 있을 수밖에 없다. 그 생살이 드러난 채로 열려 있는 순간에 사실 아주 작은 위안 한 조각이 있다. 우리가 애처로울 만큼 작다는 느낌이다. 나는 서양 예술의 위대한 감정적 여정 가운데 하나의 끝에서 바흐의 『골드베르크 변주곡』의 아리아가 희미해지는 것에 귀를 기울일 때 바로 그런 느낌을 받는다. 바흐는 기쁨, 또는 치유, 또는 말로 포착할 수 있는 모든 것을 넘어서는 감정적 체념과 마주하게 해준다. 그것은 일반적인 시간 감각의 바깥에 존재한다. 우리가 살아 있기 수백 년 전에 존재했으며 우리가 사라진 뒤에도 존재할 것이고 우리에게 조금도 관심이 없다. 그것은 경이로울 만큼 기진하게 하며 완벽하게 아름다우므로, 아직 들어보지 않았다면 들어봐야 한다, 죽기 전에.

감사의 말

저널리즘은 가차 없다. 2010년 어머니가 죽어가고 있을 때 나는 감정적 소용돌이에 휘말려 있었을 뿐 아니라 마감을 맞추지 못하고 있었다. 『그라모폰*Gramophone*』에 매달 칼럼을 쓰고 있었는데 어머니가 소멸해가고 내 마음은 그곳에가 있는데도 칼럼을 쓸 수밖에 없었다. 바흐의 음악 한 곡과 깊이 사랑에 빠졌고 다른 것은 들을 수 없다는 말밖에 떠오르지 않았다. 어떻게 했는지 그 주제를 평소대로 8백 단어로 늘릴 수 있었다. 놀랍게도 내 글을 꾸준히 읽어주던 독자 가운데 다수가 그 글을 좋아했고 그게 그동안 내가 쓴 다른 많은 칼럼보다 의미가 깊다고 생각했다. 한 사람의 평론가로서 나는 늘 일인칭에 저항했지만 독자는 일인칭의 직접성을 좋아하는 것 같았다. 나는 약 10년 전에 쓴 그 칼럼을 토대로 긴 글을 쓸 수 있겠다고 생각했다. 그런 생각을 북돋워주고 첫 장의 수많은 초고를 읽고 더 낫게 만들어준 나의 에이전트 마커스 호프만에게 깊이 감사한다. 또 이 원고로 모험을 하겠다고 결정하고 처음 책을 써보는 사람이 집중할 수 있도록 도와준 노턴의 편집자

존 걸스먼에게도 감사한다.

나의 파트너 매리어스는 무한한 지원을 보내주었다. 아마 뱀파이어 이야기를 포함시켰으면 이 책은 훨씬 나아졌을 거라는 그의 말이 옳을 것이다. 하지만 이 책에는 다른 것들, 더 평범하지만 아마 독자에게는 더 익숙할 것들이 출몰하고 있다. 누나들은 각각 우리 가족을 그 나름의 방식으로 이해하고 있었음에도 이 기획을 모두 지지했는데, 이 책에서는 딱 하나, 나 자신의 이해만을 독자 앞에 내놓게 된다. 어머니는 이제 살아 있지 않지만 살아 있다면 어머니에게도 감사할 것이다. 어머니는 우리 가족에 음악을 들여왔고 우리 교육을 장려했고 우리의 이익을 옹호했고 우리의 성공을 축하해주었다.

나의 스승 조 페니모어는 현재 살아 있는 가장 훌륭한 피아니스트이자 작곡가 가운데 한 명이며 내가 살아온 50여 년 가운데 약 40년 동안 그에게서 배울 수 있었던 것은 행운이다. 『워싱턴 포스트』의 내 동료들은 영감과 깨달음의 원천이었기에 특히 그들 모두에게 감사한다. 이 책의 초고를 마무리하는 동안 자신의 아름다운 집에 머물게 해주고, 또 내가 소중하게 여기는 친구들을 초대하여 지칠 줄 모르는 활기로 충실하게 주인 역할을 해준 페이지 워런에게 감사하고 싶다. 의회도서관 음악분과 직원들은 늘 도움을 주었으며, 어려운 질문—얼마나 많은 사람이 어렸을 때 실제로 피아노 레슨을 받았는가?—에 답을 찾는 데 도움을 준 메릴랜드 대학 미셸 스미스 공연예술 도서관의 공연예술 특별 컬렉션 큐레이터인 빈센트 *J.* 노바라에게는 많은 빚을 졌다.

마지막으로 아버지에게 감사하고 싶다. 이 책은 대체로 어머니에 관한 것이지만 아버지가 가끔 등장할 때 그의 성품의 핵심이 분명하게 드러났기를 바란다. 아버지는 친절하고 사려 깊고 정직하고 자기희생적이며, 가족을 하나로 묶었다.

옮긴이의 말

이 책의 원제는 『대위법*Counterpoint*』이다. 흔히 음악에서 독립적인 둘 이상의 선율을 결합하여 하나의 조화된 곡을 이루는 기법을 가리키는 말이다. 그리고 대위법 하면 어떤 작곡가보다 요한 제바스티안 바흐를 떠올린다. 아닌 게 아니라 이 책의 부제는 "바흐와 애도의 기억"이다. 거기에 이 책을 쓴 필립 케니콧은 여러 매체에서 고전음악 평론가로 활동해왔으며, 『워싱턴 포스트』에 고전음악 선임 평론가로 입사하여 지금은 예술 및 건축 평론가로 일하고 있고, 이 분야에서 세운 공로로 2013년에 퓰리처 평론상을 수상하기도 했다. 따라서 이것은 한 고전음악 평론가가 바흐의 대위법을 설명한 책일까? 바흐의 대위법이 언급되기는 하지만 다행히도(!) 그런 책은 아니다. 그러면 바흐의 음악에 관한 책일까? 그렇게 말하면 이 책의 내용에 많이 가까워지지만 그럼에도 책의 내용의 3분의 1도 아우르지 못한다.

이 책의 내용을 좀 더 정확하게 파악하려면 다시 이 책의 부제인 "바흐와 애도의 기억"으로 돌아가야 한다. 이 부제에는 바흐 외에 "애도"가 들어가 있다. 즉 이 책은 바흐와 함께 애도를 다룬다. 좀 더 정확하게 말하자면 바흐와 애도를 대위법으로 엮고 있다. 바흐가 하나의 선율이고 애도가 또 하나의 선율이며 놀랍게도 이 에세이는 이 둘이 조화를 이루어 하나의 완결체를 이루고 있다. 정말 놀랍게도! 이 작가가 글로 대위법을 구사한 솜씨는 이 수식어가 전혀 아깝지 않다.

그런데 무엇에 대한 "애도"일까? 이쯤에서 저자가 책—저자의 첫 책이다—을 쓰게 된 계기를 잠깐 들어볼 필요가 있다.

> 저널리즘은 가차 없다. 2010년 어머니가 죽어가고 있을 때 나는 감정적 소용돌이에 휘말려 있었을 뿐 아니라 마감을 맞추지 못하고 있었다. 『그라모폰Gramophone』에 매달 칼럼을 쓰고 있었는데 어머니가 소멸해가고 내 마음은 그곳에 가 있는데도 칼럼을 쓸 수밖에 없었다. 바흐의 음악 한 곡과 깊이 사랑에 빠졌고 다른 것은 들을 수 없다는 말밖에 떠오르지 않았다. 어떻게 했는지 그 주제를 평소대로 8백 단어로 늘릴 수 있었다. 놀랍게도 내 글을 꾸준히 읽어주던 독자 가운데 다수가 그 글을 좋아했고 그게 그동안 내가 쓴 다른 많은 칼럼보다 의미가 깊다고 생각했다. 한 사람의 평론가로서 나는 늘 일인칭에 저항했지만 독자는 일인칭의 직접성을 좋아하는 것 같았다. 나는 약 10년 전에 쓴 그 칼럼을 토대로 긴 글을 쓸 수 있겠다고 생각했다.

그러니까 애도의 대상은 저자 어머니의 죽음이다. 그런데 이쯤에서 말해두고 싶은 중요한 것이 있다. 위에 인용한 글만 보면 저자가 바흐의 음악을 어머니에 대한 애틋한 감정과 엮어놓았다고 상상하기 쉬운데 그게 그렇게 간단하게 표현할 수 있는 것이 아니라는 점이다. 이 저널리스트야말로 가차 없고, 그래서 "애틋한 감정"은 이 책과 거리가 멀어 보이기 때문이다. 실제로 이 책에서 기억되는 어머니는 어떤 통념이나 환상으로 채색된 "어머니"가 아니라 모든 인간적 결함을 지닌 현실의 인간이며, 저자는 그 모습을 있는 그대로 드러내는 데 주저함이 없다. 얼핏 애도와 멀어 보이는 저자의 이런 접근법이 사실은 애도의 핵심에 이르는 지름길일 수도 있는 것일까? 그 답을 알기 위해서라도 이 책은 손에서 놓기 힘들다.

마지막으로, 바흐와 애도가 엮인 이 대위법적 결과물은 결국 무엇이 되는 것일까? 그것은 그 둘을 기억하는 "나"의 이야기일 수밖에 없음을 저자는 처음부터 솔직하게 드러낸다. 그러니까 이 책의 중심은 바흐도 어머니도 아니고 그들을 기억하고 그들을 엮어 가는 저자 자신이며, 이 책은 기본적으로 삶의 어느 시점에서 어머니의 죽음을 겪고 바흐를 다시 만나게 된 저자가 자신의 필멸을 떠올리며 한 걸음, 아니 어쩌면 반 걸음 나아가는 이야기다. 그 이야기에서 우리는 저자가 자신을 드러내는 데도 역시 가차 없다는 것을 보게 된다. 결국은 그런 태도 덕분에 반 걸음이라도 나아갈 수 있었던 것이 아닐까?

참고로 위의 인용에서 저자가 말하는 "바흐의 음악 한 곡"은 바흐의 『무반주 바이올린 소나타와 파르티타』 가운데 「샤콘」이며, 저자가 어머니의 죽음을 계기로 다시 마주하는 곡은 『골드베르크 변주곡』이다. 이 책을 읽으며 두 곡을 들으면 책과 음악의 느낌 모두가 각별할 것이라고 믿는다.

미주

1) 이 춤과 그 이름의 기원에 관한 추측의 요약으로는 다음을 참조하라. Richard Hudson, *Passacaglio and Ciaconna: From Guitar Music to Italian Keyboard Variations in the 17th Century* (Ann Arbor, MI: UMI Research Press, 1981), 4.
2) J. S. Bach, *The "Goldberg" Variations*, Ralph Kirkpatrick 편 (New York: G. Schirmer, 1938), vii.
3) 독일어 원문은 "Lieber Goldberg, spiele mir doch eine von meinen Variationen,"이며 출처는 다음과 같다. J. N. Forkel, *Ueber Johann Sebastian Bach's Leben, Kunst und Kunstwerke* (Leipzig: C. F. Peters, 1855).
4) Christoph Wolff, Bach: *Essays on His Life and Music* (Cambridge, MA: Harvard University Press, 1991), 213.
5) Philipp Spitta, *Johann Sebastian Bach: His Work and Influence on the Music of Germany, 1685-1750*, vol. 3, Clara Bell and J. A. Fuller Maitland 역 (London: Novello, 1899), 171.
6) Frederick Neumann, "Bach: Progressive or Conservative and the Authorship of the Goldberg Aria," *Musical Quarterly* 71, no. 3 (1985): 281.
7) 미국의 피아노 레슨은 사적으로 이루어지기도 했고 20세기 몇몇 기간에는 공립학교에서 무상으로 이루어지기도 했다. 이런 레슨을 이용한 학생의 수에 대한 정확한 통계는 구할 수 없지만 피아노 생산 추정치를 보면 가정에서 음악 연주에 대한 욕구가 어느 정도였는지 짐작할 수 있는데, 이 수치는 1910년 무렵에 정점에 이르렀다가 1930년대에는 떨어지며(대공황과 라디오의 도래로) 제2차 세계대전 후 다시 치솟는다. 생산 추정치는 다음에서 가져왔다. Cyril Ehrlich, *The Piano: A History*, revised edition (Oxford: Clarendon Press, 1990), 222.
8) François Couperin, *L'art de toucher le clavecin*, Margery Halford 편역 (Van Nuys, CA: Alfred Publishing, 1995), 31.
9) Carl Czerny, *Letters to a Young Lady on the Art of Playing the Pianoforte*, J. A. Hamilton 역 (Norfolk, UK: R. Cocks, 1848), 23.
10) Robert Schumann, *Music and Musicians: Essays and Criticisms*, Fanny Raymond Ritter 역 (London: Ballantyne, 1891), 417.
11) Amy Fay, *Music Study in Germany: From the Home Correspondence of Amy Fay*, Mrs. Fay Pierce 편 (New York: Macmillan, 1922), 21-22.
12) Walter Benjamin, *Reflections*, Edmund Jephcott 역 (New York: Schocken Books), 56-57.
13) Clive Bell, *Art* (Oxford: Oxford University Press, 1987), 32.
14) Heidi Gotlieb and Vladimir J. Konečni, "The Effects of Instrumentation,

Playing Style,and Structure in the *Goldberg Variations* by Johann Sebastian Bach", *Music Perception: An Interdisciplinary Journal* 3, no. 1(1985): 99.

15) Virginia Woolf, *To the Lighthouse* (New York: Harcourt, Brace and World, 1927), 53-55.

16) Cuthbert Girdlestone, *Jean-Philippe Rameau: His Life and Work* (New York: Dover,1969), 24.

17) Barry Green with W. Timothy Gallwey, *The Inner Game of Music* (New York: Doubleday, 1986), 14, 34.

18) Immanuel Kant, *Education*, Annette Churton 역 (Ann Arbor, MI: Ann Arbor Paperbacks, 1960), 19.

19) Geoffrey Payzant, *Glenn Gould: Music and Mind* (Toronto: Key Porter,1984), 37에서 인용.

20) Paul Elie, *Reinventing Bach* (New York: Farrar, Straus and Giroux, 2012), 176에서 인용.

21) Geoffrey Payzant, *Glenn Gould: Music and Mind* (Toronto: Key Porter, 1984), 120에서 인용.

22) Kevin Bazzana, *Glenn Gould: The Performer in the Work* (New York: Oxford University Press, 1997), 26-28.

23) 인터뷰를 한 조 로디(Joe Roddy)는 이 대목에서 굴드의 말을 풀어 쓰고 있는데, 그 말은 다음에서 가져온 것이다. Otto Friedrich, *Glenn Gould: A Life and Variations* (New York: Random House, 1989), 312.

24) 같은 책, 54.

25) 이븐 알-하이삼과 다윈의 인용과 목화머리티타마린에 대한 언급은 *Routledge Companion to Music Cognition* (Abingdon-on-Thames, UK: Routledge, 2017), chapter 32, 392에서 가져왔다.

26) Camille Saint-Saëns, *Outspoken Essays on Music*, Fred Rothwell 역 (London: Kegan Paul, Trubner, Trench, 1922), 133-35.

27) *Neurosciences in Music Pedagogy*, Francis Rauscher and Wilfried Gruhn 편 (Waltham, MA: Nova Biomedical, 2007), 128.

28) 같은 책, 134.

29) Ludwig Wittgenstein, *Philosophical Investigations*, G. E. M. Anscombe 역 (New York: Macmillan, 1953), 62-63.

30) James Ching, *Performer and Audience: An Investigation into the Psychological Causes of Anxiety and Nervousness in Playing, Singing or Speaking Before an Audience* (Oxford: Hall, 1947), 23.

31) John Eliot Gardiner, *Bach: Music in the Castle of Heaven* (New York: Knopf, 2013), 22에서 인용.

32) 같은 책, xxv.

33) 같은 책, 544-45.

34) 음악 덕분에 정신이 기운을 차린다는 인용문은 둘 다 Andrew Talle, *Beyond Bach: Music and Everyday Life in the Eighteenth Century* (Urbana-Champaign: University of Illinois Press, 2017), 148에서 가져왔다.

35) 같은 책, 147.

36) 쿼들리벳 노래의 번역은 Peter Williams, *Bach: The Goldberg Variations* (Cambridge, UK: Cambridge University Press, 2001), 90에서 가져왔다.

옮긴이 정영목
번역가로 일하며 이화여대 통역번역대학원 교수로 재직 중이다. 지은 책으로 『완전한 번역에서 완전한 언어로』, 『소설이 국경을 건너는 방법』, 옮긴 책으로 『로드』, 『제5도살장』, 『바르도의 링컨』, 『호밀밭의 파수꾼』, 『에브리맨』, 『울분』, 『신의 전쟁』, 『비극』, 『미국의 목가』, 『눈먼 자들의 도시』, 『불안』 등이 있다. 『로드』로 제3회 유영번역상을, 『유럽 문화사』(공역)로 제53회 한국출판문화상(번역 부분)을 수상했다.

피아노로 돌아가다

초판 1쇄 2023년 11월 10일

지은이 필립 케니콧
옮긴이 정영목
편집 이재현, 조소정, 조형희
디자인 일상의실천
제작 세걸음

펴낸곳 위고
등록 2012년 10월 29일 제 406-2012-000115호
주소 경기도 파주시 돌곶이길 180-38 1층
전화 031-946-9276
팩스 031-946-9277

hugo@hugobooks.co.kr
hugobooks.co.kr

ISBN 979-11-93044-08-7 03840